SYLVIA DELOY
Gemeinsam ist man besser dran

Weitere Titel der Autorin:

*Das Glück ist zum Greifen da*
*Auch die große Liebe fängt mal klein an*

Titel auch als Hörbuch erhältlich

Über die Autorin:

Sylvia Deloy lebt mit ihrem Ehemann und zwei Kindern in ihrer Lieblingsstadt Köln. Da sie sich schon immer für die komischen Seiten des Lebens interessierte, heuerte sie nach ihrem Studium beim Fernsehen an und arbeitete als Redakteurin und Autorin für Comedy-Sendungen. Wenn sie nicht gerade im Garten buddelt oder in ihre Laufschuhe steigt, schreibt sie fleißig an ihrem nächsten Roman.

SYLVIA DELOY

# GEMEINSAM IST MAN BESSER DRAN

Roman

lübbe

Dieser Titel ist auch als E-Book erschienen

Die Bastei Lübbe AG verfolgt eine nachhaltige Buchproduktion.
Wir verwenden Papiere aus nachhaltiger Forstwirtschaft und verzichten
darauf, Bücher einzeln in Folie zu verpacken. Wir stellen unsere Bücher
in Deutschland und Europa (EU) her und arbeiten mit den Druckereien
kontinuierlich an einer positiven Ökobilanz.

Originalausgabe

Copyright © 2022 by Bastei Lübbe AG, Köln
Textredaktion: Claudia Schlottmann, Berlin
Umschlaggestaltung: FAVORITBUERO, München
Satz: two-up, Düsseldorf
Gesetzt aus der Minion
Druck und Verarbeitung: GGP Media GmbH, Pößneck
Printed in Germany
ISBN 978-3-404-18545-0

5  4  3  2  1

Sie finden uns im Internet unter luebbe.de
Bitte beachten Sie auch: lesejury.de

*Für meinen Vater,
in liebevoller Erinnerung*

There is a crack in everything.
That's how the light gets in.
*Leonard Cohen*

# 1. KAPITEL

»Wow, ist der schön!« Kaja fuhr andächtig mit der Hand über die Platte des alten Eichentischs, der halb abgeschliffen in meiner Schreinerwerkstatt stand und darauf wartete, fertig restauriert zu werden.

Ich trat einen Schritt zurück und betrachtete zufrieden die gedrechselten Beine, die ich in stundenlanger Kleinarbeit von Holzwürmern und froschgrüner Lackfarbe befreit hatte.

»Und der wäre fast im Sperrmüll gelandet!? Unglaublich, was die Leute so alles wegwerfen ...« Kaja biss beherzt in ihr Butterbrot.

»Das kannst du laut sagen!«

*Mööp, mööööööööp* machte es in dem Moment draußen. Das konnte nur eins bedeuten. »Cem«, sagte ich überflüssigerweise, denn Kaja dürfte wohl auch so klar gewesen sein, wer da mit lautstarkem Gehupe seine Rückkehr ankündigte. Wir traten an das geöffnete Sprossenfenster und blickten über den Innenhof der alten Knopffabrik zum großen schmiedeeisernen Eingangstor hinüber, wo Cem gerade unseren altersschwachen, quietschorangen Fiat Ducato parkte und dann mit einem geübten Hechtsprung das Fahrerhäuschen verließ.

Lässig hob er die Hand und rief: »Euer Lieblingskollege ist wieder da!« Er schien bestens aufgelegt zu sein. »Hab viele Sachen mitgebracht. Schöne! Und schwere!«, fügte er hinzu, wohl um anzudeuten, dass er bei aller guten Laune nicht gedachte, das Mobiliar und die Utensilien, die er im Rahmen einer Haushaltsauflösung in der Merowingerstraße ergattert hatte, allein auszuladen – nachdem er das alles schon ohne Hilfe hatte runterschleppen und ins Auto verfrachten müssen. Mit federnden Schritten ging er um den Wagen herum, öffnete die Hecktüren und hievte eine Bananenkiste heraus, die, seinem verzerrten Gesicht nach zu urteilen, ziemlich schwer war.

»Na, dann mal los«, seufzte ich, nahm zwei Paar Arbeitshandschuhe von der Werkbank, reichte Kaja eines davon und öffnete die schwere Metalltür zum Hof. »Nach dir«, sagte ich, ließ sie vorgehen und trat dann selbst hinaus in die warme Mittagssonne, um unserem selbsternannten Lieblingskollegen unter die Arme zu greifen.

Er kam uns schon mit der Kiste entgegen und keuchte mit hochrotem Kopf: »Laderaum ist offen, Ladys. Wohin mit dem Ding?«

»Verkaufshalle«, erwiderte ich knapp.

»Moinsen«, brummte da eine heisere Stimme, die unverkennbar Helga gehörte. Sie war gerade aus ebendieser Verkaufshalle gekommen, verschränkte die Arme vor der Brust und bedachte Cem mit einem kurzen Nicken. »Junge, Junge. Datt hat ja vielleicht gedauert …«

Cem verzog beleidigt das Gesicht. »Ich musste schließlich alles alleine machen. Ingo ist mal wieder nicht gekommen. Du erinnerst dich?«

»Ja, ja. Immer ruhig mit den braunen Pferden, oder wie datt heißt.«

»So jedenfalls nicht«, bemerkte Cem.

»Pffff …«, machte Helga. Dann wandte sie sich an mich. »Wir brauchen echt 'ne neue Aushilfe, Tilda. So geht datt nich!«

Ich nickte seufzend. »Man muss nur erst mal jemanden finden.«

Helga dachte nach. »Ich weiß vielleicht, wer datt machen kann. Josef, ein Kumpel von mir. Den frag ich mal«, versprach sie.

»Mensch, das wäre super, Helga. Danke.«

»Dafür nich«, sagte sie und deutete mit dem Kinn Richtung Transporter. »Isses viel, Cem?«

»Jepp.«

»Na dann ... spiel ich mal den Ingo.« Mit diesen Worten marschierte sie Richtung Fiat Ducato, und Cem starrte ungeniert auf ihr ausladendes Hinterteil.

»Cem?«

»Äh, ja?« Er drehte sich wieder zu mir um und grinste von einem Ohr zum anderen.

»Weiterarbeiten!«

»Jawohl, Chefin. Ich krieg auch langsam lange Arme.«

»Besser als Stielaugen«, bemerkte Kaja trocken.

»Na ja, wenn die hier einen auf Kim Kardashian macht ...«, verteidigte er sich.

Ich rollte mit den Augen.

Cem setzte sich in Bewegung und steuerte, wie ich jetzt bemerkte, genau auf einen seiner Fußbälle zu, die immer mal wieder im Hof herumlagen. Wegen des Kartons vor seiner Brust konnte er ihn offenbar nicht sehen.

»Achtung! Ball!«, brüllte ich deshalb, doch das runde Leder war bereits zwischen seine Füße geraten und das Grinsen aus seinem Gesicht gewichen. Dort machte sich nun Entsetzen breit, und Cems durchtrainierter Körper schwankte gefährlich hin und her. Sein crescendoartig ausgestoßenes »Aaaaaaah« klang nach Panik und die Geräusche aus der Bananenkiste nach ›zerbrechlich‹. Reflexartig machte ich einen Satz auf Cem zu, in der vagen Hoffnung, noch irgendetwas für ihn und den Inhalt der Bananenkiste tun zu können, doch es war zu spät. Wie in

Zeitlupe verloren Cems Füße den Kontakt zum Kopfsteinpflaster, und er kippte nach hinten wie ein fallender Baum, während die Kiste nach vorn kippte, wie eine ... na ja ... fallende Kiste. Was folgte, war ohrenbetäubendes Geschepper, dicht gefolgt von einem entsetzten: »Fuckomaaaat!« Danach war nur noch Vogelgezwitscher zu hören, und aus der Ferne ein Rasenmäher.

Kaja fand zuerst die Sprache wieder. »Heilige Scheiße!«, stieß sie hervor und starrte fassungslos auf Cem hinab. »Ich glaube, er ist mit dem Kopf aufgeschlagen!«

Cem lag auf dem Rücken, mit geschlossenen Augen, und hatte alle Viere von sich gestreckt. Um ihn herum lagen unzählige Scherben, die, wie ich mit einem einzigen Kennerblick feststellte, einmal Meißner Porzellan gewesen sein mussten, und zwar das schöne mit Streublümchen und Goldrand. Wahrscheinlich bis eben sogar vollständig und somit wertvoll, aber natürlich nicht so wertvoll wie Cem, weshalb ich mich nun besorgt neben ihn kniete, um erst mal seinen Puls zu fühlen. Fahrig tastete ich mit Zeige- und Mittelfinger an der Unterseite seines Handgelenks herum und schluckte. Ich tastete weiter, rauf und runter, und wurde langsam panisch, denn wenn ich ehrlich war, fühlte ich rein gar nichts.

Helga war, aufgeschreckt durch den Lärm, mit leeren Händen zurückgekehrt und fragte: »Haste dir watt getan, Cem?«

Doch Cem reagierte nicht, und seinen Puls hatte ich auch noch nicht gefunden. Jetzt bekam ich es wirklich mit der Angst zu tun. »Cem!«, rief ich und rüttelte hilflos an seiner Schulter.

Kaja kniete sich auf seine andere Seite. »Cem, wach auf!« Sie patschte ihm rechts und links auf die Wangen, und als er immer noch nicht reagierte, wiederholte sie den Versuch, nur dieses Mal etwas kräftiger.

»Sag mal, spinnst du?«, rief er plötzlich, öffnete die Augen und blitzte Kaja wütend an.

»Cem! Gott sei Dank!«, stöhnte ich erleichtert.

»Ich dachte schon, datt du tot bist«, sagte Helga kopfschüttelnd und machte ein vorwurfsvolles Gesicht.

Cem lächelte matt. »Ein Cem Ceylan stirbt nicht so schnell.«

»Ich hol mal watt für deinen Kopp«, erklärte Helga und marschierte mit resoluten Schritten in Richtung Werkstatt.

Cem bewegte vorsichtig Arme und Beine und stöhnte auf.

»Alles okay?«, fragte ich besorgt.

»Nix gebrochen, glaube ich. Außer …« Mühsam versuchte er, sich aufzusetzen. »… eventuell mein Steißbein.«

»Wenn es mehr nicht ist.« Kaja streckte ihm eine Hand entgegen und half ihm vorsichtig auf.

»Und? Alles noch heile?«, fragte Helga wenig später, in der Hand ein gefrorenes Kühlpack.

»Ja, außer sein Hintern«, informierte Kaja sie und strich sich ihre glatten schwarzen Haare hinter die Ohren.

Helga reichte Cem das Kühlpack. »Hier. Dann is datt jetzt eben für'n Arsch.«

Nachdem sichergestellt war, dass Cem weitestgehend unversehrt war, nahm ich die Scherben auf dem Boden in Augenschein.

»Ist eh nur Schrott«, wiegelte Cem gleich ab. »Altes Omageschirr, nix Wertvolles. Und außerdem: Scherben bringen Glück. Sagt man doch so, oder?«

»Ja. Hoffen wir das Beste!« Kaja steckte sich eine Zigarette an, hob einen halben Kuchenteller vom Boden auf und drehte ihn um. »Meißner«, murmelte sie.

Ich nickte und begann, die Überreste des edlen Porzellans zurück in die Bananenkiste zu verfrachten.

»Was soll das heißen? Meißner?« Cem blickte uns argwöhnisch an.

»Ach, nichts«, sagte ich schnell und beschloss, das Thema zu wechseln, damit er nicht auch noch Gewissensbisse bekam. »Helga, ist noch viel auszuräumen?« Ich deutete auf den Transporter.

Sie fuhr sich mit der Hand durch ihre blondgesträhnte Vokuhila-Frisur. »Watt denkst du denn? Datt die Heinzelmännchen datt in der Zwischenzeit erledigt haben?«

»Verstanden.« Resigniert räumte ich die letzten Scherben in den Karton und fragte: »Ist noch Platz in der Mülltonne?«

Kaja schüttelte den Kopf. »Nee. Platzt aus allen Nähten.«

Ich verordnete Cem eine Pause, während wir anderen mit vereinten Kräften den Transporter entluden. Als das geschafft war, gingen Kaja und ich in die Werkstatt. Ich schob den Karton mit den Scherben unter das Regal und nahm mir vor, ihn zu entsorgen, sobald wieder Platz in der Mülltonne war. Kaja setzte sich ins offene Fenster und rauchte eine. Es war Mittagspause, und die verbrachten wir am liebsten gemeinsam.

»Ach nee«, sagte sie plötzlich und deutete Richtung Eingangstor.

»Was?«

»Guck mal, wer uns beehrt.«

Ich trat neben sie und stöhnte. »Ziegler! Was will der denn hier?«

Unser Vermieter stattete uns selten einen Besuch ab, und wenn doch, kam er meistens mit einer schlechten Nachricht. Beim letzten Mal war es eine saftige Mieterhöhung gewesen. Davon hatte er sich offenbar den einen oder anderen Urlaub finanziert, oder vielleicht ein Cabrio, jedenfalls war er sehr braun. Er trug Jeans, ein weißes Polohemd und darüber ein dunkelblaues Jackett. Und diesmal hatte er auch noch jemanden im Schlepptau, wie ich erst jetzt bemerkte. Einen Mann,

Typ Werbeagentur: klein, untersetzt, kaum noch Haare auf dem Kopf, aber dafür eine große schwarze Hornbrille. Er folgte Ziegler im Abstand von zwei Metern und blickte sich dabei fortwährend um. Unter der riesigen Kastanie, die mitten in unserem Hof stand und im Sommer für angenehmen Schatten sorgte, blieben die beiden stehen, und Ziegler begann, ausladende Gesten in Richtung der alten Backsteingebäude zu machen, die den Hof hufeisenförmig umschlossen. Dabei redete er ohne Unterlass auf den Werbefuzzi ein, nur leider in sehr gedämpftem Tonfall, so dass wir kein einziges Wort verstanden. Der Hornbrillentyp nickte unaufhörlich, während er Zieglers Ausführungen lauschte, und begann dann, Handyfotos zu schießen.

Mir wurde mulmig zumute. »Was hat das zu bedeuten, Kaja?«, fragte ich matt.

»Sag mal, spinnt der?« Kaja drückte ihre Kippe im Aschenbecher aus und sprang wütend von der Fensterbank. »Was fällt dem ein, hier zu fotografieren? Guck mal, jetzt knipst der meinen Laden! Ist das nicht ... Verletzung des Persönlichkeitsrechts oder so was?«

»Keine Ahnung. Ich geh mal raus und frag, was die wollen.«

»Ich komm mit!«

»Nein, lass mal. Halt du hier die Stellung. Ich bin ja die Hauptmieterin«, sagte ich schnell. Wenn Kaja auf hundertachtzig war, ließ man sie besser nicht auf Menschen los, zu denen man in einem wirtschaftlichen Abhängigkeitsverhältnis stand. »Okay?« Ich warf ihr einen flehenden Blick zu.

»Na gut, aber geig denen ordentlich die Meinung. Von wegen Persönlichkeitsrecht und so.«

»Klar«, sagte ich, auch wenn sich in mir gerade das diffuse Gefühl breitmachte, dass unser Persönlichkeitsrecht gleich nicht mehr unser größtes Problem sein würde.

»Tag, Herr Ziegler.« Ich streckte ihm meine Rechte entgegen und lächelte gezwungen.

Er nahm meine Hand und zerdrückte sie beinahe. »Frau Bachmann. Schön, dass ich Sie hier antreffe. Ähm ... darf ich vorstellen?« Er deutete auf seinen Begleiter. »Achim Pöll. Architekt bei Balders und Pöll. Kennen Sie sicher. Die haben das Park Quartier nebenan gebaut.«

»Ah«, sagte ich, dachte, also doch kein Werbefuzzi, und gab auch Herrn Pöll die Hand.

»Grüße Sie, Frau Bachmann. Sehr erfreut.« Er musterte mich ungeniert. »Wusste gar nicht, dass Schreinerinnen so hübsch sind«, sagte er an Ziegler gewandt und lachte. »Nicht, schlecht, nicht schlecht.«

»Was kann ich für Sie tun?«, fragte ich kühl und spielte mit dem Gedanken, Kaja nun doch von der Leine zu lassen.

Ziegler blickte sich um, als hätte er etwas zu verbergen. »Können wir kurz reingehen? Wir müssten etwas Wichtiges mit Ihnen besprechen.«

Unwillkürlich zog sich mein Magen zusammen. »Sicher. Kommen Sie.« Ich steuerte die Verkaufshalle an, die sich direkt neben der Schreinerei befand. »Nach Ihnen.« Ich deutete auf die geöffnete Tür. »Ganz nach hinten durch. In mein Büro«, sagte ich.

Wir betraten die ehemalige Fabrikhalle, in der früher Knöpfe aller Art am Fließband hergestellt worden waren. Jetzt diente sie uns als Verkaufsraum für unsere Vintage-Ware.

Pöll sah sich neugierig um, während er langsam vorwärtsschritt. Dann blieb er abrupt stehen. »Du meine Güte«, sagte er. »Wo haben Sie denn das ganze Gerümpel her?« Er nahm Kurs auf ein Regal an der Wand und schnappte sich ein altes, geschliffenes Kristallglas mit Goldrand.

»Haushaltsauflösungen«, erklärte ich knapp.

»Und das Zeug kauft jemand?«

»Klar, es sind ja ... schöne Sachen«, erwiderte ich pikiert.

»Hahaha. Wie man's nimmt, ne?« Pöll stellte das Glas zurück, griff nach einem Ölgemälde mit verschnörkeltem Goldrahmen und betrachtete den röhrenden Zwölfender. »Wär das nix für dich, Günther?« Er lachte dröhnend und hielt Ziegler das Werk unter die Nase.

»Nee, lass mal stecken, Achim. Ich bin eher für moderne Kunst. Weißte doch.«

Pöll wandte sich an mich. »Wenn Ihnen mal ein echter Picasso unterkommt, sagen Sie uns Bescheid. Wir wären interessiert.«

»Klar«, erwiderte ich entnervt. »Kommen Sie.«

Pöll stellte den röhrenden Hirsch zurück, und wir durchquerten schnellen Schrittes die Halle, erklommen die sieben Stufen der Stahltreppe und betraten mein gläsernes Büro mit bestem Blick auf unsere handverlesene Vintage-Ware oder, wie Pöll es nannte, das Gerümpel. Ich setzte mich hinter meinen Schreibtisch, der auch Vintage war und aus den Sechzigern stammte, und deutete auf die beiden Industriehocker davor. »Nehmen Sie Platz.«

Ziegler drehte unentschlossen an dem runden Sitz des Hockers, was ein quietschendes Geräusch verursachte, und setzte sich dann.

»Witziges Teil«, meinte Pöll, wackelte an der Sitzfläche des zweiten Hockers herum und ließ sich schließlich auch nieder. »Rückenschonend ist anders, ne?« Er lachte. »Aber das dauert ja nicht ewig hier.«

Ich sah die beiden Herren erwartungsvoll an.

»Ja, Frau äh ... Bachmann«, sagte Ziegler und wirkte plötzlich beinahe kleinlaut.

Das ist nicht gut, dachte ich noch, und da rückte er auch

schon heraus mit der Sprache und seinem Anliegen, und nein ... es war ganz und gar nicht gut.

»Ich will nicht lange um den heißen Brei herumreden, und Sie haben es sich sicher schon gedacht, Frau Blachmann.«

»Bachmann.«

»Äh, ja. Verzeihen Sie. Das Neubaugebiet hinter Ihnen, also das Park Quartier, soll erweitert werden. So weit die gute Nachricht.« Er machte eine kurze Pause. »Die schlechte: Das hier ...« Er machte eine ausladende Handbewegung. »... muss abgerissen werden.«

»Oooo-kay ...«, sagte ich, nickte und starrte ihn an. Noch hatte ich nicht ganz begriffen, was er mir damit sagen wollte.

»Also, über kurz oder lang«, fügte Ziegler hinzu.

»Eher über kurz«, warf Pöll ein und verzog den Mund zu einem mitleidigen Lächeln.

»Ähm ... wie jetzt, abgerissen ...?«, fragte ich, denn langsam war die Information in mein Großhirn durchgesickert. »Unsere ganze Knopffabrik?«

Ziegler sog hörbar Luft ein. »Ja, also ... im Prinzip ... schon.«

»Sie meinen, richtig alles ... weg?«, fragte ich noch einmal, für den unwahrscheinlichen Fall, dass ich es nicht richtig verstanden hatte.

»Ja, bedauerlicherweise. Das Hauptgebäude und auch die kleinen Nebengebäude müssen weichen. Wohnraum ist knapp in Köln. Wissen Sie ja. Und die Stadt hat bereits ihr Okay gegeben. Es sollen drei weitere Grundstücke für Einfamilienhäuser entstehen, und ...« Er stockte und musterte mich besorgt. »Geht es Ihnen gut, Frau Bachmann?«

Ich hielt mich mit beiden Händen an der Tischkante fest. Mir war auf einmal schwindelig und auch ein bisschen übel. Zieglers Gesicht verschwamm vor meinen Augen. Dann sah ich es plötzlich doppelt, und Pölls auch. Atmen, Tilda, atmen, ermahnte ich mich in Gedanken, aber ich hatte gut reden. Mein Hals war wie zugeschnürt, und ich bekam, atmen hin oder her, einfach zu wenig Luft. Ein Glas Wasser hätte vielleicht nicht geschadet, doch dazu hätte ich aufstehen und mir eines aus der Teeküche holen müssen.

»Und ... äh ...« Konzentrier dich, Tilda, schalt ich mich selbst in Gedanken. »Ähm ... und wir? Wo sollen wir dann hin? Ich meine, Flea Market? Wenn das hier mehrere Einfamilienhäuser werden, dann können wir ja wahrscheinlich gar nicht ... hierbleiben, oder?« Ich hatte meinen Kreislauf wieder einigermaßen im Griff.

»Richtig. Aber sehen Sie, Frau Bachmann, es ist ja noch ein Weilchen hin. Frühestens Ende des Jahres wird es so weit sein. Da ich weiß, dass Immobilien wie diese in Köln rar gesät sind, wollte ich Ihnen rechtzeitig Bescheid geben. Damit Sie sich schon mal auf die Suche machen können.«

»Auf die Suche. Verstehe. Das ist ja ... nett«, murmelte ich und überschlug im Geiste, wie viel Zeit wir noch hatten. Es war Mitte Juni. Das hieß, in gut sechs Monaten mussten wir raus. Und sechs Monate, die gingen schnell vorbei.

Ziegler griff in die Innentasche seines dunkelblauen Jacketts und zog einen weißen Umschlag heraus. »Hier. Das gebe ich Ihnen schon mal. Der offizielle Teil sozusagen.« Er lächelte mir onkelhaft zu.

Ich nahm den Umschlag und betrachtete ihn misstrauisch. »Was ... ist das?«

»Na ja ... die Kündigung.« Ziegler verzog bedauernd den Mund. »Muss ja alles seine Richtigkeit haben.« Er klopfte dreimal auf meine Schreibtischplatte. »Nichts für ungut. Tut mir wirklich leid für Sie, Frau Bachmann, aber so spielt das Leben. Sie finden schon was anderes.«

»Vielleicht kommt Ihnen ja doch mal ein Picasso unter«, witzelte Pöll. »Den verkloppen Sie dann meistbietend. Und dann kaufen Sie sich eine von unseren schicken Neubauvillen mit Pool, hängen sich den röhrenden Hirsch übers Sofa und setzen sich zur Ruhe. Das wär doch was, junge Frau, oder?« Er zwinkerte mir zu.

Ich starrte ihn mit ausdrucksloser Miene an.

»Hätte allerdings einen Nachteil. Sie hätten dann den hier zum Nachbarn.« Er deutete auf Ziegler. »Wenn ich es richtig sehe, wird sein Haus genau …« Er blickte sich um und deutete durch die Glaswand auf ein karamellfarbenes Samtsofa. »… dort drüben stehen.«

»Tja, ich denke, es ist alles gesagt.« Ziegler erhob sich.

Pöll nickte, stand auch auf und griff sich an die Lendenwirbelsäule. »Trifft sich gut. Ich bin kurz vor Bandscheibenvorfall.«

»Wenn Sie noch Fragen haben, melden Sie sich ruhig.« Ziegler nickte mir freundlich zu.

»Ja. Ja, danke«, antwortete ich benommen. »Wiedersehen.«

Die beiden Herren gingen hinaus.

Als sie außer Sichtweite waren, ließ ich den Kopf auf die Schreibtischplatte sinken und versuchte, mich zu sammeln. Hatte Cem nicht eben noch gesagt, Scherben würden Glück bringen? Die Meißner-Porzellan-Scherben hatten es jedenfalls nicht getan. Ich dachte an all die schönen Vintage-Möbel, die wir liebevoll ausgesucht und restauriert hatten. An das hübsche Geschirr, die Waschmaschinen und alten Toaster, die wir mitgenommen hatten, um sie günstig an Leute abzugeben, die sich neue nicht leisten konnten oder wollten. Das war das Versprechen, das wir denen gaben, die uns ihre Habseligkeiten überließen. Oft waren es alte Menschen, die ins Heim oder in eine kleinere Bleibe zogen und vieles nicht mitnehmen konnten. Einiges, was hier stand, hatte jemanden ein Leben lang begleitet.

Zu wissen, dass es nicht einfach auf dem Müll landete, sondern nun jemand anderem eine Freude bereiten würde, machte es ihnen leichter, sich davon zu trennen. Ich seufzte. Was, wenn wir keine neue Immobilie fanden? Im schlimmsten Fall gäbe es uns dann nicht mehr. Wir würden unsere Arbeit verlieren und unsere Kunden einen Ort, an dem es nicht nur günstig Möbel gab, sondern der auch ein Treffpunkt für Jung und Alt war. Ich versuchte, nicht gleich das Schlimmste anzunehmen, denn wie sagt man in Köln so schön: Et hätt noch immer joot jejange. Und darum, so beschloss ich, würde ich den anderen vorerst nichts erzählen. Ich wollte die Pferde nicht unnötig scheu machen. Nur mit Kaja redete ich am besten jetzt gleich. Sie war schließlich meine beste Freundin, meine Mitbewohnerin und noch dazu meine Untermieterin hier in der Knopffabrik. Insofern musste sie natürlich so schnell wie möglich erfahren, dass uns im besten Fall ein Umzug blühte und im schlechtesten Fall die Geschäftsaufgabe.

# 2. KAPITEL

»Diese Pissnelken!«

»Kaja, bitte.«

»Ist doch wahr.«

»Okay«, lenkte ich ein. »Es sind Pissnelken. Mindestens.« Gerade hatte ich ihr in allen Einzelheiten den Inhalt des Gesprächs mit Ziegler und Pöll wiedergegeben, und sie war, genau wie ich vorhin, aus allen Wolken gefallen.

»Wissen die eigentlich, was du hier leistest? Und wie wichtig Flea Market für unser Veedel ist? Ach was, Veedel. Für ganz Köln«, schimpfte sie. »Und für Helga und Cem. Für die Kunden und für … mich!«

Ich starrte aus dem Fenster und versuchte, meine Gedanken zu sortieren. »Vielleicht finden wir eine andere Immobilie«, überlegte ich laut, um mich selbst zu beruhigen.

»Pffff …«, machte Kaja. »Wo soll die denn bitte sein? Wir leben in einer Metropole.«

»Wir leben in Köln«, erinnerte ich sie.

»Na ja, aber die Mieten sind trotzdem absurd hoch.«

Ich biss mir auf die Lippen. Kaja hatte natürlich recht. Wohn- und Arbeitsraum war knapp und deshalb meist unbezahlbar. Erschwerend kam hinzu, dass wir für unsere Zwecke etwas sehr Spezielles benötigten. Ein zentral gelegenes Gebäude, in dem man eine Schreinerwerkstatt, eine Verkaufshalle und einen Secondhandladen unterbringen konnte, musste man erst mal finden. Wie man es auch drehte und wendete, die Kündigung war eine Katastrophe. Ein Super-GAU, dessen Ausmaß zu ermessen mein Gehirn sich im Moment noch weigerte. Um mich abzulenken, nahm ich eine bordeauxrote Lederjacke von einem der Kleiderständer, schlüpfte hinein und stellte mich vor den großen Spiegel an der Wand. Ich drehte mich nach rechts, nach links und um meine eigene Achse und betrachtete dabei mein Spiegelbild. »Ist die neu?«

Kaja nickte. »Gestern reingekommen.« Sie zählte gerade ihre Tageseinnahmen. Wir hatten fast Feierabend. »Über dreihundert Euro.« Zufrieden legte sie ein Bündel Geldscheine in eine Kassette. »Dabei habe ich mich gerade eingelebt«, sagte sie. »Ich ... ich will hier nicht weg.«

»Wem sagst du das ...«, seufzte ich. »Wie lange bist du jetzt dabei?«, überlegte ich laut.

»Fünfzehn Monate, achtundzwanzig Tage und ...« Sie warf einen Blick auf die Uhr. »... acht Stunden.«

Ich lachte. Nachdem Kaja sich zwei Jahre lang als Schaufensterdekorateurin bei H&M hatte ausbeuten lassen, hatte sie beschlossen, sich selbstständig zu machen und zu diesem Zweck ein flaches, von mir bis dato als Lagerraum genutztes Gebäude auf dem Gelände der Knopffabrik zu beziehen. Es lag vis à vis meiner Schreinerei und umfasste etwa siebzig Quadratmeter, die sich auf einen großzügigen Raum und eine kleinere Kammer verteilten. Wir hatten es gemeinsam von allerlei Gerümpel befreit und den großen, langgestreckten Raum mit einer schwarz-goldenen Art-Deco-Tapete versehen. Das war Kajas Idee gewesen, die ich zugegebenermaßen zunächst nicht für die beste gehalten hatte, doch am Ende überzeugte mich das Ergebnis. Ich baute für sie eine kleine Ladentheke, zauberte mit Hilfe von messingfarbenen Rohren und roten Samtvorhängen zwei Umkleidekabinen und brachte einen riesigen goldverzierten Spiegel an der Wand an. Schließlich schenkte ich ihr zur Einweihung die über hundert Jahre alte Registrierkasse aus der Geschäftsauflösung des Hutgeschäfts Bremer, und die machte sich ausgesprochen gut auf der Theke. So hatte sich der ehemals verstaubte Lagerraum in einen ziemlich ansprechenden Laden verwandelt, den Kaja ›True Treasures‹ genannt hatte, was so viel bedeutete wie ›wahre Schätze‹. Sie bestückte ihn mit ausgewählter Vintage-Mode, die sie teilweise umarbeitete oder upcycelte, bevor sie sie in den Verkauf nahm. So hatte sie sich innerhalb kürzester Zeit einen Namen gemacht – weit über die Grenzen der Kölner Südstadt hinaus.

»Nicht auszudenken, dass wir vielleicht bald nicht mehr hier sind.« Bei dem Gedanken wurde mir ganz schwindelig. »Flea Market und dein True Treasures gehören doch hierher wie … wie der Eiffelturm nach Paris oder …«

» … der Dom nach Köln«, schloss Kaja mit Grabesstimme.

Ich nickte düster und stellte mich neben sie an den Tresen. Eine Weile blickte ich stumm hinaus in unseren schönen Innenhof. Die Vögel in der Kastanie zwitscherten und sangen, als wäre nichts passiert. Wenn die wüssten, dachte ich. Dann packte ich Kajas Handgelenk und drückte es so fest, dass sie »Autsch« brummte. »Es wird nicht passieren, oder?« Ich drückte noch fester und sah sie eindringlich an. »Sag mir, dass es nicht passieren wird. Dass wir hier nicht weggehen müssen, Kaja. Ich meine, Flea Market … das ist doch … mein Leben.«

Sie nickte grimmig. »Und das True Treasures meins. Nur, ganz ehrlich: Im Zweifel interessiert das keine Sau.«

»Ich finde einen Weg«, erwiderte ich trotzig.

Kaja schwieg. »Vermutlich«, sagte sie schließlich. »Nein, ganz sicher: Du findest einen Weg. WIR finden einen Weg. Wir haben ja schon ganz andere Sachen geschafft. Kampflos aufgeben ist nicht unser Ding!«

»War es noch nie«, pflichtete ich ihr bei, und plötzlich fühlte ich mich ein klein wenig besser.

Kaja deutete mit dem Kinn auf ihr Handgelenk, das ich immer noch umklammert hielt. »Wenn du es loslässt, könnte ich die Einnahmen wegschließen und Feierabend machen ...«

»Entschuldige«, murmelte ich.

Nachdem Kaja ihren Tagesumsatz sicher verstaut hatte, beschlossen wir, gemeinsam den Heimweg anzutreten. Unsere Wohnung in der Rolandstraße lag nur fünf Gehminuten entfernt. Als wir den Hof der ehemaligen Knopffabrik verließen und auf die Bonner Straße traten, fiel mein Blick auf das weißgetünchte Gebäude gegenüber, das einst das Südstadttheater beherbergt hatte. Efeu rankte an dem alten Gemäuer hoch, und das Eingangsportal war beinahe zugewachsen. Der Bau stand seit Jahren leer. Theater wurde darin schon lange nicht mehr gespielt. Mir fiel die Zeit ein, als ich noch klein war und es dort fast jedes Wochenende Aufführungen gegeben hatte: nachmittags Inszenierungen für Kinder, am Abend für Erwachsene. Ich war oft hier gewesen und in den samtbezogenen roten Theatersesseln fast versunken, wenn ich mit Spannung das Geschehen auf der Bühne verfolgte. Ich erinnerte mich an »Die Zauberflöte« und »Der Nussknacker«, als wäre es gestern gewesen. Dabei war es lange her – in einer Zeit, als es meine Mutter noch gegeben hatte.

»Denkst du auch, was ich denke?«, fragte Kaja in meine Gedanken hinein.

»Kinderoper?«

»Äh ... nein. Ich denke, dass dieses Gebäude leersteht und wir eine neue Bleibe brauchen.«

Ich starrte sie mit offenem Mund an. Darauf war ich noch gar nicht gekommen. Dabei liefen wir jeden Tag hier vorbei.

Doch dann winkte ich ab. »Es wird seine Gründe haben, warum es leersteht. Wahrscheinlich ist es baufällig, oder es gehört inzwischen der Stadt, und die haben es vergessen. Oder können sich nicht einigen, was damit passieren soll.«

Kaja lachte. »Ja, das klingt nach Köln. Komm, lass uns trotzdem mal rübergehen.«

Wir überquerten die Straße, stellten uns neugierig auf die Zehenspitzen und versuchten, einen Blick durch die hübschen Rundbogenfenster ins Innere zu erhaschen, doch außer Dunkelheit war nicht viel zu sehen.

»Irgendjemandem muss es gehören ...«, murmelte Kaja.

»Früher war das Christof Penczeks Theater.«

»Der Name kommt mir bekannt vor.«

Ich nickte. »Der war in der Südstadt eine lebende Legende. Ein exaltierter Künstler, der wahnsinnig gut aussah. Er hat sagenhafte Partys veranstaltet und immer dafür gesorgt, dass in seinem Theater das ganze Jahr über etwas geboten wurde. Klassische Stücke, aber auch moderne Sachen und besagte Kinderopern. Außerdem hat er oft mit provokanten Inszenierungen und Kunstprojekten von sich reden gemacht.«

»Wow!«

»Meine Mutter hat früher oft von ihm erzählt. Sie kannten sich, und ich glaube, sie hat ihn vergöttert. Dann ist er krank geworden und hat sich aus der Öffentlichkeit zurückgezogen. Das stand mal in der Zeitung. Aber er lebt noch in der Südstadt, glaube ich. Ob ihm das Theater allerdings noch gehört – keine Ahnung. Wahrscheinlich nicht.«

»Und wenn doch? Wir sollten es unbedingt herausfinden. Vielleicht vermietet er es uns. Das wäre doch ideal, Tilda! Unsere Kunden müssten sich nicht groß umgewöhnen, wenn wir einfach auf die andere Straßenseite ziehen würden. Und wir könnten unter einem Dach bleiben.«

»Das stimmt. Und groß genug wäre es auch. Aber wenn das Gebäude zu vermieten ist, warum steht es dann so lange leer?«

»Das kann tausend Gründe haben. Fragen kostet nichts«, beharrte Kaja. »Und wenn er den Namen deiner Mutter hört, sagt er bestimmt ja.«

»Klar, ich könnte ihn mal fragen …«, erwiderte ich wenig überzeugt. »Aber …«

»Aber was?«

»Aber … na ja. Es wäre fast zu schön, um wahr zu sein.«

»Quatsch! Nichts ist zu schön, um wahr zu sein. Den Spruch kann nur ein Idiot erfunden haben. Oder ein notorischer Pessimist. Und in unserer Lage auf einen notorischen Pessimisten zu hören wäre fatal. Also, rufst du ihn an?«

»Mhmmm, ja. Okay. Ich versuche mal, seine Nummer …«

»Schon erledigt.« Kaja hielt triumphierend ihr Handy in die Höhe. »Er steht im Telefonbuch.«

# 3. KAPITEL

»Und?« Neugierig sah Kaja mich an, als ich mein Telefon auf den Küchentisch legte. Nachdem wir nach Hause gekommen waren, hatte sie uns Jota gekocht – einen slowenischen Eintopf, dessen Rezept sie noch von ihrer Großmutter aus Bled kannte. Kaja war in dem kleinen slowenischen Städtchen geboren und mit ihren Eltern und ihrem Zwillingsbruder nach Köln gekommen, als sie zwölf Jahre alt war. Ihre Eltern waren beide Köche und hatten ein lukratives Jobangebot im Hotel Savoy angenommen. Das Talent am Herd hatte Kaja von ihnen in die Wiege gelegt bekommen, weshalb ich ihr Jota verschlungen und gleich noch einmal nachgenommen hatte. Als ich endlich satt war, nötigte sie mich so lange, Herrn Penczeks Nummer zu wählen, bis ich schließlich seufzend hinausgegangen war und ihn angerufen hatte.

Er war sofort am Apparat gewesen, und ich hatte mich umständlich vorgestellt. »Vielleicht kennen Sie meine Mutter?«, war ich mit der Tür ins Haus gefallen. »Monika Riefenbach. Sie war …«

»Oh ja, natürlich. Ich kenne sie. Sie war eine großartige Schauspielerin«, hatte er gesagt und wissen wollen, wo sie steckte und wie es ihr ging. »Ich denke, gut«, hatte ich ausweichend geantwortet und war dann auf das alte Theater zu sprechen gekommen. Da hatte er eine Weile in Erinnerungen geschwelgt, und ich hatte erwähnt, dass ich mich wie heute an »Die Zauberflöte« erinnerte, in der er ja höchstselbst den Papageno gespielt hatte. Herr Penczek erinnerte sich auch noch an das Stück, und an viele andere, die im Südstadttheater aufgeführt worden waren. Dann erzählte er mir von seinem Schlaganfall, der ihn während einer Vorstellung ereilt hatte. »Es war Brechts ›Kreidekreis‹, ich erinnere mich, als wäre es gestern gewesen. Danach bin ich nie wieder richtig auf die Beine gekommen.«

»Das tut mir sehr leid«, hatte ich geantwortet und mich unbehaglich gefühlt.

»Nun wissen Sie, warum das Theater leersteht. Ich habe keine Kraft mehr.«

»Aber es gehört noch Ihnen?«, hatte ich mich da zu fragen getraut.

»Ja«, sagte er, und dann kriegte ich endlich die Kurve in Richtung Flea Market und berichtete von der geplanten Erweiterung des Park Quartiers und von der misslichen Lage, in der wir uns deshalb befanden.

»Die reißen die Knopffabrik ab?«, hatte Penczek empört in den Hörer gerufen und gemeint, dass man das verhindern müsse, da es sich immerhin um ein geschichtsträchtiges Ensemble handele, und dass die Stadt Köln städtebaulich wirklich eine absolute Katastrophe sei. Da hatte ich einmal tief durchgeatmet und beschlossen, frei heraus die Frage zu stellen, die mir so sehr auf der Seele brannte: »Könnten Sie sich vorstellen, das alte Theater an Flea Market zu vermieten?«

»Und?« Kaja lauschte gespannt meinen Ausführungen und goss mir nun ein Glas Wein ein. »Jetzt sag schon. Was hat er geantwortet?« Ungeduldig wischte sie ein paar Krümel vom Küchentisch und blickte mich dann wieder neugierig an.

»Er hat gesagt, dass das Theater in Teilen sanierungsbedürftig ist und er weder das Geld noch die Kraft hat, es wiederherzustellen. Wenn wir das auf eigene Kosten übernehmen würden, könnten wir darüber reden.«

»Waaas? Echt?« Kaja sprang von ihrem Stuhl auf. »Das ist doch … super!«

»Wir müssen erst mal gucken, wie viel man reinstecken müsste. Er hat einen Wasserschaden erwähnt. Andererseits, allzu schlimm kann es eigentlich nicht sein. Wir können ja viel selbst reparieren.«

»Eben!«, rief Kaja. »Das klingt, als wäre es die perfekte Lösung.«

»Ja, aber …«

»Sag's nicht!«

»Was?«

»Dass es zu schön ist, um wahr zu sein.«

»Das wollte ich gar nicht sagen«, log ich und zog ein beleidigtes Gesicht.

»Sondern?«

»Dass ich nächsten Dienstag um siebzehn Uhr einen Termin bei ihm habe. Und dass wir den erst mal abwarten müssen. Und auch, wie viel Miete er verlangt. Aber er hat gesagt, dass wir uns da schon irgendwie einig werden. Also, im Grunde …«

»Im Grunde sieht es gut aus?«

»Im Grunde … ja.«

»Dann würde ich sagen: Auf Herrn Penczek!« Sie setzte sich wieder, hielt mir strahlend ihr Weinglas entgegen, und wir stießen an.

»Gibt's was zu feiern?«

»Hi, Jonte«, sagte ich. »Wo kommst du denn her?« Ich hatte gar nicht gehört, dass unser Mitbewohner die Küche betreten hatte.

»Aus dem Zoo.« Er deutete auf die Weinflasche. »Kann ich auch was?«

Kaja und ich nickten. Jonte nahm sich ein Glas und setzte sich zu uns an den langen, alten Holztisch. Ich schenkte ihm ein und musterte ihn. Er wirkte müde und gestresst, aber das konnte auch Einbildung sein. Wir kannten ihn noch nicht so lange, er wohnte erst seit knapp drei Monaten bei uns. Kajas Zwillingsbruder Milan war kurz zuvor zu seiner Freundin nach Nippes gezogen. Somit war eines unserer vier WG-Zimmer frei geworden, und wir hatten per Laternenpfahl-Aushang einen Nachmieter gesucht. Es hatten sich fünfundsiebzig Leute gemeldet. Einer von ihnen war Jonte gewesen.

»Zum Wohl«, sagte ich, und wir stießen noch einmal an. »Weiß einer von euch, wo Mia steckt?«

Kaja und Jonte schüttelten unisono die Köpfe.

»Seit gestern Morgen hab ich sie nicht mehr gesehen«, erklärte Kaja.

Ich seufzte.

»Sie wird bei einer Freundin sein«, beruhigte mich Jonte.

»Ich wette, sie liegt mit einem Typen im Bett, den sie bei Tinder aufgerissen hat. Oder sonst wo«, vermutete Kaja.

»Na, spitze«, murmelte ich. Vermutlich hatte sie recht. Es wäre nicht das erste Mal gewesen und ... na ja, typisch Mia.

»Sie ist erwachsen.« Kaja trank einen Schluck Wein.

»Sie ist gerade erst achtzehn geworden. Und meine Schwester«, erwiderte ich.

»Mach dir nicht so viele Gedanken. Ihr geht es gut, glaub mir.« Kajas Miene verfinsterte sich. »Außerdem haben wir jetzt andere Sorgen.«

Jonte horchte auf. »Nämlich?«

»Flea Market steht auf dem Spiel«, sagte Kaja wie aus der Pistole geschossen, und dann erzählten wir ihm von Ziegler und Pöll und schließlich auch von der Aussicht, möglicherweise das alte Südstadttheater zu mieten.

»Das wäre wirklich Glück im Unglück.« Jonte setzte sein Glas an und leerte es in einem Zug. »Ich habe auch Sorgen«, eröffnete er uns dann und fuhr sich mit der Hand durch das rotblonde Haar. »Saskia ist krank.«

»Wer ist Saskia?« Kaja schenkte ihm nach.

»Eine Waldohreule. Sie wurde uns gestern von einer Frau gebracht, die sie im Park gefunden hat. Saskia hat einen gebrochenen Flügel, also haben wir beschlossen, sie im Zoo wieder aufzupäppeln. Aber letzte Nacht muss sie im Eulengehege angegriffen worden sein. Vielleicht von Gernot. Der ist in letzter Zeit unheimlich aggro.«

»Und wer ist jetzt wieder Gernot?« Kaja rollte mit den Augen.

»Die alte Schleiereule«, erklärte ich. »Stimmt doch, oder, Jonte?«

Er nickte.

»Sie wird schon wieder«, sagte ich und legte tröstend meine Hand auf seinen Rücken. Ich wusste, wie sehr ihn das Schicksal seiner Tiere immer mitnahm. »Bei dir ist sie ja in guten Händen.«

»Hoffentlich«, erwiderte er zweifelnd.

Ich mochte unseren neuen Mitbewohner, obwohl Kaja natürlich nicht ganz unrecht hatte, wenn sie ihn als Vogelnerd bezeichnete. Jonte studierte Tiermedizin im fünften Semester und arbeitete nebenbei im Kölner Zoo, wo er hauptsächlich für die gefiederten Bewohner zuständig war. Einen besseren Nebenjob hätte er nicht finden können, denn er interessierte sich für Vögel aller Art, seit er zehn Jahre alt war und von seinen Eltern die Wellensittiche Chi und Cago geschenkt bekommen hatte.

»Was findest du nur an diesem ganzen Federvieh?«, fragte Kaja und machte ein angewidertes Gesicht.

»Es sind faszinierende Tiere!« Jonte klang fast ein wenig trotzig.

»Find ich ja nicht«, erklärte Kaja. »Sie haben kein kuschliges Fell und doofe Füße. Und sie sind irgendwie überhaupt nicht ... süß!«

»Natürlich sind sie süß.« Jonte sah sie empört an. »Hast du dir jemals ein Weißkopfadlerküken aus der Nähe angesehen?«

»Äh ... nein?!«

»Oder ein Falkenbaby?«

»Nope.«

»Dann solltest du das dringend nachholen.« Er nahm sein Handy, tippte etwas und hielt uns ein Foto von einem schneeweißen flauschigen Etwas unter die Nase. »Falkenbaby. Süß, oder?«

»Joaa«, sagte Kaja. »Schon. Weil es ein Küken ist. Aber wenn die groß sind ...«

»... sind es überaus beeindruckende Tiere«, dozierte Jonte und steckte sein Handy wieder ein. »Unheimlich klug, schnell und hervorragende Jäger. Wusstet ihr, dass in arabischen Ländern jeder, der etwas auf sich hält, einen Falken besitzt?«

»Nein, wusste ich nicht.« Kaja trank noch einen Schluck Wein. »Statt Hund, oder wie?«

»Nein, Falken sind da keine Haustiere, sondern Familienmitglieder. Sie werden behandelt wie ein Sohn oder eine Tochter.«

»Echt jetzt?« Ich musste lachen bei der Vorstellung.

»Ja, kein Witz. Die wohnen im Wohnzimmer, schlafen im selben Raum wie ihre Besitzer und haben ihren eigenen Platz im Auto.«

»Das ist komplett verrückt.« Kaja schüttelte den Kopf. »Wenn ich demnächst in unser Wohnzimmer komme, und da lümmelt ein Falke in meinem Sessel herum, dann haben wir zwei aber ein ernstes Problem, Jonte.«

»Keine Sorge. Ich hab nicht vor, einen weiteren Mitbewohner einzuschleusen. Aber irgendwann gehe ich nach Abu Dhabi, um an der berühmten Falkenklinik zu arbeiten. Sie behandeln dort über fünftausend Falken im Jahr.«

»Freak«, sagte Kaja.

»Er weiß wenigstens, was er will«, verteidigte ich ihn.

»Genau«, sagte Jonte und grinste. »Im Moment zum Beispiel noch Wein.«

# 4. KAPITEL

»Cem, ich muss früher Feierabend machen. Könntest du gleich abschließen?«

Cems Kopf kam hinter der Kommode hervor, deren Rückseite er gerade weiß lackierte. »Klar. Wo gehst du hin?«

»Ich habe ... einen wichtigen Termin«, erklärte ich ausweichend, denn mir war gerade noch rechtzeitig eingefallen, dass er und Helga ja nichts von unserer prekären Lage bei Flea Market wussten. Weshalb ich ihnen auch nicht von meiner Verabredung mit Herrn Penczek erzählen konnte.

»Helga, kriegst du das Ding heute noch fertig? Herr Borchert hat gerade angerufen. Er will es gleich abholen.«

»Jau«, sagte Helga, ohne aufzublicken. Sie war ganz vertieft in das Löten von Kabeln eines alten Rowenta-Toasters. »Sonst noch was, Chefin?«

»Ja, ihr könnt mir die Daumen drücken.«

»Wofür?«, brummte Helga.

»Egal. Drückt sie einfach.«

In diesem Moment klingelte mein Handy. Ich zog es aus der Hosentasche, und während ich schnellen Schrittes in Richtung Büro ging, nahm ich ab. »Hey, Mia, was gibt's?«, fragte ich atemlos.

»Tilda, kannsu kommen?« Meine Schwester klang irgendwie nicht gut.

»Wie? Jetzt? Wohin denn?«

»Ich ... ich hatte einen Unfall.«

»Was?« Kurz blieb mir die Luft weg.

»Mit ... mit einem E-Scooter.«

»Gott! Bist du verletzt?«

»Nee. Alles gut. Na ja ... fast alles. Ich bin in der Stolkgasse.«

»Wo?«

»Auf der Po... Polizeiwache. Die wollen mich nicht weglassen.«

»Polizeiwache? Aber wieso ...?«

»Weil ... weil die denken, dass ich ein Auto gestreift hab. Mit dem E-Roller. Und ... und weil ich ... hicks ... was getrunken hab.«

»Nicht dein Ernst«, stöhnte ich. Es war kurz nach vier am Nachmittag!

»Du musst mich hier rausholen, Tilda. Und ... hicks ... irgendwas unterschreiben. Die ... die ...« Sie schniefte. »Die stecken mich sonst in die Aus... äh ... hicks ... Ernüchterungszelle ... und ... bitte, Tilda! Ich will nicht ins Gefängnis!«

Ich warf einen Blick auf meine Armbanduhr. Ungelegener hätte Mias Anruf nicht kommen können. Aber ich konnte sie ja auch nicht in einer Gefängniszelle schmoren lassen. Obwohl sie es wirklich verdient hätte, dachte ich grimmig. »Na gut, ich komme«, zischte ich in den Hörer und legte entnervt auf. Ich dachte nach. Wenn der Ducato sofort ansprang und es auf der Polizeiwache schnell ging, könnte ich es vielleicht trotzdem noch halbwegs pünktlich zu Herrn Penczek schaffen. Ich musste mich allerdings verdammt beeilen. Die letzten Meter, die mich noch von meinem Büro trennten, legte ich im Laufschritt zurück. Ich schnappte mir meine Handtasche und lief sofort wieder hinaus. »Bin weg!«, rief ich Cem und Helga zu, joggte über den Hof und sprang in den Lieferwagen. Dann raste ich Richtung Stolkgasse.

»Ich möchte meine Schwester abholen. Mia Bachmann«, erklärte ich dem Polizisten hinter dem Informationsschalter. »Sie ...«

»Augenblick«, brummte der beleibte Beamte, tippte mittels Zwei-Finger-Suchsystem etwas in seinen Computer und starrte dann mit halbgeschlossenen Augen sehr lange auf seinen Bildschirm.

»Sie hatte einen Unfall mit einem ...«

Der Beamte hob die Hand und brachte mich so erneut zum Schweigen.

Ich trat von einem Fuß auf den anderen und blickte ungeduldig auf die Uhr. Der Beamte scrollte nun langsam seinen Bildschirm hoch und runter, und ich musste unweigerlich an Flash, das Faultier aus ›Zoomania‹ denken, dabei hoffte ich inständig, dass er nicht noch auf die Idee kam, mir einen langatmigen Witz zu erzählen. Ich hatte Glück. Er erzählte keinen Witz, und endlich schien er auch gefunden zu haben, wonach er gesucht hatte, denn nun wandte er sich mir zu. »A 38. Dritter Stock, erste Tür links«, sagte er mit sonorer Stimme.

»Super, danke!«, keuchte ich, hob die Hand zum Abschied und steuerte im Laufschritt die Treppe an. Ich hechtete die Stufen hinauf und erreichte endlich das Büro, in dem Mia saß – beziehungsweise lag. Jemand war so freundlich gewesen und hatte drei Stühle so nebeneinander positioniert, dass sie sich in die Horizontale begeben und ihren Rausch ausschlafen konnte. Offenbar hatte sie es sogar hier geschafft, jemanden um den Finger zu wickeln. »Gott, Mia!«, entfuhr es mir, als ich sie so da liegen sah. Sie trug eine knappe Jeansshorts und ein noch knapperes bauchfreies Top. Ihr glattes, scharlachrot gefärbtes Haar fiel seitlich hinunter und berührte fast den Boden. Ich fasste sie sanft an der Schulter, doch sie rührte sich nicht, sondern schnarchte einfach weiter. Die Beamtin hinter dem Schreibtisch nickte mir freundlich zu. »Hat ganz schön getankt, Ihre Schwester. Eins Komma drei Promille. Aber keine Sorge, ansonsten ist sie unverletzt.«

»Das tut mir leid. Sie ist …«

»Muss es nicht. Na ja. Oder vielleicht doch. Sie kriegt eine Anzeige. Zumal der E-Roller beschädigt ist. Und der geparkte weiße C-Klasse-Mercedes, mit dem er dank der Fahruntüchtigkeit Ihrer Schwester Bekanntschaft gemacht hat, auch. Den Halter des Wagens konnten wir bereits ausfindig machen.« Sie zog ihre Augenbrauen hoch. »Ich hoffe, Ihre Schwester ist gut versichert.«

»Das hoffe ich auch«, murmelte ich. »Kann ich sie jetzt mitnehmen?«

»Noch nicht«, erklärte die Beamtin. »Bitte setzen Sie sich. Ich muss Ihre Personalien aufnehmen und zu Protokoll nehmen, dass Sie sie abgeholt haben. Eigentlich wäre sie jetzt in der Ausnüchterungszelle, aber …« Sie warf einen Blick auf die schlafende Mia. »Sie ist noch so jung, und in der Zelle sind gerade ein paar Stammgäste, wenn Sie verstehen.«

»Danke«, murmelte ich und blickte erneut auf meine Armbanduhr. Es war inzwischen fast fünf. Unmöglich, den Termin bei Penczek noch zu schaffen. Ich seufzte innerlich und beschloss, ihn anzurufen und um Verschiebung zu bitten.

»Danke, Schwesserherz«, lallte Mia, nachdem ich sie mit viel Mühe geweckt und in den Fahrstuhl bugsiert hatte. »Das werde ich dir nie … hicks … vergessen.«

»Hoffentlich. Deinetwegen ist nämlich gerade ein sehr wichtiger Termin geplatzt«, fauchte ich.

»Was 'n für 'n … hicks … Termin?« Sie stellte sich auf die Zehenspitzen und gab mir einen Kuss auf die Wange. »Hab dich lieb.«

»Ach, vergiss es.« Die Fahrstuhltür öffnete sich, und ich fasste Mia um ihre schmale Taille und schob sie hinaus.

Zum Glück hatte ich vorhin einen Parkplatz direkt vor der Tür ergattert. Ich setzte meine kleine Schwester auf den Beifahrersitz, schnallte sie an und startete den Motor. Bevor ich Gas gab, drückte ich ihr eine Tüte in die Hand. »Falls dir schlecht wird.«

Sie winkte lachend ab. »Ach, was! Ich bin … hicks … topfit.«

»Klar, sehe ich.«

Ich fuhr langsam zurück Richtung Südstadt. Zum Glück hatte ich Herrn Penczek inzwischen erreicht, ihm erklärt, dass mir etwas Wichtiges dazwischengekommen war, und ihn um Verschiebung unseres Termins gebeten. Leider hatte er am Abend noch etwas vor, so dass ich heute nicht mehr mit ihm über das alte Theater würde sprechen können. Doch er hatte mir fest versprochen, mich so schnell wie möglich wegen eines neuen Termins zu kontaktieren.

»Dein Glück«, murmelte ich grimmig in Mias Richtung.

»Was?« Sie starrte mich mit leeren blauen Augen an. Ihr fein geschnittenes Gesicht war plötzlich ganz fahl, und sie fasste sich an den Bauch.

»Tüte!«, rief ich gerade noch rechtzeitig.

»Aye, aye, Käpt'n«, wisperte sie, hielt sich den Plastikbeutel vor den Mund und übergab sich ausgiebig und geräuschvoll.

»Was hast du dir nur dabei gedacht?«, schimpfte ich, nachdem ich meiner Schwester in einen frischen Pyjama und schließlich ins Bett geholfen hatte. Ich setzte mich auf ihre Bettkante und stopfte ihr ein Kissen in den Rücken. Dann drückte ich ihr eine Tasse mit dampfendem Kamillentee in die Hand. Sie nahm sie dankbar entgegen und lächelte mich an. Es ging ihr offenbar besser.

»Ich hab Kalle und Benni getroffen.«

»Wen?«

»Die kenne ich über Jule.«

»Ah.« Ich hatte keine Ahnung, wovon sie sprach.

»Na ja, die beiden hatten jedenfalls Bock auf Biertrinken, und da ich nichts Besseres vorhatte, hab ich mich drangehängt.«

»Mitten in der Woche? Mitten am Tag?«

Sie zuckte mit den Schultern. »*Yolo.*«

»Was?«

»*You only live once.*«

»Eben«, sagte ich. »Deshalb würde ich mein Leben auch nicht im Rausch verbringen wollen.«

»Boah, du bist echt so spießig, Tilda. Ist doch witzig, mal'n bisschen was zu trinken, wenn man eh nichts Besseres vorhat.«

Ich seufzte. »›Mal‹ ja. Und ›ein bisschen‹ auch. Aber … Wie wäre es, wenn du dir endlich einen Job suchst? Dann hast du auch was Besseres vor, wenn du …«

Mia machte ein trotziges Gesicht. »Hör auf. Du bist doch nicht meine Mutter!«

»Nein. Das stimmt«, erwiderte ich leise.

»Das mit dem Roller und dem Mercedes, das waren übrigens Kalle und Ben. Die waren zu zweit auf dem Scooter und haben irgendwie die Kontrolle über das Ding verloren. Und dann sind sie einfach abgehauen, als die Bullen kamen.«

»Was?«

Mia zuckte mit den Schultern. »Ich hab's zu spät geschnallt, und jetzt denkt die Polizei, ich war das.«

»Wow, nette Freunde hast du. Hast du denn nicht gesagt, dass du es nicht warst?«

»Doch. Aber sie haben es irgendwie … nicht verstanden.«

»Sorry, ich vergaß. Du konntest ja nicht mehr richtig sprechen.«

»Alter, du nervst.« Sie trank einen Schluck Tee, gab mir die Tasse zurück und rollte sich wie ein Baby in die Bettdecke ein. »Will jetzt schlafen«, murmelte sie.

»Mia, ich hab dich abgeholt und extra ...«

»Ja, ja, ich weiß. Danke«, brummte sie ins Kopfkissen.

»Gern geschehen«, brummte ich zurück und erhob mich seufzend. »Schlaf gut.« Sanft strich ich ihr mit der Hand über den roten Schopf. Ich machte mir Sorgen. Mia hatte schon immer ein ausgeprägtes Talent dafür gehabt, sich die falschen Freunde auszusuchen und kopfüber in jeden Fettnapf zu stürzen. Schon als kleines Mädchen war sie wild und schwierig gewesen. Hatte immer aufgeschlagene Knie gehabt und nie die Hausaufgaben gemacht. Und wer wollte es ihr verdenken? Wir hatten keine leichte Kindheit gehabt, waren meist auf uns allein gestellt gewesen. Mia war seit jeher die Sensiblere von uns beiden. Wenn es brenzlig wurde, ist sie manchmal einfach abgehauen, weil sie es nicht mehr aushielt. Zum ersten Mal, als sie gerade acht Jahre alt war und Streit mit unserem Vater hatte. Da hat sie ihren kleinen Rucksack gepackt und ist einfach verschwunden. Ich habe sie schließlich wiedergefunden. Wohlbehalten, in unserem gemeinsamen Geheimversteck im Blücherpark. Ich war heilfroh, doch sie war wütend, dass ich sie aufgegabelt und – wie sie meinte – verraten hatte.

Jetzt war sie erwachsen, und ich musste immer noch auf sie aufpassen. Mehr denn je sogar. Ich würde es mir nie verzeihen, wenn sie auf die schiefe Bahn geriet.

# 5. KAPITEL

»Wer hatte ohne Zwiebeln?«, fragte Cem in die Runde.

Ich hob die Hand und ließ mir mein Mittagessen reichen. Cem, Helga, Kaja und ich saßen bei schönstem Sommerwetter auf unseren geblümten Siebziger-Jahre-Campingstühlen im Hof der Knopffabrik und machten gemeinsam Mittagspause. Heute war Freitag, und freitags war bei Flea Market traditionell Dönertag. Diese schöne Sitte hatte Cem in seiner ersten Arbeitswoche bei uns eingeführt, und seitdem war kein einziger Freitag vergangen, an dem er sich nicht pünktlich um zwölf Uhr dreißig auf sein Fahrrad geschwungen hatte, um bei Deniz auf der Bonner Straße den angeblich leckersten Döner der Stadt zu besorgen. Und für Helga weichen Börek. Ihr war nämlich im Laufe ihres Lebens neben großen Teilen ihres Selbstwertgefühls auch ein Schneidezahn abhandengekommen. »Ist normal, wenn man auf der Straße lebt«, hatte sie einmal schulterzuckend gemurmelt und dann in einem seltenen Anfall von Sentimentalität erklärt, wie froh sie sei, dass sie wieder ein richtiges Zuhause habe, einen Job bei Flea Market und, dank meiner Bemühungen, endlich auch ein Provisorium im Mund.

Helga bekam ihr Börek, und dann sagte eine Weile keiner mehr etwas, weil alle das Essen genossen und sich darauf konzentrierten, nicht die Hälfte des Döner-Innenlebens auf die Hose zu bekommen.

»Hat Penczek endlich angerufen?«, fragte Kaja irgendwann mit vollem Mund.

Ich schüttelte den Kopf und warf ihr einen warnenden Blick zu. Die anderen wussten immer noch nichts von der Kündigung.

Penczek hatte sich einfach nicht mehr bei mir gemeldet. Ich hatte es immer wieder telefonisch bei ihm versucht, ihn jedoch nie erreicht. Er wird im Urlaub sein. Oder im Krankenhaus. Vielleicht eine Reha, hatte ich gedacht. Es kam oft vor, dass ältere Menschen Rehas machten. Meine Oma war schon zweimal in Bad Schönfelde gewesen und einmal in Bad Bentheim.

»Er meldet sich schon noch«, sagte ich, schnippte ein Stück Salat von meinem Knie und biss herzhaft in meinen Döner.

»Worüber redet ihr eigentlich?«, wollte Cem wissen.

»Ach, nichts Wichtiges«, log ich und machte eine wegwerfende Handbewegung.

»Okaaay ...« Cem zog einen beleidigten Flunsch.

»Hey!«, hörte ich plötzlich jemanden rufen, und als ich den Kopf hob, sah ich, wie ein ziemlich attraktiver Typ auf uns zu schlenderte, dunkelblond, in Jeans, T-Shirt und dunkelblauen Chucks. Er kam mir vage bekannt vor, aber ich konnte nicht einsortieren, woher. Er machte vor uns Halt, vergrub die Hände in den Hosentaschen und lächelte uns leicht verlegen an. »Hey«, sagte er noch einmal und blickte dann auf das Essen in unseren Händen.

Verstohlen wischte ich mir mit dem Handrücken über den Mund, um etwaige Zaziki- oder Salatreste aus meinem Gesicht zu entfernen. »Hey«, erwiderte ich dann und lächelte zurück – vorsorglich mit geschlossenem Mund, für den nicht sehr unwahrscheinlichen Fall, dass sich Teile des Döners noch zwischen meinen Zähnen befanden.

»Hey«, sagte nun auch Kaja, die in Sachen Essensrückstände zwischen Zähnen offenbar kein Problembewusstsein hatte, denn sie starrte unseren Besucher mit offenem Mund an, was, wie ich vermutete, an seinem auch bei näherer Betrachtung wirklich außergewöhnlich guten Aussehen lag.

Mein Blick wanderte zu Helga, die angestrengt die Augen zusammenkniff, während sie sich ihr letztes Stück Börek komplett in den Mund stopfte. »Du bist doch ...« Sie dachte angestrengt nach und zeigte dabei mit dem Finger auf den Typ. Dann flüsterte sie plötzlich mit ehrfürchtigem Gesicht: »Marcel Dahlström ...«

Da, endlich, fiel auch bei mir der Groschen. Helga hatte vollkommen recht. Vor uns stand niemand anderes als ... Noah Berger! Seines Zeichens Schauspieler, genauer gesagt: ehemaliger Darsteller in der längst abgesetzten RTL-Daily-Soap ›Liebe und andere Katastrophen‹, kurz LUAK, wo er den attraktiven Barkeeper und Womanizer Marcel Dahlström gemimt hatte. Später hatte er, wenn ich mich recht erinnerte, noch einen Hit gelandet mit einer Rap-Version des Münchener-Freiheit-Titels ›Ohne dich‹. Danach war es still um ihn geworden.

»Entschuldigung. Ich störe beim Mittagessen ...«, sagte Noah Berger jetzt.

»Quatsch, du störst nicht«, beeilte ich mich zu sagen, sprang auf und fuhr unauffällig mit der Zunge über meine Schneidezähne. »Was ... kann ich denn für dich tun?«

Er streckte mir freundlich eine Hand entgegen.

Ich ergriff sie.

»Noah Berger.« Er strahlte und sah dabei aus wie Brad Pitt in seinen besten Zeiten.

»Ich weiß«, erwiderte ich und strahlte ebenfalls.

»Ich wollte nur mal kurz Hallo sagen«, erklärte er.

»Datt find ich aber nett«, meinte Helga.

Noah ließ meine Hand los. »Wir sind nämlich jetzt sozusagen Nachbarn.«

»Wirklich?«, fragte ich erfreut. So attraktive Nachbarn waren mir natürlich immer willkommen. Doch dann stutzte ich. »Wohnen Sie im Park Quartier?«

Der neue Nachbar schüttelte den Kopf. »Das ist mir da zu ...« Er schien nach dem richtigen Wort zu suchen. »... nobel«, sagte er schließlich.

Ich nickte.

»Nein«, fuhr er mit stolzer Miene fort. »Ich habe das Theater auf der gegenüberliegenden Straßenseite gekauft.«

Ich starrte ihn an. Dieses Mal auch mit geöffnetem Mund.

»Waaaas?« Kaja fand zuerst die Sprache wieder.

Noah blickte sie irritiert an.

»Oh ...«, stammelte ich. »Also ... das Theater dort drüben?« Ich zeigte in Richtung unseres schmiedeeisernen Eingangstors.

»Ja, genau.« Er lächelte immer noch. »Gibt's hier denn noch ein anderes?«

»Nein, nein, gibt's nicht«, murmelte ich. In meinem Kopf drehte sich alles.

Noah warf mir einen prüfenden Blick zu. »Alles in Ordnung?«

»Ja, ja, alles bestens. Äh, wow! Also, richtig gekauft, ja?«

Noah nickte amüsiert. »Ja. Richtig gekauft. Ich werde es wieder auf Vordermann bringen, und dann soll es im alten Glanz erstrahlen.«

»Erstrahlen«, echote ich matt und ließ mich in meinen Gartenstuhl zurückfallen.

»Willst du da wohnen?«, wollte Helga wissen.

»Nein, ich wohne ein paar Straßen weiter. Ich plane, dort wieder Theaterstücke aufzuführen. So wie früher. Ich bin selbst ... na ja, vom Fach. Schauspieler.«

Helga war inzwischen von ihrem Stuhl aufgestanden, hatte sich zu ihrer vollen Größe von eins siebenundfünfzig aufgerichtet und sah jetzt zu ihm auf. »Na, dann: Tachchen. Helga mein Name. Ich kenn dich übrigens. Aber unter Marcel!«

Noah lächelte. »Ja, genau. Der bin ich. Beziehungsweise war. Jetzt bin ich wieder Noah.«

»Klar.« Helga nickte wissend. »LUAK gibt's ja nich mehr. Kommt datt denn noch mal irgendwann wieder im Fernsehen?«

Noah schüttelte den Kopf. »Nein, leider nicht. Na ja, was heißt leider …«, korrigierte er sich und lächelte. »Alles hat seine Zeit.«

»Und deine Zeit ist jetzt vorbei. So is datt im Leben«, resümierte Helga, wandte sich um und eilte ohne weitere Erklärung in die Werkstatt.

Cem und Kaja stellten sich dem neuen Nachbarn nun ebenfalls vor, doch das bekam ich nur noch am Rande mit, denn ich war vollauf damit beschäftigt, neben dem Döner auch die Nachricht vom Verkauf des Theaters zu verdauen, und stierte dabei vor mich hin wie eine eingeschlafene Kuh.

»Und wie heißt du?«, fragte Noah und lächelte sein Marcel-Dahlström-Lächeln, dass mir noch bestens aus dem Fernsehen geläufig war.

»Äh, wie bitte?«

»Der will deinen Namen wissen«, half Cem mir auf die Sprünge. »Die heißt Tilda und ist hier die Chefin.«

»Ah, freut mich, Tilda. Du bist also hier …«

»Die Chefin, richtig gehört«, ergriff Cem erneut das Wort. »Soll man nicht meinen, ne? Weil die so jung ist. Und hübsch.«

Ich wurde rot. »Was hat das denn damit …«

In diesem Moment kam Helga zurück und hielt Noah einen zerfledderten Block und einen Kugelschreiber unter die Nase. »Kann ich ein Autogramm?«

»Äh, ja. Natürlich. Gern!« Noah wirkte erfreut. »Was soll ich denn schreiben? Hast du einen Wunsch, Helga?«

›Hast du einen Wunsch, Helga?‹, äffte ich ihn im Geiste nach. Plötzlich konnte ich den Typ nicht mehr ausstehen.

»›Für Helga‹, watt denn sonst?«, sagte sie.

Noah kritzelte irgendwas auf den Block, gab ihn ihr zurück und sah dabei sehr souverän aus.

Helga strahlte ihn dankbar an und drückte sich das Autogramm ans Herz.

Ich stöhnte innerlich auf und warf Kaja einen vielsagenden Blick zu.

»Du bist also hier die Chefin«, griff Noah den Faden von eben wieder auf. »Das trifft sich gut. Ich brauche nämlich Möbel. Fürs Foyer und fürs Büro drüben. Und später auch für ein Bühnenbild. Sobald ich mit den Renovierungsarbeiten fertig bin, geht es direkt los mit dem ersten Theaterstück. Ich werde es selbst schreiben, und klar, auch selber mitspielen. Ist natürlich noch Zukunftsmusik, aber wie sagt man so schön: *Time flies* …«

Ich verzog den Mund zu einem schmalen Lächeln.

»Das ist ja echt praktisch, dass ich euren Möbelflohmarkt direkt vor der Nase habe … Könnte ich mich eventuell ein bisschen umschauen?« Er deutete mit dem Kinn auf die Verkaufshalle. »Ich meine, wo ich schon mal hier bin. Fürs Erste bräuchte ich einen Schreibtisch mit einem passenden Stuhl. Und einen Schrank für den Papierkram. Und ein Sofa fürs Foyer.«

»Schwierig«, brummte ich.

»Schwierig?« Er sah mich fragend an.

»Wir machen gerade Mittagspause.«

»Stimmt nicht.« Cem deutete auf seine Armbanduhr. »Ist schon zwei. Mittag ist zu Ende.«

Ich seufzte. »Ah. Ja, klar, wenn das so ist. Schau dich gerne um.«

»Cool. Äh, magst du vielleicht mitkommen?«

Ich verspürte gerade wenig Lust, Noah Berger beim Einrichten des Theaters behilflich zu sein, das eigentlich unseres hätte sein sollen, und ich ärgerte mich schwarz über Mia und ihre E-Scooter-Eskapade. Über Penczek, der sein Versprechen gebrochen und, statt mich anzurufen, sein Theater einfach an einen Möchtegern-Promi verkauft hatte. Und ganz besonders ärgerte ich mich über mich selbst, weil ich Penczek nicht auf die Füße getreten, ihm nicht die Bude eingerannt oder wenigstens so oft seine Nummer gewählt hatte, bis er endlich an der Strippe war. Ich ärgerte mich so sehr, dass ich am liebsten mit den Füßen auf den Boden gestampft hätte, doch ich riss mich zusammen und zuckte nur unschlüssig mit den Schultern. Ich war ja nicht Rumpelstilzchen.

Kaja hingegen riss sich nicht zusammen. Sie sprang auf, verpasste der alten Kastanie drei kräftige Tritte und brüllte: »Kacke, Mann!« Es kam aus tiefster Seele. Ohne sich noch einmal umzusehen, verschwand sie schnellen Schrittes in ihrem Laden.

Noah blickte ihr konsterniert hinterher. »Was ... äh ... war das denn?«

»Och, das macht die öfter«, erklärte Cem, stand auf, schnappte sich einen Fußball und begann, ihn geschickt mit den Knien in der Luft zu halten.

Noah schüttelte den Kopf. »Ihr seid ja echt ein ... lustiger Haufen.«

Ich schluckte und spürte, wie mir vor Wut Tränen in die Augen stiegen.

»Wollen wir?« Noah deutete Richtung Verkaufshalle.

»Geh schon mal rein«, presste ich hervor. »Ich komme gleich.«

Er nickte und nahm Kurs auf die alte Fabrikhalle.

Ich stapfte derweil in meine Werkstatt, setzte mich auf einen Hocker und starrte vor mich hin. Schließlich nahm ich ein Stück Schleifpapier zur Hand und bearbeitete die Tischplatte meines aktuellen Restaurationsobjekts damit. Ich nahm die grobe Seite und schmirgelte mit aller Kraft so lange auf einer Stelle herum, bis kein Fitzelchen der alten gelben Lackfarbe mehr zu sehen war. Und während der arme unschuldige Tisch meine ganze Wut abbekam, versuchte ich, mich und meine Gedanken irgendwie zu sortieren. Dieser braungebrannte Möchtegern-Promi war mir also zuvorgekommen und hatte mir allen Ernstes das Theater vor der Nase weggeschnappt. War hineinspaziert in Penczeks Wohnzimmer, mit seinem Scheiß-Marcel-Dahlström-Lächeln im Gesicht und einem dicken Geldbündel in der Hand. Ich nahm mir eine neue gelbe Stelle vor und schmirgelte, als hinge mein Leben davon ab. Und irgendwie stimmte das ja auch. Und genau deshalb würde ich mich auch nicht einfach so geschlagen geben. Ich würde jetzt da reinmarschieren, in die Verkaufshalle, zu diesem mittelmäßigen Ex-Soap-Schauspieler, und mal nachhören, wie das eigentlich gelaufen war mit Penczek, ihm und dem Theater. Auch wenn es am Ende vielleicht nichts mehr änderte – ich wollte es einfach wissen. Jetzt. Also hörte ich auf zu schmirgeln wie eine Wahnsinnige und ging nach nebenan, in aufrechter Haltung und mit dem festen Vorsatz, keinen Mord zu begehen.

# 6. KAPITEL

Noah saß auf dem opulenten karamellfarbenen Samtsofa, das auf Zieglers zukünftigem Bauplatz stand, und wippte auf und ab.

»Hi«, presste ich hervor.

»Hi.« Er stand auf und deutete auf das Möbel. »Das ist schön. Wäre perfekt für's Foyer. Was soll es kosten?«

»Hundert.«

»Hundert Euro? Ist das nicht viel zu wenig?«

»Du kannst auch gerne mehr zahlen, wenn du unbedingt willst«, erwiderte ich schnippisch.

»Nicht unbedingt. Aber ... du könntest das Fünffache dafür nehmen. Locker.«

»Will ich aber nicht. Wobei – bei dir würde ich glatt eine Ausnahme machen.«

Noah sah mich irritiert an. »Und ... ähm ... warum willst du es nicht? Also, mehr nehmen?«

»Weil wir gemeinnützig sind«, erwiderte ich knapp.

»Oh. Okay. Und das heißt was?«

»Das heißt, wir erwirtschaften keinen Gewinn, sondern nur so viel, dass wir hier ein faires Auskommen haben.«

»Krass.« Konsterniert blickte er mich an. »Keinen Gewinn. Okay. Das ... das ist ... toll. Ich meine ... und ... äh ... warum?«

Ich zuckte mit den Schultern. »Warum nicht?«, erwiderte

ich lakonisch. Ich hatte absolut keinen Nerv, ihm zu erklären, dass ich Flea Market gegründet hatte, damit sich Leute mit kleinem Einkommen auch schön einrichten konnten und nebenbei ein paar Menschen, die auf dem Arbeitsmarkt schwer vermittelbar waren, einen Job fanden. Und dass wir darüber hinaus denen halfen, die ihren Haushalt auflösen wollten oder mussten, indem wir ihre Sachen abholten. Kein Gewinn, trotzdem *win win win*, dachte ich. Eigentlich sogar vier Mal *win*, wenn man bedachte, dass es auch ökologisch sinnvoll war, gebrauchte Dinge nicht einfach wegzuwerfen, sondern ihnen ein zweites Leben zu schenken.

»Ooookaaay.« Noah nickte langsam. »Aber ...«

»Aber was?«

»Was ist mit dir? Ich meine, du könntest reich werden mit dem Laden ...«

Ich zuckte mit den Schultern. »Vielleicht möchte ich ja gar nicht reich werden.«

»Bist du sowas wie ein ... Gutmensch?«

Jetzt bereute ich wirklich, dass ich ihm das Sofa so günstig angeboten hatte, und erinnerte mich selbst noch einmal an meinen guten Vorsatz in Sachen Mord.

»Sorry. War nicht böse gemeint. Es ist nur ... ungewöhnlich. Finde ich aber toll. Ehrlich! Du arbeitest nicht, um Geld zu verdienen, sondern um etwas Sinnvolles zu tun. Es müsste viel mehr Menschen wie dich geben. Die ihre Erfüllung darin finden, anderen zu helfen.«

»Brauchst du sonst noch was?« Diese überhebliche Art war ja unerträglich.

Sein Blick war gerade auf ein kleines Nierentischchen aus Omas Zeiten gefallen. Er nahm es hoch und betrachtete es von allen Seiten. »Hübsch.«

Ich sagte nichts.

Er stellte es zurück. »Aber erst mal die wichtigen Dinge: ein Schreibtisch.«

»Dahinten haben wir welche.« Ich deutete mit dem Kinn nach rechts und bahnte uns dann im Zickzack einen Weg in den hinteren Teil der Halle.

Noah konnte anscheinend gar nicht genug bekommen von unseren alten Schätzen, die überall herumstanden. Erstaunt betrachtete er Schränke, Teppiche, Tische, Spiegel und Stühle aus allen möglichen Epochen. »Das ist ja eine wahre Fundgrube hier.«

»Was du nicht sagst. Hier sind sie«, erklärte ich lahm und deutete auf fünf nebeneinander aufgereihte Schreibtische, die unterschiedlicher nicht hätten sein können. »Der hier stammt von Ikea, ist aber noch super in Schuss. Und dieser ist aus Eiche und vermutlich aus den zwanziger Jahren des letzten Jahrhunderts.«

»Super. Eine Antiquität also. So etwas in der Art suche ich. Einen Schreibtisch, der eine Geschichte zu erzählen hat. Ich werde in Zukunft Tag und Nacht daran sitzen und auch Geschichten schreiben. In Form von Theaterstücken. Da brauche ich natürlich was Inspirierendes.«

»Sicher«, murmelte ich und dachte: Was für ein Spinner! Ich deutete auf einen Designerschreibtisch aus Nussbaum, der vermutlich aus den fünfziger Jahren stammte. »Was ist mit dem hier? Mid Century. Ich finde ihn schön. Allerdings habe ich keine Ahnung, ob er Geschichten erzählt. Vielleicht magst du mal reinhören?«

Noah strich mit der Hand über die Tischplatte. Dann schüttelte er den Kopf.

»Sagt nix?«

»Äh ... machst du dich über mich lustig?«

»Was? Ich? Nein!«

Prüfend sah er mich an. Dann wandte er sich wieder den Schreibtischen zu. »Die sind alle toll, aber ich kann mich gerade nicht entscheiden. Darf ich Fotos machen und ein, zwei Nächte drüber schlafen?«

»Wenn es sein muss ...«

Er zückte sein Handy und fotografierte ausgiebig alle infrage kommenden Tische. »Ich bin ein schwieriger Kunde, ich weiß«, erklärte er. »Aber man kauft ja nicht jeden Tag ein Theater, und es soll nachher alles perfekt aussehen.«

»Verstehe«, erwiderte ich mit zusammengepressten Lippen. »Ich wusste übrigens gar nicht, dass das Theater zum Verkauf stand«, wagte ich nun endlich einen Vorstoß.

»Ich wusste es auch nicht«, erklärte Noah. »Aber ein Freund kannte jemanden, der jemanden kennt, und der hatte munkeln gehört, dass der Eigentümer überlegt, das Theater zu vermieten. Na ja, du weißt ja, wie das hier im Veedel läuft. Wenn etwas wirklich funktioniert, dann sind es die Buschtrommeln. Tja, und als ich davon Wind bekommen habe, war mir sofort klar, dass das meine Chance ist. Dieses kleine Theater habe ich schon immer geliebt. Als Kind habe ich mir dort ›Die Zauberflöte‹ angesehen und alles Mögliche andere. Also habe ich den Besitzer einfach mal angerufen. Christof Penczek. Vielleicht kennst du ihn. War früher dort Regisseur und ein schillernder Vogel. Kölner A-Prominenz.«

»Hab schon von ihm gehört«, murmelte ich ausweichend.

Noah nickte. »Jedenfalls dachte ich mir, wer nicht fragt, der kriegt auch nichts, und hab ihn deshalb einfach gebeten, mal darüber nachzudenken, ob er nicht auch verkaufen würde. Ich hatte nämlich zufällig noch ein wenig Kleingeld auf dem Konto.« Er grinste. »Als Soap-Star verdient man nicht so schlecht, wie manche denken. Und dann habe ich ja auch noch eine Platte gemacht, die in den Charts war.«

»Ich erinnere mich dunkel«, erwiderte ich mit ausdrucksloser Miene.

»Ja?«, fragte er erfreut.

»Ja. Hat einen bleibenden Eindruck hinterlassen.«

»Na ja, jedenfalls meinte der alte Penczek, dass er schon eine Interessentin hat, die es mieten will, aber als ich ihm erklärt habe, dass es wieder ein Theater wird, wenn ich es bekomme, war er mir plötzlich sehr wohlgesinnt. Hat ihm wohl imponiert, dass an dem Ort weiterhin Bühnenkunst zum Besten gegeben werden soll – und dass ich es wieder zum kulturellen Mittelpunkt der Südstadt machen will.«

»Aha«, brummte ich. »Hehre Ziele.«

»Ja, das fand er wohl auch. Nächste Woche ist der Notartermin. Pech für die Mietinteressentin, aber die wollte wohl mit einer Schreinerwerkstatt da rein, und das … Moment!« Er stockte. »Sag mal, kann es sein, dass … Warst DU etwa diejenige?« Er starrte mich an. »Natürlich! Du warst das! Du wolltest das Theater mieten, hab ich recht?«

»Ja, stell dir vor, du hast recht«, sagte ich. »Ich hätte es nämlich ziemlich dringend gebraucht.« Meine Stimme hörte sich plötzlich zittrig an. Reiß dich zusammen, Tilda, dachte ich. Noah musste nicht wissen, dass die Nachricht vom Verkauf des Theaters für mich ein so harter Schlag gewesen war, dass ich immer noch taumelte.

»Ach ja? Warum denn?« Er sah sich um. »Ist doch super hier.«

»Weil … wir hier rausmüssen.«

»Oh! Wieso das?«

»Weil das hier alles abgerissen wird. Sollen neue Häuser drauf gebaut werden. Haben die Buschtrommeln etwa vergessen, dir das zu übermitteln?«

»Ähm, ja. Offensichtlich. Ich wusste es wirklich nicht.« Er

schüttelte den Kopf. »Das ... das tut mir echt leid, Tilda. Wisst ihr denn schon, was ihr jetzt macht?«

»Nein, wissen wir nicht.«

»Oh, Mann.« Jetzt sah Noah wirklich betroffen aus.

»Nicht dein Problem«, sagte ich schnell. Auf sein Mitleid konnte ich wirklich verzichten. »Brauchst du jetzt noch was an Möbeln? Ich hab nämlich zu tun ...«

»Erst mal nicht.«

»Okay. Dann ... « Ich nickte ihm zum Abschied zu, marschierte in meine Werkstatt und begutachtete die frisch verleimte Stelle am rechten Bein des alten Eichentisches.

»Tilda?«

Ich zuckte zusammen. Noah war mir offenbar gefolgt und stand schon wieder vor mir.

»Hier ist eigentlich für Kunden kein Zutritt«, erklärte ich kühl.

»Oh. Entschuldigung. Ich hatte nur eins vergessen: Reservierst du mir das Sofa?«

Ich nickte. »Sag Bescheid, wenn du es abholen willst«, antwortete ich matt.

# 7. KAPITEL

Kaja kletterte vor mir die schmale Stiege hinauf und betrat unsere große Dachterrasse, die das Schönste an unserer Altbau-WG war. Ich ging direkt hinüber an den äußeren Rand, hielt mich an dem schmiedeeisernen Geländer fest und atmete tief ein und aus. Von hier aus hatte man einen Blick über die ganze Südstadt, und wenn man sich ein wenig vorbeugte und dann nach rechts blickte, konnte man sogar den Dom sehen – zumindest bei klarem Wetter. Doch heute stand mir der Sinn nicht nach Domblick und guter Aussicht. Am liebsten hätte ich mich direkt ins Bett verkrochen und wäre erst dann wieder aufgestanden, wenn irgendjemand die heutige Hiobsbotschaft rückgängig gemacht hätte. Doch Kaja hatte darauf bestanden, hier oben noch gemeinsam ein Kölsch zu trinken. Um runterzukommen, und vielleicht sogar auf andere Gedanken. Dass das klappen würde, wagte ich allerdings zu bezweifeln. In meinem Kopf lief das Gedankenkarussell auf Hochtouren, drehte sich unaufhörlich um die Kündigung, meine Mitarbeiter, unsere Zukunft. Ich sog die Abendluft ein, die schon nach Sommer roch, wovon ich mich aber kein Stück besser fühlte. Dabei liebte ich die warme Jahreszeit. Doch wenn die Sorgen so schwer wiegen, dass sie einen fast erdrücken, wird das Wetter und überhaupt alles drum herum nebensächlich. Kurz betrachtete ich die zarten Knospen der weißen Ramblerrose, die das Brüstungsgitter umrankte. Bald schon würde sie in voller

Blüte stehen und mit den Wicken um die Wette duften. Kaja und ich hatten direkt nach unserem Einzug unzählige Blumentöpfe, Kästen und riesige Kübel hier hinaufgeschleppt und sie mit Rosen, Oleander und Feigenbäumen bepflanzt. Jasmin und Lavendel gediehen ebenfalls prächtig, und in den Kräuterkästen verströmten Basilikum, Estragon und Rosmarin einen Duft nach Italien. Im Laufe der Zeit waren immer mehr Blumen hinzugekommen.

Und Mia war auch hinzugekommen. Vor knapp einem Jahr hatte sie den kleinen Raum, den wir bis dato als Büro-Gäste-Abstellzimmer genutzt hatten, bezogen. Da war sie gerade erst siebzehn, aber sie und unser Vater hatten es einfach nicht mehr miteinander ausgehalten. Ständig waren sie aneinandergeraten. Sein Hang, Zeit und Geld in schmuddeligen Kölschkneipen und auf der Pferderennbahn zu verschwenden, machte die Sache nicht besser, und so nahmen wir Mia schließlich in unserer WG auf.

Mitten zwischen all den Pflanzen standen sich zwei gemütliche Outdoor-Sofas gegenüber, die ich aus alten Paletten gebaut und mit bunten Kissen bestückt hatte. Neuerdings gehörte auch ein etwas in die Jahre gekommener Strandkorb zu der Sitzgruppe. Jonte hatte ihn beigesteuert. Das Ding war eine Hommage an seine Heimat Norderney, wo er gelebt hatte, bis er mit dreizehn nach Köln-Ehrenfeld gezogen war, weil sein Vater dort eine Zahnarztpraxis übernahm.

Kaja machte es sich in Jontes Strandkorb bequem, während ich meine Finger in die Erde des riesigen Oleanderkübels steckte. »Die Pflanzen brauchen dringend was zu trinken«, sagte ich und füllte eine Gießkanne mit Wasser aus der Regentonne.

»Genau wie ich.« Kaja erhob sich, ging zu dem alten Bosch-Kühlschrank, der etwas versteckt neben einer Bananenpalme stand, und holte zwei Flaschen Kölsch heraus. Sie öffnete sie, während ich die armen Pflanzen mit Wasser versorgte.

»Sag mal, wo bleibt eigentlich Jonte? Der wollte doch längst hier sein.« Es wurde allmählich dunkel, und ich knipste die Lichterketten an, die wir überall verteilt hatten.

»Cool!« Kaja sah sich um. »Total gemütlich, und irgendwie ... new-yorkig. Findest du nicht?« Sie zündete die kleinen Windlichter auf dem Tisch an und hielt die Flamme dann an ihre Zigarettenspitze.

Ich nickte. »New-yorkig und dschungelig, würde ich sagen. Eine Mischung aus beidem.«

»Unser Mitbewohner hat wahrscheinlich beim Vögelgucken die Zeit vergessen.« Kaja rollte mit den Augen.

»Lästert ihr etwa über mich?«, hörten wir Jonte in dem Moment sagen, und dann stand er auch schon auf der Dachterrasse, vom Hochklettern noch ein wenig außer Atem.

»Oh, hi! Wenn man vom Teufel ... äh, was ist das denn?« Verwirrt deutete ich auf den riesigen Vogelkäfig, den er vor sich hertrug und nun vorsichtig neben dem frisch gegossenen Oleander abstellte.

Ich schaute ihm neugierig über die Schulter. »Uahhh! Da ist ja ... jemand drin.« Erschrocken starrte ich auf den großen, schlaffen Vogelkörper, der rücklings auf dem Boden des Käfigs lag und beide Flügel von sich streckte. Unwillkürlich musste ich an Cem denken.

»Bitte komm jetzt nicht mit einem Falken an!« Kaja hatte sich inzwischen aus dem Strandkorb geschält, zog hektisch an ihrer Zigarette und blickte von weitem in den Käfig. »Oh, Gott! Ist der ... ausgestopft?«

»Nein!«, rief Jonte empört. »Das ist Saskia, und sie ist quicklebendig.«

»Quicklebendig?« Kaja fixierte den leblosen Eulenkörper.

»Okay, nicht *quick*lebendig. Aber lebendig. Sie ist plötzlich ohnmächtig geworden. Vermutlich dehydriert. Ich muss sie gleich an den Tropf hängen.«

»Wie, jetzt? Hier?« Kaja sah ihn an, als wäre er nicht ganz bei Trost.

»Ja. Ich wollte sie nicht über Nacht allein im Zoo lassen. Haben wir zufällig noch Elektrolytlösung da?«

»Was?«, rief Kaja. »Nein, zufällig haben wir keine Elektrolytlösung da. Das hier ist nämlich keine Tierklinik. Das hier ist ... New York! Also, quasi.«

»Kaja, beruhige dich.« Ich legte beschwichtigend eine Hand auf ihre Schulter. »Saskia kann doch fürs Erste hier oben bleiben. Nur so lange, bis sie über den Berg ist.«

Kaja stöhnte entnervt und zog stumm an ihrer Zigarette, was ich großzügig als ›Wenn es unbedingt sein muss‹ interpretierte.

Jonte warf mir einen dankbaren Blick zu. »Ich laufe dann mal schnell in die Notapotheke.« Er sah besorgt in den Käfig.

»Das kann ich doch machen«, bot ich an.

»Echt?«

»Klar. Kein Problem. Dann kannst du bei Saskia bleiben – und dir von Kaja erzählen lassen, was heute passiert ist«, fügte ich seufzend hinzu.

»Oh, das klingt nicht gut.«

Ich schüttelte den Kopf. »Nein. Ist es auch nicht.«

Es war nicht das erste hilfsbedürftige Tier, das Jonte mit nach Hause brachte. Beim letzten Mal war es ein komatöser und paradoxerweise ziemlich schmutziger Waschbär gewesen, der gestunken hatte wie ein Puma. Zum Glück war Kaja zu dem Zeitpunkt verreist und konnte keinen Aufstand machen. Das Wohnzimmer hatte allerdings noch Tage später nach Puma gestunken, was Kaja nach ihrer Rückkehr nicht entgangen war. Schimpfend hatte sie alle Fenster aufgerissen, obwohl das Außenthermometer zu dem Zeitpunkt deutlich unter zehn Grad anzeigte. Am Ende hatten Mia und ich eine üble Erkältung und Jonte einen steifen Nacken.

Saskia stank zum Glück nur ein ganz kleines bisschen, und sie würde ja auch hier oben im Freien bleiben. Das jedenfalls hoffte ich, schon um des lieben Friedens willen. Ich sah noch einmal in den Käfig. Die Eule atmete schwach. »Bist du sicher, dass das alles ist, was sie braucht, Jonte? Elektrolyte? Soll ich nicht noch ein Antibiotikum mitbringen, oder ... einen Defibrillator? Ich meine, sie sieht irgendwie ... gar nicht gut aus.«

»Ich glaub auch, die macht's nicht mehr lange«, brummte Kaja und drückte ihre Kippe aus.

»Kaja!«, schalt ich sie, als ich sah, dass Jontes Sorgenfalten noch eine Spur tiefer geworden waren.

Sie hob beide Hände. »Sorry. Unsensibel. Ich weiß.«

»Allerdings«, bemerkte ich streng.

»Ich hab nur irgendwie ... na ja ... ihr wisst es ja. Ein Problem mit Tieren. Vor allem mit Vögeln, weil ...«

»... sie blöde Füße haben«, vollendete ich seufzend ihren Satz.

»Ja.« Sie verzog das Gesicht. »Und außerdem gucken die mich immer so komisch an.« Sie stellte sich auf die Zehenspitzen und riskierte aus sicherem Abstand noch einen Blick in den Käfig. »Gut, sie hat jetzt die Augen zu. Aber dafür ist sie halbtot. Auch nicht besser. Ich hoffe, sie überlebt die Nacht. Tote Vögel sind ja noch fieser als lebendige.«

»Kaja, bitte!«, ermahnte ich sie erneut.

»Ich hoffe auch, dass sie überlebt.« Jonte öffnete das Türchen des Käfigs und fuhr vorsichtig mit der Hand über Saskias hellbraunen, flauschigen Bauch. Dann legte er sie behutsam auf die Seite und streichelte mit einem Finger ihr kleines Gesichtchen.

»Gott, ist die süß«, flüsterte ich. »Darf ich auch mal?«

»Ja, ganz vorsichtig.«

Ich strich etwas unsicher über Saskias Flügel und bildete mir ein, dass ihr Atem auf einmal schneller ging. »Ich glaube, das gefällt ihr«, sagte ich leise.

»Ja, bestimmt.« Jonte lächelte.

Kaja beobachtete uns argwöhnisch.

»Willst du auch mal?«, fragte Jonte sie.

Sie schüttelte den Kopf. »Nee. Lass mal. Ich hab Angst, dass ich sie totmache. Aber ...« Sie legte den Kopf schief und lächelte. »Ihr habt recht: Mit Augen zu ist sie echt süß.«

Ich fuhr mit dem Fahrrad in die Apotheke und besorgte Elektrolytlösung. Als ich wieder zurück war, befüllte Jonte eine Tropfflasche mit der Flüssigkeit, befestigte sie an einem Zweig des Oleanderbaums und legte der kleinen Eule einen Zugang. Das alles tat er mit größter Ruhe und Besonnenheit, und ich dachte, dass er sicher einmal ein hervorragender Tierarzt werden würde.

Nachdem Jontes Patientin endlich versorgt war, machten wir es uns auf unseren Sofas gemütlich, tranken Kölsch und redeten uns die Köpfe heiß – über Penczek, Noah und die riesige Schweinerei mit dem verkauften Theater. Wir schimpften zu dritt auf das blöde Neubaugebiet und die ganze verdammte Gentrifizierung, die überall um sich griff wie die Pest und nun auch uns fest in ihren Klauen hatte. Irgendwann kam Mia dazu, schimpfte mit und trank auch noch ein Kölsch. Angeblich ihr erstes, seit ich sie vor der Ausnüchterungszelle bewahrt hatte.

»Ist es denn schon ganz sicher?«, wollte sie wissen. »Dass

dieser Schauspieler das Theater kriegt? Ich meine, Penczek hatte doch eigentlich versprochen, es dir zu vermieten.«

»Gute Frage«, sagte Kaja. »Gibt es schon einen Kaufvertrag?«

»Nein, aber das Datum für den Notartermin steht fest. Nächste Woche. Da ist wohl nichts mehr zu machen.«

»Wieso nicht?«, rief Mia.

»Genau, wieso eigentlich nicht?«, schlug Kaja in dieselbe Kerbe. »Er hat noch nicht unterschrieben, und das ist die beste Nachricht des Tages!«

»Aber ...«, wandte ich ein.

»Jetzt sag nicht, du hast Skrupel«, meinte Kaja aufgebracht. »Die hatte Noah nämlich auch nicht, als er dich bei Penczek ausgebootet hat.«

Ich nickte langsam und machte eine Faust. »Ihr habt recht. Ihr habt absolut recht. Dass ich da nicht eher drauf gekommen bin. Von wegen Gutmensch ...« Grimmig blickte ich in die Runde. »Ich werde Penczek einen Besuch abstatten und ihn an sein Versprechen erinnern. Vielleicht lässt er sich ja noch umstimmen.«

# 8. KAPITEL

»Guten Morgen, Tilda.« Noah strahlte wie ein Honigkuchenpferd. Er trug einen roten Overall, und ich fragte mich irritiert, ob er eine zweite Karriere als Formel-1-Fahrer anstrebte.

»Was machst du denn hier?« Ungehalten kramte ich in meiner Handtasche nach dem Werkstattschlüssel.

»Na ja, der frühe Vogel und so.«

»Hmmm«, brummte ich. Es war gerade mal acht Uhr, ich war alles andere als ausgeschlafen und hatte mich bereits vor dem Frühstück mit Jonte um Saskia gekümmert. Insofern war mein Bedarf an frühen Vögeln gedeckt, und außerdem war ich um diese Uhrzeit weder auf Kundschaft noch aufs Plaudern eingestellt. Schon gar nicht mit eingebildeten Schauspielern in roten Overalls, die sich bei unserem ehemals zukünftigen Vermieter eingeschleimt hatten. Deshalb deutete ich auf ein Schild, das unten rechts an der stählernen Eingangstür angebracht war, und murmelte: »Das sind die Öffnungszeiten.«

»Oh, ihr startet erst um zehn. Sorry. Wusste ich nicht.«

»Jetzt weißt du es.«

»Stimmt«, sagte er. »Aber ... nun bin ich schon mal da. Ich würde gern kurz das Sofa ausmessen. Das dauert nicht lange. Wenn ich Glück habe, passt es genau in die Nische unter dem Fenster zum Hof. Und dann wollte ich fragen, ob ihr eventuell eine große Leiter habt, die ich ausleihen könnte. Der Wasserschaden ist behoben, und ich will heute mit Armando das Foyer streichen. Aber die Decken sind verdammt hoch.«

»Ah«, murmelte ich und dachte, dass das zumindest seinen Aufzug erklärte. Der rote Overall war sein Maleroutfit. »Und wer ist Armando?«

»Mein bester Freund. Er kommt gleich. Deshalb bin ich auch so früh.«

»Und ihr wollt wirklich schon streichen?« Inzwischen hatte ich den Schlüssel gefunden, schloss auf und betrat die Werkstatt.

Noah folgte mir. »Klar, wieso denn nicht?«

»Na ja, sagtest du nicht, der Kaufvertrag ist noch nicht unterschrieben?«, fragte ich so beiläufig wie möglich. Ich zog die Jeansjacke aus und hängte sie in meinen Spind.

»Ach, das ist nur noch eine Formsache. Nächste Woche ist alles unter Dach und Fach.«

»Ah. Na, dann ... Und wann nächste Woche?«

»Dienstag, warum?«

»Och, nur so«, erklärte ich schnell. »Wir haben eine ziemlich lange Leiter. Die sollte für eure Zwecke reichen. Du kannst sie haben, aber wir brauchen sie schnell zurück.«

»Super, das hilft mir sehr. Vielen Dank!«

»Schon gut«, brummte ich. »Und wo das Sofa steht, weißt du ja.«

»Klar. Ich geh gleich mal rüber zum Messen. Und dann bist du mich auch wieder los.« Mit diesen Worten griff er in die Seitentasche seines Formel-1-Outfits, zückte einen Zollstock und fuchtelte damit in der Luft herum.

Kaum war er weg, kam Helga von draußen rein. Sie stellte ihren prall gefüllten Stoffbeutel, in dem ich ihr Frühstück und das Mittagessen vermutete, auf meiner Werkbank ab, wo er absolut nichts zu suchen hatte. »Ich mach jetzt die Waschmaschine für die Müllers feddich.«

Obwohl sie seit vielen Jahren in Köln lebte, hatte Helga ihren Ruhrpott-Slang noch immer nicht abgelegt. »Wennste aus Essen-Altenessen biss, dann bisste aus Essen-Altenessen. Datt kannste nich verleugnen«, pflegte sie dann und wann zu sagen.

Jetzt schnappte sie sich ihren Werkzeugkasten und ein Kännchen Öl aus dem Regal. »Motorschaden. Hab datt olle Ding gestern noch komplett auseinandergenommen.«

»Ach, super. Die Müllers werden sich freuen. Sie haben fünf kleine Kinder und seit zwei Wochen keine Waschmaschine.«

»Datt is natürlich übel.« Sie stellte das Werkzeug neben die Waschmaschine, nahm ihre dunkelgraue Arbeitsjacke aus dem Spind und schlüpfte hinein.

»Gut, dass wir dich haben, Helga.«

»Ja, ja, datt sachste immer«, brummte sie, während sie sich mit dem Rücken zu mir die Jacke zuknöpfte.

Sie hatte recht. Ich sagte es tatsächlich immer, oder zumindest ziemlich häufig. Zum einen, weil ich sie gernhatte. Zum anderen, weil sie eine Art technisches Genie war. Sie konnte so ziemlich alles reparieren, was Kabel oder Motoren hatte, und davon hatten wir bei Flea Market eine ganze Menge. So war der Satz ›Nicht verzagen, Helga fragen‹ bei uns längst zu einem geflügelten Wort geworden.

»Himmel, Arsch und Zwirn!«, rief sie entgeistert, als sie mit dem Knöpfen fertig war und sich wieder umdrehte. Noah war zurück in die Werkstatt gekommen und stand genau vor ihr. »Warum sacht mir datt denn keiner, datt hier um die Uhrzeit schon hoher Besuch rumstreunt.«

Noah sah sie mit großen Augen an. »Entschuldige, ich wollte dich nicht erschrecken.«

»Haste aber.« Kurz dachte Helga nach. »Aber du darfst datt,

Noah. Eine Frage. Kann ich noch ein Autogramm haben?« Sie zog den zerknitterten Block aus der Tasche ihrer Arbeitsjacke. »Für meine ... Nachbarin. Renate. Die hat datt ja auch immer so gerne geguckt. LUAK. Liebe und andere Katastrophen ... Ein Jammer, datt se datt jetz gar nich mehr zeigen bei RTL.«

»Kein Problem, Helga. Mach ich gerne.« Noah lächelte geschmeichelt und nahm ihr den Block ab. Helga drückte ihm nun auch einen abgekauten Kuli in die Hand.

»Soll ich ›Für Renate‹ schreiben?«

»Nö.« Sie schüttelte den Kopf. »Nur datt Autogramm. Datt reicht für die.«

Noah nickte. »Verstehe.« Er unterschrieb schwungvoll und gab Helga Block und Kuli zurück.

»Danke. Datt is echt nett, Noah. Die Renate wird sich freuen. So, und nun lass mich mal hier durch, junger Mann. Die Arbeit macht sich ja nich von alleine, ne?« Sie drängelte sich an ihm vorbei, ging zu der defekten Waschmaschine hinüber und steckte ihren Kopf in die Trommel.

Noah blickte ihr irritiert nach und sagte dann zu mir: »Fertig gemessen.«

Wortlos räumte ich Helgas Klamotten von der Werkbank und verstaute sie an ihrem Platz.

»Das Sofa passt genau in die Nische.«

»Toll«, murmelte ich.

»Kann ich es nächste Woche abholen? Dann ist das Foyer fertig gestrichen und der Tresen hoffentlich aufgearbeitet. Ich kann aber schon jetzt bezahlen, wenn du willst«, fügte er schnell hinzu.

»Nicht nötig«, sagte ich und dachte: Vielleicht brauchst du es dann ja gar nicht mehr.

»Okay. Äh, und die Leiter?«

»Steht draußen um die Ecke.«

»Oh, super. Dann nehme ich sie mir einfach, okay?«
»Klar.«
Er blieb unschlüssig in der Werkstatt stehen.
»Ist noch was?«
»Sag mal, du hast nicht zufällig Zeit, kurz mit rüberzukommen?«
»Die Leiter schaffst du auch alleine.«
»Nein. Nicht deswegen«, sagte er und wirkte fast ein wenig verlegen. »Ich brauche einen fachlichen Rat. Es geht um besagten Tresen im Foyer. Er muss aufgearbeitet werden. Ich will es selber machen, wäre aber für ein paar Tipps dankbar.«
Ich seufzte. »Noah, ich …«
»Ich weiß, du hast viel zu tun.«
»Eben«, sagte ich.
»Es dauert auch nicht lange«, versprach er. »Und ich könnte dir das Theater mal von innen zeigen. Es sieht noch genauso aus wie früher. Also, fast genauso.«
»Mhmmmm.« Das Theater von innen zeigen. Das wäre natürlich nicht uninteressant. Als Vorbereitung auf meinen Besuch bei Penczek, und überhaupt im Hinblick darauf, dass es vielleicht doch bald unseres sein würde. Unentschlossen warf ich einen Blick auf die Ikea-Uhr an der Wand. »Na gut«, hörte ich mich sagen. »Ich komme mit rüber. Aber nur ganz kurz.«

# 9. KAPITEL

Die schwere Holztür knarzte leicht, als Noah sie öffnete. Er schnappte sich die Leiter, die er an der Hauswand abgestellt hatte, und bugsierte sie vorsichtig durch den Rahmen. Ich folgte ihm und musste mich ducken, um einer Efeuranke auszuweichen.

»Willkommen im Dornröschenschloss!« Noah machte eine ausladende Handbewegung und konnte kaum verbergen, wie stolz er war. Der fühlt sich jetzt wohl schon als Schlossherr, dachte ich. Wir standen in dem hellen Theaterfoyer, das von innen gar nicht nach Dornröschenschloss aussah, sondern eher wie eine coole Location, die zwar ein wenig in die Jahre gekommen war, aber im Grunde lediglich einen neuen Anstrich benötigte – und die dann einen idealen Verkaufsraum für unsere Vintage-Möbel abgeben würde. Ich sah mich fast ehrfürchtig um. Der steingraue Terrazzoboden war stellenweise rissig, doch das verlieh ihm nur noch mehr Charme. Links befand sich ein großer, halbkreisförmiger Tresen mit alten Barhockern davor und Regalbrettern an der Wand dahinter. Darauf hatten früher Getränkeflaschen und Gläser gestanden. An der gegenüberliegenden Wand sorgten zwei große Sprossenfenster dafür, dass das Foyer mit Licht durchflutet wurde. Die Morgensonne schien auch jetzt hinein und warf zwei helle, breite Streifen auf den Fußboden. Im Lichtkegel sah ich Staubkörnchen tanzen und musste unwillkürlich niesen.

»Gesundheit«, murmelte Noah.

»Danke.« Ich ging zu einem der Fenster hinüber. Früher hatten dort einige verschnörkelte Bistromöbel gestanden. Runde Tische mit jeweils drei Stühlen. Mit einem Mal fühlte ich mich in meine Kindheit zurückversetzt. In Gedanken saß ich an einem dieser Tische, baumelte mit den Beinen und trank eine Fanta. Ich war immer aufgeregt gewesen, wenn ich hier war. Und meistens auch stolz ...

»Tilda?« Ich zuckte zusammen. »Der Tresen ...« Er stellte sich an die Bar und fuhr mit der Hand über das gestrichene Holz. Die schwarze Farbe war teilweise abgeblättert. »Hast du eine Idee, wie man den wieder auf Vordermann bringen kann?«

Ich kratzte an der losen Farbe und schaute mir das Holz darunter an. »Das ist massive Eiche«, sagte ich bemüht unbeteiligt. »Soll die Theke wieder schwarz werden?«

Noah zuckte mit den Schultern. »Was meinst du?«

Ich trat einen Schritt zurück und sah mir das Möbel ganz genau an, auch im Hinblick darauf, wie ich es haben wollen würde. »Ich glaube, ich würde die schwarze Farbe abschleifen und das Holz dann mit einer durchsichtigen Lasur bearbeiten. Honigfarbenes Eichenholz sieht sicher toll zu dem Terrazzoboden aus.« Ich nahm einige kleine Risse in der Holzoberfläche näher in Augenschein. »Die kleinen Risse würde ich lassen. Die ganz großen kann man ausbessern. Dafür gibt es farblich passenden Spachtel«, erklärte ich. Dann kratzte ich noch einmal an der Lackierung. »Hast du einen Winkelschleifer?«

Noah nickte. »Ich glaube, Armando hat einen, den er mir leihen kann.«

»Gut. Den wirst du brauchen.«

»Okay, super. Danke für die Beratung. Ich denke, ich werde deinem Vorschlag folgen.«

»Gerne doch«, sagte ich und dachte, umso besser, denn

falls ich das Theater doch noch bekomme, kann ich den Tresen einfach so lassen. Falls sie ihn fachmännisch genug hinbekommen. Mein Blick fiel nach rechts auf fünf breite Stufen, die man, wie ich mich erinnerte, hochgehen musste, um in den Theatersaal zu gelangen.

Noahs Blick war meinem gefolgt. »Willst du den Saal mal sehen?«

Ich warf einen Blick auf meine Armbanduhr. Kurz nach halb neun. Ich hatte wirklich viel zu tun, aber ich war auch neugierig. Also nickte ich und sagte: »Gern.«

Wir nahmen die Stufen und bogen rechts ab in einen langen, schmalen Gang, der zum Theatersaal führte. Ich erinnerte mich noch an den dicken roten Teppichboden, der jeden Schritt verschluckte, und auch an die vielen gerahmten Schwarz-Weiß-Fotos, die die Wände zierten und Theaterszenen, Schauspieler und Premierenfeiern längst vergangener Tage zeigten. Neugierig ließ ich den Blick schweifen, blieb immer wieder kurz stehen und schaute mir das eine oder andere Foto genauer an. Und dann musste ich plötzlich schlucken. Auf einem großen Bild war das Gesicht einer etwa dreißigjährigen blonden Frau zu sehen. Mein Herz begann zu pochen. Wie gebannt starrte ich auf das Foto und konnte meinen Blick nicht mehr abwenden.

»Kennst du sie?« Noah war dicht neben mich getreten und betrachtete nun auch das Bild. »Das ist Monika Riefenbach, stimmt's? Sie war eine Ausnahmeschauspielerin. Hat oft auf dieser Bühne gestanden. Hier in Köln war sie sowas wie ein Promi. Und für mich eine Göttin. Also, als ich ein kleiner Junge war. Die kölsche Brigitte Bardot hat man sie damals genannt. Wusstest du das?«

Ich nickte.

Noah musterte mich von der Seite.

»Ist was?«

»Nein. Ich dachte nur gerade ...«

»Was?«

»Irgendwie ... Ach, nichts.«

Endlich riss ich mich von dem Bild los, ging zu der dicken, gepolsterten Tür und öffnete sie, was mich ganz schön viel Kraft kostete. »Kommst du mit?«, fragte ich und stemmte mich dagegen, damit sie nicht wieder zufiel.

Gemeinsam betraten wir den Theatersaal. Es war sehr dunkel dort, bis Noah einen Lichtschalter betätigte und gedämpftes Deckenlicht ansprang. Hier hatte sich wirklich nichts verändert, nur kam mir der Saal jetzt kleiner vor als damals. Ich sog Luft durch die Nase ein und schloss kurz die Augen. Es roch nach Staub, Bohnerwachs und Kindheit. Ich beschloss, mich zu setzen, und steuerte einen Platz in der Mitte der letzten Reihe an. Schon damals waren mir die Plätze ganz hinten am liebsten gewesen. Ich ließ mich in dem tiefen, mit rotem Samt bezogenen Sitz nieder und sah mich um. Ich musterte die alte Bühne, die mit Stuck verzierte hohe Decke und die schweren schwarzen Vorhänge rechts und links. »Alles wie früher«, murmelte ich halb wehmütig, halb fasziniert. Als mein Blick nach unten wanderte, kam ich wieder in der Gegenwart an. Ich stellte fest, dass die Bestuhlung fest installiert war, doch wie es aussah, würden sich die Sitze ohne großen Aufwand abschrauben und einlagern lassen. Dann wäre dieser Saal ideal für unsere Zwecke.

Ich hob den Kopf und schaute wieder in Richtung Bühne. Sie war leer, bis auf zwei alte Holzstühle, die sich gegenüberstanden. Vor meinem geistigen Auge spielte dort plötzlich eine junge Schauspielerin um ihr Leben. Sie sprach einen Monolog, laut, eindringlich, mit ausdrucksstarken Gesten, und rauchte dabei eine Zigarette.

»Hey«, sagte Noah leise und setzte sich neben mich. »Und?

Wie gefällt Ihnen das Stück?«, flüsterte er und blickte wie gebannt nach vorne.

»Psssst«, machte ich.

»Verzeihung«, murmelte er. »Sie ist verdammt gut, nicht wahr?«

Verwirrt sah ich ihn von der Seite an. »Wer?«

»Die Riefenbach.«

»War«, murmelte ich. »Sie *war* gut. Der Vorhang ist längst gefallen.«

Ich spürte seinen fragenden Blick auf mir, doch ich biss mir auf die Lippen und schwieg.

»Alles okay?«

»Ja. Ja, klar. Alles bestens«, erwiderte ich. »Ich frage mich nur ...«

»Ja?«

»Dein Theaterstück – worum wird es gehen, falls das hier klappt?«

»Falls?«

»Na ja, falls ... das mit dem Renovieren so schnell klappt«, sagte ich hastig.

»Ich ... ich weiß es noch nicht genau«, gab Noah zu. »Ich weiß nur, dass es großartig werden muss. Fulminant!«

»Na, dann ...«

»Klar. Das klingt jetzt irgendwie unkonkret und so, als hätte ich noch gar keine Vision. Aber die habe ich. Mit dem Schreiben habe ich allerdings noch nicht angefangen. Ich will warten, bis ...«

»... dich die Muse küsst?«

»Na ja, so ähnlich.«

»Hauptsache, du hast schon mal ein Theater gekauft ...«

Noah war so in Gedanken versunken, dass er meine bissige Bemerkung glatt überhörte.

»Ich ... weißt du ... ich will nicht irgendein Stück schreiben. Ich lass mir Zeit, weil ... das, was ich machen will, soll von Belang sein. Etwas mit Anspruch und Tiefe. Ich hab lange genug Belangloses gemacht. LUAK, das war toll, ich hatte großes Glück, dass ich dort mitspielen durfte. Außerdem hab ich viel Geld verdient und war sowas wie ein Star. Doch vielleicht war es am Ende ganz gut, dass die Soap abgesetzt wurde.«

»Du hast ja danach noch gesungen. Beziehungsweise ...« Ich malte Anführungsstriche in die Luft. »... gerappt.«

»Ja, das stimmt. Aber das war jetzt auch nicht die Offenbarung.«

»Nicht?«, fragte ich gespielt erstaunt.

»Danach war meine Karriere vorerst beendet, und ich bin erst mal in ein Loch gefallen. Das ist jetzt drei Jahre her. Drei Jahre, in denen ich viel Zeit hatte, nachzudenken. Darüber, wie es weitergeht und wohin ich eigentlich will.«

»Und wohin willst du?«

»Ich will etwas machen, das mich ausfüllt. Meine eigenen Tiefen ausloten. Und mich dabei ein Stück weit auch neu kennenlernen. Dieses Theater soll eine Heimat werden. Eine Heimat für ... na ja ... für mein neues Ich.«

»Eine Heimat für dein neues Ich?« Ich schüttelte den Kopf. Gerade hatte ich noch fast so etwas wie Mitleid gespürt, wegen des Lochs, in das er gefallen war, aber dieses Gefühl hatte sich blitzschnell wieder verflüchtigt. Ein ganzes Theater als Heimat für ein einziges Ich? Noahs Ego hatte trotz des Karriereknicks offenbar nicht an Größe eingebüßt. Dieses Theater könnte Heimat werden für Menschen, die keine Heimat hatten. Die auch kein neues Ich besaßen, so wie Noah, sondern immer noch ihr altes, das vollauf damit beschäftigt war, Traumata zu verarbeiten oder einfach zu überleben. Jetzt wusste ich endgültig, dass ich schnellstmöglich zu Penczek musste und dort alles geben würde, um dem neuen Ich dieses eingebildeten Schnösels die Heimat wieder abzuluchsen.

Wir liefen durch den Gang zurück ins Foyer, wo zu meinem großen Erstaunen Helga stand und sich ehrfürchtig umsah.

»Helga!«, rief ich überrascht.

Sie stemmte die Hände in die Hüften und sah mich vorwurfsvoll an. »Wusste ich doch, datt du hier biss. Und ich schrei mir die Seele aus dem Hals.«

»Leib«, korrigierte ich.

»Watt?«

»Ach, nichts. Was ist denn los?«

Helga starrte auf die restaurierungsbedürftige Theke. »Wie sieht datt denn aus?« Kopfschüttelnd ging sie näher ran und kratzte an der abblätternden Farbe. »Die musste aber mal abschleifen, Noah.«

»Ja, meinst du?«, fragte er, als hätte ich ihm nicht eben genau das empfohlen.

»Jau. Würde ich machen.« Helga warf mir einen auffordernden Blick zu. »Kommst du?« Sie deutete Richtung Ausgang.

»Wieso? Ist was Besonderes?«

»Da ist ein Kunde. Der will unbedingt dich sprechen. Irgendwatt mit 'nem Regal, datt er dringend braucht.«

»Oh, sag das doch gleich.«

»Wie denn, wenn du nich da bist!«

»Tschüss«, sagte ich in Richtung Noah und wandte mich zum Gehen.

»Wartet mal kurz«, rief er uns hinterher. »Ich mache am Samstag eine kleine Einweihungsparty, auch wenn wir hier noch lange nicht fertig sind. Nichts Großes. Ein Sektumtrunk. Dazu würde ich euch gerne einladen. Die ganze Truppe von Flea Market. Habt ihr Zeit und Lust?«

»Ist das nicht … ein bisschen verfrüht?« Ich blickte ihn unschlüssig an.

»Wieso?«

»Na ja, es ist ja noch gar nicht sicher, dass …« Ich machte eine wegwerfende Handbewegung. »Ach, egal.«

»Gibt's da watt zu essen?«, hörte ich Helga fragen.

»Ja, klar«, sagte Noah. »Fingerfood. Häppchen … sowas in der Art.«

»Schnittchen und Frikadellchen?«

»Ja, in die Richtung geht es, denke ich.«

»Gut. Und sind dann da noch andere Promis? Also, außer dir?«

Einen Augenblick sah Noah sie irritiert an. »Ähm, ja, vielleicht. Ein, zwei alte Kollegen von LUAK. Eventuell auch Timo Horn, wenn er es schafft.«

»Wer is datt denn?«

»Der Torwart vom FC.«

»Wir kommen«, erklärte Helga mit entschlossener Miene und legte die Hand auf den Griff der schweren Eingangstür.

»Aber ich …«, hob ich an, doch sie ließ mich nicht ausreden.

»Kommst du jetzt endlich?«, fragte sie ungeduldig. »Sonst is der Kunde gleich über alle Berge.«

# 10. KAPITEL

Als ich am Abend nach Hause kam, werkelten Jonte und Mia schon in der Küche herum. Genau genommen werkelte Jonte, während Mia in Hotpants und bauchfreiem Neckholdertop an der Anrichte lehnte und sich TikToks auf ihrem Handy ansah.

Ich begrüßte die beiden, stellte ächzend meine schwere Einkaufstasche auf den Tisch und öffnete das Fenster. Draußen waren es immer noch angenehme fünfundzwanzig Grad.

Jonte klappte die Spülmaschine zu, stellte sie an und schenkte drei Gläser Wasser ein.

Ich hatte pünktlich Schluss gemacht und war nach der Arbeit noch schnell zu Rewe gefahren. Wir wechselten uns mit dem Kochen ab. Heute war ich an der Reihe.

»Sag mal, ist das normal?« Jonte deutete auf unseren alten Kühlschrank. »Der hört sich so laut an.«

»Mach mal dein Handy leise«, sagte ich zu Mia.

Mia drückte auf eine Taste, und wir lauschten einen Augenblick. Dann nickte ich.

»Stimmt. Er klingt irgendwie anders als sonst«, pflichtete Mia uns bei. Dass das alte Gerät aus den Fünfzigern stets gemütlich vor sich hin brummte wie ein schnarchender Bär, war nichts Neues. Kaja hatte ihn deshalb Balu getauft. Heute klang er jedoch eher wie Shir Khan, was ich nun auch ein wenig beunruhigend fand.

»Hoffentlich legt sich das wieder«, sagte ich.

»Vielleicht ist ihm ja nur ein bisschen warm«, meinte Jonte.

»Kann sein. Oder man muss ihn einfach mal abtauen.« Mir fiel ein, dass wir das seit ungefähr drei Jahren nicht getan hatten.

»Was gibt's denn heute?« Neugierig reckte Mia den Hals, um einen Blick in die Einkaufstasche zu werfen.

»Spaghetti mit Cherrytomaten und Ricotta.« Ich begann, meine Einkäufe in Balus Innerem zu verstauen. »Sag mal, wie geht's eigentlich Saskia?«

»Besser«, antwortete Mia. »Sie ist wach, und vorhin hat sie sogar ein bisschen gefressen.«

»Wirklich?«, fragte ich. »Heißt das, sie ist über den Berg?«

Jonte nickte. »Ich denke schon. Und sie ist ganz verliebt in Mia. Sie frisst ihr aus der Hand.«

Überrascht sah ich meine kleine Schwester an. »Ich wusste gar nicht, dass du Vögel magst.«

Sie zuckte mit den Schultern. »Tja. Du weißt so einiges nicht über mich.«

Ich seufzte. Da hatte sie leider recht. »Vielleicht kannst du ja mal ...«

»Sag's nicht!«, rief Mia.

»Was?«

»Dass ich ein Praktikum im Zoo machen könnte. Oder in der Tierhandlung. Oder ...«

»Das wollte ich doch gar nicht sagen.«

»Wolltest du wohl!«

Womit sie natürlich recht hatte. Mia hatte im letzten Jahr die Schule abgebrochen. Kurz vor dem Abitur! Seitdem jobbte sie ab und zu als Kellnerin im ›Johann Schäfer‹, hatte aber im Grunde keine Ahnung, was sie mit ihrem Leben anfangen sollte. »Ich bin achtzehn und habe alle Zeit der Welt«, sagte sie immer, wenn ich sie darauf ansprach. »Halt dich aus meinem Leben raus. Es geht dich nichts an. Du bist nicht meine Mutter.« Aber in gewisser Weise war ich es eben doch: ihre Mutter. Genau genommen sogar Mutter und Vater in einer Person, und das, seit ich zehn Jahre alt war. Und deshalb ging mich ihr Leben sehr wohl etwas an. Ich war für sie verantwortlich. Zu hundert Prozent.

Ich schluckte meinen Ärger hinunter und stellte noch schnell Ricotta und Milch in Balus brummelnden Bauch. Dann setzten wir uns alle drei an den Küchentisch, und ich erzählte den beiden von meinem Besuch im Theater. Morgen würde ich Penczek einen unangekündigten Besuch abstatten, und vielleicht sah die Welt danach schon wieder anders aus.

»Soll ich mitkommen?«, fragte Mia.

Ich dachte kurz nach. Mia konnte wahnsinnig süß sein, wenn sie wollte, und Penczek mochte unsere Mutter und erinnerte sich wahrscheinlich sogar noch an uns als Kinder. »Warum eigentlich nicht?«, sagte ich also. »Gehen wir zusammen hin. Wenn du mir versprichst, dass du nett bist«, fügte ich hinzu.

Mia grinste. »Ich bin doch immer nett.«

»Die einen sagen so, die anderen sagen so«, murmelte ich und streckte meine müden Beine aus. Das mit dem Kochen hatte noch einen Augenblick Zeit.

Jonte schob mir ein Glas Wasser rüber. »Sag mal, kennst du eigentlich Ottolenghi?«

»Ist das ein Vogel?«

»Nein, ein ziemlich gehypter Koch. Arabische Küche.« Er deutete auf das Kochbuch, das vor ihm auf dem Tisch lag. »Soll super schmecken.«

»Aha?«

»Ich bin Samstag mit Kochen dran und will Auberginen mit

Lammfüllung und Pinienkernen machen. Dazu Taboulé. Mögt ihr das?«

»Keine Ahnung. Aber ich bin offen für alles.«

»Ich auch«, sagte Mia.

»Ich muss mich ja langsam an die arabische Küche gewöhnen.«

»Weil?«

»Abu Dhabi?!«

»Du machst echt ernst, oder?« Mia schüttelte den Kopf. Kaja und ich hatten ihr kürzlich von Jontes Plänen erzählt.

»Na, klar!«

Ich nickte. »Wenn das so ist, hat dein Ottodingsda-Gericht Sinn. Man kann nicht früh genug anfangen, sich vorzubereiten.« Dann fiel mir etwas ein. »Aber Samstag sind wir von Flea Market bei diesem Noah eingeladen. Einweihungssekt und Schnittchen. Helga hat zugesagt.« Ich rollte mit den Augen. »Falls es überhaupt dazu kommt«, fügte ich im Hinblick auf unser morgiges Vorhaben hinzu.

»Na, gut. Falls es dazu kommt, verabrede ich mich anderweitig zum Essen und verschiebe Ottolenghi auf nächste Woche. Glaubt ja nicht, dass ihr drum herumkommt.«

Ich lachte.

Mia horchte auf. »Das heißt, ihr seid am Samstag alle weg?«, wollte sie wissen.

»Falls es …«

»Falls es dazu kommt, ich weiß …«

»Ja, sieht so aus«, sagte ich. »Wieso fragst du?«

»Na ja, dann würde ich eventuell zwei, drei Leute auf die Dachterrasse einladen …«

»Okay«, sagte ich. »Aber nur, wenn es kein Besäufnis wird.«

Mia rollte genervt mit den Augen. »Sag mal, was denkst du eigentlich von mir?«

»Schon gut«, beeilte ich mich zu sagen, obwohl ich allen Grund hatte, mir Sorgen zu machen.

*Fiep!*, machte es da plötzlich leise, und nach fünf Sekunden erneut: *Fiep! Fiep! … Fiep! … Fiep!* Ich legte eine Hand ans Ohr und lauschte. »Sag mal, hörst du das auch, oder hab ich einen Tinnitus?«

»Ich hör's auch. Ich schätze mal, da oben ist jemand aufgewacht und hat Sehnsucht nach seiner Familie«, erklärte Jonte.

»Oje. Arme Saskia. Weißt du denn, wo sie wohnt? Also, ihre Familie …«, wollte Mia wissen.

»Vermutlich im Blücherpark in Ehrenfeld.«

»Da, wo wir früher immer gespielt haben«, rief Mia aufgeregt.

»Da hat man sie jedenfalls aufgefunden. Wenn sie ganz gesund ist, wildere ich sie dort auch wieder aus. Vielleicht stößt sie ja dann auf das eine oder andere Familienmitglied. Eulen sind nicht gern allein.«

»Wer ist das schon«, sagte ich.

Jonte nickte, und seine Miene sprach Bände.

Ich fragte mich nicht zum ersten Mal, wie es eigentlich um sein Liebesleben bestellt war. Er sprach nie darüber, was mich vermuten ließ, dass es ähnlich ereignislos war wie meins. Meine letzte Beziehung hieß Alex, lag fast zwei Jahre zurück und hatte gerade mal sechs Monate gehalten. Dabei hätte unsere erste Begegnung romantischer nicht sein können. Ich war auf der Deutzer Kirmes gewesen und im Riesenrad zufällig allein mit ihm in einer Kapsel gelandet. Wir sahen uns Köln von oben an, kamen dabei ins Gespräch und waren uns sofort sympathisch. So sehr, dass wir direkt zwei weitere Fahrten buchten und uns danach noch eine Tüte gebrannte Mandeln teilten. Wir trafen uns wieder und wurden schließlich ein Paar. Zu Anfang waren wir sehr verliebt, doch nach drei Monaten zogen erste Wolken am siebten Himmel auf. Alex war oft eifersüchtig, und ich fühlte mich eingeengt. Nach sechs Monaten beendete ich die Sache. Es ging einfach nicht mehr. Nach Alex hatte es noch den einen oder anderen Flirt und ein paar Dates gegeben, aber eine feste Beziehung hatte ich seitdem nicht mehr gehabt. Dabei wünschte ich mir jemanden an meiner Seite. Wenn ich ehrlich war, sogar sehnlichst. Jemanden, mit dem ich alles teilen und mein Leben verbringen konnte. Doch das Glück konnte man nun mal nicht erzwingen, und Glück in der Liebe schon gar nicht. Man konnte nur hoffen, dass Amor irgendwann ein Einsehen hatte mit einer Sechsundzwanzigjährigen, die die Nase voll hatte von oberflächlichen Liebschaften und Dates, die zu nichts führten, und dass er mit seinem Pfeil endlich mal wieder in Richtung ihres Herzens zielte.

Jonte, Mia und ich kletterten auf die Dachterrasse und traten an Saskias Käfig. Ich musste lachen. Gut, dass Kaja noch nicht zu Hause war. Die kleine Eule war jetzt wirklich quicklebendig und starrte uns mit ihren kreisrunden, weit aufgerissenen Augen unverhohlen an. Ihre großen schwarzen Pupillen waren orange umrandet.

»Wie süß sie aussieht mit ihren hochstehenden Federöhrchen«, sagte Mia leise.

*Fiep*, machte Saskia.

»Bald siehst du deine Familie wieder«, versuchte ich, sie zu trösten. Dann wandte ich mich an Jonte. »Vielleicht findet sie in Ehrenfeld ja sogar den Eulenmann ihres Lebens.«

»Na ja, wohl eher einen Lebensabschnittsgefährten. Waldohreulen führen monogame Saisonehen. Wenn der Sommer zu Ende geht, trennen sie sich wieder.«

Ich blickte die Waldohreule an und schüttelte mit dem Kopf. »So eine bist du also«, sagte ich mit erhobenem Zeigefinger.

»Hat Vor- und Nachteile«, brummte Jonte.

»Also, mir wäre es zu anstrengend, mir jedes Jahr einen neuen Typen anzulachen.«

»Och, find ich jetzt nicht so schlimm«, meinte Mia.

Saskia wackelte mit dem Kopf, als wollte sie sagen: Ich auch nicht.

Jonte streifte sich einen bissfesten Schutzhandschuh über, öffnete den Käfig und schob die Hand langsam hinein. »Komm. Hüpf mal«, sagte er leise. Doch Saskia machte keine Anstalten, sondern starrte ihn nur weiter an.

»Na, komm, mach schon«, forderte er sie auf. »Hab dich nicht so.« Und dann hüpfte Saskia tatsächlich auf seine Hand und wackelte wieder ein bisschen mit dem Kopf. »Braves Mädchen.« Jonte zog den Arm mit Saskia darauf ganz langsam aus dem Käfig.

»Und wenn sie wegfliegt?«, flüsterte ich.

»Sie kann noch nicht fliegen. Wegen des gebrochenen Flügels.« Er setzte sie auf seine Schulter, und sie blickte mich neugierig an. Dann schmiegte sie ihr kleines, flauschiges Gesichtchen an Jontes Wange.

»Gott, wie süß«, sagte Mia ergriffen. »Jonte, du bist ja ein Vogelflüsterer!«

Wir setzten uns alle aufs Sofa. Jonte nahm Saskia wieder auf die Hand und begann, ihre Verletzung am Kopf zu untersuchen.

»Und?« Ich starrte auf die verkrustete Wunde.

»Verheilt gut. In ein paar Tagen ist sie wieder die Alte.«

»Gott sei Dank.« Ich wandte mich erneut an Saskia: »Dann kannst du dich bald auf die Suche nach deinem Lebensabschnittsgefährten machen, und nächstes Jahr baut ihr ein Nest und kriegt ganz viele Kinder.«

»Sie baut kein Nest.«

»Wieso nicht? Sie braucht doch ein Nest. Für ihre Eier.«

»Waldohreulen sind da sehr pragmatisch. Sie nutzen gebrauchte Nester von Rabenkrähen und Elstern.«

»Das nenne ich mal nachhaltig. Und ganz im Sinne von Flea Market: Gebrauchtes nutzen, statt ständig Neues zu kaufen. Oder in diesem Fall, zu bauen. Saskia, du und deine Artgenossen, ihr werdet mir immer sympathischer.«

»Wo seid ihr denn alle, und warum brummt Balu so laut?«, hörte ich Kaja von der Stiege her maulen. Im nächsten Moment stand sie auch schon vor uns. Ihr Gesicht wurde starr vor Schreck, als sie Saskia erblickte, die immer noch auf Jontes Hand saß und ab und zu mit dem Kopf wackelte.

»Dir auch einen schönen guten Abend.« Jonte grinste.

»Hey, Kaja«, begrüßte ich sie. »Schau mal, unsere kleine Patientin ist fast wieder gesund.«

Kaja antwortete nicht. Stattdessen starrte sie Saskia an, und Saskia starrte zurück, ohne ein einziges Mal zu blinzeln.

»Sie hasst mich«, murmelte Kaja, ohne die Eule aus den Augen zu lassen.

»Wie kommst du denn darauf?«, wollte Mia wissen.

»Guck mal, wie die mich anglotzt.«

»Das hat nichts mit dir zu tun. Eulen gucken immer so, Kaja«, verteidigte Jonte seinen Schützling. »Aber keine Sorge, sie kann bald wieder nach Hause.«

»In den Blücherpark nach Ehrenfeld«, ergänzte Mia. »Der Käfig ist ja auch viel zu klein für sie.«

»Aber ein bisschen muss sie noch hierbleiben, oder, Jonte?«, fragte ich.

»Na ja, ein paar Tage vielleicht, aber dann wird ihr der Käfig wirklich zu klein. Sie muss fliegen üben.«

Ich nickte.

»Meinst du, ich kann sie auch mal halten?«, fragte Mia.

»Ich verschwinde, Leute.« Kaja wandte endlich den Blick von Saskia ab. »Ich bleib dabei. Sie mag mich nicht.«

Wir lachten.

»Du spinnst echt, Kaja«, sagte ich, doch das hörte sie schon nicht mehr.

Jonte reichte Mia seinen Handschuh, und sie zog ihn über.

»Jetzt streck den Arm aus.«

Mia tat es, und dann legte Jonte seinen ausgestreckten Arm an ihren und versetzte Saskia einen sanften Schubs. Da hüpfte sie auf Mias Hand und sah meine kleine Schwester neugierig an. Die Eule blinzelte, und ihre Augen wurden für einen Moment ganz schwarz. Mia blinzelte zurück, und da wackelte Saskia mit dem Kopf.

»Du bist die Vogelflüsterin«, sagte Jonte lachend.

# II. KAPITEL

»Wer ist da?«, bellte es aus der Gegensprechanlage des Wohnhauses in der Teutoburger Straße.

»Ähm, Bachmann. Tilda. Und Mia. Könnten … könnten wir kurz raufkommen?«

Statt einer Antwort ertönte der Türsummer, und ich drückte die schwere dunkelrote Holztür auf.

Heute war Freitag. Es war kurz nach achtzehn Uhr. Mia und ich hatten uns gut vorbereitet auf den Besuch bei Herrn Penczek. Wir hatten lange überlegt, was wir sagen wollten, und ich hatte meine schönste Bluse und die neue helle Jeans angezogen und Mia inständig gebeten, das bauchfreie pinke Top gegen ein schlichtes weißes T-Shirt zu tauschen. Sie war meiner Bitte gefolgt, wenn auch widerwillig.

Ich war nervös. Trotz guter Vorbereitung. Mein Magen rebellierte, mein Herz schlug mir bis zum Hals. Ich war noch nie ein Prüfungsmensch gewesen, und das hier kam mir ein bisschen vor wie eine Prüfung. Eine mündliche Prüfung. Ich sah Mia an. Sie wirkte unbeschwert und fröhlich.

»Los, komm«, sagte sie und marschierte vor mir her in den ersten Stock. Ich war froh, sie dabeizuhaben. Penczek wartete bereits an der Wohnungstür auf uns, seine Miene war ausdruckslos. Er trug einen hellen, teuer aussehenden Leinenanzug und dazu ein leichtes Hemd. Vermutlich hatte er noch etwas vor. Sein Haar, inzwischen graumeliert, war noch immer schulterlang, obwohl es deutlich dünner geworden war, seit ich ihn vor Jahren das letzte Mal gesehen hatte.

»Was verschafft mir die Ehre?«, fragte er, halb überrascht, halb überheblich.

»Wir ... ähm ... hatten kürzlich telefoniert«, stammelte ich und schnappte unauffällig nach Luft. Ich hatte kämpferisch auftreten und ihn freundlich, aber bestimmt an sein Versprechen erinnern wollen. Das hatte ich sogar mehrfach vorm Spiegel im Bad geübt, wobei mich ein kopfschüttelnder Jonte erwischt hatte. Doch jetzt schüchterten Penczeks gepflegte Erscheinung und seine undurchdringliche Miene mich ein, und ich stotterte herum und suchte in meinen Gehirnwindungen verzweifelt nach den Sätzen, die ich mir so schön zurechtgelegt hatte. Ich hätte mich ohrfeigen können.

»Sie haben meiner Schwester versprochen, ihr das Theater zu vermieten«, schaltete sich nun Mia ein, während ich noch immer nach Worten suchte. »Haben Sie aber dann doch nicht gemacht. Wir wollten mal fragen, warum nicht.« Unverwandt blickte sie zu ihm auf und wartete auf seine Antwort.

Ich fragte mich, ob es wirklich eine so gute Idee gewesen war, sie mitzunehmen. Die Mit-der-Tür-ins-Haus-fall-Methode beherrschte sie, das musste man ihr lassen, aber das hier erforderte womöglich Fingerspitzengefühl.

»Und Sie sind ...?«, wollte Penczek wissen und sah Mia stirnrunzelnd an.

»Mia. Mia Bachmann.« Sie deutete auf mich. »Ihre Schwester.«

Ich schluckte und lächelte freundlich. »Genau. Wir hatten ja kürzlich wegen des Theaters telefoniert. Vielleicht erinnern Sie ...«

»Ist verkauft«, blaffte Penczek.

»Noch nicht ganz, oder?«, sagte meine Schwester unverfroren. Dann deutete sie mit dem Kinn Richtung Tür. »Äh, wollen wir vielleicht mal reingehen oder so?«

Penczek sah überrascht aus. Er zögerte. »Na gut«, sagte er schließlich, öffnete die angelehnte Wohnungstür und deutete hinein. »Nach Ihnen.«

Wir traten ein und gingen in sein riesiges Wohnzimmer. Mitten in dem hohen Raum stand eine helle Couchgarnitur. Daneben ein Flügel. An zwei Wänden erstreckten sich deckenhohe Regale voller Bücher, und ich fragte mich unwillkürlich, ob Penczek sie alle gelesen hatte.

»Boah!« Mia betrachtete die Regale. »Haben Sie die etwa alle gelesen?«

»Die meisten. Setzen Sie sich.« Penczek deutete auf das helle Sofa, und Mia ließ sich hineinplumpsen. Ich setzte mich neben sie, während Penczek einen Sessel uns gegenüber ansteuerte. Er zog das linke Bein ein wenig nach, und ich erinnerte mich wieder an den Schlaganfall, von dem er mir am Telefon erzählt hatte. Er stöhnte leise, als er sich umständlich niederließ.

»Schön haben Sie es hier«, smalltalkte ich höflich.

»Stimmt. Bis auf die Vorhänge.« Mia deutete auf die goldgelben Stoffbahnen rechts und links des großen Fensters an der Stirnseite des Raumes. »Die sehen nach Donald Trump aus.«

»Um Gottes willen«, entfuhr es Penczek. »Finden Sie das wirklich?«

»Jepp.«

Ich stieß Mia unauffällig in die Rippen, in der Hoffnung, sie zum Schweigen zu bringen, doch Penczek schien Gefallen an ihr zu finden.

»Wenn Sie das sagen, muss da wohl was dran sein«, erklärte er schmunzelnd. »Ich lasse sie austauschen.«

87

»Ich würde gar keine Vorhänge aufhängen. Sieht viel besser aus.«

»Sind Sie Inneneinrichterin oder so etwas in der Art?«

Mia schüttelte den Kopf. »Nö. Aber ich hab einen guten Geschmack.«

Penczek lachte wieder. »Wenn das so ist.« Dann warf er einen Blick auf seine goldene Armbanduhr. »Aber nun zu Ihrem Anliegen. Das Theater ...«

Ich schluckte, richtete meinen Oberkörper auf und holte tief Luft. »Richtig. Wie gesagt, wir hatten ja telefoniert. Sie erinnern sich vielleicht. Sie kannten unsere Mutter.«

Einen Augenblick schien er nachzudenken. »Ach, Sie sind das«, sagte er schließlich und sah einigermaßen überrascht aus. »Ja, ja, Ihre Mutter.« Ein Lächeln huschte über sein Gesicht. »Talentiert. Und unvergessen. Schade, dass sie nicht mehr da ist.«

»Wie man's nimmt«, murmelte Mia. Ihre Miene hatte sich verdunkelt.

»Wir hatten über Vermietung gesprochen«, fuhr ich fort. »Uns, also Flea Market, wurde gekündigt.«

»Ja, ja, ich weiß. Die Knopffabrik wird abgerissen. Wie gesagt, eine Schande«, sagte Penczek. »Aber ich kann Ihnen trotzdem nicht helfen.«

»Wieso nicht?« Mia blickte ihn sauer an. »Ist doch Ihr Theater. Also Ihre Entscheidung.«

»Weil ich verkaufe. Es war ein Interessent da, der das Theater wiederbeleben möchte, und ehrlich gesagt ... das ist mir einfach lieber.«

»Aber ...«, wandte ich ein. »Wir *brauchen* die Räumlichkeiten. Wir machen wichtige Arbeit bei Flea Market, und eine andere geeignete Immobilie zu finden ist hier in Köln so gut wie unmöglich. Wenn wir das Theater bekämen, könnten wir unseren Kundenstamm behalten. Und wir sind doch aus der Südstadt eigentlich gar nicht mehr wegzudenken.«

»Mag sein. Aber wissen Sie, ich bin Theatermensch durch und durch, und das Südstadttheater war mein Leben. Wenn dort nun eine Schreinerei hineinkommt, dann fühlt sich das für mich nicht gut an. Sie müssten die Bestuhlung rausnehmen. Auf der Bühne stünden Kreissägen und Schleifgeräte herum ... oder was auch immer ...« Er schüttelte den Kopf. »Nein! Das bricht mir einfach das Herz. Erst recht, wenn es jemanden gibt, der das Gebäude als das nutzt, was es ist, nämlich ein Theater.«

»Wie viel hat er Ihnen geboten?«, entfuhr es mir, und dieses Mal war es Mia, die mir einen Stoß in die Rippen versetzte.

Penczek musterte mich kritisch. »Ich fürchte, junge Dame, dass Sie das ganz und gar nichts angeht.«

»Ich zahle eine gute Miete. Wirklich. Daran soll es nicht scheitern.«

»Es geht mir nicht um Geld. Ich hab genug davon und zudem keine Erben. Ich brauch nicht viel.« Sein Blick blieb kurz an Mia haften. »Außer vielleicht für neue Vorhänge, aber die junge Dame ist ja der Meinung, es geht auch ohne.«

Mia nickte eifrig. »Auf jeden Fall.«

Ich stöhnte und schloss kurz die Augen. »Bitte, Herr Penczek. Meine Mitarbeiter. Für sie ist Flea Market nicht nur ein Job, sondern so etwas wie ein ... Anker! Ich ... wir brauchen das Theater unbedingt!«

Penczek verzog mitleidig den Mund. »Mag sein. Aber Sie bekommen es trotzdem nicht. Tut mir leid. Am Dienstag ist der Notartermin, und daran ist nicht zu rütteln. Tut mir leid«, sagte er noch einmal.

»Echt gemein, Herr Penczek!« Mia funkelte ihn mit ihren großen blauen Augen an.

»Stimmt«, pflichtete ich ihr bei. »Sie lassen sich von einem schnöseligen Möchtegern-Schauspieler einlullen.«

»Na, so schnöselig kam er mir gar nicht vor. Herr Berger hat sich als sehr zielstrebiger junger Mann präsentiert, der genau weiß, was er will. Hat mir gefallen, der Kerl.«

»Na spitze«, zischte ich. »Ich meine ... er war Marcel Dahlström!«

»Was er war, interessiert mich nicht. Er hat mir gefallen. Er ist Künstler durch und durch – so wie ich. Die Würfel sind gefallen, meine Damen, wenn ich die Worte Caesars einmal bemühen darf. Und ich habe noch einen Termin. Wenn ich Sie also bitten dürfte ...« Er hievte sich ächzend aus seinem Sessel und deutete Richtung Ausgang.

»Scheiß Würfel«, zischte Mia und sprang auf.

Auch ich erhob mich. »Mag sein, dass die Würfel gefallen sind«, sagte ich wütend. »Aber Sie werden sich für den Rest Ihres Lebens vorzuwerfen haben, dass Sie ein Versprechen gebrochen haben!«

»Außerdem spielen wir sowieso lieber Schach. Das ist ohne Würfel!«, fügte Mia hitzig hinzu.

»Theatralisch wie die Mutter. Alle beide!«, sagte Penczek, und wenn mich nicht alles täuschte, musste er sich ein Lachen verkneifen. Ich platzte beinahe vor Wut, denn ich hasse es, nicht ernst genommen zu werden, und noch mehr hasste ich es, zu wissen, dass das gerade mein kleinstes Problem war.

»Das war wohl nix«, fasste Mia die Lage zusammen, als wir wieder auf der Straße standen. »Vielleicht hätte ich das mit den Trump-Gardinen nicht sagen sollen«, überlegte sie laut.

»Ach Quatsch, das fand er gut.«

»Jedenfalls ein harter Brocken, dieser Typ!«

»Jepp.« Ich fühlte mich schrecklich.

»Hey«, sagte Mia und grinste mich an. »Es geht irgendwie weiter, Schwesterherz. Wie immer. Wissen wir zwei doch.« Sie strich mir über den Kopf und umarmte mich dann. »Wenn das jemand weiß, dann wir«, murmelte sie.

Ich nickte nachdenklich.

# 12. KAPITEL

»Wow. Krass!«, sagte Kaja, als wir das Foyer des ehemaligen Südstadttheaters betraten.

»Hmmmm«, machte ich widerwillig, doch ich musste zugeben, dass Noah und sein Freund Armando ganze Arbeit geleistet hatten. Die Wände hatten sie in einem lichten Grau gestrichen, und das karamellfarbene Sofa stand bereits an Ort und Stelle. Es machte sich gut in diesem Raum. Nur am abgeblätterten Zustand der Theke hatte sich nichts geändert, aber das war ja auch nur noch eine Frage der Zeit. Das Fingerfood-Büffet hatte Noah auf langen Tapeziertischen unter den Fenstern aufbauen lassen. Es schien keine Wünsche offenzulassen, zumindest nicht die von Helga. Sie war schon vorgegangen und schaufelte sich gerade den Teller randvoll mit Lachsschnittchen und Käsehäppchen und machte dabei ein sehr zufriedenes Gesicht. Wenigstens sie war glücklich. Nach unserem erfolglosen Termin bei Herrn Penczek hatte ich eigentlich absagen wollen, doch als ich das heute Morgen in der Werkstatt andeutete, hatte Helga heftig mit dem Kopf geschüttelt und gemeint: »Datt können wir nich machen!« Als hinge Noahs Seelenfrieden von unserer Anwesenheit ab. Doch auch Cem hatte ein enttäuschtes Gesicht gezogen. »Timo Horn ist da eingeladen!«, hatte er gesagt und dabei ausgesehen, als würde er gleich in Tränen ausbrechen. »Okay, meinetwegen«, hatte ich gestöhnt, weil ich wusste, dass sie eh nicht klein beigeben und auch nicht ohne mich hingehen würden. »Wir lassen uns da kurz blicken und verschwinden dann wieder.«

»Wenn wir mit essen feddich sind«, hatte Helga entschieden hinzugefügt.

Denkbar schlechter Laune hatte ich mich also mit Kaja auf den Weg gemacht. Penczeks unmissverständliche Absage gestern hatte ich auch nach einer Nacht drüber schlafen nicht verwunden, wobei ich genau genommen nicht drüber geschlafen hatte, sondern drüber wachgelegen. Die ganze Nacht war mir das Gespräch im Kopf herumgegeistert. Ich hatte durchgespielt, was ich besser hätte sagen oder tun können, doch am Ende war es sowieso egal. Ich hatte das Theater verdammt noch mal an Noah verloren, und jetzt musste ich mir etwas Neues einfallen lassen. Eine geniale Idee musste her, aber die wollte mir partout nicht einfallen.

Missmutig ließ ich meinen Blick durch den Raum schweifen. Es waren schon viele Gäste da. Die meisten etwa in unserem Alter. Eine blonde Frau in einem weißen Sommerkleid fiel mir sofort auf. Sie war sehr hübsch und kam mir bekannt vor. Vielleicht war sie eine der angekündigten Ex-LUAK-Kolleginnen, und ich kannte sie aus dem Fernsehen.

»Da ist Cem«, sagte ich und deutete in Richtung der abgeblätterten Theke. Er wirkte etwas verloren zwischen all den durchgestylten Menschen, und Kaja meinte: »Ich leiste ihm mal Gesellschaft.«

»Hey, schön, dass ihr da seid!«, hörte ich Noah in dem Moment rufen. Fröhlich lächelnd kam er auf uns zu.

»Mach das«, sagte ich zu Kaja. »Ich komm sofort nach.«

Kaja bahnte sich einen Weg Richtung Bar, und ich begrüßte Noah mit zusammengebissenen Zähnen.

»Hey, Tilda. Schön, dass ihr gekommen seid.« Er sah zu Helga hinüber, die sich gerade von einem etwas älteren Herrn ein Autogramm hatte geben lassen und sich nun erneut am Büffet gütlich tat, obwohl es vermutlich noch gar nicht offiziell eröffnet war. Noah lächelte ihr freundlich zu. Helga winkte, hielt ihr halb gegessenes Lachsschnittchen in die Höhe und rief: »Is lecker, datt Essen!«

Noah nickte und zeigte ihr einen Daumen hoch. Dann wandte er sich wieder mir zu. »Und? Was sagst du?«

»Wozu?«

»Na ja, der Raum. Wir haben alles frisch gestrichen.«

»Mhmmmm. Super«, erwiderte ich lahm.

»Super?!« Noah klang empört. »Es ist genial!«

»Na, gut. Dann eben genial.«

»Hast du das Sofa gesehen? Sieht aus, als hätte es immer schon da gestanden, findest du nicht?«

»Ja.« Ich nickte müde. »Stimmt.«

»Sag mal, ist alles okay mit dir?«

»Ja. Wieso?«

»Du bist so ... ach, guck mal, da ist Armando. Mein Freund. Der, der mir beim Streichen geholfen hat. Ohne ihn hätte ich das nie geschafft. Armando! Komm mal rüber!« Noah gestikulierte wild in Richtung eines dunkelhaarigen Mannes mit weißem Hemd, Jeans und Sektglas.

Der ließ sich nicht lange bitten und schlenderte mit einem breiten Lächeln auf uns zu. Noah stellte uns vor, und ich zwang mich zu sagen: »Sieht gut aus, die Wandfarbe.«

Er nickte. »Die Decke war schwierig.« Dann wandte er sich an Noah. »Sag mal, wann hältst du eigentlich endlich deine Rede, an der du tagelang gefeilt hast?«

»Du hältst eine Rede?«, fragte ich und versuchte, ein interessiertes Gesicht zu machen.

»Ja. Na ja. Soll ich?« Noah sah etwas verunsichert von mir zu Armando und wieder zurück.

»Wie gesagt, du hast tagelang daran gefeilt, und ich bin ziemlich gespannt, was du uns zu sagen hast. Also ... ja!!« Armando warf mir einen verschwörerischen Blick zu.

»Nicht tagelang ...«, verteidigte sich Noah und lächelte verlegen in meine Richtung.

»Doch, Noah, tagelang. Entschuldige, darf ich?« Armando nahm einer Dunkelhaarigen die Gabel vom Teller, klopfte damit dreimal gegen sein Sektglas und wartete, bis die Gäste verstummt waren. Dann deutete er auf Noah und sagte: »Der Gastgeber möchte zu euch sprechen.« Er reichte seinem Freund ein Mikrofon, das er von irgendwo hergezaubert hatte. Ich ergriff die Gelegenheit, mich durch die Menge zu Cem und Kaja an die abgeblätterte Theke zu drängeln.

»Sektchen, Chefin?« Cem gab der Dame hinter der Bar ein Zeichen, nahm ein gefülltes Glas mit Prickelwasser entgegen und reichte es an mich weiter.

»Guten Abend, liebe Gäste«, hörte ich Noah in diesem Augenblick ins Mikrofon sagen. Er hatte sich auf eine Kiste gestellt. »Ich freue mich sehr, dass ihr alle gekommen seid. Das ist nämlich heute ein ganz besonderer Abend für mich. Und besondere Abende begeht man mit besonderen Menschen.« Hier und da wurde ein wenig applaudiert. »Warum ist dieser Abend so besonders?«, fragte er rhetorisch.

»Weil datt Essen so lecker is!«, hörte ich Helga von irgendwoher rufen. Ich stellte mich auf die Zehenspitzen und entdeckte sie wie erwartet noch immer am Büffet.

»Lecko mio, ist die verfressen«, meinte Cem kopfschüttelnd. »Wenn ich richtig mitgezählt habe, nimmt die sich gerade zum vierten Mal Nachschlag.«

»Du hast richtig gezählt«, erwiderte ich matt.

Noah überhörte Helgas Kommentar und das leise Gelächter seiner Gäste geflissentlich und holte nun sehr weit aus. Mit den

Armen und mit seiner Rede. »Wie ihr wisst, habe ich bis vor zweieinhalb Jahren bei LUAK gearbeitet. Viele kennen mich ja noch als Marcel Dahlström. Es war eine großartige Zeit, doch dann wurde die Serie abgesetzt, und ich verlor meinen Job.«

»Kenn ich«, sagte Cem, unterdrückte ein Gähnen und trank noch einen Schluck Sekt. »Das mit dem Job, meine ich. Mann, ich hab echt Kohldampf, Leute. Wollen wir gleich auch mal ans Büffet?«

»Im Januar zweitausendsiebzehn erhielt ich einen Anruf von meinem wunderbaren Manager Manfred. Manni, bist du da?«

»Jau!«, rief jemand und winkte aus der Menge.

»Lass uns die Rede abwarten«, flüsterte ich in Cems Richtung.

»Das kann ja noch ewig dauern«, maulte er. »Schon gemerkt? Der is gerade mal bei zweitausendsiebzehn.«

»Wenig später ergab es sich, dass ich wieder auf einer Bühne stand«, fuhr Noah fort. »Doch dieses Mal nicht als Marcel Dahlström, sondern als der, der ich wirklich war. Noah Berger! Der echte Noah Berger, der nun ein ganz anderer war.«

Cem rollte mit den Augen, Kaja orderte noch ein Kölsch, und ich stellte mich wieder auf die Zehenspitzen, um zu schauen, ob sich eventuell außer Helga noch weitere Gäste trauten, schon das Büffet zu plündern. Wenn ich ehrlich war, hatte nämlich auch ich großen Hunger. Ich nippte an meinem Sekt. Noah hatte sich inzwischen richtig warmgeredet. Ich hörte nur noch mit halbem Ohr hin, doch was ich mitbekam, war, dass es hauptsächlich um sein Lieblingsthema ging: ihn selbst!

Ich reckte mich und sprang kurz hoch. Dann stutzte ich. »Helga ist verschwunden«, raunte ich Kaja und Cem zu.

Cem zuckte mit den Schultern. »Wahrscheinlich für kleine Königstiger.«

Ich nickte, trotzdem war ich irgendwie beunruhigt.

»Ich weiß es noch wie heute. Am Heiligen Abend des Jahres zweitausendachtzehn eröffnete mir mein Vater, dass er mir sein Aktiendepot überschrieben hatte«, plauderte Noah gerade aus dem Nähkästchen. »›Dein Startkapital. Mach was Großes draus!‹, hat er damals gesagt, und ich hab mich wahnsinnig gefreut. Es war wie ein Ritterschlag. Aber gleichzeitig lastete auf mir plötzlich auch ein wahnsinniger Druck.«

»Mir reicht's«, stöhnte Cem und machte nun endgültig Anstalten, sich in Richtung Büffet durchzuschlagen.

»Warte«, zischte ich. »Ich komm mit.«

»Ich auch!« Kaja kippte ihr Kölsch in einem Zug runter und schloss sich uns an.

»Nun ja, was soll ich sagen? Ich *habe* etwas Großes daraus gemacht«, sagte Noah gerade stolz. »Ich habe nämlich nichts Geringeres getan, als ein Theater zu kaufen.«

Ein paar Leute klatschten.

»In wenigen Monaten werde ich hier das erste Stück seit fünfzehn Jahren zur Aufführung bringen. Ich werde es selbst schreiben und habe auch schon die eine oder andere Idee. Und so viel kann ich euch verraten: Es wird gut! Verdammt gut! Und ja, ihr fragt es euch sicher schon: Ich werde natürlich auch selbst mitspielen.« Er lächelte in die Runde. »Einmal Schauspieler, immer Schauspieler!«

Als Noah das sagte, trennten uns nur noch wenige Meter vom Büffet, und ich hatte bereits Blickkontakt mit den Lachsschnittchen aufgenommen.

»Find ich klasse, Marcel!«, hörte ich Helga auf einmal von irgendwoher rufen. »Äh, Noah, ›tschuldigung!«

Ich stoppte abrupt, wandte mich um und registrierte, dass Kaja und Cem dasselbe taten. Ich traute meinen Augen nicht: Helga stand vor Noah, ihr gelber Pulli leuchtete. Sie hatte sich extra schick gemacht. »Hier!«, sagte sie und hielt ihm eine uralte Kaffeemaschine entgegen.

Irritiert sah Noah sie an.

»Die macht keinen Mucks mehr. Wollte mir in der Küche 'nen Kaffee kochen. Aber datt war dann wohl 'n Satz mit X. Na ja, watt soll's. Dann eben kein Kaffee. Aber die nehm ich mal mit. Wollte ich nur kurz sagen. Nich, datt du dich nachher noch wunderst. Kriegste morgen repariert zurück!«

»Äh … ja, danke, Helga«, stammelte Noah irritiert. Seine Rede war gerade auf den Höhepunkt zugesteuert und durch Helgas Kaffeemaschinenaktion jäh unterbrochen worden. »Ich … das ist sehr nett. Aber vielleicht ist dir aufgefallen, dass ich gerade eine Rede …«

»Ja, keine Sorge. Datt is mir aufgefallen. Und wie mir datt aufgefallen is. Du hörst ja gar nicht mehr auf zu reden. Na ja, nix für ungut. Wollte dich nicht unterbrechen, aber ich bin pappsatt und muss jetzt los.« Mit diesen Worten klemmte sie sich die alte Kaffeemaschine unter den Arm, winkte zum Abschied in unsere Richtung und drängelte sich zum Ausgang.

»Äh, ja, danke. Wo war ich stehengeblieben …?« Noah lächelte verlegen.

»Die Leute haben Hunger!«, rief Helga noch, und dann war sie endgültig verschwunden.

»Na ja, wenn das so ist …« Noah kratzte sich am Kopf. »Dann fass ich mich jetzt kurz.«

»Ja, bitte!«, rief Armando, legte seine Handflächen aneinander und streckte sie gen Himmel.

»Okay …« Noah wirkte leicht pikiert. »Okay, okay, okay …« Und er hatte offensichtlich den Faden verloren. »Dann nur noch Folgendes: Danke, dass ihr da seid. Lasst es euch schmecken!«, rief er, und da applaudierten alle erleichtert, und ich war Helga mal wieder sehr dankbar und wirklich froh, dass ich wegen Cem schon so nah bei den Lachshäppchen stand, denn nun begann der berühmte Sturm auf das Büffet.

Wenig später hatte es auch Noah dorthin geschafft – zusammen mit der hübschen Blonden. »Das war ja schräg eben«, sagte sie gerade zu ihm. »Wer war bitte diese merkwürdige Frau mit der Kaffeemaschine?«

Noah bemerkte nicht, dass Kaja, Cem und ich in Hörweite seine Horsd'oeuvres verputzten. »Ach, die arbeitet nebenan. Ist ein Fan von mir. Eine von diesen Verrückten. Du weißt ja, wie durchgeknallt die manchmal sind.«

»Gott, du Armer.« Maja legte sich das letzte verbliebene Lachsschnittchen auf den Teller. »Eigentlich bräuchtest du an so einem Abend Security. Stell dir mal vor, die hätte statt dieser vergammelten Kaffeemaschine ein Fleischermesser dabeigehabt.«

Noah lachte. »Jetzt hör aber auf!«

Maja nahm noch zwei Pizzaröllchen und sagte mit besorgter Miene: »Du lachst. Aber ganz ehrlich, Noah: Du guckst den Leuten eben immer nur vor den Kopf.«

# 13. KAPITEL

Nachdem wir uns die Bäuche vollgeschlagen hatten, beschlossen Kaja und ich, Noahs Party zu verlassen. Wir gaben Cem Zeichen, dass wir loswollten, doch der zog es vor zu bleiben. »Ich kann noch nicht weg«, raunte er mir zu, und das Grinsen wollte gar nicht mehr aus seinem Gesicht weichen. Timo Horn war wirklich gekommen, und Cem hatte es tatsächlich irgendwie geschafft, ihn in ein Gespräch zu verwickeln.

Da es noch nicht einmal zehn war, beschlossen Kaja und ich, ins ›Johann Schäfer‹ zu gehen, um noch ein Kölsch zu trinken und uns gemeinsam den Kopf darüber zu zerbrechen, welche Möglichkeiten es geben könnte, Flea Market und das True Treasures zu retten.

Das kleine Brauhaus war voll, wie immer Samstagsabends, doch wir hatten Glück und ergatterten nach kurzer Zeit einen Zweiertisch am Fenster. Wir bestellten unsere Getränke und blickten schweigsam hinaus auf die Elsaßstraße. Noahs Party mussten wir beide erst mal verarbeiten.

»Es ist wirklich zum Kotzen«, sagte Kaja irgendwann düster. »Das Theater in den Klauen dieses Schnösels und seiner tollen Freunde.«

»Wenigstens Helga und Cem hatten ihren Spaß.«

»Wenn die wüssten …«

Der Köbes brachte unser Kölsch, und wir stießen auf einen

Plan B an, der nun zu schmieden war – auch wenn wir zu diesem Zeitpunkt nicht den blassesten Schimmer hatten, wie der aussehen könnte.

»Hast du etwas zu schreiben?«, fragte ich Kaja.

Sie kramte einen Kuli aus ihrer Bauchtasche und nahm einen Bierdeckel vom Stapel auf dem Tisch.

»Viel passt da nicht drauf«, bemerkte ich trocken.

»Wird schon reichen«, murmelte sie. »Allzu viele Möglichkeiten haben wir nicht.«

Ich stützte den Kopf in die Hände und sah sie nachdenklich an. »Okay. Was können wir tun?«

»Noah entführen, ihm Kopfhörer aufsetzen und ihn so lange seinen eigenen Rap hören lassen, bis er uns das Theater zurückgibt.«

»Du guckst zu viele Horrorfilme.«

»Hmmmm«, machte Kaja.

»Eine neue Immobilie finden«, sagte ich. »Schwierig, aber versuchen müssen wir es. Wir erzählen es jedem, den wir kennen. Vielleicht weiß jemand was. Wir schauen die Anzeigen durch. Geben selbst Anzeigen auf. Und wir hängen Zettel an die Laternenpfähle, mit Schnipseln unten dran, auf denen unsere Telefonnummer steht.«

Kaja nickte und notierte etwas auf dem Bierdeckel. »Was noch?«

»Wir sind eine gemeinnützige GmbH. Vielleicht hilft die Stadt Köln uns irgendwie.«

»Ha«, lachte Kaja auf. »Wahrscheinlich!«

»Schreib's trotzdem auf.«

»Okay, meinetwegen.«

Wir schwiegen eine Weile und dachten angestrengt nach. »Das war es schon, was?« Kaja verzog den Mund zu einem Strich.

»Na ja. Vielleicht könnten wir an die Presse gehen«, schlug ich vor. »›Immobilienhai verdrängt gemeinnützigen Flohmarkt‹. Wäre doch eine schöne Schlagzeile.«

»Ob die sowas in der Zeitung bringen? Das passiert wahrscheinlich jeden Tag in Köln«, überlegte Kaja. »Kennst du denn jemanden bei der Zeitung? Oder beim WDR?«

»Ich nicht, aber Holger.«

»Dein Stammkunde? Der von den Grünen?«

Ich nickte. Holger war in Köln nicht nur wegen seiner Parteimitgliedschaft gut vernetzt, sondern auch, weil er regelmäßig mit Umweltaktionen und kritischen Leserbriefen von sich reden machte.

»Wir fragen ihn«, sagte Kaja, drehte den Bierdeckel um und kritzelte etwas auf die Rückseite.

»Siehste, schon fast voll.«

»Aber alles Sachen, die nur sehr vielleicht funktionieren.«

»Ich weiß. Aber wir dürfen nichts unversucht lassen«, erklärte ich. »Schließlich geht es um unsere Existenz. Und um die Arbeitsplätze von Cem und Helga. Und einfach um einen schönen Ort in unserer Südstadt. Das lassen wir uns nicht so mir nichts, dir nichts wegnehmen, Kaja!« Vielleicht war es Noahs unerträgliche Rede vorhin oder das Kölsch, das ich innerhalb kürzester Zeit geleert hatte. Jedenfalls hatte sich meine Schockstarre inzwischen gelöst, und mein Kampfgeist war geweckt. Ich würde Flea Market und das True Treasures nicht verloren geben. Nicht, bevor wir nicht alles in unserer Macht Stehende versucht hatten, um es zu retten. Das war ich meinen Mitarbeitern schuldig. Und Kaja. Und auch mir selbst.

Wir überlegten noch eine ganze Weile hin und her, aber eine wirklich zündende Idee wollte uns trotzdem nicht kommen. Doch immerhin standen nun drei Punkte auf einem Bierdeckel, und es war noch nicht aller Tage Abend. Darauf tranken wir ein zweites Kölsch, und ein drittes auf die Hoffnung, die bekanntlich zuletzt stirbt. Als ich irgendwann auf die Uhr sah, war es schon nach Mitternacht. Ich hakte mich bei Kaja unter, und wir machten uns auf den Heimweg.

Als wir das Treppenhaus betraten, drangen lautes Stimmengewirr und durchdringende Bässe an unsere Ohren. Wir wechselten einen erschrockenen Blick.

»Mia!«, stieß ich hervor, denn plötzlich fiel mir wieder ein, dass sie drei, vier Freunde auf die Dachterrasse hatte einladen wollen. Es hörte sich definitiv nach mehr Leuten an. Und nach reichlich Bier. Wir eilten im Laufschritt nach oben in den vierten Stock, und je höher wir kamen, desto lauter wurden die Partygeräusche. Als ich die Wohnungstür aufschloss, verstand man sein eigenes Wort nicht mehr. Jedenfalls vermutete ich das, denn ich war absolut sprachlos. Schon im Flur torkelte mir ein junger Mann mit rotem Baseball-Cap in die Arme und lallte: »Schön, dass du da bist, Kleines!«

»Was ist hier los?«, schrie Kaja ihn an.

Er zuckte teilnahmslos mit den Schultern und setzte sich eine Bierflasche an den Hals. »Paaaardyyyy!«, rief er dann und wankte in unsere Küche.

Kaja und ich folgten ihm. Unterwegs stolperte ich beinahe über eine Alkoholleiche, die im Flur ein Schläfchen hielt. In der Küche angekommen, blieb ich entsetzt stehen. Überall standen und lagen betrunkene Menschen und halbvolle Bierflaschen herum. Ich hob eine leere Wodkaflasche vom Fußboden auf und stellte sie auf den Tisch.

»Hey, Süße«, sagte ein Typ mit Dutt und fasste mir an den Hintern.

Reflexartig drehte ich mich zu ihm um und versuchte, ihn mit Blicken zu töten. »Wag es nie wieder!«, zischte ich wütend.

Er hob beide Hände in die Luft. »Okay, okay«, sagte er lahm. »War nur nett gemeint.«

»Ach so«, blaffte ich. »Wo ist Mia?«

»Wer?«

»M I A!«, schrie ich ihm ins Ohr.

Er zuckte mit den Schultern. »Kenn ich nich.« Er wandte sich an einen Grünhaarigen, der sich gerade die von mir aufgelesene leere Wodkaflasche an den Hals hielt. »Kennsu eine Mia?«, fragte er ihn.

Der Grünhaarige ließ die Flasche auf den Boden fallen und kickte sie um. »Scheiße. Leer. Mia? Kenn ich nich.«

Ich stöhnte entnervt auf und fahndete weiter nach meiner Schwester. Unsere Zimmer hatte sie immerhin alle abgeschlossen, so dass ich wenigstens davon ausgehen konnte, dass ich keine unangenehmen Überraschungen in meinem Bett vorfinden würde. Ich bahnte mir einen Weg ins Wohnzimmer, wo die Lage ähnlich verheerend war wie in der Küche. Doch auch hier keine Spur von Mia. Auf dem Weg zurück in den Flur begegnete ich Kaja.

»Dachterrasse!«, schrie sie mir ins Ohr, und ich nickte. Wir kletterten die Stiege hinauf und sahen uns um. Ein paar Leute hingen auf den Outdoor-Sofas rum und kifften. Ein Pärchen saß im Strandkorb und knutschte heftig. Und dann entdeckte ich endlich auch Mia. Sie lag mit einem mir unbekannten Typen auf dem Boden neben dem Oleander und schaute gemeinsam mit ihm in die Sterne.

»Mia!«, schrie ich. »Was um alles in der Welt ist hier los?«

Sie richtete sich in Zeitlupe auf. »Oh, hi, Tilda«, sagte sie und klang verlangsamt. »Komm mal her. Voll chillig hier.«

Ich schnappte nach Luft. Kaja legte beruhigend eine Hand auf meinen Rücken. »Sag mal, spinnst du?«, schimpfte ich trotzdem. »Was soll das hier werden?«

Mia zuckte mit den Schultern. »'ne Hausi halt.«

»Hausi?«, krächzte ich schrill.

»Ja, Hausparty. Hab ich doch gesagt.«

»Du hast gesagt, du lädst drei, vier Leute ein!«

»Sind ein paar mehr geworden, was?« Sie blickte mich schuldbewusst an. »Sowas spricht sich halt immer schnell rum, weißt du? Ist unten noch was los?«

»Unten ist Krieg!«, erklärte Kaja mit Grabesstimme.

»Ooooops!« Mia lächelte. »Hicks.«

»Wir werden das hier jetzt sofort beenden, Mia. Ich schmeiße die Leute raus, und du hilfst mir, bevor alles in Schutt und Asche liegt.«

»Jetzt chill mal!« Sie ließ sich wieder rücklings auf den Boden fallen und kraulte dem Typen neben sich die Haare.

»Ich krieg gleich einen Herzinfarkt!«, informierte ich Kaja.

»Bleib ruhig«, sagte sie und zündete sich eine Zigarette an. »Wir waren ja auch mal jung.«

»Aber nicht so!«, erwiderte ich.

»Du vielleicht nicht!«

Ich starrte in die nur spärlich von Lichterketten erhellte Dunkelheit. Dann blieb mir plötzlich die Luft weg. »Ach, du Scheiße!«

»Was?«, fragte Kaja alarmiert.

»Ja, was?« Mia richtete sich langsam wieder auf.

Ich deutete mit zittrigem Finger auf den Eulenkäfig. »Wo ist Saskia?«, fragte ich mit tonloser Stimme.

»Ahhh, die«, lallte Mia. »Die haben Matti und ich vorhin freigelassen.«

»Waaas?«

»Sie hat so traurig geguckt. Weil sie eingesperrt war. Sie ...« Mia setzte ein trotziges Gesicht auf. »Sie wollte frei sein.« Sie stupste den Typen neben sich an. »Stimmt's, Matti?«

»Jau«, bestätigte er.

»Reicht, dassu mich hier einsperrst. Und … und ich nie wasmachendarf.«

»Mia, sag mir bitte, dass das ein Witz ist.«

»Nö. Die wollte halt weg. Und jetzt isse weg.«

Aufgeregt rüttelte ich Kaja. »Was machen wir denn jetzt? Was sagen wir Jonte, wenn er nach Hause kommt?«

Sie zog ungerührt an ihrer Zigarette und zuckte mit den Schultern. »Mein Gott, was schon. Dass sie weg ist. Ich meine, es ist nur ein Vogel!«

»Es ist nicht nur ein Vogel. Es ist Saskia!«, rief ich und fragte mich, ob jetzt alle verrückt geworden waren.

»Leute, was ist hier eigentlich los?«, hörte ich Jonte plötzlich hinter mir sagen.

Erschrocken drehte ich mich um. »Jonte«, begann ich im Jammerton. »Es ist was … ganz Schlimmes passiert.«

»Hab schon gesehen. Die reißen da unten die Bude ab. Die Küche sieht aus, als wäre eine Bombe eingeschlagen.« Fassungslos schüttelte er den Kopf. »Und das Klo war verstopft. Hab's aber wieder hingekriegt. Mit einem Pömpel.«

»Nein, das ist es nicht«, wisperte ich.

»Sondern?«

Ich starrte ihn stumm an. Dann fasste ich mit der einen Hand seinen Arm. Mit der anderen deutete ich auf den offenen Käfig. »Saskia ist weg. Mia … hat sie freigelassen.«

Jonte brauchte einen Augenblick, um zu begreifen. »FUCK!!!«, rief er dann und stürzte sich auf den leeren Käfig.

»Boah, jetzt chillt mal eure Basis, Leute«, sagte Mia entnervt und legte sich wieder ab. »Die *wollte* ja weg!«

# 14. KAPITEL

Ich schlug die Augen auf und setzte mich benommen in meinem Bett auf. Langsam kam die Erinnerung zurück. Mias Party. Das Chaos in der Wohnung. Saskia. Ich seufzte. Mit vereinten Kräften hatten wir gestern Abend Mias ›kleine Feier‹ beendet, alle hinausgeworfen und meine betrunkene Schwester ins Bett verfrachtet. Dann hatte ich begonnen, aufzuräumen, auch wenn das eigentlich Mias Aufgabe gewesen wäre. Doch der Gedanke, morgens zwischen leeren Bierflaschen, schmutzigen Gläsern und Chipsresten zu frühstücken, war mir zuwider gewesen, und außerdem fühlte ich mich irgendwie mitverantwortlich. Schließlich war Mia meine Schwester. Ich musste wieder an Saskia denken. Nicht zu fassen, dass sie sie wirklich freigelassen hatte! Was hatte sie sich nur dabei gedacht? Armer Jonte. Noch ärmere Eule. Wo sie jetzt wohl war? Ich beschloss, aufzustehen und auf der Dachterrasse noch einmal systematisch nach ihr zu suchen. Wer weiß? Vielleicht war sie gar nicht weggeflogen, sondern hatte sich irgendwo zwischen den Pflanzen versteckt. Wir hatten sie zwar gestern Nacht auch schon gesucht, doch da war es viel zu dunkel gewesen, um ein Tier in tarnfarbenem Federkleid ausfindig machen zu können.

Ich schälte mich aus dem Bett und tapste nach oben. »Saskia?«, rief ich leise. »Saskia, bist du hier irgendwo?« Ich schaute hinter jedem Kübel, jedem noch so kleinen Blumentopf. »Saskia?« Ich schob Töpfe beiseite und Zweige auseinander, doch nirgendwo kauerte eine kleine Eule und wartete darauf, zurück in ihren Käfig getragen zu werden.

»Hey«, hörte ich irgendwann eine verschlafene Stimme. Als ich aufblickte, stand Jonte vor mir, in verwaschenem T-Shirt und Boxerhorts, und raufte sich seine verstrubbelten rotblonden Haare. Er hatte nach dem Aufwachen wohl die gleiche Idee gehabt wie ich, ging nun stumm zum Käfig hinüber und vergewisserte sich, dass er wirklich leer war. »Eigentlich muss sie hier noch irgendwo sein. Sie kann doch noch gar nicht wieder fliegen ...«, sagte er nachdenklich.

»Bist du dir da ganz sicher?

»Na ja, *ganz* sicher nicht. Vielleicht hat sie es inzwischen wieder gelernt. Aber ... es ist unwahrscheinlich, weil – sie hat ja gar nicht geübt.« Er hatte sich inzwischen in den Vierfüßlerstand begeben und ging nun dazu über, auf den Bankirai-Brettern herumzukrabbeln und ebenfalls hinter jeden Topf und in jeden Winkel zu schauen. Dabei machte er merkwürdige Fiep-Geräusche, die, wie ich vermutete, Saskias Ruf imitieren sollten. Eine Weile beobachtete ich ihn. Dann beschloss ich, es ihm gleichzutun. Man konnte ja sonst nichts für Saskia tun, und auch wenn Mia inzwischen erwachsen war, hatte ich doch irgendwie das Gefühl, meiner Aufsichtspflicht nicht nachgekommen zu sein. So krabbelten wir nun also zu zweit fiepend zwischen den Kübeln umher, doch wer leider immer noch keinen Mucks von sich gab, war Saskia.

»Was ist das denn hier für ein Scheißgefiepe?«, hörten wir irgendwann Kaja motzen, und als wir hinter den Kübeln hervorkrabbelten, stand sie da, im schwarzen Negligé, mit verschränkten Armen und genervtem Gesichtsausdruck. »Äh ... seid ihr jetzt verrückt geworden?«

»Wir suchen Saskia. Vielleicht ist sie ja doch noch hier«, japste ich zu meiner Verteidigung und sprang auf die Füße.

»Und deshalb krabbelt ihr auf dem Boden rum und weckt die ganze Nachbarschaft? Und wieso sollte sie überhaupt noch hier sein? Ich dachte, sie ist weggeflogen.«

»Jonte meint, sie könnte noch gar nicht wieder fliegen.«

»Tja, wie es aussieht, habe ich sie unterschätzt«, meinte Jonte und erhob sich nun auch.

Kaja trat an die Brüstung und blickte nach unten auf die Straße. »Abgestürzt scheint sie nicht zu sein. Jedenfalls sehe ich keine Eulenleiche, und auch sonst nichts, was darauf hindeutet.« Sie seufzte. »Tut mir echt leid, Leute. Auch wenn ich so meine Probleme mit dem Vogel hatte.«

Jonte nickte. »Danke.«

»Kann sie überhaupt schon wieder in freier Wildbahn überleben?«, fragte ich vorsichtig.

Er zuckte mit den Schultern. »Wenn sie Glück hat ...«

»Saskia hat bestimmt Glück. Sie schafft das schon!« Ich nickte Jonte zuversichtlich zu.

Er hob den Blick gen Himmel, wohl in der Hoffnung, Saskia dort irgendwo zu entdecken.

»Es ist Tag und Saskia eine Eule«, erinnerte Kaja ihn freundlich. »Ich bin zwar keine Vogelexpertin, aber ich wage jetzt mal eine steile These: Da oben ist sie nicht. Weil sie nämlich jetzt genau das macht, was ich auch gern noch getan hätte: schlafen!«

»Ich hab nur nach dem Wetter geguckt«, murmelte Jonte, ging mit hängenden Schultern zu Saskias Käfig und begann, ihn zu reinigen.

Kaja und ich warfen uns einen vielsagenden Blick zu. Dann kletterten wir nach unten. Wir waren uns einig, dass es das Beste war, ihn jetzt erst einmal allein zu lassen.

Kaja und ich räumten die Spülmaschine aus und deckten den Frühstückstisch. »Ich könnte sie umbringen«, stöhnte ich grimmig.

»Wen?«

»Na, wen schon? Meine Schwester!«

»Sei nicht so hart mit ihr.« Kaja verteilte das Besteck und stellte Butter, Marmelade und Honig auf den Tisch.

»Keine Sorge«, erwiderte ich. »Du kennst sie ja. Sie wird mich gleich wieder um den Finger wickeln. Uns alle. Und nach dem Frühstück ist ihr dann keiner mehr böse.«

»Außer vielleicht Jonte noch ein bisschen«, seufzte Kaja und ließ Wasser in eine Karaffe laufen.

Ich goss frischen Kaffee auf. »Wollen wir Frühstückseier?«

»Wollen wir!« Kaja reckte sich, um die Eierbecher aus dem Oberschrank über der Spüle zu holen.

»Ich gehe sie mal wecken«, erklärte ich, nachdem ich einen Topf mit Wasser auf den Herd gestellt hatte.

»Viel Erfolg!«

»Guten Mooorgäään!«

»Mia«, sagte ich erstaunt. »Du bist schon wach?«

»Was denkst du denn?« Triumphierend hielt sie eine Brötchentüte in die Höhe, und der verführerische Duft nach Frischgebackenem waberte durch unsere Küche. Sie legte die Tüte auf den Tisch und ließ sich auf einen Stuhl plumpsen. Ich sah prüfend in ihr blasses Gesicht. Sie war verkaterter, als sie vorgab, so viel stand fest. Sie nahm ihr orangefarbenes Samt-Scrunchie vom Handgelenk und band ihr hüftlanges Haar zu einem hohen Zopf.

Ich legte die Brötchen aus der Tüte in einen Brotkorb und fragte: »Wer will Kaffee?«

Mia und Kaja hoben die Hände.

»Ich auch«, sagte Jonte, der sich frischgeduscht zu uns gesellte.

Ich schenkte allen ein, Kaja kochte die Eier, und dann setzten wir uns an den gedeckten Tisch und schmierten unsere Brötchen. Es war merkwürdig ruhig im Vergleich zu sonst, wenn wir sonntags gemeinsam frühstückten – was wir eigentlich fast immer taten.

»Sorry noch mal für gestern«, sagte Mia irgendwann und köpfte ihr Ei. Sie schaute sich in der Küche um. »Und danke, dass ihr aufgeräumt habt. Das hättet ihr echt nicht machen müssen.«

»Dasch war Tilda«, informierte Kaja sie kauend.

»Du warst ja gestern Abend nicht mehr dazu in der Lage«, erklärte ich spitz.

Mia grinste verlegen. »Oh Mann, ich glaub, ich war echt betrunken, Leute.«

»Kann man so sagen«, murmelte Kaja.

Jonte starrte stumm auf seinen Teller und aß.

»Ist gestern irgendwie ein bisschen aus dem Ruder gelaufen.«

»Ein bisschen ist gut«, brummte ich.

»Keine Ahnung, wo plötzlich die ganzen Leute herkamen. War nicht der Plan, aber so what …« Mia kaute und trank einen Schluck Kaffee. Sie kicherte. »Am Ende hatte ich es nicht mehr im Griff …« Sie blickte in unsere ernsten Gesichter und wirkte auf einmal verunsichert. »Ist irgendwas kaputtgegangen?«, fragte sie argwöhnisch.

Ich zuckte mit den Schultern. »Ein paar Gläser, aber das ist im Vergleich zu dem anderen Verlust ziemlich … egal.«

»Ähm … welcher Verlust?« Mia stach mit dem Löffel in das Gelbe ihres Eis.

Kaja und ich sahen sie stirnrunzelnd an, und sogar Jonte hatte jetzt den Kopf gehoben.

»Denk mal scharf nach«, zischte ich. »Stichwort Käfig. Bimmelt da was?«

»Äh ... nein?«, sagte Mia irritiert.

»Ich glaub's nicht«, murmelte Kaja. »Sie weiß es nicht mehr!«

»Was weiß ich nicht mehr?« Meine Schwester wirkte zunehmend panisch. »Hab ich mich ausgezogen? Nackt auf dem Tisch getanzt? Oder ...« Sie starrte mich mit großen Augen an. »... in einem Käfig?«

»Du hast Saskia freigelassen!«, erklärte Jonte mit Grabesstimme.

»Ich hab ... waaas?«

»Ich kann nicht glauben, dass du das vergessen hast, Mia.« Fassungslos schüttelte ich den Kopf.

»Und ... äh ... wo ist sie jetzt?«, fragte sie aufgebracht. »Also, Saskia! Wo ist sie?«

Kaja zuckte mit den Achseln. »Tot! Also, wenn sie Pech hat«, fügte sie schnell hinzu, nachdem ich sie mit einem vorwurfsvollen Blick bedacht hatte.

»Oh, Mann«, flüsterte Mia. »Das ... das wollte ich nicht ... ehrlich, Leute. Und ... sie ist wirklich *weg*?«

»Sieht ganz so aus«, sagte ich kühl.

»Verdammt. Wir müssen sie suchen. Wo ... wie ... wie kann ich das wiedergutmachen?«

Ich atmete tief ein, denn ich spürte plötzlich unbändige Wut in mir aufsteigen. »Mia, es gibt Dinge, die kann man nicht wiedergutmachen. Und das gestern, das war ... das geht gar nicht! Das war sowas von drüber. Du kannst hier nicht einfach eine Riesenparty veranstalten, dich bis zur Besinnungslosigkeit betrinken und bekiffen und dann ...«

»Hör auf, mit mir zu reden wie mit einem Kind«, fiel Mia mir trotzig ins Wort.

»Aber du benimmst dich doch so. Wie ein Kind!«, rief ich.

»Wann kapierst du endlich, dass du nicht allein auf der Welt bist? Das gestern, das war einfach nur ...«

»Asi«, half Kaja mir auf die Sprünge.

Mia schob ihr halb gegessenes Ei beiseite und blitzte sie wütend an.

Kaja trank einen Schluck Kaffee. Dann zuckte sie mit den Achseln. »Sorry, Mia. Seh ich so. Du lebst hier in einer WG, und da bist du nun mal nicht allein. Zusammenwohnen heißt auch Rücksicht nehmen. Und das mit Saskia ist nicht witzig. Sie ist ein Lebewesen, das du wahrscheinlich jetzt umgebracht hast.«

Jonte stöhnte leise auf.

»Ich, ich ... ich hab das doch nicht extra gemacht. Ich war ... drauf!«

»Eben!«, rief ich. »Und wie! Du kennst deine Grenzen nicht!«

»Das kann doch mal passieren. Dass man mal zu viel trinkt und raucht«, verteidigte sich Mia. »Ist euch das noch nie passiert?«

Ich zuckte mit den Schultern. »Doch, schon«, sagte ich. »Aber ich musste noch nie von einer Polizeiwache abgeholt werden. Und ich hab auch noch nie im Suff eine Eule umgebracht. Feiern ist das eine. Aber du übertreibst immer, und dann passieren dir Sachen, die einfach nicht passieren dürfen. Die andere dann ausbaden müssen.«

»Oder mit dem Leben bezahlen«, fügte Kaja düster hinzu.

»Genau!« Meine Stimme überschlug sich. »Und wenn es um Leben und Tod geht, wie jetzt bei Saskia, dann ist wirklich eine Grenze überschritten!«

»Stimmt«, murmelte Jonte.

»Toll!« Mia blitzte mich wütend an. »Du bist ja auch Miss Perfect. Dir passiert sowas ja nicht. Natürlich nicht. Die tolle

Tilda. Papas Liebling. So hilfsbereit. Immer da, wenn Hilfe gebraucht wird. Nur leider auch, wenn sie nicht gebraucht wird. Fühlst du dich toll? Super! Nur, wie ich mich dabei fühle, das interessiert dich anscheinend nicht.«

»Ach, so siehst du das!«, gab ich zornig zurück. »Wieso rufst du mich dann ständig an, damit ich dir aus der Patsche helfe? Stichwort Ausnüchterungszelle!«

Mia rollte mit den Augen. »Das war *einmal*!«

»Und wer hat hier gestern Abend wieder klar Schiff gemacht?«

»Du natürlich! Nur, dass dich keiner drum gebeten hat. Ich hätte es nämlich lieber selbst gemacht, aber ... aber du lässt mir ja gar keine Chance. Das kotzt mich an. Du ... du engst mich total ein. Ich kann nicht mehr. Ich krieg hier einfach keine Luft mehr, weißt du das eigentlich?« Die letzten Worte schrie sie förmlich.

Ich sah, dass Kaja beschwichtigend die Hand hob, wohl um mir zu bedeuten, dass ich ruhig bleiben sollte, doch ich war viel zu sauer, um mich zu zügeln. »Du bist so undankbar, Mia! Ich hab dafür gesorgt, dass du hier wohnen kannst. Dass du gut aufgehoben bist. Ich kümmere mich um dich. Und du? Was machst du?«

»Weißt du was?« Mia funkelte mich an. »Ich brauche niemanden, der sich um mich kümmert. Und ich will auch niemandem dankbar sein müssen. Ich bin erwachsen. Ich komme alleine klar! Auch wenn du das nicht wahrhaben willst.« Sie schluchzte plötzlich und sprang auf. »Tut mir echt leid wegen Saskia«, presste sie Richtung Jonte hervor. Dann rannte sie in ihr Zimmer und knallte die Tür so laut zu, dass die Wände bebten. Anschließend war es ganz still.

»War ich ... zu hart?«, fragte ich Kaja und Jonte betreten.

»War ... sehr emotional«, meinte Jonte vorsichtig.

»Vielleicht unterhaltet ihr euch heute Abend noch mal in Ruhe«, schlug Kaja vor. »Wenn sich die Gemüter ein wenig beruhigt haben.«

Ich nickte. »Ja, das wird das Beste sein.« Plötzlich schämte ich mich, so ausgerastet zu sein. Mia schaffte es immer wieder, dass ich aus der Haut fuhr wie ein wildgewordener Affe. Ich atmete tief ein und aus und versuchte, mich zu beruhigen. Das mit Mia bringe ich wieder in Ordnung, nahm ich mir vor. Ich hatte schließlich genug andere Baustellen.

»Ich war übrigens gestern auf dem alten Großmarkt«, unterbrach Jonte meine Grübeleien und kramte sein Handy raus.

»Der ist doch stillgelegt, oder?«, fragte Kaja.

Er nickte. »Die Gebäude stehen leer, aber auf dem Gelände soll irgendwann eine Art Künstlerviertel entstehen. Das kann allerdings dauern. Egal. Ich hab da gestern was gesehen.« Er wischte auf seinem Smartphone herum und hielt uns dann ein Foto unter die Nase. Ich sah eine heruntergekommene Baracke mit rostigem Rolltor und abgeblättertem Putz. Über dem Tor hing ein großes, schmuddeliges Firmenschild mit der Aufschrift ›Zoleman Obst und Gemüse‹.

»Was ist das?«, fragte ich.

Jonte wischte nach rechts und zeigte uns ein zweites Foto. Er hatte einen Zettel fotografiert, der augenscheinlich am Rolltor der Baracke befestigt war. ›Zu vermieten‹ stand da drauf. Und eine Handynummer. »Vielleicht rufst du da mal an, Tilda. Ich meine ...«

»Sieht nicht gerade einladend aus. Und das stillgelegte Gelände ... das ist alles andere als Lauflage.«

»Wird es aber vielleicht irgendwann«, meinte Jonte. »Und angucken schadet nicht.«

»Da hat er recht«, pflichtete Kaja ihm bei. »Anrufen kann man doch mal.«

Ich nickte. »Leite mal weiter.« Kurz dachte ich nach. »Was hast du eigentlich auf dem stillgelegten Gelände zu suchen gehabt, Jonte? Ich meine, da kommt doch kein Mensch hin, und ...«

»Nein, aber dafür jede Menge Krähen.«

»Wie bitte?« Kaja sah ihn entgeistert an.

»Da stehen riesige Müllcontainer rum, die offenbar noch benutzt werden. Und darin sitzen sie. In Massen.«

Kajas Gesicht sprach Bände.

»Ich studiere sie, um einen Vortrag an der Uni zu halten.«

»Über Krähen? Spannend«, sagte ich.

»Absolut. Sie sind wahnsinnig intelligent. Wusstet ihr, dass sie manchmal Nüsse mitten auf die Straße legen, damit die Autos sie für sie knacken?«

»Nein, wussten wir nicht«, hauchte Kaja. »Und wir sollten uns doch noch mal überlegen, ob wir da wirklich anrufen wollen.«

»Wollen wir. In der Not frisst der Teufel Fliegen«, erklärte ich entschlossen.

»Ich räum ab«, sagte ich, als wir alle drei satt waren, und erhob mich. In dem Moment hörten wir Mia aus ihrem Zimmer kommen. Sie hat sich beruhigt, dachte ich erleichtert. Doch dann wurde die Wohnungstür geöffnet und fiel wenig später ins Schloss.

Ich drehte mich zu Kaja und Jonte um. »Sie ist rausgegangen. Ohne tschüss zu sagen.«

»Kurz frische Luft schnappen«, vermutete Jonte.

Ich nickte, dachte, so wird es sein, und räumte das Frühstücksgeschirr in die Spülmaschine. Dann saugte ich die Wohnung, steckte eine Ladung Buntwäsche in die Waschmaschine und goss die Monsterapflanze im Wohnzimmer. Als Mia danach immer noch nicht zurück war, beschloss ich, einen Blick in ihr Zimmer zu werfen. Vielleicht hatte ich nur nicht gehört, wie sie zurückgekommen war. Ihre Tür war angelehnt. Ich trat ein und sah mich um. Mia war nicht da. Ihr Kleiderschrank stand offen. Ich schluckte, als ich hineinschaute. Das Fach mit den Jeans war leer, und auch sämtliche T-Shirts waren weg. Als ich sah, dass sogar der rote Koffer fehlte, der sonst oben auf dem Schrank thronte, wurde mir schwindlig.

»Verdammt!«, fluchte ich und hielt mich an der Schranktür fest.

»Was ist los?« Kaja kam ins Zimmer gestürzt.

Ich deutete auf die fast leeren Regalfächer und flüsterte: »Sie ist weg.«

# 15. KAPITEL

Es war kurz nach neun, als ich das Gelände der Knopffabrik betrat. Ich hatte kaum geschlafen. Mia war seit gestern Morgen nicht wieder aufgetaucht und auch nicht an ihr Handy gegangen. Am Abend hatte ich zuerst unseren Vater angerufen, doch der hatte sie seit Wochen nicht gesehen. Ihre Freundin Betty wusste auch nichts, und Hugo, von dem Mia mir einmal erzählt hatte, sie pflege mit ihm eine Art ›Freundschaft plus‹, hatte ebenfalls gemeint, er habe keinen blassen Schimmer, wo sie stecke. Überhaupt habe er seit Wochen keinen Kontakt mehr zu ihr. Ich fragte mich, wo Mia wohl die Nacht verbracht hatte. »Bei irgendeinem Typen, wie immer«, hatte Kaja mich zu beruhigen versucht, doch die Vorstellung, meine kleine Schwester könnte bei so einem Kerl sein, wie sie am Samstag in Scharen unsere Wohnung bevölkert hatten, wirkte alles andere als tröstlich auf mich.

Nachdem ich einen Blick auf die Uhr geworfen und festgestellt hatte, dass Kaja schon im Laden war, beschloss ich, nicht wie sonst zuerst in die Schreinerei zu gehen, sondern mich auf direktem Wege ins True Treasures zu begeben. Wie jeden Montag wollten wir hier gleich unser wöchentliches Zweier-Meeting abhalten, das zugegebenermaßen meist darin bestand, das Wochenende Revue passieren zu lassen. Das hatten wir allerdings schon gestern Abend und heute Morgen beim Frühstück zur Genüge getan – aus gegebenem Anlass –, doch es gab trotzdem noch viel zu besprechen, und außerdem wollte ich hören, ob Mia sich vielleicht innerhalb der letzten halben Stunde bei Kaja gemeldet hatte. Ich war krank vor Sorge und schlechtem Gewissen.

Wie zu erwarten, gab es weiterhin kein Lebenszeichen von Mia. Kaja versuchte, mich so gut es ging zu beruhigen. »Sie ist erwachsen. Sie kommt klar«, wiederholte sie ihr Mantra, doch ich kannte meine Schwester. Sie kam eben nicht klar.

»Schau mal«, sagte Kaja dann und holte ein DIN-A4-Blatt aus dem Drucker. Ein Immobiliengesuch mit Telefonnummer-Schnipselchen dran. »Hab ich gerade entworfen.«

Ich las den Text. »Klingt super, und sieht super aus«, lobte ich.

»Ich denke, ich drucke fünfzig Stück davon aus«, meinte Kaja. »Die können wir heute Abend an Laternenpfähle hängen.«

Ich nickte.

»Wann wollen wir es eigentlich Helga und Cem sagen?«, fragte sie, während ich mich auf die Fensterbank im hinteren Teil des Ladens setzte. »Das mit der Kündigung, meine ich.«

Natürlich hatte ich sofort gewusst, wovon sie sprach, denn ich hatte mir auch schon Gedanken darüber gemacht, wann der richtige Zeitpunkt dafür wäre. Ich seufzte. »Am liebsten gar nicht. Aber …« Ich dachte nach. »Wenn wir jetzt Zettel aufhängen und sie es nicht über einen Aushang erfahren sollen, müssen wir es ihnen sagen. Noch heute.«

Kaja nickte. »Eben. Wer macht es?« Sie hatte sich an ihren Schneidetisch begeben und breitete gerade zwei alte Blaumänner darauf aus.

»Tja. Ich schätze, das ist dann wohl meine Aufgabe«, sagte ich matt.

»Wir warten einen günstigen Augenblick ab und machen es zusammen.«

»Okay. Aber schonend.«

»Ob schonend oder nicht, im Ergebnis bleibt es dasselbe. Sie müssen um ihren Job fürchten.«

»Wir sollten Optimismus ausstrahlen.«

»Ich werde mich bemühen«, murmelte Kaja. Sie trat einen Schritt zurück und betrachtete die Blaumänner.

»Was wird das?«

»Ein Abendkleid.«

»Ah!« Ich konnte mir beim besten Willen nicht vorstellen, dass aus diesen abgetragenen Overalls jemals etwas annähernd Glamouröses werden könnte, doch Kaja würde mich wie immer eines Besseren belehren. Sie war eine wahre Künstlerin mit Second-Hand-Ware. Die unangefochtene Upcycling-Queen Kölns. »Aus dir wird noch eine berühmte Modedesignerin, Kaja«, erklärte ich. »Ich sehe deine Kreationen schon auf den großen Laufstegen dieser Welt. Wer braucht ein Kleid von Gucci, wenn er ein echtes ›Kaja Skok‹ haben kann? Paris, Mailand, New York – macht euch bereit und zieht euch warm an, denn die Konkurrenz schläft nicht, und sie kommt aus Köln«, sagte ich salbungsvoll.

Kaja strich mit der Hand über den blauen Stoff, und mir entging das kleine Lächeln nicht, das über ihr Gesicht huschte. Doch dann schüttelte sie energisch den Kopf. »Quatsch! Was soll ich in Mailand? Da kenn ich ja keinen.«

»Auch wieder wahr. Aber wenn das hier alles den Bach runtergeht …«

»Hier geht gar nichts den Bach runter, Tilda. Wir werden etwas finden. Vielleicht schon heute Abend. Bleibt es bei dem Besichtigungstermin?«

Ich nickte. Gestern Nachmittag war ich, um mich von Mias Verschwinden abzulenken und irgendetwas Sinnvolles zu tun, mit dem Fahrrad zu dem stillgelegten Großmarkt gefahren.

Langsam war ich über das verwaiste Gelände geradelt, auf dem bis vor kurzem noch mit Obst und Gemüse gehandelt worden war. Es war menschenleer gewesen. Unzählige halb verfallene Verschläge standen in Reihen nebeneinander, meist mit verblichenen Firmenschildern über rostigen Rolltoren, die alle hinuntergelassen waren. Es war eine Geisterstadt. Ein Relikt vergangener Tage. Wenn ich einen Krimi drehen wollte, dann wäre das der ideale Ort für den Showdown, hatte ich gedacht und in den schmalen, von Baracken gesäumten Gassen Ausschau gehalten nach einem Schild, auf dem ›Zoleman Obst und Gemüse‹ stand. Schließlich hatte ich es entdeckt. Es sah noch heruntergekommener aus als auf Jontes Foto. Aber Zieglers Kündigung lag auf meinem Schreibtisch und war nicht verhandelbar, und das Theater hatte uns ein schauspielender Schnösel mit Aktiendepot vor der Nase weggeschnappt. Also hatte ich gegen mein Bauchgefühl und gegen jede Vernunft die Nummer auf dem ›Zu-vermieten‹-Schild gewählt. Der Herr am anderen Ende der Leitung hatte sich mürrisch mit ›Jansen‹ gemeldet und war offenbar nicht sehr erbaut über meinen Anruf gewesen. Vielleicht war ich schon die Fünfundzwanzigste an diesem Tag, oder er hatte sich einfach in seiner Sonntagsruhe gestört gefühlt.

»Da muss er durch, wenn er für viel Geld eine Bruchbude vermieten will«, hatte Kaja meine Bedenken im Nachhinein aus dem Weg geräumt. »Hauptsache, wir haben einen Besichtigungstermin.« Und den hatten wir, und zwar für heute Abend um achtzehn Uhr.

»Es ist völlig ungeeignet, Kaja«, gab ich nun zum wiederholten Mal zu bedenken.

Doch Kaja winkte ab. »Vom Angucken wird man nicht dümmer. Und wer weiß? Vielleicht ist es innen schöner als außen«, sagte sie und trennte die Hosenbeine der Blaumänner auf.

»Das wäre wünschenswert. Auch wenn ich es bezweifle.«

»Sag mal, waren Jontes Krähen eigentlich da?«, erkundigte sie sich und sah plötzlich so aus, als hegte sie nun auch Zweifel, ob die Besichtigung dieses Objekts wirklich eine gute Idee war.

Ich schüttelte den Kopf.

»Gut! Sehr gut!«

Im nächsten Moment ertönte die Ladenglocke. »Hallo? Jemand da?«, rief eine männliche Stimme quer durch den Laden.

»Ich glaub's nicht. Noah«, stöhnte ich leise.

»Wir sind hinten!«, rief Kaja. »Bei den Sportsachen!«

»Ah«, sagte er und stand wenige Sekunden später vor uns. Er trug wieder seinen roten Overall, der inzwischen mit Flecken von lichtgrauer Dispersionsfarbe übersät war.

»Habt ihr die Party gut überstanden?«, fragte er im Plauderton. »Ich hoffe, ihr habt euch nett unterhalten.«

»Klar, bestens«, antwortete ich. Das war nicht mal gelogen, denn Helgas Auftritt hatte uns wirklich köstlich amüsiert.

»Ihr wart aber nicht lange da, oder? Ich hab euch nachher gar nicht mehr gesehen …«

»Wir waren noch auf einer anderen Party«, sagte ich geistesgegenwärtig und dachte finster an Mias sogenannte ›Hausi‹.

»Ach so.« Noah guckte ein bisschen beleidigt. »Ihr scheint ja ziemlich gefragt zu sein.«

»Samstagabends ist halt immer viel«, erklärte ich mit ungerührter Miene.

Noah wollte gerade etwas erwidern, als erneut die Ladenglocke ging.

»Wo seid ihr denn alle?«, hörten wir Helga ungeduldig rufen.

»Hinten!«, antworteten Kaja und ich unisono.

Helga stampfte mit schnellen Schritten auf uns zu. Sie trug die alte Kaffeemaschine aus dem Theater unter dem Arm.

»Hab dich gesehen«, teilte sie Noah mit, nachdem sie sich zu uns an den Schneidetisch gesellt hatte. »Hier. Is feddich!« Sie knallte das Gerät auf den Tisch und schüttelte den Kopf. »War völlig verkalkt, datt olle Ding. Und eins von den Kabeln war auch durchgeschmort. Hab's aber wieder hingekriegt.«

»Oh. Das ist sehr nett, Helga. Vielen Dank!«

Helga lächelte. »Für dich mach ich datt gerne.«

Pffff, schnaubte ich innerlich. Vielleicht sollte ich ihr wirklich langsam reinen Wein einschenken. Ihr erklären, dass Noah uns das Theater weggeschnappt hatte, mit seinem ganzen LUAK-Geld, dem Aktiendepot seines Vaters und seiner Kaltschnäuzigkeit. Und dass er sie für einen von diesen ›verrückten Fans‹ hielt, die ihm anscheinend das Leben schwermachten, könnte ich dann auch gleich fallen lassen. Und wenn ich schon mal dabei war, noch hinzufügen, dass er die Kaffeemaschine bestimmt sowieso bald wegwerfen und gegen ein italienisches High-End-Chrom-Espressogerät eintauschen würde. Weshalb mir Helga jetzt auch ein bisschen leidtat, so viel Arbeit, wie sie sich gemacht hatte.

Während ich mich gedanklich in Rage redete, schenkte Noah Helga sein berühmtes Marcel-Dahlström-Lächeln, was sie dahinschmelzen ließ wie eine Kugel Vanilleeis in heißem Espresso. »Wo du gerade da bist«, sagte er. »Kennst du dich eigentlich auch mit Winkelschleifern aus?«

»Bitte, was?«, stöhnte ich entnervt.

»Die von Armando sagt nämlich keinen Mucks mehr, und ich will heute noch die Theke abschleifen.«

»Jau. Datt wird auch Zeit. Ich werf gerne mal einen Blick auf datt Ding«, bot Helga großzügig an.

»Und was ist mit dem Trockner, der letzte Tage reingekommen ist?«, fragte ich säuerlich. Jetzt verfügte Noah auch noch über meine Mitarbeiter, ohne mich vorher zu fragen!

»Den Trockner mach ich morgen feddich«, erklärte Helga.

»Der wird aber heute schon abgeholt!« Ich holte tief Luft. Ich war kurz vorm Implodieren.

»Lass datt mal meine Sorge sein.«

»Macht hier jetzt eigentlich jeder, was er will?«, schimpfte ich und schaute durchs Fenster nach draußen. Da hatte ich plötzlich einen Geistesblitz, denn im Hof sah ich Cem, der wahrscheinlich gerade eine kleine Pause brauchte oder, noch wahrscheinlicher, noch gar nicht zu arbeiten begonnen hatte. Jedenfalls war er schwer beschäftigt, und zwar damit, einen Fußball mit dem Kopf in der Luft zu halten. »Weißt du was?«, sagte ich zu Noah und lächelte versonnen. »Frag doch Cem. Ich glaube, der hat gerade Zeit.«

»CEM?«, riefen Kaja und Helga wie aus einem Mund und starrten mich an, als wäre ich nicht ganz dicht.

»Wieso denn nicht Cem?«, erwiderte ich mit Unschuldsmiene, riss das Fenster auf und winkte ihn heran.

»Was gibt's, Chefin?« Er klemmte sich seinen Fußball unter den Arm und kam federnden Schrittes zu mir herüber. Auf seiner Stirn glänzten ein paar Schweißperlen.

»Sag mal, könntest du Noah helfen? Sein Winkelschleifer ist kaputt, und er kriegt's allein nicht hin …«

»Na ja, was heißt nicht hinkriegen …«, hörte ich Noah im Hintergrund murmeln.

»Ich?«, fragte Cem und sah mich jetzt genauso entgeistert an wie die beiden anderen eben.

»Klar, warum denn nicht du?«

»Hmmm …« Cem ließ den Ball auf dem Boden aufspringen und kickte ihn dann geschickt gegen die Mauer. »Stimmt. Warum denn nicht ich?«

»Tss«, machte Helga beleidigt. »Dann werde ich hier ja wohl nicht mehr gebraucht.« Sie drehte sich um, murrte irgendwas

Unverständliches vor sich hin und stiefelte grußlos Richtung Ausgang.

»Ja, ähm ... na gut«, sagte Noah verwirrt. »Danke, Tilda.«

Ich schloss das Fenster.

»Das ist echt nett.« Er fuhr sich mit der Hand durch die Haare. »Kann Cem so was eigentlich? Ich meine, Elektrogeräte reparieren?«

»Klar«, sagte ich und erntete einen fassungslosen Blick von Kaja.

Nun schenkte Noah auch mir ein Marcel-Dahlström-Lächeln. »Super. Ich revanchiere mich«, sagte er und marschierte ebenfalls hinaus.

»Sag mal, äh ... dein Ernst? CEM?« Kaja schüttelte den Kopf. »Ich verstehe natürlich, dass du sauer bist auf Noah. Ich bin's ja auch. Aber müssen wir deshalb gleich das ganze Theater in die Luft jagen?«

»Jetzt übertreib mal nicht. Was soll schon passieren?«, fragte ich, doch plötzlich liefen mehrere Filme gleichzeitig in meinem Kopf ab, und da jeder einzelne mit einer Explosion endete, öffnete ich vorsorglich noch mal das Fenster und rief Cem hinterher: »Egal, was du tust: Zieh auf jeden Fall den Stecker!«

»Bin doch nicht blöd, Chefin!«, rief Cem zurück und warf mir einen empörten Blick zu.

Nein, blöd war Cem ganz bestimmt nicht. Es war nur leider so, dass er zwar ein Genie am Ball war, weil seine Füße so schnell dribbelten, dass man meinen konnte, sie hätten Zauberkräfte. Aber seine Hände ... na ja, die hatten eben keine Zauberkräfte, weil es nämlich zwei linke waren. Anders formuliert: Feinmotorik war nicht seine Sache, und was er anfasste, endete deshalb in neun von zehn Fällen in einer Katastrophe, oder doch mindestens darin, dass Helga oder ich noch einmal nacharbeiten mussten. Cem ging dann schlecht gelaunt in den

Hof, um Bälle gegen die Wand zu schießen, und wenn er damit fertig war, hatte sich seine Laune meist wieder gebessert und das, was er angerichtet hatte, war repariert. Lange Rede, kurzer Sinn: Dass er Noahs Winkelschleifer wieder ans Laufen bringen würde, war in etwa so wahrscheinlich wie der Sechser im Lotto, den ich mir seit meinem Gespräch mit Ziegler und Pöll so sehr wünschte.

Kaja sah mir prüfend ins Gesicht. »Und? Fühlst du dich jetzt besser?«

Ich schüttelte reumütig den Kopf. »Jetzt hab ich ein schlechtes Gewissen.«

»Zu Recht«, meinte Kaja und schnitt den Blaumännern die Ärmel ab.

Um mich von meinen negativen Gefühlen abzulenken, stöberte ich durch ihre Kleiderständer. Das half eigentlich immer. Die schöne Lederjacke war noch da. Ich zog sie noch einmal über und drehte mich vor dem Spiegel. »Die ist wirklich cool.« Plötzlich hörte ich ein sonores Geräusch. Ich ging zurück zum Fenster, öffnete es ein drittes Mal und lehnte mich hinaus.

»Was ist das?«, fragte Kaja.

»Wenn du mich fragst: Hört sich an wie ein Winkelschleifer.«

Wir wechselten einen überraschten Blick. »Cem, du altes Genie«, murmelte Kaja.

Ich nickte grimmig, unschlüssig, ob ich mich ärgern oder freuen sollte. Irgendwie bekam dieser blöde Schauspieler immer, was er wollte.

Wenig später sah ich Cem breitbeinig auf den Hof spazieren. Als er mich sah, hob er lässig die Hand und kickte einen Ball weg. »Hab den Schleifer kurz repariert. War kein Ding«, sagte er cool und konnte doch nicht verbergen, dass er stolz war wie ein Kleinkind, das gerade laufen gelernt hatte.

Ich war auch stolz, und irgendwie gerührt. Am liebsten wäre ich hinausgelaufen und hätte ihn in den Arm genommen, aber das wäre wohl zu viel des Guten gewesen. »Cem, du bist der Coolste«, sagte ich also stattdessen, aber aus tiefstem Herzen.

»Ich weiß«, erwiderte er.

»Wie hast du das gemacht?«

Er zwinkerte mir zu und zeigte mit beiden Daumen auf sich. »Nicht verzagen, Cemmi fragen.«

Ich musste lachen, zeigte mit beiden Daumen nach oben und sagte: »Geilomat!«

Ich wollte Cem seinen Triumph nicht vermiesen und Helgas Laune nicht noch weiter in den Keller katapultieren, deshalb schob ich das Gespräch mit den beiden wegen unserer Kündigung so lange vor mir her, bis es schon fast Feierabend war.

Als Kaja in die Schreinerei kam und Cem bereits sein Werkzeug wegräumte, dachte ich: Jetzt oder nie. Ich warf ihr einen vielsagenden Blick zu, und sie nickte unmerklich.

»Helga, Cem«, begann ich. »Habt ihr mal einen Augenblick?«

»Is watt passiert?« Helga schaute alarmiert von der Kochplatte auf, an der sie gerade herumwerkelte.

»Nein. Äh ... ja, also ... Es ist so, dass ...«

»Ziegler hat uns den Mietvertrag gekündigt«, fiel Kaja mir ins Wort.

»Wie? Watt soll datt heißen, gekündigt?« Helga sah mich verwirrt an.

»Wir müssen raus aus der Knopffabrik. Sie wird abgerissen, und dann sollen hier neue Häuser gebaut werden.«

Cem schüttelte langsam den Kopf. »Hä?«

»Echt Kacke!«, schimpfte Kaja und traf es damit auf den Punkt.

»Und … aber … das können die doch nicht einfach machen.« Cem hatte endlich seine Sprache wiedergefunden. »Flea Market, das ist doch wichtiger als … Häuser.«

»Für uns ja«, sagte ich. »Aber ich fürchte, einige Leute sehen das anders.«

»Und wann sollen wir weg?«

»Ende des Jahres.«

»Scheiße«, brummte Cem leise.

»Datt kannste laut sagen!« Helga blickte fassungslos von einem zum anderen. »Und jetz?«

»Und jetzt schauen wir uns nach neuen Räumlichkeiten um. Also …« Ich schluckte. »Es geht weiter. Nur … nur eben woanders«, erklärte ich und versuchte verzweifelt, ein bisschen Optimismus auszustrahlen.

»Aber … so watt Schönes wie hier finden wir doch nie wieder«, gab Helga zu bedenken.

»Stimmt.« Cem sah sich bedröppelt um.

»Wer weiß? Wir hängen Zettel auf. Wir inserieren. Wir sagen jedem Bescheid, den wir kennen … Macht euch mal keine Sorgen.«

»Wenn du das sagst, Chefin«, murmelte Cem bedrückt.

»Ich sag das!«, bestätigte ich tapfer. »Wir haben noch ein bisschen Zeit, und wer weiß, wofür es gut ist.« Ich lächelte den beiden aufmunternd zu, obwohl mir gerade nach allem möglichen zumute war, nur nicht nach Lächeln.

»Das ist allerdings die Frage«, sagte Kaja düster. Ihr war auch nicht nach Lächeln zumute.

»Eben!«, pflichtete Helga ihr bei. »Datt is die Frage.«

# 16. KAPITEL

»Warum rennst du denn so?«, keuchte Kaja und versuchte, mit mir Schritt zu halten. »Ich hab Pumps an!«

»*Warum* hast du Pumps an?«

»Weil ich einen guten Eindruck auf den Vermieter machen will, wenn wir uns seine heiligen Hallen ansehen.«

Ich musste lachen. »›Heilige Hallen‹ ist echt gut!« Dann schaute ich aber doch leicht schuldbewusst auf meine Füße. Chucks, wie immer. Ich besaß sie in allen erdenklichen Farben. Heute trug ich sie in Flieder. Sie waren nicht schick, aber immerhin cool zu meinen ausgestellten Jeans und der hübschen Blümchenbluse mit den kurzen Puffärmelchen. Meine dichten blonden Haare hatte ich zu einem Dutt aufgetürmt und fand, dass ich eigentlich ganz manierlich aussah, oder zumindest für diesen Anlass angemessen. Kaja trug einen Minirock aus schwarzem Leder, der seiner Vorsilbe alle Ehre machte und ihre Beine noch länger wirken ließ, als sie ohnehin schon waren.

»Hee!«, rief auf einmal eine wohlbekannte Reibeisenstimme hinter uns.

Wir blieben abrupt stehen und drehten uns um. Helga eilte wild gestikulierend hinter uns her.

»Ist was passiert?«, fragte ich erschrocken, als sie uns erreicht hatte.

»Nee. Wo wollt ihr denn hin?«

»Wir haben noch einen Besichtigungstermin«, erklärte ich lapidar.

»Für watt denn?«, fragte Helga außer Atem.

»Für was wohl?« Kaja zog ihren rechten Schuh aus, fischte ein Steinchen heraus und schlüpfte wieder hinein. »Für neue Räume.«

»Watt? Heute schon?« Helgas Miene hellte sich auf. »Dann komm ich mit.«

»Mit? Äh, nein, musst du nicht. Wir schaffen das auch …«

»Schon klar. Ich komm trotzdem mal besser mit. Ich hab noch Zeit, und drei Augen sehen mehr als vier, oder wie datt heißt.« Dann runzelte sie die Stirn. »Oder is datt jetz irgendwie ein Problem, wenn ich dabei bin?«

Kaja trat mir mit einem ihrer Pumps unauffällig auf die Schuhspitze, was einen schmutzigen Abdruck hinterließ und wohl bedeuten sollte, dass sie es für besser hielt, wie geplant zu zweit zu der Besichtigung zu gehen. Im Prinzip war ich da ganz ihrer Meinung, denn Helga sagte meist ungefiltert, was ihr so durch den Kopf schoss, und ließ nur selten ein Fettnäpfchen aus. Andererseits hatte ich sie heute schon einmal wegen des Winkelschleifers brüskiert, und außerdem würde sie sich jetzt sowieso nicht mehr abwimmeln lassen. »Nein, Quatsch«, beeilte ich mich also zu sagen. »Finde ich super, wenn du auch mit guckst.«

»Gut. Wo geht's hin?« Helga ließ ihren Stoffbeutel von der Schulter gleiten und hängte ihn sich über die andere.

»Zum alten Großmarkt.«

»Oooh. Ich weiß, wo datt is.« Sie nickte geschäftig. »Immer geradeaus und irgendwann rechts. Dann mal los!« Wie selbstverständlich übernahm sie die Führung, und trotz ihrer geringen Körpergröße legte sie ein noch rasanteres Tempo vor, als ich es eben getan hatte.

»Heilige Scheiße«, schimpfte Kaja. Ihre Pumps klackerten auf dem Asphalt wie Maschinengewehrsalven, und ich hörte ihren schweren Atem neben mir.

Helga drehte sich im Gehen zu uns um: »Gebt mal Hackengas, Mädels! Ich hab nicht ewig Zeit.«

Herr Jansen stand schon vor dem Eingang seiner Immobilie und rauchte. Ich schätzte ihn auf etwa sechzig. Er war von kleiner, aber kräftiger Statur und trug Kittel und Oberlippenbart, beides in der Farbe Gewittergrau. Wir begrüßten ihn nacheinander, und dann taten Kaja und Helga das, was ich gestern schon getan hatte: Sie inspizierten argwöhnisch das Äußere des flachen Gebäudes. Der Putz blätterte großflächig ab, und dass die Hauswand einmal weiß gewesen war, ließ sich nur noch erahnen.

»Datt sieht ja schlimm aus«, fasste Helga die Lage zusammen, was von Herrn Jansen mit einem müden Achselzucken quittiert wurde. Er warf seine Kippe auf den Boden, trat sie aus und fuhr das rostige Rolltor hoch, indem er an einer offensichtlich schwergängigen Kurbel drehte. Es quietschte, stockte und dauerte, doch dann war es endlich so weit.

»Hereinspaziert, die Damen«, sagte er und ging voraus.

»Ach, du liebes bisschen«, murmelte Helga.

Wir befanden uns in einer etwa fünfzig Quadratmeter großen Halle – wenn ich es richtig sah. Es gab nämlich nur ein winziges Fensterchen, das vor Dreck noch dazu strotzte und kaum Licht hereinließ. Jansen knipste einen Schalter an, und die alten Neonröhren an der Decke begannen zu flackern. Einige von ihnen zumindest. Der Rest blieb dunkel. Ich rümpfte die Nase – es roch merkwürdig hier. Irgendwie modrig. So wie Blumenvasenwasser, das man sehr lange nicht gewechselt hat. Ich legte den Kopf in den Nacken und sah trotz der spärlichen Beleuchtung bräunliche Wasserflecken an der Decke.

»Ist das Dach undicht?«, fragte ich.

»Nicht, dass ich wüsste«, nuschelte Herr Jansen. »Wenn Sie die Flecken meinen: Die sind alt.«

Helga nahm sie näher in Augenschein. »Datt ich nich lache«, schnaubte sie. »Von wegen alt!«

Herr Jansen murmelte irgendwas Unverständliches.

Ich holte mein Telefon aus der Handtasche und stellte die Taschenlampenfunktion ein, um mir die Wände genauer anzusehen. Ich leuchtete auf den alten Putz und fand schnell die Erklärung für den unangenehmen Geruch. Auf der ganzen Fläche befanden sich Stockflecken, einige so groß wie Untertassen. Kaja kam zu mir herübergestöckelt. Ihr Gesicht sprach Bände. »Schau mal.« Ich erleuchtete einige der Ausblühungen.

»Widerlich«, sagte sie.

Nun gesellte sich auch Helga zu uns. Sie kniete sich auf den Boden und schnüffelte an der Wand. »Datt is Schimmel vom Feinsten, Herr Jansen«, klärte sie den Vermieter auf.

Er war ihr einen irritierten Blick zu. Dann zuckte er mit den Schultern. »Wollen Sie die Halle, oder wollen Sie sie nicht?«, fragte er. »Wie gesagt: Eins fünf kalt, aber Sie müssen sich schnell entscheiden. Die Leute stehen Schlange, das können Sie sich ja vorstellen.«

»Nee, is klar«, sagte Kaja und lachte laut auf.

»Hör ma, junger Mann«, preschte Helga vor und schüttelte den Kopf. »Wissen Sie, watt mit unsern Möbeln passiert, wenn wir die Bruchbude hier nehmen?«

Jansen sah sie teilnahmslos an.

»Die schimmeln uns unterm Arsch weg! Mit andern Worten: Nein, wir wollen nich. Halsabschneider!«, blaffte sie und blickte dann etwas unsicher zu Kaja und mir herüber. Vermutlich war ihr klar geworden, dass sie mit der Absage gerade massiv ihre Kompetenzen überschritten hatte.

Doch der Fall war ja eindeutig. Ich nickte also, schüttelte mich noch einmal innerlich, weil der Geruch so eklig war, und sagte: »Sie hat recht. Wir wollen nicht.«

»Dann eben nicht«, erwiderte Jansen mürrisch, besann sich jedoch plötzlich eines Besseren und lächelte. »Wissen Sie was? Sie sind mir sympathisch. Für Sie würde ich mit der Miete runtergehen. Eins drei, und Sie können sofort rein.«

»Wissen SIE was?«, zischte Kaja. »Wir würden diese Baracke nicht mal nehmen, wenn sie geschenkt wäre. Es ist eine absolute Frechheit, so etwas anzubieten. Was fällt Ihnen ein, unsere wertvolle Zeit ...«

Ich stieß ihr mit dem Ellenbogen in die Rippen, um zu verhindern, dass sie sich vollends in Rage redete.

»Dann lassen Sie es halt«, meinte Jansen ungerührt, machte sich auf den Weg nach draußen und begann, wieder an der Kurbel zu drehen, um das Rolltor hinunterzulassen.

Wir duckten uns und schlüpften schnell hinaus. In der Gasse holte ich erst mal tief Luft, froh, wieder Tageslicht zu sehen.

»Tschöö«, sagte Helga in Richtung Jansen und marschierte los.

Ich verabschiedete mich etwas förmlicher.

Kaja sagte gar nichts mehr zu ihm, denn sie hatte Blickkontakt mit den Heerscharen an Krähen aufgenommen, die sich offenbar gerade am Müllcontainer versammelt hatten. »Lass uns abhauen«, keuchte sie, und plötzlich trugen ihre Pumps sie schneller, als ich gucken konnte, und die Schimpftiraden, die ich nach diesem unsäglichen Termin eigentlich von ihr erwartet hätte, blieben vorerst aus.

Ich spazierte den schmalen, von Bäumen gesäumten Weg entlang. Es war nicht viel los hier am südlichen Ende des Volksgartens. Helga hatte sich nach unserem Besichtigungstermin auf den Heimweg begeben und Kaja in den Supermarkt. Ich hatte beschlossen, einen kleinen Abstecher in den Park zu machen. Es gab noch immer kein Lebenszeichen von Mia, und ich wusste, dass sie hier manchmal mit ihren Freunden chillte, wie sie es nannte. Während ich Richtung Weiher spazierte, suchte ich mit den Augen die Umgebung ab. Ihre scharlachroten Haare waren ja eigentlich nicht zu übersehen. Ich hätte gern mit ihr geredet. Ihr gesagt, dass ich es gestern nicht so gemeint hatte. Zumindest nicht alles. Ich hätte sie gebeten, zurückzukommen in die WG.

Was, wenn sie nirgendwo untergeschlüpft war, sondern auf der Straße schlief? Oder auf einer Parkbank wie einst Helga? Ich machte mir schreckliche Vorwürfe. Von Helga wusste ich, wie das war – als Frau ohne Dach über dem Kopf. Doch so sehr ich auch suchte, Mias roter Schopf war nirgends zu sehen. Stattdessen erblickte ich in einiger Entfernung den alten Herrn Fabio. Er ging Gassi mit seinem Rauhaardackel Angelo. Die Fabios wohnten um die Ecke und waren, wie so viele Südstadtbewohner, Kunden bei Flea Market. Herr Fabio hatte ein Faible für alte Vasen und Bücher. »Meine Frau wird schimpfen«, sagte er immer, wenn er etwas bei uns erstanden hatte. »Sie meint, wir ertrinken in Vasen.«

»Richten Sie ihr einen schönen Gruß aus«, erwiderte ich dann. »Vasen kann man nie genug haben.« Ich würde sie vermissen, wenn wir aufgeben mussten. Die Fabios und all die anderen Kunden, die mir im Laufe der Jahre ans Herz gewachsen waren.

Der Termin eben war reine Zeitverschwendung gewesen, doch wahrscheinlich auch ein Vorgeschmack auf das, was uns bei unserer weiteren Suche nach einer neuen Bleibe für Flea Market und das True Treasures erwartete. Ich seufzte, und plötzlich kamen mir Tränen. Wegen Flea Market, wegen Mia und ein bisschen auch wegen Saskia, die ebenfalls immer noch wie vom Erdboden verschluckt war.

Auf der Wiese vor mir war es voll. Menschen, junge und alte, saßen auf Picknickdecken zusammen. Einige hatten einen Grill dabei, dazu Würstchen und Bier. Frisbeescheiben wurden geworfen, andere spielten Federball. Jemand hatte zwischen zwei Bäumen eine Slackline gespannt und übte den Drahtseilakt auf dem Gurtband. Ich ging quer über die Wiese und hielt weiter Ausschau nach meiner Schwester und ihren Freunden. Schließlich erreichte ich den hübschen Kahnweiher und setzte mich auf meine Lieblingsbank am Ufer. Sie war gerade frei geworden. Mein Blick fiel auf ein junges Pärchen, das in einem der Tretboote saß, die man am Anleger mieten konnte. Lachend versuchten die beiden, es in die richtige Richtung zu manövrieren. Ich seufzte wieder. Sie wirkten so unbeschwert. Dann fiel mein Blick auf drei mannshohe Betonrohre, die in der Nähe der Bahnschienen lagen, am Rand des Volksgartens, und ich beschloss, dorthin zu gehen, um einen Blick hineinzuwerfen. Mia hatte mir einmal erzählt, dass sie und ihre Freunde sich da manchmal zum Biertrinken trafen. Ich gab meine Lieblingsbank auf und stapfte hinüber. Die Rohre befanden sich auf einer kleinen Anhöhe, und ich steckte in jedes den Kopf hinein, doch sie waren alle verwaist. Zum gefühlt zwanzigsten Mal zog ich mein Handy aus der Hosentasche und wählte Mias Nummer. Und zum gefühlt zwanzigsten Mal erreichte ich nur ihre Mailbox. »Mia, wo bist du?«, murmelte ich und fühlte mich entsetzlich.

# 17. KAPITEL

Am nächsten Morgen klingelte mein Wecker viel zu früh. Gestern nach dem Abendessen waren Kaja und ich noch quer durch die Südstadt geradelt und hatten die Zettel mit unserem Immobiliengesuch an Laternenpfählen und allen möglichen anderen halbwegs geeigneten Stellen befestigt. Und da wir einmal unterwegs waren, hatten wir noch im ›Johann Schäfer‹ nach Mia gefragt und danach alle Kneipen und Bars abgeklappert, von denen wir wussten, dass Mia sich dort manchmal aufhielt. Im Keimaks waren wir tatsächlich auf zwei Typen getroffen, die ich schon mal mit ihr zusammen gesehen hatte, doch sie wussten auch nicht, wo sie war. Als wir nach Hause kamen, war es fast eins. Trotzdem versuchten wir noch, Mias Handy zu orten. Das war Kajas Idee, doch leider lief auch dieser Versuch ins Leere. Offenbar hatte Mia die Ortungsfunktion nicht aktiviert, und so blieb sie weiterhin spurlos verschwunden. Obwohl es mittlerweile fast zwei Uhr war, hatte ich nicht einschlafen können. Stundenlang waren mir Mia, Zieglers Kündigung und auch wieder die arme Saskia durch den Kopf gegeistert und hatten mich wachgehalten.

Beim zweiten Klingeln quälte ich mich aus dem Bett, schlüpfte in Flipflops und den kurzen seidenen Morgenmantel, der, bevor er in Kajas Hände geriet, eine cremefarbene Tischhusse gewesen war, und sah in Mias Zimmer nach. Das säuberlich gemachte Bett war unbenutzt. Sie war noch immer nicht zurück. Beklommen ging ich ins Bad, putzte mir die Zähne und wählte währenddessen ihre Nummer. Wieder nur die Mailbox. »Verdammt«, murmelte ich.

Anschließend bereitete ich mir in der Küche ein schnelles Frühstück zu. Für heute stand einiges auf meiner To-do-Liste. Frau Bertram aus der Bonner Straße löste gerade ihren Haushalt auf. Sie war einundachtzig, alleinstehend und schon ziemlich wacklig auf den Beinen. Deshalb hatte sie beschlossen, in ein Seniorenheim überzusiedeln. »Sicher ist sicher«, hatte sie gemeint und mich gebeten, heute zu einer Vorbesichtigung vorbeizukommen und ihr anschließend mitzuteilen, welche Möbel und Haushaltsutensilien wir für Flea Market gebrauchen konnten. Frau Bertram war eine Stammkundin. Eine sehr nette noch dazu, und deshalb hatte ich ihr schon vor längerer Zeit versprochen, dass wir ihr nicht nur viele Sachen abnehmen, sondern darüber hinaus beim Umzug helfen würden. Zur Vorbesichtigung heute Mittag würde ich Kaja mitnehmen, denn Frau Bertram hatte durchblicken lassen, dass sich in ihrem Schlafzimmerschrank Kleidungsstücke aus über fünfzig Jahren befanden. Als ich Kaja davon erzählte, hatten ihre großen braunen Augen zu funkeln begonnen wie geschliffene Diamanten.

Ich machte mir Kaffee, öffnete Balu und registrierte zu meiner Überraschung, dass er das laute Brummen eingestellt hatte und nun wieder wie gewohnt leise vor sich hin schnurrte. »Braver Junge«, murmelte ich, streichelte sanft über seine Tür und entnahm ihm einen angebrochenen Naturjoghurt. Während ich einen kurzen Blick auf das Haltbarkeitsdatum warf, fragte ich mich unwillkürlich, was es eigentlich über meinen Geisteszustand verriet, dass ich mich mit einem Kühlschrank unterhielt. Ich schob den Gedanken schnell beiseite und schaltete das Radio ein. Zoe Wees sang gerade ihr ›Girls like us‹.

> It's hard for girls like us
> We don't know who we trust
> Not even the ones we love ...

schmetterte sie mit ihrer unglaublichen Stimme, und ich setzte mich mit Kaffee, Joghurt und schwerem Herzen an den Küchentisch. Es war Mias Lieblingssong.

Ich trank und aß hastig, und als ich fertig war, war Zoe Wees es auch, und im Radio kamen Nachrichten. Ich hörte nur mit halbem Ohr hin, checkte parallel auf dem Handy meine E-Mails, als plötzlich von einem aufziehenden Sturm die Rede war. Schnell sprang ich auf und drehte das Radio etwas lauter.

»Erste Ausläufer von Sturmtief Ella werden uns schon heute Nachmittag erreichen. Im Laufe des frühen Abends rechnen die Meteorologen örtlich mit Windstärken von bis zu hundert Stundenkilometern«, erklärte der Moderator und empfahl, wenn möglich zu Hause zu bleiben und Fenster und Türen geschlossen zu halten. Das klang nicht gut. Stürme machten mir Angst. Und Mia machten sie auch Angst, seit sie einmal in einen geraten war, nachmittags im Park, weil mein Vater vergessen hatte, sie rechtzeitig nach Hause zu holen. Wieder wählte ich ihre Handynummer. Was, wenn sie wirklich irgendwo da draußen herumstreunte und von der Unwetterwarnung nichts mitbekam? Ich sprach ihr auf die Mailbox. Ich weiß nicht, zum wievielten Mal.

»Moin Chefin«, begrüßte mich Cem, als ich in die Werkstatt kam. »Guck ma, die Tür ist schon wieder drin.« Er saß im Schneidersitz vor dem Küchenbuffet, an dem er seit einigen Tagen arbeitete, strich über die reparierte Schranktür und sah sehr zufrieden aus.

Ich brachte meine Handtasche in den Spind, ging zu Cem hinüber und begutachtete seine Arbeit. Ich öffnete die neu eingesetzte Tür, schloss sie wieder und nickte anerkennend. Es funktionierte tadellos, wenn man von einem leichten Quietschen mal absah.

Cem stand auf, verschränkte die Arme vor seiner stolzgeschwellten Brust und grinste. »Nicht schlecht, Herr Specht, würde ich sagen«, lobte er sich selbst.

»Würde ich auch sagen.« Ich kam ebenfalls wieder hoch und reckte einen Daumen in die Luft. »Super gemacht, Cem. Aus dir wird noch ein richtig guter Schreiner.«

»Hoffentlich.«

Ich hoffte es auch. Es war wichtig für ihn, dass er wieder etwas fand, womit er Erfolg hatte und wofür er Anerkennung bekam. In der Schule war er nie eine große Leuchte gewesen. Das hatte er mir mal erzählt. Stattdessen hatte er die ganze Zeit Fußball gespielt. Immerhin hatte er mit Ach und Krach die Mittlere Reife geschafft. Zu dem Zeitpunkt gehörte er längst dem Jugendkader des 1. FC Köln an. Bereits mit zwölf Jahren war er von einem Talentscout entdeckt worden und vom DJK Löwe zum FC gewechselt. Dort hatte er voller Ehrgeiz weiter an seiner Fußballerkarriere gebastelt, denn für ihn gab es nur ein einziges Ziel: Profi werden und in der Bundesliga spielen. Und das hätte auch fast geklappt.

»Klopf, klopf«, unterbrach jemand meinen Gedankengang. Erschrocken wandte ich mich um und sah Noah an der Tür stehen. Heute war er nicht im Rennfahreroutfit unterwegs, sondern trug Jeans und ein eng anliegendes graues T-Shirt, das ihm, wie ich zugeben musste, gut stand und hinsichtlich seines Oberkörpers wenig Interpretationsspielraum ließ. Der war immer noch wohlgeformt, wie in alten LUAK-Zeiten, als das geneigte Fernsehpublikum ihn des Öfteren bar jeden Kleidungsstücks zu sehen bekommen hatte, wie ich mich dunkel erinnerte.

»Noah, alte Hütte«, sagte Cem grinsend und deutete mit seinen Fäusten eine Rechts-Links-Kombination auf Höhe von Noahs Solarplexus an.

Noah wich reflexartig zurück und grinste ebenfalls. »Hey, Cem, wie geht's, wie steht's?«

»Alles klar auf der Andrea Doria. Funktioniert der Winkelschleifer noch?«

»Einwandfrei. Danke noch mal.«

»Womit können wir dir denn heute helfen, Noah?«, mischte ich mich kühl ein.

»Ich würde mich gern wegen eines Schranks bei euch umsehen. Ich bin gerade dabei, die Garderobe für die Schauspieler einzurichten.«

»Aha.«

»Ähm ... wollen wir mal gucken?«

»Du kennst dich ja aus«, erklärte ich knapp.

Er ging nach nebenan in den Verkaufsraum, und ich folgte ihm wenig später und schloss das Außentor für die Kunden auf. Es war gleich zehn. Ich trat hinaus auf den Hof und schaute nach oben. Noch war der Himmel strahlend blau und von Sturmtief Ella nichts zu sehen. Aber das Wetter konnte sich bekanntlich schnell ändern, weshalb ich mein Handy aus der Hosentasche zog und noch einmal Mias Nummer wählte. Wieder nahm sie nicht ab.

»Tilda, kommst du mal?«, hörte ich Noah rufen.

»Was?«

»Ich hab ein paar Fragen.«

Ich stöhnte und ging entnervt zu ihm rüber.

Er deutete auf einen dunkelrot lackierten chinesischen Hochzeitsschrank. »Ist das alles an Schränken?«

Ich sah mich schnell um. »Ja.«

»Er ist schön, aber er passt nicht. Ich brauche etwas Schlichteres.«

»Ist aber nicht da.«

»Kommt denn noch mal was rein?«

»Vermutlich«, erwiderte ich wortkarg.

»Bist du nicht gut drauf?«, fragte Noah besorgt.

»Wenn du's genau wissen willst: Nein.«

»Wegen der Kündigung?« Er blickte mich mitleidig an.

»Pfff«, machte ich nur.

»Kommen denn jetzt noch Schränke?«

»Irgendwann sicher«, erwiderte ich. »Musst du dich halt gedulden, wenn der hier nicht passt. So eilig kann's ja nicht sein.«

»Es ist schon ein bisschen eilig. Irgendwann will ich ja mal fertig werden.«

»Gibt's denn jetzt schon Pläne für ein Stück?«

»Nein, das noch nicht«, gab er kleinlaut zu.

Ich hatte seine Achillesferse zielsicher getroffen. »Solange du kein Stück hast, wird die Garderobe ja auch nicht gebraucht, oder?«

Noah sah mich betreten an. »Na ja, gut, das stimmt natürlich. Ich habe schon die eine oder andere Idee, aber ich gebe zu, dass es bisher Stückwerk ist und irgendwie … na ja … der rote Faden fehlt. Ich hatte es mir leichter vorgestellt. Worüber … worüber würdest du denn schreiben?«

»Äh … ich?« Konsterniert sah ich ihn an.

»Na ja, was würde dich interessieren? Welches Thema? Welche Geschichte? Was würdest du gerne in ein paar Monaten auf der Bühne sehen? Vielleicht irgendwas mit … Diversität? Oder Umwelt? Was sind Geschichten, die die Menschen hier in der Südstadt interessieren?«

Ich zuckte mit den Schultern. »In ein paar Monaten sind wir

nicht mehr hier, und ganz ehrlich: Ich hab gerade echt andere Sorgen, als mir für dich ein Stück auszudenken.«

Noah hob beide Hände. »Entschuldige, klar«, sagte er schnell. »Ich will dich nicht mit meinem Kram behelligen. Natürlich hast du andere Sorgen.« Er schaute sich in der kleinen Halle um. »Hat sich denn noch nichts getan in Sachen alternative Immobilie?«

»Nein.«

»Hast du mal bei Immoscout geguckt?«

»Sag mal, willst du mich veräppeln?«

»Okay. Natürlich hast du. Blöd von mir. Es wird sich schon was ergeben. Ist ja noch ein bisschen hin.«

»Tilda? Bist du da?«, hörte ich jemanden rufen.

»Hier drüben!« Ich stellte mich auf die Zehenspitzen, konnte aber niemanden entdecken.

»Ich bin größer«, bemerkte Noah treffend und reckte sich. »Männlich, blond, Anfang dreißig«, informierte er mich ungefragt.

»Kann jeder sein.«

»Groß, hager, merkwürdige Sonnenbrille«, fuhr er mit seiner Beschreibung fort.

»Holger!«, sagte ich und eilte nach vorne. Noah folgte mir auf dem Fuße, wie ein Terrier, der sich nicht abwimmeln lässt.

Es war wirklich Holger, der da am Eingang stand und nach mir Ausschau hielt. Ich begrüßte ihn und sagte: »Schön, dass du auch mal wieder reinschaust.« Holger kam oft zu uns, denn aus ökologischen und geschmacklichen Gründen hatte er viel für Vintage-Produkte übrig.

»Ich bin Noah«, sagte der Terrier und reichte Holger die Hand.

»Der mit dem Theater«, erklärte ich.

»Ach, du bist das«, sagte Holger. Er wusste Bescheid, denn

ich hatte ihm von der Geschichte erzählt, als er mich letztens angerufen hatte, um zu fragen, ob wir einen Berberteppich dahatten. Hatten wir. Zwei sogar. Er schüttelte Noahs Hand und nahm dann die Metallbrille ab, die er kürzlich in Kajas Laden erworben hatte. Die Tatsache, dass sie durch UV-Strahlung zu einer Sonnenbrille mutierte, hatte ihn begeistert. Wobei er nicht bedacht hatte, dass sie sehr lange brauchte, bis sie sich im Innenraum wieder zurückverwandelte. Er kniff die Augen zusammen.

»Und übrigens«, sagte ich. »Falls du eine Idee für ein Theaterstück hast: Noah ist offen für alles …«

Noah sah mich sauer an. »Sag mal … geht's noch?«

Das fragt ja genau der Richtige, dachte ich und wurde trotzdem rot.

Holger lachte irritiert. »Du, ich guck mal drüben nach den Berberteppichen.« Er setzte seine Brille wieder auf, obwohl die Gläser noch immer schwarz wie die Nacht waren.

»Und ich geh mal wieder rüber«, informierte Noah mich, als würde mich das auch nur im Geringsten interessieren. »Ach, übrigens, wenn du ein Problem mit mir hast, dann sag es doch einfach. Und falls es wegen des Theaters ist: Dass du es so dringend brauchtest, konnte ich nicht wissen, als ich es gekauft habe. Es ist nicht meine Schuld, dass du es nicht bekommen hast!«

Beleidigte Leberwurst, dachte ich und ärgerte mich. Ich konnte wirklich darauf verzichten, mich ausgerechnet von ihm zurechtweisen zu lassen. »Ich hab kein Problem mit dir«, erwiderte ich. »Nur wie gesagt: Ich habe einfach andere Sorgen, als mir für dich den Kopf zu zerbrechen.«

»So war es doch gar nicht gemeint.«

»Wie war es dann gemeint?«

»Ach, keine Ahnung! Ich … ich hätte einfach nur gerne

deine Meinung gehört, weil ich dich ... schätze und glaube, dass du einen guten ... Ach, was weiß ich. Ich komm wieder, wenn du bessere Laune hast.«

Mit diesen Worten verschwand er, und irgendwie fühlte ich mich jetzt noch schlechter als sowieso schon. »Blödmann!«, zischte ich und warf einen Blick nach draußen. Die Sonne stand noch immer am Himmel, doch aus Richtung des Theaters kamen dunkle Wolken heran und plötzlich auch ein heftiger Windstoß, der sich in den Blättern der alten Kastanie verfing.

»Soll Sturm geben heute«, meinte Holger hinter mir. Ich zuckte zusammen und drehte mich um. Da stand er mit seiner dunklen Brille und einem gerollten Teppich auf der Schulter. »Den würde ich gern nehmen.«

»Alles klar«, sagte ich und ging zur Kasse.

»Find ich im Grunde gut, dass das Theater wieder öffnet«, erklärte Holger nun im Plauderton und setzte ächzend den riesigen Teppich ab.

»Hmmm. Ja, im Grunde. Aber noch besser wäre es natürlich gewesen, wenn *wir* dort hätten unterkommen können.«

Er zuckte mit den Schultern. »Hätte, hätte, Fahrradkette. Es sollte nicht sein. Und du weißt ja: Wenn sich irgendwo eine Tür schließt, geht woanders eine auf. Ich halte Augen und Ohren offen. Manchmal hat man ja Glück.«

Ich quetschte mich hinter den Kassentisch und nahm Holger fünfunddreißig Euro für den Teppich ab.

Er schüttelte nachdenklich den Kopf. »Dass das überhaupt genehmigt wurde. Ich meine, diese schöne alte Fabrik hier abzureißen ist doch eine Schande.«

»Absolut. Aber es bringt Geld und Wohnraum. Wobei man sich schon wundern kann, was so alles genehmigt wird. Und was andererseits nicht ... Gestern hab ich bei der Stadtverwaltung angerufen, um zu fragen, ob man uns da vielleicht irgendwie weiterhelfen kann. Schließlich seien wir gemeinnützig und das, was wir tun, in vielerlei Hinsicht wichtig.«

»Und?«

»Ich wurde dreimal weiterverbunden und schließlich regelrecht abgewimmelt. Da könne man nichts machen, hat mir eine sehr müde wirkende Sachbearbeiterin erklärt. Da könnte ja jeder kommen, und sie könne sich auch keine Immobilie aus den Rippen schneiden. Na ja, ehrlich gesagt hatte ich nichts anderes erwartet.«

»Hätte ich auch nicht«, seufzte Holger.

»Meinst du, man könnte mit der Geschichte an die Presse gehen? Dass wir hier rausgeworfen werden und stattdessen Luxusvillen gebaut werden?«, fragte ich.

»Versuchen könnt ihr es, aber ich hab so meine Zweifel, ob man damit noch jemanden hinter dem Ofen hervorlocken kann.«

Ich nickte enttäuscht. »Verstehe.«

Um eins hatte ich Helga und Cem wegen des bevorstehenden Sturms in den Feierabend geschickt. Ich wollte, dass sie sicher nach Hause kamen, bevor Ella richtig loslegte. »Geilomat!«, hatte Cem gesagt und mit der Faust die Säge gemacht, und Helga hatte auch nichts gegen einen freien Nachmittag einzuwenden gehabt, auch wenn sie meine Vorsicht für übertrieben hielt.

Ich trat in den Hof und schaute in den inzwischen verhangenen Himmel. Die Wolken glitten von West nach Ost. Die meisten waren dunkel, einige fast schwarz. Inzwischen war der Wind aufgefrischt. Immer wieder gab es kräftige Böen, und dann rauschten die Blätter in der Kastanie so laut, dass es fast beängstigend war. Mein Blick fiel auf die Blumen in den Terrakottatöpfen, die rechts und links neben dem Eingang der Verkaufshalle standen. Der Olivenbaum war bereits zum zweiten

Mal umgekippt. Wenn Ella hier nachher ihre Wucht entfaltete und ungehindert durch den Hof fegte, wären die Pflanzen in Gefahr. Es war wohl definitiv klüger, sie hineinzutragen. Kurz ärgerte ich mich, dass ich Cem und Helga nicht noch gebeten hatte, mir dabei zu helfen, aber ich würde es auch allein schaffen. Es waren genau ein Dutzend Töpfe, die meisten nicht sehr groß und schwer. Ich nahm als Erstes die gelben Husarenköpfchen, trug sie in die Verkaufshalle und stellte sie auf der Fensterbank ab. Als ich wieder hinaustrat, hatte ich plötzlich Gesellschaft. »Noah!«

Er lächelte mich freundlich an, woraus ich schloss, dass er den Streit von eben verwunden hatte. »Die Ruhe vor dem Sturm, was?«

»Hmmmm«, brummte ich.

»Ich wollte nur mal schauen, ob ich hier Nachbarschaftshilfe leisten kann. Muss noch irgendwas in Sicherheit gebracht werden, bevor es richtig losgeht?«

Mia, dachte ich, doch dann schüttelte ich den Kopf. »Danke, aber ich komm klar.«

Er deutete auf die Blumentöpfe. »Und die da? Die sollte man reintragen, sonst ist von denen nachher nicht mehr viel übrig.«

»Schaffe ich allein«, erwiderte ich. Vermutlich fühlte er sich schlecht wegen seines unsensiblen Geredes von vorhin und wollte es wiedergutmachen. »Trotzdem danke«, fügte ich hinzu, für den Fall, dass es einfach nur nett gemeint war.

»Ich helfe dir!«, sagte er, schnappte sich den größten Topf und fragte: »Wohin damit?«

»Ich sagte, ich schaffe das allein«, beharrte ich, doch da war er schon auf dem Weg in die Halle, entdeckte die Husarenköpfe auf der Fensterbank und stellte die Pflanze daneben. Terrier, dachte ich grimmig, klemmte mir den nächsten Topf unter den Arm und folgte ihm.

»Ist das ein Gummibaum?«, fragte er.

»Nein, eine afrikanische Feige.«

Er betrachtete sie. »Schön. So etwas könnte ich auch noch gebrauchen. Fürs Büro.« Plötzlich fiel sein Blick auf einen kleinen, Flöte spielenden Gartenzwerg, der auf dem Boden stand. Er stammte aus einer Haushaltsauflösung in Nippes. Noah nahm ihn hoch und grinste. »Der ist ja süß. Was kostet der?«

Ich zuckte mit den Schultern. »Zehner.«

»Okay, ich nehme ihn.«

»Ernsthaft?«

Er nickte. »Absolut. Den stelle ich mir auf den Balkon.«

»Fehlt nur noch der Jägerzaun ...«

»Den hebe ich mir für später auf. Man muss ja noch ein paar Träume haben.«

»Du träumst von einem Jägerzaun?«

»Na ja, das vielleicht nicht gerade. Aber von einem kleinen Häuschen mit Garten auf dem Land. Da möchte ich einmal wohnen, mit meiner Frau, vier Kindern, die barfuß auf der Wiese herumlaufen, und einem Golden Retriever.«

»Vier Kinder?«

»Mindestens«, sagte Noah. »Ich arbeite von zu Hause aus, in Teilzeit, und den Rest des Tages verbringe ich mit Spielen, Backen und dem Einkochen von Gemüse. Und abends ab und zu mit Theaterspielen.«

»So ist das Leben nicht.«

»Kann sein. Aber vielleicht kann man es sich ein bisschen so machen.«

»Worauf wartest du dann noch?«

»Vorher muss ich noch meine große Liebe finden. Eine Frau, die sich so ein Leben auch vorstellen kann. Oder wenigstens so ein ähnliches.« Er sah mich an. Dann wandte er sich wieder dem Gartenzwerg zu. »Der hier ist ein erster Schritt.«

»Na dann ...«

Wir schleppten die restlichen Töpfe gemeinsam hinein, und Noah kaufte den Zwerg.

»Wie heißt er eigentlich?«, wollte er wissen.

»Hermann«, sagte ich. Es war das Erste, was mir in den Sinn kam, als ich mir den kleinen Kerl so ansah.

»Hermann.« Noah nickte. »Das passt.«

# 18. KAPITEL

In der Nacht schlief ich schlecht. Draußen stürmte es stundenlang, und der Regen trommelte so laut gegen mein Fenster, dass ich zwischendurch immer wieder aufwachte. Ich träumte wild durcheinander, von riesigen Rohren, Mia und Frau Bertrams alten Möbeln und Kleidern, die Kaja und ich gestern noch durchgeschaut hatten. Irgendwann drang ein kreischendes Geräusch in meinen Gehörgang, und als ich die Augen öffnete, war es schon hell. Ich fühlte mich wie gerädert. Um meinen Kopfschmerzen so schnell wie möglich den Garaus zu machen, ging ich in die Küche und filterte mir einen Kaffee, der so stark war, dass er Tote hätte aufwecken können. Während das Wasser durchlief, starrte ich aus dem Fenster. Das Unwetter war vorbei, und als wäre nichts gewesen, lugte nun sogar die Sonne hinter einer Wolke hervor. Ich kniff kurz die Augen zusammen und schaute dann nach unten auf die Straße. Der schöne Schein trog. Sturmtief Ella hatte deutliche Spuren hinterlassen. Überall lagen Blätter und abgerissene Zweige herum, und weiter hinten, Richtung Volksgarten, war sogar ein großer Baum umgestürzt. Zwei Männer in orangefarbener Leuchtkleidung machten sich mit einer Motorsäge daran zu schaffen, was das kreischende Geräusch erklärte, das mich geweckt hatte. Sofort schoss mir wieder Mia in den Kopf. Ich hatte sie auch gestern den ganzen Tag nicht erreicht. Hoffentlich hatte sie irgendwo Unterschlupf gefunden und war in Sicherheit!

Als ich in die Knopffabrik kam, war Cem schon da. »Soll ich die Pflanzen wieder raustragen?«, fragte er.

»Ja, das wäre super. Heute steht übrigens der Termin bei Frau Bertram an.«

»Weiß ich doch, Chefin! Ich hoffe, Josef kommt gleich mal, damit wir dann auch loskönnen.«

Josef, Helgas Kumpel aus alten Tagen, half neuerdings bei uns aus. Sie hatte ihn gefragt, ob er Lust auf den Job hätte, und er hatte zugesagt. Im Gegensatz zu ihr hatte er zwar bis heute keine feste Bleibe, aber Helga wusste trotzdem immer, wie sie ihn erreichen konnte, und hielt regelmäßig Kontakt zu ihm.

»Ja, hoffe ich auch«, sagte ich nun. Eigentlich hätte er längst hier sein müssen. »Wo ist denn Helga?«

»Auch noch nicht da.«

»Hmmmm«, machte ich, half Cem mit den Blumentöpfen, und gerade, als alle wieder an Ort und Stelle standen, kam Noah auf den Hof.

»Unser Stammgast«, zischte ich Cem zu.

»Du magst ihn nicht, stimmt's?«

»Wie kommst du denn darauf?« Ich räusperte mich. »Einen wunderschönen guten Morgen«, sagte ich betont freundlich zu Noah. »Was können wir heute für dich tun?«

»Nichts.« Er lächelte. »Im Gegenteil. Ich wollte nur mal schauen, ob der Sturm hier irgendwelche Schäden angerichtet hat.«

»Sieht nicht so aus«, sagte ich. »Aber die KVB scheint Probleme zu haben.« Ich warf einen Blick auf meine Armbanduhr. Wenn Josef nicht gleich auftauchte, musste ich mir etwas einfallen lassen.

Cem sah das offenbar genauso. »Ey, wenn der nicht gleich kommt, ist Frau Bertram am Arsch.«

»Was ist denn los bei euch?«, wollte Noah wissen.

»Unsere Aushilfe Josef ist zu spät, und Helga auch«, erklärte Cem.

»Moinsen!«, tönte es da auf einmal über den Hof.

»Helga«, rief ich erleichtert. »Da bist du ja!«

Sie marschierte mit Sack und Pack und Fressbeutel an uns vorbei in die Werkstatt, als wäre nichts gewesen. Kurze Zeit später kam sie wieder heraus, ohne Sack und Pack, aber voller Tatendrang. »Fahrt ihr jetzt? Ihr seid spät dran.«

»Würde ich gerne, kann ich aber nicht«, erklärte Cem.

»Josef ist noch nicht da. Weißt du, wo er steckt?«, erkundigte ich mich.

»Nee. Woher soll ich datt wissen?«, fragte sie ungehalten. »Schätze, an irgend 'ner Haltestelle. Heute 'ne Bahn zu kriegen is wie 'n Sechser im Lotto, datt kann ich euch sagen!«

»Was machen wir denn jetzt mit Frau Bertram?« Cem wurde langsam zappelig. »Alleine kann ich die ganzen Plörren nicht runtertragen. Das könnt ihr vergessen.« Er verschränkte beide Arme vor der Brust und zog ein Gesicht wie ein schmollendes Kind.

Ich dachte nach. Sollte ich absagen? Frau Bertram wäre vermutlich völlig aufgelöst. Für sie war heute ein wichtiger Tag, das konnte man nicht einfach so verschieben. »Helga, wenn du hier den Verkauf machst, könnte ich mitfahren«, sagte ich also.

»Dein Ernst?« Cems Blick sprach Bände. »Ich meine … nix für ungut, Chefin, aber die Bertram wohnt im vierten Stock, und da ist eine Waschmaschine mit dabei. Und eine Schrankwand aus Eiche. Und du bist … ne halbe Portion.«

»Na ja, wir könnten wenigstens die etwas leichteren Sachen schon mal …«

»Ich könnte mitfahren«, sagte Noah plötzlich. Seine Anwesenheit hatte ich fast vergessen.

»Du?« Ich musterte sein weißes, teuer aussehendes T-Shirt und die helle Jeans.

»Ja, warum nicht? Ich hab Zeit.«

»Datt is aber nett«, sagte Helga.

»Beste Idee ever«, rief Cem erfreut. »Wir zwei rocken das, oder, Noah?« Er hielt ihm seine rechte Handfläche entgegen. Noah schlug seine dagegen.

»Ähm, bist du sicher?« Ich sah Noah zweifelnd an. »Das sind echt schwere Sachen.«

»Nix für Weicheier«, stimmte Cem mir zu. »Aber du hast ja ordentlich Muckis, Noah.« Er zwinkerte erst ihm und dann mir zu.

»Ja, ich mach das gerne. Waschmaschinen schleppen und so.« Noah grinste mich an.

Ich dachte fieberhaft nach, aber im Prinzip hatte ich keine Wahl. »Okay. Das wäre natürlich wirklich eine große Hilfe«, hörte ich mich sagen.

»Na dann ... auf geht's!« Noah nickte uns lächelnd zu.

»Ähm, ja, super«, sagte ich. »Bist du schon mal mit so einem Transporter gefahren?« Ich deutete auf den Ducato.

Noahs Lächeln erstarb. »Kann Cem nicht fahren?«

»Nein. Cem hat keinen Führerschein, also ...«

»Keinen *mehr*«, warf Helga ein und fügte mit wichtiger Miene hinzu: »Ham se ihm letztes Jahr abgenommen. Wegen Trunkenheit am Steuer.«

»Helga, bitte«, unterbrach ich sie.

»Is datt jetz neuerdings ein Geheimnis, oder watt?«

»Nee, aber musst du ja auch nicht jedem auf die Nase binden.«

Cem guckte beleidigt.

»Ich hab zwar einen Führerschein«, erklärte Noah. »Aber kein Auto. Ich bin seit Jahren nicht gefahren.«

»Echt nicht?« Wir starrten ihn ungläubig an.

»Na ja, hier in der Stadt braucht man kein Auto. Man findet sowieso nie einen Parkplatz, und mit der Bahn oder dem Fahrrad ist man eh meist schneller.«

»Wir fahren alle drei«, sagte ich kurz entschlossen. »Und du, Helga, wie gesagt: Wäre super, wenn du dich solange um den Verkauf kümmern würdest.«

»Pfff. Dafür bin ich also gut genug«, maulte sie.

»Willst du lieber Möbel schleppen?«

»Sie will das machen, was Noah macht«, sagte Cem grinsend.

»Du spinnst ja!« Helga zeigte ihm einen Vogel und marschierte hoch erhobenen Hauptes in die Verkaufshalle.

Ich klatschte in die Hände. »Okay, Leute. Dann lasst uns mal los. Frau Bertram wartet sicher schon.« Mein Blick fiel wieder auf Noahs helle Hose. »Also, wenn ich du wäre, würde ich noch schnell das Formel-1-Kostüm anziehen …«

Noah sah an sich hinab. »Quatsch, das kostet nur Zeit«, sagte er und folgte Cem, der schon auf dem Weg zum Auto war.

# 19. KAPITEL

»Da seid ihr ja endlich, Kinners!«, begrüßte uns Frau Bertram. Sie stand auf dem Treppenabsatz und stemmte halb empört, halb erfreut die Hände in ihre schmalen Hüften. »Isch dachte schon, datt ihr jar nich mehr kommt.«

»Tschuldigung. Wir hatten ein … personelles Problem«, keuchte ich, während ich die letzten Treppenstufen erklomm.

»Wer is datt denn?« Frau Bertram deutete auf Noah, der, dicht gefolgt von Cem, hinter mir her stapfte und auch ganz schön außer Atem zu sein schien.

»Das ist Noah Berger«, stellte ich ihn vor.

»Der hilft heute aus«, informierte Cem sie.

»In *den* Klamotten?« Frau Bertram schüttelte den Kopf. »Sie sehn aber nicht aus, als hätten Sie die Arbeit erfunden!«

»Na ja, doch, ich …«, stammelte Noah.

»Der hat aber Muckis, Frau Bertram«, sprang Cem ihm bei.

»Na, dann kommt mal rein. Ich sitz hier seit Stunden auf jepackten Koffern.«

Wir betraten die schöne helle Altbauwohnung, und Frau Bertram führte uns durch den langen Flur in ihr großzügiges Wohnzimmer, das wunderschön war mit dem alten Stuck an der Decke und einer Flügeltür zwischen Wohn- und Essbereich.

»Ach, du meine Güte!«, stöhnte Noah, als er sah, dass der

Raum vollgestopft war mit alten Möbeln und unzähligen Umzugskartons.

»Alter Falter!« Cem sah auch nicht gerade erfreut aus. »Das muss alles mit?«

»Nicht alles«, erklärte ich schnell. »Der Flügel zum Beispiel nicht.«

»Wie beruhigend.« Noah begann, sich einen Überblick zu verschaffen. Vorsichtig hob er einen Sessel an und begutachtete den dunklen Holztisch, den man ausziehen konnte. Die meisten Möbel und Kartons waren mit Post-its versehen. Einige trugen die Aufschrift ›Flea Market‹, andere ›Elisenstift‹, und auf einigen wenigen stand ›Sperrmüll‹.

»Schätze, das wird 'ne Tagesaktion«, murmelte Cem. »Dreimal fahren. Minimum.«

Ich nickte, denn das schätzte ich auch.

»Ich hoffe, du hast Zeit mitgebracht, Kumpel.« Cem sah Noah fragend an.

Der nickte geistesabwesend und ging zu dem alten Flügel hinüber. Vorsichtig strich er mit der Hand über den schon etwas abgenutzten schwarzen Klavierlack, als wäre es der Flaum eines empfindsamen Vogelkükens. »Ein Steinway, richtig?«

Frau Bertram nickte. »Richtisch. Ham wir damals von meinem Onkel jeerbt. Mein Eberhard hat ja sehr, sehr jut jespielt. Hätte auch Pianist werden können, wenn Se mich fragen, aber dann hat er doch bei der Post anjefangen. Da jab et mehr Jeld, und Jeld, datt konnten wir damals jut jebrauchen. Tja, datt mit dem Träume leben und so, datt war früher nich so einfach, nach dem Krieg, wissen Se? Da mussten wir zusehen, datt wir watt zwischen die Kiemen kriegten. Heutzutage is datt anders. Wenn wir heute noch mal jung wären, dann würde der Eberhard Musik studieren, und ich ...« Sie brach ab und blickte aus dem Fenster.

»Und Sie?«, hakte Noah nach.

»Ich ... ich würde Lehrerin werden«, fuhr sie lächelnd fort. »Mit Kindern konnte ich immer jut.«

Ich schluckte. Aus Mitleid, weil Frau Bertram nicht das geworden war, was sie gern geworden wäre, und auch weil mich die eigentlich nicht neue, aber traurige Erkenntnis traf, dass es für manche Träume irgendwann zu spät war.

Einen Augenblick lang standen wir alle vier schweigend da und sahen jeder in eine andere Richtung.

»Sie wären sicher eine tolle Lehrerin geworden«, sagte Noah schließlich.

»Ja.« Frau Bertram lächelte.

»Ich kann auch gut mit Kindern«, teilte Cem uns auf einmal mit. »Vielleicht kann ich ja Lehrer werden. Was meint ihr?«

»Ich meine, datt solltest du, Jung, wenn du datt Jeföhl has, datt et datt Rischtige is für disch.«

»Hmmmm.« Cem zuckte mit den Schultern. »Das Gefühl hab ich. Gibt nur ein kleines Problem.«

»Datt da wäre?«

»Ich hab kein Abi.«

»Datt is doch kein Problem, Jung. Abi kannste nachmachen«, sagte Frau Bertram. »Musste dich nur auf den Hosenboden setzen. Stimmt's, Tilda?«

»Stimmt«, sagte ich und schaute meinen Mitarbeiter überrascht an. Ich hatte gar nicht gewusst, dass er gerne etwas mit Kindern machen würde. Eigentlich dachte ich, er wollte eine Ausbildung zum Schreiner bei mir beginnen – erst recht jetzt, wo er plötzlich so motiviert war.

»Darf ich?« Noah deutete auf den geschlossenen Klavierdeckel.

»Nur zu.«

Er klappte den Deckel hoch, nahm auf dem runden Klavierhocker Platz und drückte ein paar Tasten. Hohe Töne, tiefe Töne. Eine Terz. Dann noch eine. Und dann spielte er ein Stück an, das mir bekannt vorkam. Mir fiel nur im ersten Augenblick nicht ein, woher.

Frau Bertram erkannte es sofort. »Der Vogelfänger«, rief sie, als Noah geendet hatte. »Datt is von Mozart. Mein Eberhard hat datt auch öfter zum Besten jejeben.«

»Ich hätte beinahe Musik studiert, genau wie Eberhard. Aber dann habe ich mich doch anders entschieden«, erklärte Noah. »Ich hoffe, das war kein Fehler.«

»Datt weißte immer erst hinterher«, meinte Frau Bertram. »Jedenfalls spielen Se jut!« Sie runzelte die Stirn. »Isch denk die janze Zeit, datt wir uns irjendwoher kennen, junger Mann. Sind Sie Physiotherapeut?«

Noah schüttelte den Kopf.

»Von der Wassergymnastik?«

»Der ist Schauspieler«, klärte Cem sie auf. »Und er war mal bei LUAK. Marcel Dahlström. Sagt Ihnen vielleicht was.«

»Ach, du liebes bisschen! Natürlisch!« Sie schlug die Hände zusammen. »Daher kenn isch Sie.« Dann verdunkelte sich ihre Miene. »Marcel. Den mochte ich aber nich so gerne leiden. Datt war doch immer so 'n arroganter Heini. Datt der so schön Klavier spielen kann, hätte ich jetzt jar nich jedacht.«

»Noah hat den doch nur gespielt, Frau Bertram«, erklärte Cem.

»Ah so, ja. Datt is natürlich auch wieder wahr.«

»Frau Bertram, was passiert eigentlich mit dem Flügel?«, fragte Noah unvermittelt.

»Den verkauf ich an Bechstein. Die holen den nächste Woche hier ab.«

Noah nickte. »Ein schönes Stück. Müsste mal gestimmt werden, aber ...« Er zögerte kurz. »Würden Sie ihn *mir* verkaufen?«

Frau Bertram dachte einen Moment nach. Dann nickte sie. »Sischer datt. Wenn Se jut zahlen.« Sie stutzte. »Komisch, den Marcel mochte ich nich leiden. Aber Sie sind an und für sich janz nett.«

Wie man's nimmt, dachte ich.

»Wenn Se dem Eberhard sein Instrument haben wollen, dann werden wir uns da sischer einig.«

Ich stöhnte. Der nächste Noah-Fan war geboren. War ich denn wirklich die Einzige, die merkte, dass der Mann sich nur um sich selbst drehte?

Noah und Frau Bertram verabredeten, sich später unter vier Augen über Preis und Verkaufsmodalitäten zu unterhalten, und dann klatschte ich in die Hände: »Lasst uns mal loslegen. Sonst werden wir heute hier nicht mehr fertig.«

Wir schleppten alles, was zu schleppen war, vom vierten Stock hinunter auf die Straße, und ich musste zugeben, dass Noah nicht zimperlich war. Zusammen mit Cem trug er das sperrige Sofa, den schweren Tisch und die Sessel, und zwischendurch nahm er mir gentlemanlike immer wieder Kartons ab, die in seinen Augen zu schwer für mich waren. Okay, ein bisschen nett ist er schon, dachte ich irgendwann, als er zwei Stühle hinuntertrug und auf dem Treppenabsatz im zweiten Stock einen von beiden abstellte und meinte: »Du hast dir eine kleine Pause verdient.«

Als wir schon zwei Fuhren weggebracht hatten und die dritte fast verladen war, fasste Noah sich plötzlich an den Rücken und drückte ihn durch wie eine Schwangere im neunten Monat. »Morgen werde ich es merken«, prophezeite er, schützte aber keine Müdigkeit vor, sondern nahm sich zusammen mit Cem das einzig Verbliebene vor: die Waschmaschine.

Ich ging ins Wohnzimmer, um nach Frau Bertram zu sehen. Da stand sie, in dem nun fast leeren Raum, mit dem Rücken zu mir, und schaute aus dem Fenster. »Alles in Ordnung?«, fragte ich und stellte mich neben sie.

Da sah ich, dass sie sich eine Träne von der Wange wischte. »Ja, alles in Ordnung«, antwortete sie schniefend, zog umständlich ein Papiertaschentuch aus der Tasche ihres Kleides und schnäuzte sich. »Ein langer Lebensabschnitt jeht zu Ende, wissen Se? Und datt is traurig.«

Ich legte ihr eine Hand auf den Rücken und sah mit ihr gemeinsam in das Blätterdach der alten Platane, die vor dem Fenster stand.

»Als wir hier einjezogen sind, der Eberhard und ich, da war der Baum noch klein. Der reichte noch jar nich bis hier oben. Tja, is viel Zeit verjangen seitdem. Schöne Zeit. Und auch weniger schöne. Aber seit der Eberhard nicht mehr ist, denke ich nur an die schöne Zeit, die wir hier hatten. Und die hatten wir, datt können Se mir glauben.« Wieder schniefte sie ein wenig. »Aber seit er letztes Jahr jestorben ist ...« Sie tupfte sich mit dem Taschentuch das Gesicht. »Seitdem is datt hier nicht mehr datt Gleiche. Is jut, datt ich hier raus bin. Jetzt kommt ihr Jungen nach, und wir Alten, wir jehen ins Heim und leben unsern letzten Lebensabschnitt. Und datt is ... ach, ich kling wie 'ne alte Jammertante. So jemand war ich doch nie. Aber ich bin nur noch halb und immer müde ...«

Ich nahm ihre Hand und drückte sie leicht. »Wer weiß, was noch kommt, Frau Bertram«, sagte ich. »Wenn Sie Glück haben, warten noch schöne Jahre auf Sie. Das Stift, in das Sie gehen, da sind bestimmt nette Leute. Und Sie sind doch noch fit und immer so kontaktfreudig ...«

»Ja. Ja, Sie haben ja recht, Tilda. Mal sehen, watt datt Leben noch so für mich bereithält. Datt Beste kommt zum Schluss. Sacht man doch so, oder? Vielleicht jilt datt ja auch für mich.«

Jetzt kamen mir plötzlich auch die Tränen. Ich nahm Frau Bertram in den Arm und drückte sie.

»Alt werden ist nix für Feiglinge«, sagte sie, als ich sie wieder losgelassen hatte, und ich nickte. Dass das Beste zum Schluss kam, wagte ich allerdings zu bezweifeln. Trotzdem hoffte ich, dass Frau Bertram noch eine schöne Zeit bevorstand.

»Tilda!«, hörte ich Cem im Treppenhaus rufen und gleichzeitig die Treppe heraufpoltern. »Tilda, schnell!«

Frau Bertram und ich wechselten einen erschrockenen Blick.

»Ich glaub, da is watt passeet!«

Im nächsten Moment stürzte Cem mit hochrotem Kopf ins Wohnzimmer. »Tilda! Schnell! Noah geht's nicht gut.«

»Was ist los?«

»Die Waschmaschine! Schätze, die war zu schwer für ihn! Ich glaub, der hat sich 'nen Bruch gehoben.«

Frau Bertram hielt sich die Hand vor den Mund. »Datt hört sich aber nich jut an.«

Ich sah auf die Straße hinunter und entdeckte Noah sofort. Er stand gebückt hinter dem offenen Transporter und klammerte sich mit einer Hand an Frau Bertrams Waschmaschine. Mit der anderen hielt er sich das Kreuz.

»Er kann den Rücken nicht mehr geradermachen.« Cem hatte sich neben uns ans Fenster gestellt und deutete hinunter. »Siehste ja!«

»Datt is höchstwahrscheinlich 'n Hexenschuss«, wagte Frau Bertram eine Ferndiagnose. »Hatte isch letztes Jahr im Oktober, als isch einen von den schweren Blumenpötten weggerückt hab.« Sie deutete hinter sich.

»Jedenfalls sieht er aus, als könnte er Hilfe gebrauchen«, konstatierte ich und nahm Cem kurz beiseite. »Kümmere du dich um Frau Bertram«, sagte ich leise.

»Abschiedsschmerz?«, fragte er mitfühlend.

Ich nickte. »Du machst das schon. Und ich schau mal, was ich für Noah tun kann.«

Cem zeigte mit dem Daumen nach oben und ging zurück zu Frau Bertram. Ich nahm derweil die Beine in die Hand und rannte die Treppe hinunter.

»Noah! Alles klar?«, rief ich, als ich auf die Straße trat.

Er stand immer noch vornübergebeugt da, und sein Gesicht war schmerzverzerrt. »Na ja, wie man's nimmt«, stieß er hervor. »Hab mich irgendwie verhoben. Ich ... mein Rücken ist ...«

»Ja, ja, verstehe. Meinst du, du schaffst es, in ein Taxi zu steigen?« Ich zückte schon mal vorsorglich mein Handy. »Oder soll ich lieber gleich einen Krankenwagen rufen?«

»Nein, nein, Taxi passt«, stöhnte er.

Schnell bestellte ich einen Wagen. Er war innerhalb von sensationellen drei Minuten da.

»Glaubst du, du kannst ein paar Schritte gehen, Noah?«

Er versuchte es, doch es war schwierig.

»Okay, ich helfe dir.« Ich legte meinen Arm um seine Hüfte und er seinen um meine Schultern, so dass ich ihn ein wenig stützen konnte. Der Taxifahrer war inzwischen ausgestiegen, erfasste die Lage in Sekundenschnelle und half Noah von der anderen Seite. So führten wir ihn im Schneckentempo zur Beifahrertür und bugsierten ihn ins Auto. Ich nahm auf der Rückbank Platz. »Zu Doktor Hüter, bitte«, sagte ich. »Elsaßstraße.«

»Woher weißt du, dass das mein Hausarzt ist?«, fragte Noah überrascht.

»Weiß ich nicht. Ich weiß nur, dass es meiner ist. Und dass er der Beste ist, weit und breit.«

»Stimmt«, presste Noah hervor und gab sich wieder seinem Schmerz hin.

Während wir durch die Südstadt fuhren, rief ich Cem auf

dem Handy an und bat ihn, Frau Bertram ein Taxi zu rufen, wenn sie bereit dafür war, und sie dann ins Elisenstift zu begleiten. Nach unserem Gespräch eben wollte ich nicht, dass sie allein dort hinfuhr. Sie konnte bestimmt ein wenig seelischen Beistand gebrauchen, wenn sie in ihrem neuen Zuhause ankam.

»Bist du sicher, dass Cem der Richtige dafür ist?«, wollte Noah wissen, nachdem ich aufgelegt hatte.

»Hast du gelauscht?«

»Tschuldigung, aber es ließ sich nicht vermeiden.«

»Stimmt. Und: ja«, sagte ich aus tiefster Überzeugung. »Cem ist der Richtige dafür.« Es war nicht unsere erste Wohnungsauflösung, und jeder bei Flea Market wusste, dass es oft nicht nur die Möbel waren, um die wir uns liebevoll kümmern mussten, sondern auch deren Besitzer. Aber da war auf meine Leute Verlass.

Ich brachte Noah zu Doktor Hüter, wo er zum Glück schnell an der Reihe war und eine Spritze in den Rücken bekam. Danach konnte er wieder alleine laufen – nicht schnell, aber immerhin aufrecht. Er schaffte es selbstständig nach Hause, was gut war, denn in der Knopffabrik saß Helga schon auf heißen Kohlen.

»Endlich! Datt hat ja ewig gedauert!«, rief sie mir entgegen und schlüpfte in ihre Jacke. »Ich muss dringend los!«

Ich schilderte ihr kurz den Zwischenfall mit Noah und seinem Rücken.

»Ach, der arme Kerl«, sagte sie voller Mitgefühl. »Geht es ihm denn jetzt besser?«

»Ja, ja, er kann wieder laufen«, erklärte ich. »Sag mal, hast du noch zwei Minuten für mich?«

Sie sah mich überrascht an. »Watt is?«

»Meine Schwester. Mia. Sie ist seit Sonntag verschwunden«, vertraute ich ihr an.

»Wie, verschwunden?«

»Na ja, abgehauen. Aus unserer Wohnung. Wir hatten … Streit«, sagte ich kleinlaut. »Ich hab schon überall angerufen. Ihre Freunde, unseren Vater, alle. Aber sie ist nirgendwo. Vielleicht schläft sie draußen. Könntest du vielleicht …«

»Ich hör mich mal um«, versprach Helga. »Wenn sie irgendwo hier in Köln Platte macht, dann erfahr ich datt. Kannste dich drauf verlassen.«

»Danke, Helga. Du bist ein Schatz.«

»Sicher datt«, sagte Helga. »Mach dir mal keinen Kopp.«

Ich nickte, aber das war leichter gesagt als getan. Inzwischen war ich ein einziges Nervenbündel. Mia hatte kaum Geld. Im ›Johann Schäfer‹ hatte sie sich nicht mehr gemeldet, was bedeutete, dass sie wahrscheinlich derzeit auch keines verdiente. Und was, wenn ihr etwas passierte? Ich hoffte so sehr, dass sie bald unversehrt wieder auftauchte. Wenn ihr etwas zustieß – Gott, das würde ich mir nie verzeihen!

Nachdem Helga gegangen war, trudelte Cem mit dem Transporter ein. Ich beschloss, dass wir ihn morgen entladen würden. Für heute hatten wir genug geschleppt. Cem erzählte mir noch schnell, dass Frau Bertram tapfer ihr Zimmer im Elisenstift bezogen hatte und dass es, davon hatte er sich selbst überzeugt, zum Glück schön hell war und gar nicht mal so klein. Die für sie zuständige Pflegerin sei sehr nett gewesen und habe sich gut um Frau Bertram gekümmert. Ich war erleichtert, das zu hören, und hoffte, dass sie sich schnell einleben würde. Cem machte Feierabend, und ich schloss Werkstatt und Verkaufshalle ab. Anschließend stattete ich Kaja noch einen kurzen Besuch im True Treasures ab. Dann machte ich mich auf den Heimweg. Es war ein anstrengender Tag gewesen.

# 20. KAPITEL

Zwei Tage später kam Helga morgens zu mir ins Büro.

»Hey«, sagte ich und schluckte. Hoffentlich hatte ihr Besuch hier oben nichts Schlechtes zu bedeuten.

»Kurzer Zwischenstand von wegen deine Schwester«, fiel sie mit der Tür ins Haus und ließ sich auf einen der Hocker plumpsen. »Hab mich mal umgehört bei meinen Leuten. Na ja …«

Ich hielt die Luft an.

»Kurze Rede, langer Sinn: Keiner wusste watt. Datt Mädel fällt ja auf mit ihre langen Pumucklhaare. Aber die is nirgends aufgetaucht in den einschlägigen Etablissemangs.«

Ich nickte und wusste nicht recht, ob ich das als gute oder schlechte Nachricht werten sollte. Mit ›einschlägigen Etablissemangs‹ meinte Helga Suppenküchen, Obdachlosenunterkünfte und Parkbänke. Man kannte sich in der Szene, und dass Mia nirgendwo gesichtet worden war, sprach dafür, dass sie vermutlich ein Dach über dem Kopf hatte – bei wem auch immer. Andererseits wäre ich über ein Lebenszeichen oder einen Hinweis zu ihrem Aufenthaltsort mehr als froh gewesen.

»Danke, Helga«, sagte ich. »Nett, dass du dich umgehört hast.«

»Nix für ungut. Ich bleib dran. Wenn ich irgendwatt höre – ich sach dir sofort Bescheid.«

»Super.« Ich biss mir auf die Unterlippe.

Helga erhob sich und ging zurück zu ihren Waschmaschinen in der Werkstatt.

Ich nahm mein Handy und schrieb Mia die xte WhatsApp: ›WO BIST DU? VERMISSE DICH, SCHWESTERHERZ.‹

Ich hielt die Luft an. Sie war plötzlich online. Und sie schrieb! Ich konnte es kaum glauben. Vielleicht, ganz vielleicht, würde ich gleich erfahren, wie es ihr ging und wo sie war. Doch dann war das ›Mia schreibt‹ plötzlich wieder verschwunden und auch das kleine ›online‹ oben im Display. Ich starrte noch eine Weile wie hypnotisiert auf mein Handy, doch es tat sich nichts mehr. Sie blieb offline. ›MIA?‹, schrieb ich, doch eine Antwort blieb aus. Enttäuscht ließ ich mein Handy sinken. Offenbar hatte sie es sich anders überlegt. Wenigstens lebt sie noch, dachte ich. Und sie benutzte ihr Telefon. Wo zum Teufel steckte sie nur? Sie war jetzt seit fast einer Woche verschwunden!

Gestern Abend hatte ich noch einmal ihre Freunde abtelefoniert und danach sogar die umliegenden Krankenhäuser. Ohne Erfolg. Und in Sachen ›neue Räumlichkeiten‹ waren wir auch kein Stück weitergekommen. Zwar hatten sich schon drei Anrufer auf unsere Aushänge hin gemeldet, doch es waren ausnahmslos Immobilienmakler gewesen, und was sie uns angeboten hatten, war schlicht unbezahlbar.

Nach einem langen Arbeitstag räumte ich gegen Abend seufzend ein paar Werkzeuge ins Regal. Cem und Helga hatten schon Feierabend gemacht. Ich nahm mir vor, noch ein wenig Ordnung zu schaffen und dann auch nach Hause zu gehen. Als alles an seinem Platz war, fiel mein Blick plötzlich auf einen Karton unter dem Regal. Kurz überlegte ich, was der da zu suchen hatte. Dann fiel es mir wieder ein. Es war die Kiste mit dem zerbrochenen Porzellan. An die hatte ich gar nicht mehr gedacht. Ich beschloss, sie gleich mit rauszunehmen, um sie endlich dahin zu bringen, wo sie hingehörte: in die Restmülltonne. Ich zog sie unter dem Regal hervor und warf einen Blick hinein. Schade um das schöne Geschirr, dachte ich wehmütig. Und die Scherben haben noch nicht mal Glück gebracht.

»Hey«, sagte Kaja mitten in meine düsteren Gedanken hinein und betrat die Werkstatt.

»Hey. Machst du Feierabend?«

Sie nickte, hievte sich auf die Werkbank und ließ die Beine baumeln.

»Ich auch gleich. Ich wollte nur schnell noch ein bisschen aufräumen.«

»Damit bin ich schon durch. Das Abendkleid ist übrigens auch fertig.«

»Das aus den Blaumännern?«

Sie nickte.

»Wow. Ist bestimmt super geworden. Ich schau es mir morgen an, okay?«

»Okay.« Kaja musterte mich prüfend. »Du siehst echt fertig aus, Tilda.«

»Danke.«

»Immer noch nichts von Mia?«

Ich erzählte ihr, dass sie online gewesen war und mir offenbar hatte schreiben wollen, um es sich dann doch anders zu überlegen. »Ansonsten: keine Spur. Wie vom Erdboden verschluckt.«

»Köln ist groß. Sie ist irgendwo untergetaucht und meldet sich nicht, weil sie sauer auf uns ist. Glaub mir, sie steht bald wieder vor der Tür – spätestens, wenn ihr die Kohle ausgeht. Du kennst sie doch.«

»Hoffentlich …«

»Hat sich noch jemand auf den Aushang gemeldet?«, wechselte Kaja das Thema.

Ich schüttelte den Kopf. »Nein. Heute absolut niemand. Die Zeit verfliegt, und wir haben noch nicht eine einzige akzeptable Immobilie besichtigt. Was machen wir nur? Was machen wir, wenn wir hier rausmüssen, Kaja?«

Sie starrte vor sich hin und zuckte mit den Schultern. »Ich hab echt keine Ahnung«, sagte sie leise.

Eine Weile schwiegen wir, und ich hing wieder meinen trüben Gedanken nach.

»Was ist denn das da?« Kaja deutete auf den Karton mit den Scherben.

»Zerbrochenes Meissner Porzellan. Streublümchen mit Goldrand. Du erinnerst dich? Cems Sturz …

»Oh ja, den vergisst man nicht so schnell.« Nun musste sie trotz allem lachen. Sie sprang von der Werkbank, kniete sich vor den Karton und begann, einige Scherben herauszuklauben und aneinanderzuhalten. »So kaputt ist es eigentlich gar nicht«, stellte sie fest. »Einiges könnte man noch kleben.«

Ich winkte ab. »Die Risse wird man immer sehen. Und wer will schon Geschirr mit Rissen drin?«

»Schon mal was von Kintsugi gehört?«

»Kin-was?«

»-tsugi. ›Kin‹ bedeutet ›golden‹, ›tsugi‹ so viel wie ›verbinden‹. Man kann es also mit ›goldene Verbindung‹ übersetzen. Es ist eine traditionelle japanische Reparaturmethode für Keramik. Und funktioniert auch mit Porzellan. Ich hab da mal vor ein paar Jahren bei einem Workshop mitgemacht. War echt cool. Die Bruchstücke werden mit goldfarbenem Lack geklebt. So werden die Risse nicht versteckt, sondern sogar noch hervorgehoben. Das sieht super aus, und die Sachen sind nachher mehr wert als vorher.«

»Also Upcycling für Geschirr?«

»Genau. Entsprechend dem Wabi-Sabi-Gedanken.«

Wieder sah ich sie fragend an.

»Kommt aus dem Zen-Buddhismus. Nicht die offenkundige Schönheit ist das Höchste, sondern die gebrochene. Die Schönheit liegt im Unvollkommenen. Der bemooste Fels, der rostige Teekessel oder ...«

»... der geflickte Porzellanteller?«

»Ja. Auf uns Menschen lässt sich das übrigens auch anwenden. Das mit den Bruchstellen. ›Die Wunde ist der Ort, wo das Licht in dich eintritt.‹ Ist nicht von mir, sondern von Rumi. Ein persischer Dichter. Schon lange tot.«

Scheint ein kluger Mann gewesen zu sein, dieser Rumi, dachte ich, und kniete mich neben Kaja auf den Boden. Ich nahm zwei Scherben aus dem Karton, hielt sie aneinander und betrachtete sie eine Weile. »Könnte cool aussehen mit Gold ...«

Kaja nickte. »Sag ich doch!«

Nachdem sie gegangen war, beschloss ich, noch schnell die Werkstatt aufzufegen. Wo gehobelt wird, fallen bekanntlich Späne, und heute hatte ich gehobelt. Schnell fegte ich alles zusammen und entsorgte den Kehricht. Den Karton mit den Scherben schob ich wieder unter das Regal. Morgen ist auch noch ein Tag, dachte ich, und wegschmeißen kann ich ihn immer noch. Ich ging in die Verkaufshalle, eigentlich nur, um nachzuschauen, ob alles an seinem Platz war, und stellte fest, dass es hier ganz schön unübersichtlich geworden war, seitdem die vielen schönen Möbel von Frau Bertram Einzug gehalten hatten. Also begann ich, umzuräumen. Nur das Gröbste, dachte ich, doch als ich das nächste Mal auf die Uhr schaute, war es fast zehn. Ich hatte völlig die Zeit vergessen, aber dafür sah es in unserer Verkaufshalle jetzt wieder einladend aus, wie ich zufrieden feststellte.

Ich trat in den Hof und schloss Werkstatt und Halle ab. Es war noch mild draußen, und irgendwie ruhig und friedlich um diese Zeit. Nur das leise Rauschen der Kastanie war zu hören, und ... Ich spitzte die Ohren. Ja, tatsächlich. Klaviermusik. Ich verließ das Gelände der Knopffabrik und stellte fest, dass die Musik näher kam. Beziehungsweise ich der Musik. So nahe, dass ich das Stück nun erkannte. Jemand spielte ›Comptine d'un autre été‹ aus dem Film *Amélie*, und wer immer es war, befand sich, das war nun auch nicht mehr zu überhören, irgendwo im Südstadttheater. Hatte Frau Bertrams Flügel etwa schon den Besitzer gewechselt? Ich blieb stehen und lauschte, denn ich mochte diese melancholischen Klänge. Ob es Noah war, der da spielte? Ich überquerte die Straße und blieb vor dem Eingang des Theaters stehen. Die Tür war nur angelehnt. Unentschlossen verharrte ich unter dem Efeu. Sollte ich hineingehen? Die Musik zog mich magisch an, außerdem wollte ich mich sowieso erkundigen, wie es Noahs Rücken ging. Das war das Mindeste. Schließlich hatte er sich den Hexenschuss unseretwegen zugezogen, und irgendwie hatte ich ein schlechtes Gewissen deswegen. Ich gab mir also einen Ruck und betrat das Foyer. Wieder lauschte ich. Das Klavierspiel kam aus dem Theatersaal. Ich stieg die breiten Stufen hinauf, bog rechts ab und ging den langen Gang hinunter. Dann stemmte ich die schwere Tür auf und schlüpfte leise hinein. Der Flügel stand rechts neben der Bühne, und es war tatsächlich Noah, der an dem Instrument saß – völlig versunken in sein Spiel. Ich schlich mich nach vorne, setzte mich in die erste Reihe und hörte ihm zu. Er bemerkte mich nicht, und ich wollte ihn nicht stören. Kurz schloss ich die Augen. Er spielte wirklich gut. Das hatte ich ihm gar nicht zugetraut.

Das Stück endete, während ich meinen Gedanken nachhing, und Noah ließ die letzten Töne ausklingen und schloss die Augen. Als er sie wieder öffnete, entdeckte er mich und zuckte zusammen. »Tilda! Du meine Güte! Was machst du denn hier?«

»Tschuldigung. Ich wollte dich nicht erschrecken«, erklärte ich kleinlaut. »Ich habe dich von draußen gehört. Beziehungsweise die Musik. Da dachte ich, ich komm mal vorbei, um zu fragen, wie es deinem Rücken geht. Die Tür war offen.«

»Schon gut.« Er lächelte. »Ich freue mich immer über Zuhörer.«

»Du ... spielst wirklich gut.«

»Danke.«

Ich nickte und deutete auf den Flügel. »Du und Frau Bertram, ihr seid euch also einig geworden?«

»Ja, das sind wir. Der Flügel wurde heute Morgen geliefert und ist sogar schon gestimmt. Es ist wirklich ein tolles Instrument.«

»Es ist ein Steinway!«

»Eben.«

»Und wie geht's deinem Rücken?«, fragte ich.

Noah erhob sich vom Klavierhocker und verzog dabei leicht das Gesicht.

»Noch nicht ganz in Ordnung, aber viel besser. Vielen Dank noch mal für deine Hilfe.«

»Vielen Dank für *deine* Hilfe«, sagte ich. »Tut mir echt leid, dass dir das passiert ist.«

Er winkte ab und setzte sich vorsichtig in den Samtsessel neben mir. »Muss es nicht. Ich schleppe halt sonst nicht so schwer. Und dass ich euch geholfen habe, hat sich auch für mich gelohnt.« Er deutete auf den Flügel. »Sonst hätte ich Frau

Bertram nicht kennengelernt, und sie hätte mir ihr schönes Instrument nicht verkauft.«

»Auch wieder wahr. Das Stück, das du gespielt hast ... es ist schön«, sagte ich und fragte mich, wieso ich plötzlich so verlegen war. »Es ist aus *Die fabelhafte Welt der Amélie*, stimmt's?«

»Du kennst es?«

Ich nickte. »Meine Mutter hat es oft gespielt. Es war eines ihrer Lieblingsstücke. Und den Film mochte sie auch sehr.«

»Mochte? Ist sie ...«

Ich schüttelte den Kopf. »Nein, nein. Sie lebt noch.«

Noah nickte, sagte aber nichts.

»Die Frau auf dem Schwarz-Weiß-Foto. Das auf dem Gang, du weißt schon ...«, hörte ich mich plötzlich sagen.

»Monika Riefenbach?«

»Ja. Sie ... sie ist meine Mutter.«

»Sie ist deine ...«, rief Noah erstaunt. »Mutter?«, sagte er dann etwas leiser.

Ich nickte.

»Mein Gott ... die große Monika Riefenbach.« Er schüttelte den Kopf. »Ich hätte selbst draufkommen können. Die Ähnlichkeit ... das ist mir gleich aufgefallen. Es heißt, sie sei in die USA gegangen.« Er sah mich prüfend von der Seite an. »Stimmt das?«

Ich schwieg.

»Anderes Thema?«

Ich öffnete den Mund und wollte etwas sagen. Ihm erklären, was es auf sich hatte mit der großen Monika Riefenbach, die meine Mutter war und in den USA lebte, doch ich wusste nicht, wie ich anfangen sollte, und plötzlich erschien es mir viel zu privat, ausgerechnet Noah zu erzählen, was damals passiert war. Es wühlte mich immer noch viel zu sehr auf – auch nach all den Jahren. Also schüttelte ich den Kopf und sagte schnell: »Anderes Thema.«

»Tut mir leid.«

»Nein, nein, schon gut. Es ist nur so … Ach, egal. Lass uns wirklich über etwas anderes sprechen. Magst du den Film?«

»Welchen Film?«

»*Die fabelhafte Welt der Amélie.*«

»Na ja, ehrlich gesagt bin ich nicht so der Liebesfilmtyp. Psychothriller sind mir lieber.«

»Uhhh.« Ich verzog das Gesicht.

Er lachte. »Dann fällt ein gemeinsamer Filmabend wohl flach.«

»Was für ein Filmabend?«

»Na ja, ich hätte dich sonst vielleicht irgendwann mal zu mir eingeladen. Zu Hause auf dem Dachboden habe ich mir eine Art Heimkino eingerichtet. Mit Beamer im Gebälk und einer kleinen Leinwand.«

»Ah.«

»Vielleicht finden wir ja doch noch einen gemeinsamen Nenner«, sagte er. »In puncto Filme. Und auch sonst«, fügte er etwas leiser hinzu und lächelte mich an. Dieses Mal war es nicht das Marcel-Dahlström-Lächeln, sondern ein etwas unsicheres, fast schüchternes. Es kam unerwartet, und zu meinem eigenen Erstaunen rührte es mich.

»Ja, vielleicht«, sagte ich und lächelte zurück.

# 21. KAPITEL

»Ich vermisse meine kleine chaotische Schwester so«, klagte ich während unseres sonntäglichen WG-Frühstücks, das nun ohne sie stattfand. Beinahe hatte ich aus Gewohnheit für sie mitgedeckt, und dann waren mir fast die Tränen gekommen. Ich starrte auf ihren leeren Platz und wünschte mir nichts sehnlicher, als dass sie jetzt hier wäre und uns mit ihren lustigen Geschichten und kruden Lebensweisheiten unterhielt.

»Ich auch«, sagte Jonte. »Es ist so ruhig hier ohne sie.«

Ich nickte. »Ja, sie fehlt an allen Ecken und Enden.« Ich machte mir immer noch schreckliche Vorwürfe. Warum war ich letzten Sonntag nur so hart mit ihr ins Gericht gegangen? Ich wusste doch, wie sensibel sie im Grunde ihres Herzens war und dass sie, wenn es brenzlig wurde, am liebsten weglief.

»Mach dir keine Vorwürfe«, sagte Kaja. Sie kannte mich gut genug, um zu wissen, was mir durch den Kopf ging. »Du bist auch nur ein Mensch, und … na ja, eben ausgeflippt. Sie ist deine kleine Schwester, und da ist es normal, wenn man emotional reagiert bei so einer Sache. Und ich bin ja auch mit schuld.«

»Du?« Ich sah sie fragend an.

»Na ja, ich hab ihr ja quasi einen Eulenmord angehängt.«

»Auch wieder wahr«, erwiderte ich. Beklommen dachte ich daran, dass auch Saskia seit letztem Samstag spurlos verschwunden war. Jonte hatte sich jeden Abend, wenn es dunkel wurde, aufgemacht und war mit gespitzten Ohren durch unser Viertel gepirscht, immer in der Hoffnung, irgendwann Saskias vertrautes *Fiep! Fiep!* zu vernehmen. Doch die kleine Eule war stumm geblieben – und genauso unauffindbar wie Mia.

»Tut mir echt leid, Jonte«, sagte ich. »Glaubst du, Saskia ist …« Ich stockte.

»Tot?«, vollendete Kaja meine Frage.

Jonte zuckte mit den Schultern. »Es wäre das Wahrscheinlichste. Aber irgendwie habe ich das Gefühl, sie lebt noch. Komisch, oder?«

»Ziemlich«, sagte Kaja, sah ihn mit gerunzelter Stirn an und warf dann mir einen vielsagenden Blick zu.

Der restliche Sonntag verstrich ohne besondere Vorkommnisse, und ich war fast froh, als es wieder Montag war. Die Arbeit lenkte mich ein wenig von meinen Sorgen ab. Ich beschloss, mich heute einem Stuhl von Frau Bertram zu widmen. Eine der Armlehnen hatte sich gelockert, und die Sitzfläche konnte einen neuen Bezug gebrauchen. Während ich das Werkzeug zusammensuchte, fiel mein Blick auf den Karton mit dem zerbrochenen Porzellan, der wieder unter dem Regal stand. Scherben zusammenzusetzen war sicher auch eine schöne meditative Tätigkeit, und ich nahm mir vor, später das Material, das ich dafür benötigte, im Internet zu bestellen.

»Tach, die Dame!«, unterbrach eine forsche Stimme meine Gedanken.

Erschrocken drehte ich mich um.

»Wie geht's, wie steht's?«

Mein Herz setzte einen Schlag aus, oder sogar zwei, denn Herr Ziegler stand vor mir, streckte mir seine Rechte entgegen und lächelte sein Zahnpastalächeln.

»Äh … Herr Ziegler. Hab Sie gar nicht reinkommen hören.«

Ich gab ihm die Hand und hoffte inständig, dass sein Besuch etwas Gutes zu bedeuten hatte.

»Haben Sie fünf Minuten?«, fragte er.

Ich schluckte und deutete ein Nicken an. »Folgen Sie mir bitte in mein Büro.«

Wir durchquerten die Verkaufshalle und gingen die paar Stufen hoch in meinen Glaskasten.

»Haben Sie aufgeräumt?« Herr Ziegler ließ seinen Blick neugierig durch die Halle schweifen.

»Ähm, ja.«

»Darf ich?« Er setzte sich, ohne meine Antwort abzuwarten, auf einen der Besucherhocker. Dann griff er in die Innentasche seines Jacketts. Es war dunkelblau, wie beim letzten Mal. »Ich ... habe hier etwas«, sagte er und zog ein geknicktes Papier heraus. Er faltete es auseinander, legte es vor sich auf den Schreibtisch und strich mit der Hand darüber. Ich registrierte den breiten goldenen Siegelring an seinem kleinen Finger und starrte auf das Blatt. Es war offenbar eine Liste mit Namen und Unterschriften.

»Das hier ist eine ...« Ziegler räusperte er sich. »... Unterschriftenliste.«

»Ah«, erwiderte ich und spürte, wie erleichtert ich plötzlich war. »Geht es darum, dass das Park Quartier autofrei werden soll? Unser Kunde Holger Cassen hat mir erzählt, dass es da eine Initiative gibt, und klar, ich bin absolut dafür und unterschreibe gerne. Ich wusste gar nicht, dass Sie sich darum kümmern. Kaja, meine Untermieterin, Sie wissen schon, die Inhaberin von True Treasures, die kann ich auch gerne fragen. Sie unterschreibt bestimmt, wie ich sie kenne ...«

»Äh, Frau Bachmann ...«, unterbrach Ziegler meinen Redefluss.

»Ja?«

»Es geht nicht um Autofreiheit. Das hat mir gerade noch gefehlt. Es ist ... es geht um ... Sie!« Er machte plötzlich einen betretenen Eindruck. »Also, nicht direkt um Sie, sondern um ... na ja, um die Leute, die hier arbeiten. Wir hatten kürzlich eine Eigentümerversammlung, mit allen Bewohnern des Park Quartiers, und da kam zur Sprache, dass hier ... na ja, wie soll ich sagen ...« Er zögerte.

»Ja?«

»Also, Ihre Angestellten – das ist ja ein spezieller Schlag Mensch. Wenn Sie verstehen, was ich meine.«

»Nein. Im Moment noch nicht ...«

»Nun, vielleicht haben Sie davon gehört. Im Park Quartier wurde eingebrochen. Zweimal schon. Gerade letzte Woche wieder. Na ja, und da fragt man sich natürlich, ob das möglicherweise etwas mit Ihrer ... Einrichtung hier zu tun hat.«

»Einrichtung?« Ich sah ihn irritiert an.

»Es war nicht meine Idee, aber die Nachbarn haben unterschrieben. Sie wollen, dass das hier geschlossen wird. Nicht erst zum Ende des Jahres, wie besprochen, sondern früher.«

»Was ... heißt früher?«

»Ende September. Spätestens. Das konnte ich noch für Sie aushandeln. Wenn es nach den anderen Eigentümern gegangen wäre, müssten Sie sofort raus.«

Ich schluckte und hoffte, dass ich irgendetwas falsch verstanden hatte. »Wir ...« Ich warf einen Blick auf den Kalender an der Wand. »Es ist fast Mitte Juli. September? Das ist nicht wahr, oder?«

»Wie gesagt, Ende September oder gerne auch früher. Mit der Liste an sich habe ich im Grunde nichts zu tun, die hat man mir nur überreicht. Aber da ich nicht nur der Verkäufer der Grundstücke, sondern auch Bauträger und Verwalter der Anlage bin ...« Er zuckte mit den Schultern. »Dadurch, dass

Sie hier ansässig sind, spazieren manchmal wirklich seltsame Gestalten durch die Siedlung. Und na ja ... viele der Anwohner haben Kinder. Sie verstehen ...«

Ich schnappte nach Luft. »Ist das Ihr Ernst?«

Er blickte mich bedauernd an. »Wenn Sie meine persönliche Meinung hören wollen: Ich glaube nicht, dass Ihre Leute etwas mit den Einbrüchen zu tun haben. Aber es ist nicht gerade preistreibend, wenn sie hier rumlaufen und Kinder ansprechen.«

»Kinder ansprechen?«

»Na ja, einer von ihnen hat kürzlich mit ein paar Kleinen Fußball gespielt – auf dem Spielplatz drüben.«

»Das war bestimmt Cem«, überlegte ich laut. »Er liebt Fußball. Und Kinder. Er macht sowas gerne, weil ... er will mal Lehrer werden!«, platzte ich heraus.

»Aha. Super! Ich find's toll, wenn solche Leute Ziele haben.« Ziegler nickte anerkennend. »Lehrer also. So Fack-ju-Göhte-mäßig?«

»Äh, wie bitte?«

Er machte eine wegwerfende Handbewegung. »Wie auch immer. Mir sind die Hände gebunden, Frau Bachmann. Es war eine demokratische Entscheidung, und ich bin nur der Überbringer der schlechten Nachricht. Hab ich mir nicht ausgesucht.«

»Aber ...« In meinem Kopf drehte sich jetzt alles. »Aber Sie *haben* mir doch schon gekündigt. Zum Jahresende. Gemäß der Kündigungsfrist. Das ... das steht so im Vertrag. Sie können uns doch hier jetzt nicht so schnell rauswerfen!« Mein Herz begann zu rasen, und ich war mir sicher, dass sich inzwischen viele rote Flecke über meinen Hals verteilt hatten. »Wie ... wie sollen wir denn so schnell eine neue Bleibe finden?« Ich starrte ihn mit großen Augen an. »Vertrag ist Vertrag«, sagte ich dann und versuchte, meine Stimme einigermaßen fest klingen zu lassen. »Es ist schon schlimm genug, dass wir zum Jahresende gehen müssen. Wir ...« Meine Stimme brach. Jetzt nur nicht heulen!

Herr Ziegler strich noch einmal über das Papier mit den Unterschriften, wie um es glattzubügeln. Dann nahm er es vom Tisch, formte daraus eine Rolle und steckte sie zurück in seine Innentasche. »Klar. Vertrag ist Vertrag«, sagte er, und ich hielt den Atem an. Doch dann verzog er den Mund zu einem schmalen Strich und beugte sich so weit vor, dass sein Oberkörper halb auf meinem Schreibtisch lag. »Wenn der Eigentümer, beziehungsweise sein Architekt, allerdings plötzlich feststellen müsste, dass Gefahr im Verzug ist. Ich sag jetzt mal aus der Lamäng: Einsturzgefahr. Dann geht es ja gar nicht anders.« Seine Augen wurden zu Schlitzen, aus denen er mich eindringlich ansah. »Dann hilft Ihnen der Vertrag nicht mehr!« Plötzlich klang seine Stimme bedrohlich. »Da beißt die Maus keinen Faden ab. Und Sie auch nicht, Frau Bachmann, das können Sie mir glauben!« Er sog die Luft ein, nickte, wie um das Gesagte zu unterstreichen, und richtete den Oberkörper wieder auf. »Gut.« Er klopfte mit den Knöcheln seiner Mittelfinger auf den Schreibtisch. »Ich denke, wir haben uns verstanden!?«

Ich antwortete nicht, denn ich war viel zu sehr damit beschäftigt, meine Gedanken zu sortieren.

»Prima«, sagte er – offenbar wertete er mein Schweigen als Zustimmung – und lächelte mir aufmunternd zu. »Sie hören von mir. In Bälde.« Mit diesem Versprechen erhob er sich, öffnete die Glastür und nickte noch einmal zum Abschied. Dann joggte er die sieben Stufen in die Halle hinunter und verschwand aus meinem Blickfeld.

Fassungslos starrte ich auf die Stelle, wo eben noch das Blatt mit den Unterschriften gelegen hatte, atmete flach und versuchte, mich zu sammeln. Versuchte, in meinem Kopf zu sortieren, was Ziegler gerade gesagt hatte. Und auch, was er nicht gesagt hatte. Unsere Flea-Market-Truppe passte nicht zu dem noblen Neubaugebiet. Man wollte die Park-Quartier-Bewohner nicht mit unserem Anblick behelligen. Helga, Cem und unsere Aushilfen – das war Armut. Das war Schicksal. Das war Leid. Es war alles, woran man nicht erinnert werden wollte, wenn man sich am Privatpool bräunte, auf der Sonnenseite des Lebens, mit einem eisgekühltem Gin Tonic in der Hand. Und insofern waren wir für Ziegler nichts weiter als eine Wertminderung, weshalb wir wegmussten, so schnell wie möglich, denn Zeit war Geld. Viel Geld. »Günther, tu dir und uns einen Gefallen und nimm uns diese Leute aus dem Auge«, hörte ich Pöll im Geiste sagen, und da ließ Ziegler sich natürlich nicht lange bitten.

Als ich mich wieder einigermaßen beruhigt hatte, ging ich hinüber ins True Treasures. Ich hatte Glück. Es waren gerade keine Kunden im Laden.

»Zeit für einen Kaffee und eine außerordentliche Teambesprechung?«

Kaja sah mich prüfend an. »Alles klar?«

»Ganz und gar nicht!«

Ich holte zwei Tassen hinter der Theke hervor, befüllte sie mit Kaffee aus einer Thermoskanne und marschierte damit in den hinteren Teil des Ladens. Wir setzten uns nebeneinander auf die Fensterbank, Kaja pustete in das heiße Gebräu, und ich begann, von Zieglers Besuch zu erzählen. Erst stockend, doch irgendwann hatte ich mich in Rage geredet und ließ nicht das kleinste Detail dieses denkwürdigen Gesprächs aus.

»WHAT???«, schimpfte Kaja, als ich geendet hatte. »Er will Einsturzgefahr fingieren, um uns hier rauszukriegen?«

Ich zuckte mit den Schultern. »Ich hab's so verstanden.«

»Was für eine ARSCHGEIGE!« Sie schlug mit der flachen Hand auf die Fensterbank. Die Kaffeetasse in ihrer anderen Hand schwappte über. »Verdammt«, zischte sie und starrte wütend auf den nassen braunen Fleck auf ihrer hellen Jeans.

»Das kannst du laut sagen«, murmelte ich, obwohl sie das ja bereits getan hatte.

»Das können wir uns nicht bieten lassen, Tilda. Wir … wir verklagen ihn. Wir kriegen ihn dran …«

»Ich fürchte, er sitzt am längeren Hebel.«

»Nein, niemals! Wir gehen hier nicht raus. Und wenn ich mich da drüben festkette.« Sie deutete auf ein altes Heizungsrohr, das unten an der Wand entlanglief.

»Der Typ ist mit allen Wassern gewaschen, Kaja. Gegen so jemanden haben wir doch gar keine Chance. Was sollen wir nur machen?«, fragte ich verzweifelt.

»Keine Ahnung«, sagte sie leise.

»Was denn noch alles?« Ich spürte, dass meine Augen sich mit Tränen füllten.

»He.« Kaja rutschte von der Fensterbank und nahm mich in den Arm. »Es wird schon werden. Irgendwie.«

Ich schniefte. »Hoffentlich.«

## 22. KAPITEL

Es war zwar Dienstag und nicht Freitag, aber ich hatte trotzdem eine gemeinsame Döner-Mittagspause anberaumt, was bei Helga und Cem großen Zuspruch gefunden hatte. Sie ahnten nicht, was der Grund für die Zusammenkunft war. Die Sonne schien, und wir saßen auf Campingstühlen unter der alten Kastanie, streckten die Beine aus und warteten auf Cem.

»Wo bleibt der Kerl? Ich hab Kohldampf wie ein Spatz«, sagte Helga gerade.

»Spatzen haben keinen Kohldampf«, korrigierte Kaja sie.

»Wieso datt denn nicht?« Helga warf ihr einen abschätzigen Blick zu. Wenn sie Hunger hatte, war sie unausstehlich. Zum Glück ertönte in diesem Augenblick das blecherne Geräusch, das Cems altes Fahrrad erzeugte, wenn man auf ihm fuhr.

»Döner im Anmarsch!«, rief Kaja.

Gleich würde Helga etwas zwischen die Zähne bekommen, und das war für alle Beteiligten von großem Vorteil. Gute Stimmung würden wir heute nämlich noch bitter nötig haben.

»Bei Deniz war eine Schlange bis nach Istanbul«, erklärte Cem, lehnte seinen rostigen Drahtesel an die Hauswand und nahm die große Tüte vom Lenker. »Hier! Verteil mal!« Er reichte sie Helga, ließ sich auf den letzten freien Campingstuhl fallen und stöhnte, als wäre er gerade einen Marathon gelaufen.

»Wieso ich?«

»Komm, gib her«, sagte ich schnell, nahm die duftende Tüte und teilte das Essen aus. »Wenn wir hier gleich fertig sind, muss ich noch was mit euch besprechen. Es gibt Neuigkeiten.«

»Watt denn?«, wollte Helga wissen und biss in ihr Börek.

»Ja, was denn?«, fragte nun auch Cem.

»Nach dem Essen«, sagte ich.

Schweigend kauten wir vor uns hin. Meine nachdenkliche Stimmung schien sich auf die anderen übertragen zu haben.

»Meine Fresse. Ist ja wie auf einer Beerdigung hier«, meinte Cem irgendwann kopfschüttelnd. »Soll ich einen Witz erzählen?«

»Nein!«, riefen wir im Chor.

Er hob beide Hände, wobei sich in der einen noch der halbe Döner befand. »Okay, okay, hab's nur gut gemeint.«

»Jetzt spuck's aus!«, sagte Helga nach einer Weile und sah mich gespannt an. »Ich bin feddich.« Schnell stopfte sie sich den letzten Bissen in den Mund.

»Ich auch!« Cem kaute, als ginge es um sein Leben.

Ich seufzte und legte die Reste meines Döners in die Tüte zurück. Ich hatte sowieso keinen rechten Appetit. Außerdem wollte ich endlich loswerden, was mir wie ein Stein auf dem Herzen lag. »Es gab eine Unterschriftenaktion gegen uns«, platzte ich heraus. »Wir sollen hier weg.«

»Wissen wir doch«, sagte Helga ungerührt.

»Bis spätestens Ende September«, fügte ich hinzu. »Also … in zweieinhalb Monaten.«

»Watt?« Helga starrte mich entgeistert an.

»Hä? Wieso denn auf einmal so schnell?« Cem runzelte die Stirn.

Ich erläuterte ihnen, was es mit der Unterschriftenaktion auf sich hatte, beschloss aber, nicht jedes Detail meines Gesprächs mit Ziegler wiederzugeben und den Part mit den Einbrüchen und dem Fußballspiel mit den Nachbarskindern unter den Tisch fallen zu lassen.

»Und damit kommen die durch? Mit ein paar Unterschriften?« Helgas Miene wurde immer grimmiger.

Ich zuckte mit den Schultern. »Sie wollen uns hier nicht mehr als Nachbarn. Und sie haben so ihre Methoden ...«

»Warum wollen die uns nicht?«, fragte Cem.

»Weil die denken, datt wir asi sind«, erklärte Helga ihm geduldig.

Kaja nickte. »So sieht's aus, Leute.«

»Aber wir sind nicht asi!«, empörte sich Cem.

»Nee, aber die denken datt eben.«

»Dann müssen wir denen zeigen, dass wir *nicht* asi sind. Sondern nett. Und wichtig.« Trotzig reckte Cem das Kinn vor. Dann schnellte er plötzlich aus seinem Campingstuhl hoch und kickte mit voller Wucht einen Ball gegen die Wand.

»Der saß!«, kommentierte Kaja.

»Wie willste denen datt denn zeigen?«, hakte Helga nach.

»Zum Beispiel ...« Cem überlegte. »Wir ... wir könnten ein Fest machen. Ein Flea-Market-Fest. Mit Flohmarkt draußen. Wir laden alle ein. Die Leute aus dem Neubaugebiet und die anderen auch. Unsere Kunden. Die ganze Südstadt. Oder ganz Köln. Es könnte in der Zeitung stehen, und dann will uns vielleicht niemand mehr weghaben, weil die sehen, dass wir hier tolle Möbel haben und cool sind. Und wichtiger als Häuser.«

Kaja steckte sich nachdenklich eine Zigarette an. »Nicht schlecht«, murmelte sie und nickte langsam. »Gar nicht schlecht!«

»Ich könnte einen Fußballstand machen.« Jetzt redete Cem sich in Fahrt. »Torwandschießen für Kinder. Das ist geil! Das lieben die!«

»Mhmmmm«, machte ich. Die Idee war wirklich gut. Je länger ich darüber nachdachte, desto brillanter fand ich sie. Flohmärkte waren beliebt, und vielleicht würde sogar wirklich der Kölner Stadtanzeiger etwas über uns bringen. Eine Reportage über Flea Market. Das wäre super für unser Image. Wir wollten mit der ganzen Geschichte ja sowieso an die Presse gehen. Mit einem großen Fest nebst Flohmarkt hätte man einen guten Aufhänger und könnte vielleicht einen Redakteur überzeugen. »Wir machen das!«, rief ich kurzentschlossen und schoss jetzt auch aus meinem Campingstuhl hoch.

»Echt jetzt?« Cem sah mich ungläubig an.

»Echt jetzt. Es ist eine super Idee und auf jeden Fall einen Versuch wert. Schließlich haben wir nichts zu verlieren.« Ich nahm mein Smartphone zur Hand und scrollte durch den Kalender. »Samstag in zwei Wochen? Den Vorlauf brauchen wir.«

»Watt müssen wir denn vorher machen?«, erkundigte sich Helga.

»Na ja, noch ein paar Sachen reparieren oder restaurieren, damit wir sie zum Verkauf anbieten können. Ansonsten: Hier alles auf Hochglanz bringen und den Hof schön dekorieren. Und das, was wir verkaufen wollen, nach draußen tragen und so hinstellen, dass es einladend aussieht.«

Kaja nickte. »Cool! Ich werde noch ein paar Klamotten upcyclen und auch einen eigenen Stand machen.«

»Ich besorg 'ne Torwand.« Cem nahm einen Ball mit dem Fuß auf und hielt ihn mit den Knien in der Luft. »Und ich kann Flyer verteilen. Im Park Quartier und überall sonst auch.«

»Mensch, Leute, ich freu mich«, sagte ich gerührt. Plötzlich gab es wieder einen Funken Hoffnung, dass wir es doch noch schaffen könnten zu bleiben, oder zumindest dank dem Rummel einen neuen Ort für uns finden. »Dass wir das nicht schon längst gemacht haben. Ich informiere die Presse, und wir posten es bei Facebook und Insta, damit möglichst viele kommen.«

»Ich frag noch Noah, ob er uns hilft«, verkündete Helga.

»Wie soll der uns denn helfen?«

»Er kann auftreten. Rappen. Das hat der ja mal gemacht.«

»Bitte nicht«, stöhnte ich.

»Warum denn nicht?«, fiel Kaja mir in den Rücken. »Ich finde es witzig, und er hat bestimmt noch viele Fans aus alten Zeiten, die seinetwegen kommen würden. Außerdem macht es einen guten Eindruck, wenn wir einen echten Promi in unseren Reihen haben.«

»Echter Promi?«

»Du unterschätzt ihn, meine Liebe.« Kaja grinste.

»Apropos«, sagte Helga und hielt ein schmuddeliges Flugblatt in die Höhe. »Morgen hat er einen Auftritt. Gehen wir da zusammen hin?«

»Was denn für einen?« Dass Noah noch irgendwo auftrat, hatte ich gar nicht gewusst.

Helga hielt mir den Zettel entgegen. »Steht hier.«

Ich nahm ihr das Blatt aus der Hand und las laut vor: »›Happy Birthday. Fünfzig Jahre Obi in Köln-Niehl. Das feiern wir mit tollen Live Acts. Unter anderem mit dabei: Plüschprumm, Hans un' Heinz und Fisternöllsche. Um halb zwölf große Tombola-Verlosung. Moderation: Noah Berger.‹« Verblüfft schaute ich in die Runde. »Das hat er uns verschwiegen.«

»Vermutlich aus gutem Grund«, witzelte Kaja.

»Watt is jetz? Gehen wir da hin oder nich?«

»Auf keinen Fall!«, sagte ich.

»Klar gehen wir da hin.« Kaja riss mir den Zettel aus der Hand. »Wir brauchen sowieso einen neuen Gartenschlauch.«

»Nee, is klar«, maulte ich.

»Ich will da auch hin!«, verkündete Cem. »Ist doch super.

Wenn man schon einen Promi persönlich kennt, dann will man ihn doch auch mal live sehen. Komm schon, Tilda!« Er knuffte mir in die Rippen.

»Und wenn er gar nicht will, dass wir ihn da sehen?«

Kaja hob die Schultern. »Dann hat er Pech gehabt. Promischicksal.«

»Na gut«, seufzte ich. »Warum nicht das Wochenende mit einem Obi-Geburtstag starten?«

»Sach ich doch!«, jubelte Helga.

# 23. KAPITEL

»Atemlos – durch die Nacht«, dröhnte es aus den Lautsprechern, als wir den Obi-Parkplatz erreichten. Er war ziemlich überfüllt, aber nicht mit Autos, sondern mit Menschen, Fressbuden und einer im Moment noch leeren Bühne gleich neben dem Eingang. Jonte war nicht abgeneigt gewesen, als Kaja und ich ihn gestern gefragt hatten, ob er mit uns einen Baumarktgeburtstag feiern wolle. Er hatte sich also Helga, Cem, Kaja und mir angeschlossen und blickte sich jetzt neugierig um. Auch wenn es gerade mal zehn Uhr war, roch es schon nach Bratwurst und Frittenfett, und als ich meinen Kopf nach links wandte, sah ich, dass sich trotz der frühen Morgenstunde bereits eine beachtliche Warteschlange vor der Currywurstbude gebildet hatte.

»Erst mal einkaufen!« Cem deutete mit dem Kinn Richtung Eingang und wedelte mit dem Gutschein, den er heute Morgen aus der Zeitung ausgeschnitten hatte. »Dann das Vergnügen. Sonst sind gleich alle Sonderangebote weg.«

»Da ist was dran«, stimmte ich ihm zu, und wir begannen, uns einen Weg durch die Menge zu bahnen. Ich hielt nach Noah Ausschau, doch er war nirgendwo zu sehen. Sicher würde er überrascht sein, uns hier zu treffen. Ob positiv oder negativ, würde sich zeigen.

Wir hatten den Eingang fast erreicht, als uns plötzlich ein orangefarbenes Plüschwesen den Weg abschnitt. »Ach, du meine Güte«, murmelte ich, trat erschrocken einen Schritt zurück und betrachtete das seltsame Wesen, das mir einen Prospekt unter die Nase hielt. Ich brauchte einen Moment, bis ich erkannte, dass es aussah wie der orangefarbene Biber mit dem dicken Bauch und den Hasenzähnen, der manchmal in der Werbung hinter dem O von Obi hervorlugte. Nun hatte man also jemanden in dieses erbärmliche Kostüm gesteckt und damit beauftragt, die Kunden mit einer netten Begrüßung und einem Sonderangebotsprospekt zu behelligen.

»Herzlich willkommen bei Obi!«, sagte er. Zumindest glaubte ich, dass er das sagte, denn er war schlecht zu verstehen, wegen Helene Fischer und wegen der gigantischen Hasenzähne, an denen seine Stimme vorbeimusste, bevor sie durch die Öffnung rauskonnte.

»Vielen Dank, Obi-Biber.« Ich lächelte höflich und nahm den Prospekt. Es war das Mindeste, was ich für ihn tun konnte.

»Arme Sau!«, sagte Helga weitaus weniger freundlich, doch dann besann sie sich eines Besseren. Sie zwinkerte ihm zu, nickte anerkennend und sagte: »Du machst datt richtig gut, lieber Dachs!«

»Biber«, verbesserte Jonte sie.

»Is doch egal.« Unwillig schüttelte sie den Kopf und stapfte weiter. »Meint ihr, da war Noah drin?«, fragte sie wenig später.

Bei der Vorstellung musste ich lachen. »Ich glaub nicht. Zumindest hoffe ich es für ihn.«

»Kann schon sein, dass er da drin war«, spekulierte Cem. »Er ist Schauspieler und vielleicht gerade nicht gut bei Kasse. Da muss man jeden Job annehmen, den man kriegen kann.«

»Ich denke eher, es war ein armer Student, den sie da reingesteckt haben«, mutmaßte Jonte. »Die müssen auch jeden Job annehmen. Ich war mal im Zoo ein Erdmännchen. Das war kein Spaß, das kann ich euch sagen.«

Drinnen war es genauso voll wie draußen. Wir zerstreuten uns in alle Richtungen, um unsere Einkäufe zu erledigen. »Um elf vor der Bühne«, rief ich den anderen noch hinterher. Dann machte ich mich gemeinsam mit Kaja auf die Suche nach Wasserschläuchen und einem Drucklufttacker, den es hier heute vergünstigt geben sollte. Ein glücklicher Zufall, denn meiner hatte vor einigen Tagen den Geist aufgegeben. Wir ergatterten das vorletzte Modell und wurden schließlich auch in Sachen Schlauch fündig. Und weil gerade alles reduziert war, kauften wir zusätzlich einen Hunderterpack goldener Ziernägel, einen Reisigbesen und eine neue Gießkanne.

Kaja schüttelte den Kopf. »Ist ja fast wie bei Ikea. Man braucht zwei Teile und geht mit zehn nach Hause – und hundert Euro weniger im Portemonnaie.«

»Aber der Biber wäre stolz auf uns!«

Wir zahlten und verstauten unsere Einkäufe im Kofferraum unseres kleinen blauen Nissans – unser WG-Auto, das wir außerhalb des Obi-Geländes an der Straße geparkt hatten. Als das erledigt war, war es bereits fast elf. Schnell holten wir uns noch an einem der Stände einen Kaffee, summten Abbas ›The winner takes it all‹ mit und stellten uns schließlich zu Helga, Cem und Jonte, die bereits einen Platz ganz vorne an der Bühne ergattert hatten. Ich wandte den Blick nach rechts und sah, dass wir direkt neben ein paar Mittfünfzigerinnen standen. Verwundert rieb ich mir die Augen. Doch! Ich hatte richtig gesehen. Sie trugen tatsächlich LUAK-T-Shirts!

»Wir stehen neben Hardcore-Fans«, raunte ich Kaja zu.

Die sah es nun auch. »Heilige Scheiße! Ultras!«, stieß sie hervor.

Abba verstummten abrupt, und wir harrten gespannt der Dinge, die nun kommen sollten. Doch erst mal kam gar nichts, außer einem kleinen Mann mit kariertem Hemd und gezwirbeltem Schnurrbart, der mit ausladenden Schritten auf der Bühne hin und her marschierte und dabei abwechselnd auf sein Mikro klopfte und »Eins, zwei, drei« hineinmurmelte. Aber die Lautsprecher blieben stumm, da konnte er noch so viel klopfen und murmeln, und das schien er schließlich auch zu verstehen. Resigniert schüttelte er den Kopf, malträtierte abschließend noch einmal das Mikro und verließ unverrichteter Dinge die Bühne.

»Tonprobleme«, fasste Helga die Situation treffend zusammen.

Viele Leute um uns herum trollten sich Richtung Fressbuden, Erdbeerstand oder Gartenabteilung, und auch ich spielte mit dem Gedanken, mir angesichts des kleinen Hungers, der sich langsam in meinem Magen breitmachte, eine Bratwurst zu genehmigen.

»Ich bleib hier!«, sagte Helga, nachdem ich das mit der Wurst erwähnt hatte. Sie verschränkte die Arme wie ein bockiges Kind und schob die Unterlippe vor. »Ich weiß nich, watt mit euch is, aber ich will nich in der letzten Reihe stehen, wenn der Noah gleich kommt.«

Ich wäre das Risiko eingegangen, wollte aber kein Spielverderber sein, weshalb ich die Bratwurst-Idee verwarf. Plötzlich drang ein unangenehmes, sehr lautes Rückkopplungs-Fiepen an unsere Ohren, danach ein Klopfen, und dann sprang das karierte Hemd wieder auf die Bühne.

»Test, Test, Test«, schnaufte er ins Mikro. Wir hörten ihn laut und deutlich, und Helga raunte: »Tonprobleme behoben!«

»Herzlich willkommen auf unserem schönen Obi-Parkplatz«, sagte der Mann nun ins Mikrofon und machte eine ausladende Handbewegung.

»So schön ist es hier auch wieder nicht«, meinte Kaja.

»Wir feiern heute unseren fünfzigsten Geburtstag und

freuen uns, dass so viele Menschen gekommen sind. Vor genau fünfzig Jahren war das Areal, auf dem wir gerade alle stehen, eine brachliegende große Wiese«, begann er eine sehr langatmige und nicht minder komplizierte Geschichte über einen gewissen Erwin Faber, dem es dank Tatkraft, Entschlossenheit und guter Beziehungen zum Kölner Stadtrat gelungen war, eben diese große brachliegende Wiese zu erwerben und viele Anträge und Genehmigungen später eine Obi-Filiale darauf zu errichten. Nachdem der Redner, zur Erleichterung aller, zum Schluss gekommen war, wurde die Oberbürgermeisterin auf die Bühne gebeten, und sie erzählte diese immer noch sehr langatmige und komplizierte Geschichte noch einmal aus ihrer Sicht, und schließlich hörten wir das Ganze ein drittes Mal, und zwar von dem inzwischen reichlich betagten Erwin Faber höchstselbst. Sein Vortrag unterschied sich allerdings von den anderen, und zwar vor allem dadurch, dass er noch weiter ausholte und s e h r ,  s e h r  l a n g s a m  s p r a c h .

Als er schließlich geendet hatte, waren die Ultras verschwunden, und selbst Helga gähnte herzhaft und sagte: »Mann, is datt langweilig!«

Dann endlich, nachdem sich auch noch der arme Biber auf der Bühne hatte präsentieren müssen, ebenso wie alle ›Mitarbeiter des Jahres‹ seit 1969, sofern sie noch unter den Lebenden weilten, kündigte das karierte Hemd die langersehnte Tombola an, und natürlich Noah, der sie moderieren sollte. Verhaltener Applaus drang an unsere Ohren und kurz auch wieder Helene Fischer, der man aber, noch bevor sie »Atemlos« beenden konnte, den Saft abdrehte, weil nun eine riesige gläserne Lostrommel auf die Bühne gerollt wurde, und zwar von niemand Geringerem als Noah Berger.

Langsam kam wieder Leben in unsere toten Augen. Helga hüpfte auf und ab wie ein Gummiball. Cem rief: »Ey, Alter!«, und winkte Noah fröhlich zu. Als der uns daraufhin entdeckte, schienen ihm ganz kurz die Gesichtszüge zu entgleiten, doch er hatte sich schnell wieder im Griff und begrüßte uns mit einem freundlichen Nicken. Er trug Jeans, ein weißes T-Shirt, eine Ray-Ban-Sonnenbrille, Modell Aviator, und sah gut aus. Verdammt gut sogar, das musste ich zugeben. Die Ultras waren offenbar derselben Ansicht, denn sie kamen johlend vom Bratwurststand zurück. »Marcel, huhuuuuu!«, kreischte eine von ihnen. Sie trug eine kastanienbraun gefärbte Kurzhaarfrisur, die perfekt mit ihrer froschgrünen Sommerdaunenweste korrespondierte. Euphorisiert winkte sie Noah mit ihrer Bratwurst zu, was der mit einem strahlenden Marcel-Dahlström-Lächeln quittierte.

»Hallooo, liebe ... Obi-Fans«, rief er ins Mikro. »Schön, dass ihr alle da seid!«

Helga blickte sich um. »›Alle‹ is gut!«, sagte sie in Anbetracht der Tatsache, dass der Bratwurstmann deutlich mehr Fans zu haben schien als Noah.

»Schön, dass *du* da bist!«, kreischte die mit der Sommerdaune und biss in ihre Wurst.

Noah lachte charmant. »Ich hab die große Ehre, heute eine sensationelle Tombola zu moderieren. Es gibt tolle Preise. Zum Beispiel ...« Er machte eine Sprechpause, wohl um die Spannung ins Unermessliche zu steigern. »Einen original Leifheit-Wäscheständer in Türkisgrün! Zwei Eimer Obi-Wandfarbe im Farbton Marrakesch matt! Eine Gardena-Gartenschlauchrolle mit fünfundzwanzig Metern strapazierfähigem Antiknickschlauch!«

»Scheiße«, wisperte Kaja in mein Ohr.

»Du gewinnst sowieso nicht«, wisperte ich zurück.

»Den Wäscheständer könnte ich gebrauchen«, informierte mich Helga leise.

Ich nickte.

»Ob man den in die Badewanne stellen kann?«

Ich zuckte mit den Schultern. »Kommt auf die Badewanne an.«

Langsam fand sich das Publikum wieder ein.

»Und der Hauptpreis, meine Damen und Herren, ist der absolute Knaller. Es handelt sich nämlich – tadaaaa – um einen nigelnagelneuen original …« Noah hob die Stimme. »Hochdruckreiniger der Marke Kärcher! Ich bitte um Applaus, meine Damen und Herren.«

»Der macht datt richtig gut, der Noah!«, stellte Helga beeindruckt fest.

Einige Zuhörer klatschten verhalten. Nur Helga, Cem und die Ultras spendeten begeisterten Applaus.

»Nun, meine Damen und Herren«, fuhr Noah fort, brauche ich aber Ihre Hilfe.« Er deutete auf die plexigläserne Lostrommel. »Denn was wäre eine Tombola ohne Lottofee? Wer möchte glückliches Händchen spielen und die Gewinner ziehen? Freiwillige vor!«

Ein dünnes Raunen ging durch die Menge, und ich versteckte mich so gut es ging hinter Cem, für den Fall, dass Noah auf die unsägliche Idee kommen sollte, mich auszuwählen. Ihm war alles zuzutrauen, und tatsächlich wanderte sein Blick gerade über die Köpfe am Bühnenrand.

»Ich würde es machen!«, hörte ich die Sommerdaune rufen und sah, dass sie mit ihrer freien Hand wild wedelte.

»Super! Sabine vor!«, rief eine ihrer Ultra-Freundinnen. Dann sah ich noch eine Hand, die sich in die Luft reckte, etwas zögerlich zwar, und sie wedelte auch nicht, aber sie war da und von der Bühne aus wohl nicht zu übersehen. Es war Helgas Hand.

Noah lächelte Sabine zu. »Soll ich hochkommen?«, fragte

sie erwartungsfroh mit vollem Mund und tunkte das letzte Stück Wurst in den noch verbliebenen Senf und stopfte es sich dann in den Mund.

Keine Ahnung, was aus Noahs Sicht gegen Sabine sprach, doch er ignorierte sie. Sein Blick wanderte ein Stückchen nach rechts und verharrte auf der einzigen weiteren Interessentin.

»Sie da mit dem gelben Pulli«, sagte er. »Hätten Sie Lust, mir zu helfen?«

Ich sah, dass ein frohes Lächeln über Helgas Gesicht glitt. Sie nickte eifrig. »Komme!«, rief sie.

Sie hätte auch den Weg über die Stufen seitlich der Bühne nehmen können, doch Helga war ein Geradeaus-Typ, weshalb sie nun versuchte, sich vorne an der Bühne hochzuziehen. Der erste Versuch scheiterte kläglich, und sie drehte sich mit hochrotem Gesicht zu uns um. »Helft mir doch mal!«, blaffte sie.

»Aye, aye, Chef«, knurrte Cem und machte eine Räuberleiter. Kaja leistete seitlich Hilfestellung, und Noah streckte ihr die Hand entgegen.

»Meine Fresse!«, keuchte sie, als sie endlich oben war. »Muss datt Dingen so hoch sein?«

Noah platzierte sie rechts neben der Lostrommel und sich selbst links davon. Dann strahlte er wieder ins Publikum und wandte sich Helga zu. »Großartig. Wunderbar. Herzlich willkommen. Schön, dass Sie meine Lottofee sind.«

»Wir duzen uns, du Witzbold!«

»Äh, ja.« Noah lächelte verlegen. »Verrätst ... du mir denn deinen Namen?«

Sie runzelte die Stirn. »Helga! Datt weißte doch!«

»Ja, ja«, sagte Noah schnell.

»Die kennen sich!«, folgerte Sabine neben mir messerscharf und fügte irgendwas Unverständliches mit ›Vetternwirtschaft‹ hinzu.

»Dabei sieht die gar nicht so aus«, meinte ihre Freundin.

»Vielleicht seine Großcousine oder sowas. Kannste dir nicht aussuchen. Die Meghan vom Harry hat ja auch ganz komische Verwandte.«

»So. Sach an. Watt muss ich machen?«, fragte Helga ungeduldig. »Ich hab nich den ganzen Tach Zeit.«

»Natürlich nicht«, beeilte Noah sich zu sagen. »Es ist ganz einfach, Helga. Du greifst in die Lostrommel und ziehst die Gewinner. Einen nach dem anderen. So weit verstanden?«

»Sicher datt!«

Noah strahlte. »Dann würde ich sagen, schreiten wir zur Tat. Ich mische noch einmal kräftig durch.« Er griff mit einer Hand in die Trommel und rührte in den darin befindlichen Postkarten herum. Zwischendurch fasste er sich kurz an den Rücken und verzog das Gesicht. Offenbar kämpfte er noch immer mit seinem Hexenschuss. Doch im nächsten Moment lächelte er wieder. Er war ein Vollprofi. »So, liebe Lottofee«, begann er. »Dann würde ich sagen: Auf los geht's los. Der erste Preis, den wir hier verlosen, ist ein …« Er zog einen kleinen Zettel aus seiner Tasche und warf unauffällig einen Blick darauf. »Ein siebenteiliges Schraubendreherset der Marke Würth einschließlich magnetischem Ratschenschlüssel im Gesamtwert von sage und schreibe … fünfundfünfzig Euro neunundneunzig!«

»Datt is 'ne feine Sache!« Helga nickte anerkennend.

»Auf jeden Fall.« Noah strahlte. »Ja, Helga, dann greif mal zu. Ich bin gespannt, wer dieses tolle Set gewinnt.«

»Ich auch, datt kannste mir glauben!« Sie steckte die rechte Hand in die Lostrommel, rührte auch noch einmal kräftig durch und zog dann eine Karte heraus, die sie Noah entgegenhielt.

»The winner is …«, rief er und blickte sie auffordernd an. »Lies vor, Lottofee!« Er lachte ins Publikum.

»Ich?« Helga sah ihn unsicher an.

»Klar, wer sonst? Das ist Aufgabe der Lottofee. Steht ganz klar in der Jobbeschreibung«, witzelte er und grinste. »Ich kann ja schließlich nicht alles machen!« Er erntete ein paar Lacher.

»Ich ... äh ... ja ...«, stammelte Helga und starrte auf die Karte in ihrer Hand.

Ich stöhnte und versuchte, Noah Zeichen zu geben. Er sah mich nicht.

Helga hielt sich das Los nun ganz nah vors Gesicht und verengte ihre Augen. »G ...«

Noah sah sie irritiert von der Seite an.

»G E ...«

»Gott, ich glaub, die kann nicht lesen«, stellte Sabine entgeistert fest.

Ich warf Kaja und Cem einen verzweifelten Blick zu.

»Kackomat!«, murmelte Cem und biss sich auf die Lippen.

»G E R L ...«

»Verdammte Scheiße, einer muss ihr helfen«, zischte Kaja neben mir.

»Räuberleiter!«, sagte ich kurzentschlossen. Cem wusste sofort, was zu tun war. Ich stieg in seine gefalteten Hände, hievte mich auf die Bühne und richtete mich auf. Große Auftritte waren nicht mein Ding, doch jetzt hatte ich keine Wahl. Ich warf dem völlig verdatterten Noah einen vielsagenden Blick zu und nahm ihm das Mikrofon aus der Hand, bevor er noch mehr Unheil anrichten konnte. Dann drehte ich mich zum Publikum um. »Hi zusammen«, sagte ich und lächelte verlegen. Ich spürte, wie mir ein Schweißtropfen den Rücken hinunterlief. Immer mehr Leute strömten vor die Bühne. Offenbar hatten sie mitbekommen, dass es hier endlich was zu sehen gab.

»Ähm ... meine Freundin ...« Ich deutete auf Helga, die völlig konsterniert dastand, die Karte in der Hand, und ins

Leere starrte. »Meine Freundin hat ihre Brille vergessen. Und deshalb springe ich jetzt für sie ein.«

Noah beugte sich hinunter, um in das Mikro in meiner Hand zu sprechen. »Oh, die Brille fehlt!«, sagte er, ganz charmanter Moderator. Hoffentlich hatte er endlich begriffen und spielte mit. »Ich hab Kontaktlinsen. Ohne die bin ich auch blind wie ein Maulwurf.« Er nahm seine Sonnenbrille ab und blinzelte albern ins Publikum. Einige Leute lachten.

Ich wandte mich derweil Helga zu. »Du ziehst, ich lese?«, schlug ich ihr leise vor.

Sie reagierte nicht.

»Helga?«

»Mach du mal«, murmelte sie und drückte mir die Karte in die Hand. Dann drehte sie sich um, verharrte noch einen kurzen Augenblick und verließ schließlich mit gesenktem Kopf die Bühne.

Ich schluckte. Sah zu Noah hinüber. Unsere Blicke trafen sich.

»Verdammt«, flüsterte er, fast ohne den Mund zu bewegen. »Ich wusste es nicht!«

»Geht das hier noch mal weiter?«, rief jemand aus dem Publikum.

Da riss ich mich zusammen, nahm das Mikro hoch und schaute auf die Karte. »Das Schraubendreherset hat gewonnen: Gerlinde Meyering!«

»Uahhh!«, hörten wir Gerlinde von irgendwoher jubeln.

Noah sagte: »Da freut sich aber jemand. Herzlichen Glückwunsch! Den Preis können Sie sich gleich unter Vorlage Ihres Ausweises an der Information abholen.« Er sah mich an. »Danke«, murmelte er fast unhörbar, und dann verlosten wir die anderen Preise und versuchten währenddessen, Fröhlichkeit zu verbreiten. Es fiel uns beiden schwer.

Als wir endlich fertig waren und Helene Fischer wieder übernommen hatte, verließen wir die Bühne, und Noah gab den Ultras noch ein paar Autogramme.

»Tilda«, sagte er anschließend und fasste mich kurz am Ärmel. »Hast du mal einen Augenblick?«

Ich nickte, und er führte mich hinter eines der Muster-Gartenhäuschen, die hier draußen aufgebaut waren. Er raufte sich die Haare. »Ich bin so ein Idiot!« Kurz schloss er die Augen und schüttelte den Kopf. »Ich wusste nicht, dass sie nicht lesen kann. Ich … mein Gott, es tut mir so leid.«

»Ich hab dir Zeichen gegeben, Noah. Warum hast du die verdammte Karte nicht einfach selbst vorgelesen? Oder diesen blöden Biber gefragt oder …«

»Keine Ahnung. Ich … ich hab's einfach nicht geschnallt. Ich war auch aufgeregt und … «

»Du?«

»Ja, stell dir vor. Man ist immer aufgeregt. Egal, auf welcher Bühne man steht. Sogar auf einem Obi-Parkplatz.« Er kickte ein Steinchen weg. »Dass mir sowas passieren muss. Ich …« Er sah mich zerknirscht an. »Es war einfach dumm von mir.«

Plötzlich tat er mir leid. »Du konntest es ja nicht wissen. Du wolltest ihr einen Gefallen tun, und das war echt nett.«

»Na ja, ist allerdings ordentlich nach hinten losgegangen.«

»Es war nicht deine Schuld.« Ich legte tröstend meine Hand auf seinen Arm. Er legte seine darüber, sah mich an und sagte: »Tut mir echt leid.«

Ich nickte und nahm meine Hand wieder weg. Nicht, weil es mir unangenehm war, sondern aus Verlegenheit. Es hatte sich nämlich gut angefühlt, seine Hand auf meiner.

»Hast du sie gesehen?«, fragte Noah.

Ich schüttelte den Kopf. »Ich glaub, sie ist weg.«

»Mist«, murmelte er leise.

Kaja, Jonte und ich nahmen Noah in unserem Nissan mit zurück in die Südstadt. Während er etwas umständlich und mit schmerzverzerrtem Gesicht von der Rückbank kletterte, bedankte er sich höflich für unsere Taxidienste.

»Und, Tilda«, sagte er, als er draußen war. »Dass du vorhin für Helga in die Bresche gesprungen bist – das war echt cool.«

»Danke«, erwiderte ich ein wenig verlegen. Aber ich fühlte mich auch geschmeichelt. Irgendwie gefiel es mir auf einmal, dass er mich cool fand.

Zuhause angekommen stellten wir fest, dass wir hungrig waren, aber zu faul, uns etwas zu kochen. Kaja erklärte sich bereit, Brote zu schmieren – mit Käse, Ei und Gürkchen, und während sie alles Nötige dafür aus dem Kühlschrank holte und Jonte Tee aufsetzte, ließ ich mich auf einen der Stühle plumpsen und streckte die Beine aus.

»Ist euch eigentlich was aufgefallen?« Ich deutete Richtung Balu. »Seid mal leise!«

Die beiden horchten. »Er brummt nicht mehr so laut«, rief Jonte.

»Genau!«

»War Helga etwa hier und hat ihn heimlich repariert?«, fragte Kaja.

Ich schüttelte den Kopf. »Balu hat sich selbst repariert.«

»Du verdammt cooler Typ!«, sagte Kaja beeindruckt und drückte Balu einen Kuss auf die Tür.

»Du bist echt noch bescheuerter als ich«, stellte ich kopfschüttelnd fest. »Apropos Helga«, sagte ich dann. »Das muss echt schlimm für sie gewesen sein, vorhin auf der Bühne.«

Jonte nickte. »Sie hat mir so leidgetan.«

»Mir erst«, erwiderte ich. »Ich glaub, ich ruf sie mal an. Oder meint ihr, sie will jetzt nicht reden?«

»Ich würd anrufen«, erklärte Kaja. »Wenn sie keinen Bock hat, wird sie's dir schon sagen.«

»Ich würd's auch versuchen«, pflichtete Jonte ihr bei. »Sich gar nicht melden, nach der Aktion … das wäre nicht richtig.«

Ich nickte. »Ihr habt recht. Und wisst ihr was? Am besten mache ich es sofort.« Kurzentschlossen nahm ich mein Handy vom Tisch und ging hinüber ins Wohnzimmer. Dort setzte ich mich auf das Sofa und wählte Helgas Nummer.

Sie war sofort dran. »Watt is?«, blaffte sie.

»Hey, Helga«, begrüßte ich sie unsicher. »Ich … wollte nur mal hören … na ja, wie es dir geht. Nach vorhin, meine ich.«

Sie schwieg. Ich hörte nur leise ihren Atem.

»Helga?«

»Gibt Schlimmeres«, murmelte sie. »Stimmt's, Karlo? Sach du auch mal watt.«

Karlo war ihr Kater, und ich stellte mir vor, wie sie in ihrem Sessel saß, mit hängenden Schultern, und über sein getigertes Fell strich.

»Es tut mir so leid, Helga. Aber Noah, der wusste es einfach nicht. Es war keine Absicht, weißt du?«

»Klar weiß ich datt«, erklärte sie leise. »Datt wissen wir, ne, Karlo?« Wieder schwieg sie.

»Das ist einfach … dumm gelaufen.«

»Machste nix«, sagte Helga und räusperte sich. »Datt … datt hat mir eben niemand richtig beigebracht. Datt mit dem Lesen und Schreiben, meine ich.«

»Lesen kann jeder! Du kannst Toaster reparieren. Und Waschmaschinen«, tröstete ich.

»Fernseher auch.«

»Eben.«

»Würd's trotzdem gerne richtig können. Also, Lesen. Man braucht's halt oft.«

»Stimmt auch wieder. Du könntest es noch lernen.«
»Meinste?«
»Klar. Wenn das einer kann, dann du, Helga.«
»Mhmmm. Vielleicht gibt es einen Kursus für ... so Leute wie mich.«
»Gibt's ganz bestimmt.«
Wieder schwieg sie und streichelte vermutlich den Kater.
»Was meint Karlo?«, wollte ich wissen.
»Schnurrt.«
»Siehste!«
»Watt, siehste?«
»Das heißt, du sollst es versuchen.«
Sie seufzte hörbar. »Vielleicht. Vielleicht mach ich datt mal. Irgendwann«, erklärte sie. »Ich muss jetzt los. Einkaufen. Ne, Karlo? Sonst haben wir am Wochenende nix zu futtern.«
»Sehen wir uns am Montag?«, wollte ich wissen.
»Sicher datt! In alter Frische«, erwiderte sie.
Hoffentlich, dachte ich, denn nach alter Frische klang sie gerade nicht. Bestimmt würde sie noch ein bisschen brauchen, um den heutigen Vormittag zu verdauen. Aber sie würde drüber wegkommen, da war ich mir sicher. Helga hatte schon ganze andere Sachen geschafft.

Ich ging zurück zu den anderen, und während wir unsere Butterbrote verschlangen und Tee dazu tranken, erzählte ich ihnen von dem Telefonat. Danach verabschiedete sich Kaja von uns. Sie hatte noch eine Verabredung.
Ich schnappte mir meinen Laptop, fuhr ihn hoch und begann zum x-ten Mal, durch die Angebote bei Immoscout zu scrollen. Die Anzeigen, die wir aufgegeben hatten, waren bisher im Nichts verlaufen – ebenso wie die Aushänge. Es war zum Verzweifeln. Von Mia gab es auch nichts Neues, und Sas-

kia war ebenfalls immer noch wie vom Erdboden verschluckt. Gestern hatte Jonte den Käfig von der Dachterrasse geholt und zurück in den Zoo gebracht.

Ich stand auf, füllte den alten Wasserkocher und drückte den kleinen Hebel nach unten.

»Auch noch einen Tee?«, fragte ich Jonte.

»Gerne.«

Ich trat an die Fensterbank und pflückte einige Blätter von dem heiligen Basilikum, der dort in einem Tontopf von Tag zu Tag größer wurde. Nilay, ein Flea-Market-Kunde mit Wurzeln in Sri Lanka, hatte ihn mir vor einiger Zeit als zartes Pflänzchen geschenkt und gemeint, seine Blätter hätten eine stresslindernde Wirkung. Und stresslindernd, das war genau das, was Jonte und ich gerade gut gebrauchen konnten. Als das Wasser kochte, goss ich zwei Tassen von dem Kräutertee auf.

Während wir ihn ziehen ließen, erzählte Jonte mir, wie unangenehm es gewesen war, seinen Kollegen von Saskias Verschwinden zu berichten. »Ich dachte, sie würden mich feuern, weil sie mich nun für unzuverlässig und verantwortungslos halten, aber das war zum Glück nicht der Fall. Und mein Chef, Doktor Gruber, meinte, Saskia könnte vielleicht sogar überlebt haben. Manchmal heilen Flügel schneller, als man denkt.«

»Das wäre so schön. Bestimmt geht es ihr gut.« Vorsichtig nahm ich einen Schluck Tee.

»Hoffentlich. Aber vermutlich werden wir es nie erfahren.« Jonte seufzte.

In diesem Moment piepte mein Handy. Ich nahm es vom Tisch und schaute aufs Display. »Oh«, entfuhr es mir.

»Alles okay?« Jonte sah mich fragend an.

»Ich hoffe«, sagte ich, öffnete die Nachricht und musste trotz der insgesamt schlechten Nachrichtenlage lächeln. Es war eine WhatsApp von Noah. Er hatte mir ein Foto von Hermann geschickt. Der Flöte spielende Gartenzwerg stand neben einer Schüssel Popcorn auf einem Tisch und hatte ein gelbes Post-it auf dem dicken Bauch. Ich musste das Foto großziehen, um lesen zu können, was darauf stand: ›Einladung zum Kinoabend. Morgen 19.30 Uhr. Film: ein französischer Liebesfilm. Zwinker-Smiley‹. Darunter hatte er noch ›Hast du Lust und Zeit? Ich koch uns auch was‹ geschrieben.

»Tilda?«

Ich blickte auf und merkte, dass ich immer noch lächelte.

Jonte merkte es auch. »Der Tee scheint deiner Laune gutzutun.«

»Ja. Vielleicht«, sagte ich. »Noah hat mich eingeladen. Zu sich nach Hause. Kinoabend, und er kocht.«

»Wow. Super. Was gibt's?«

»Zu essen?«

»Nee, welcher Film?«

»*Die fabelhafte Welt der Amélie*. Dem Zwerg nach zu urteilen jedenfalls.« Ich hielt ihm mein Handy unter die Nase.

»Hä?«

»Na ja, der Gartenzwerg. Der, der plötzlich verreist ist und von überallher Postkarten schickt … Sag mal, kennst du den Film etwa nicht?«

Jonte zuckte mit den Schultern. »Nö. Ich steh nicht so auf Liebesfilme. Schon gar nicht, wenn sie französisch sind.«

»Der ist aber echt toll«, beharrte ich. »Einer der schönsten, die ich kenne!«

»Na, dann. Das erklärt dein Lächeln.« Er überlegte einen Augenblick. »Sag mal, hattest du nicht gesagt, Noah wäre ein schnöseliger Angeber?«

Ich trank noch einen Schluck Tee. »Hatte ich?«

»Hattest du.«

»Hmmmm.«

Am Abend tat ich das, was ich jeden Abend tat, bevor ich zu Bett ging. Ich zog meine schwarze Kladde aus dem Bücherregal und nahm einen Stift zur Hand. Dann setzte ich mich im Schneidersitz auf den Teppich, schlug das schwarze Buch auf und schrieb. Schrieb, was heute passiert war und wie ich mich fühlte. Ich schloss mit einer neuen Erkenntnis, die mich beinahe elektrisierte:

*Vielleicht habe ich mich in ihm getäuscht.*

# 24. KAPITEL

Ich stapfte die Treppen hinauf. In der einen Hand eine Flasche Bordeaux, in der anderen eine Tüte Chips. Noah wohnte, genau wie wir, im vierten Stock, und obwohl ich das Treppensteigen gewohnt war, ging mein Atem schon schwer, als ich die dritte Etage erreicht hatte. Daran war wohl auch die leichte Nervosität schuld, die ich schon den ganzen Tag mit mir herumtrug und die sich nun, wo ich unmittelbar vor unserem Date stand, noch verstärkte. Heute Morgen beim Frühstück hatte ich eingehend mit Kaja erörtert, inwieweit man hier überhaupt von einem Date sprechen konnte. Noahs Einladung war mir bis dahin eher wie ein ... na ja ... ein Treffen unter Freunden vorgekommen, doch Kaja hatte vehement widersprochen: »Papperlapapp. Er ist verknallt in dich, das sieht doch jeder. Warum, glaubst du, taucht er ständig bei Flea Market auf? Warum hat er bei Frau Bertrams Umzug geholfen? Und wieso lädt er dich zu einem Filmabend ein? Wohlgemerkt, einem Filmabend zu zweit?« Das hatte mir zu denken gegeben, obwohl ich doch eigentlich genug anderes zu denken hatte und meine Sorgen so groß waren, dass eigentlich gar kein Platz mehr war für einen Filmabend und Grübeleien über Sinn und Zweck von Noahs Einladung. Doch Kaja hatte mir gut zugeredet und gemeint, ein bisschen Ablenkung könne nicht schaden und würde den Kopf freimachen. Im Übrigen finde sie, dass Noah viel netter sei, als anfänglich gedacht. Und das fand ich auch.

So nett sogar, dass er neuerdings dauernd in meinem Kopf herumspukte.

»Hey«, sagte Noah mit seiner schönen tiefen Schauspielerstimme, als ich oben angekommen war. Er stand in der Tür, lächelte und trug eines dieser gutsitzenden grauen T-Shirts. »Komm rein. Du solltest doch nichts mitbringen.« Er deutete auf den Wein und die Chips.

Ich hob die Flasche kurz an. »Aus Frankreich. Dachte, der passt zum Film, oder vielleicht sogar zum Essen. Es sei denn, es gibt Austern oder sowas. Dann passt es nicht.« Was redete ich da eigentlich?

Das fragte sich wohl auch Noah. Jedenfalls sah er mich amüsiert an. »Nee, Austern gibt es nicht.« Er trat beiseite und bat mich herein.

Der Flur war lang und schmal, mehrere Türen gingen davon ab. Hinter einer befand sich eine große, helle Küche mit Kochinsel und langem Esstisch aus rustikalen Eichenbrettern und schwarzen Metallbeinen.

Ich sah mich um. Noah hatte schon gedeckt. Zwei schlichte weiße Teller, Rotweingläser und graue Leinenservietten. Er hatte sich Mühe gegeben. Trotz der Größe des Raumes war es supergemütlich hier, vielleicht wegen der Dachschrägen.

»Du hast es wirklich schön hier«, sagte ich ehrlich beeindruckt.

»Danke! Ich hab Glück gehabt mit der Wohnung. Hab ewig gesucht. Na ja, wem sag ich das. Was hältst du von einem Aperitif?«

»Klingt gut.« Ich stellte die Weinflasche auf der Kochinsel ab, und Noah schenkte zwei Gläser Sekt ein. »Es gibt übrigens, ganz *Amélie*-like, etwas Französisches. Ratatouille. Ich hoffe, du magst das?«

»Ja, super. Mag ich gerne.«

»Puh!« Grinsend tat Noah so, als wische er sich Schweiß von der Stirn. »Und zum Nachtisch gibt's …«

»Crème brulée?«

»Genau. Woher weißt du das?«

Ich zuckte mit den Schultern. »Liegt nahe.«

»Wegen Frankreich?«

»Wegen des Films. Der Anfang«, erinnerte ich ihn. Ich versuchte die Off-Stimme des Sprechers zu imitieren: »Dafür hat sie einen besonderen Sinn für die kleinen Freuden des Lebens: Sie taucht gerne ihre Hand ganz tief in einen Getreidesack, knackt die Kruste von Crème brulée mit der Spitze eines Kaffeelöffels und lässt Steinchen springen auf dem Canal Saint-Martin.«

»Sag mal, wie oft hast du den Film eigentlich gesehen?« Noah lachte.

»Och, so zehn, fünfzehn Mal … aber jetzt schon lange nicht mehr«, versicherte ich schnell. »Ich freue mich drauf.«

Noah tischte das Ratatouille auf, und ich öffnete den Bordeaux. Der Wein war genau richtig zu dem Gericht. Wir begannen zu essen, mit großem Appetit, denn es schmeckte köstlich, und wir unterhielten uns angeregt. Erst über Helga, dann über Gott und die Welt. Obwohl wir uns inzwischen schon recht häufig begegnet waren, wussten wir wenig voneinander, und so erzählten wir uns, was wichtig erschien. Noah von seinen Eltern und seinem jüngeren Bruder. Ich von unserer WG, Flea Market und von der Schreinerlehre, die ich vorher gemacht hatte. Mia sparte ich aus. Der Streit, meine Vorwürfe, dass sie jetzt einfach weg war – ich wollte gerade nicht darüber reden. Es reichte mir, dass die andere Baustelle Thema war. »Gibt es da schon etwas Neues?«, wollte Noah irgendwann wissen. Ich erzählte ihm von Zieglers zweitem Besuch und von der Unterschriftenliste. »Das ist unglaublich«, sagte er und schüttelte fassungslos den Kopf. Die Idee mit dem Nachbarschafts-Flohmarktfest fand er super. »Wenn ich euch da irgendwie helfen kann«, sagte er und leerte sein Weinglas.

»Helga wollte dich fragen, ob du auftreten würdest. Singen. Also rappen.«

»Ob sie das immer noch will?«, überlegte er.

»Ich denke schon«, antwortete ich. Aber will ich das überhaupt, fragte ich mich. Doch das sprach ich nicht aus. Es war ja nett, dass er überhaupt seine Hilfe anbot. »Sie weiß, dass es keine Absicht war«, erklärte ich also.

»Ich werde es ihr trotzdem noch einmal selbst sagen. Und mich entschuldigen. Und natürlich, ich rappe gerne bei eurem Fest.«

»Wieso kannst du eigentlich so gut kochen?«, erkundigte ich mich, nachdem ich mir den Teller zum zweiten Mal vollgehäuft hatte.

»Irgendwas muss ich ja können.« Er nahm einen Schluck Wein.

»Was soll das denn heißen? Du kannst doch alles. Schauspielern, Klavier spielen, moderieren ... Gut, Winkelschleifer reparieren nicht, aber das ist ja auch eine Nische.«

Noah kaute und sagte eine Weile nichts. Im Hintergrund sang Olivia Rodrigo ihr ›Driver's License‹. Ich mochte das Lied.

»Aber es reicht eben nie«, erklärte er plötzlich.

»Wie meinst du das?«

»Na ja, eigentlich ist es so, dass ich nichts richtig gut kann. Du bist eine tolle Schreinerin und hast ein Auge für schöne alte Sachen. Und ein Herz für Menschen, die Hilfe brauchen. Und beides zusammengenommen hast du zu deinem Beruf gemacht. Du bist super in deinem Job! Und ich? Ich hab das auch versucht. Meine Berufung zum Beruf machen. Aber ich war offenbar nicht super. Jedenfalls nicht super genug. Als LUAK abgesetzt wurde bei RTL, da war ich am Boden zerstört, und ich gebe mir auch eine Mitschuld daran. Ich hatte ja eine der Hauptrollen. Ich weiß, die Figur Marcel Dahlström war jetzt nicht besonders ... tief. Aber ich hab trotzdem alles reingelegt, was ging. Aber es war anscheinend nicht genug! Es klingt vielleicht seltsam in deinen Ohren, aber LUAK, das war zehn Jahre lang mein Leben. Wir haben jeden Tag gedreht, von Montag bis Freitag, das Team war wie eine Familie für mich. Und dann, von einem Tag auf den anderen, war alles vorbei. Plötzlich musste ich morgens nicht mehr aufstehen und zum Set fahren. Keiner wollte mehr ein Interview, niemand interessierte sich mehr für mich. Ich bin von einem Tag auf den anderen abgestürzt und in ein Loch gefallen.«

Ich sah ihn überrascht an. So hatte ich das bisher noch nicht gesehen. »Das muss sehr schwer gewesen sein.«

Er nickte. Dann deutete er auf meinen ratzeputz leergegessenen Teller. »Bist du ready für die Crème brulée?«

»Absolut!«

Gemeinsam räumten wir die Teller und Schüsseln in die Spülmaschine.

»Hast du dich eigentlich nie um andere Rollen bemüht?«, fragte ich, um den Faden wieder aufzunehmen.

Er zuckte mit den Schultern. »Doch, natürlich. Hab ich«, sagte er, während er die Kühlschranktür öffnete und zwei kleine Schälchen mit dem Nachtisch herausholte. »Ich hatte viele Castings und hab auch hier und da mal eine kleinere Rolle ergattert. Aber ich war so festgelegt auf die Marcel-Figur, dass es mit einer größeren Rolle fürs Fernsehen einfach nicht mehr geklappt hat.«

»Und dann hast du beschlossen, ins musikalische Fach zu wechseln?«

Er nickte. »Mein Agent hatte die Idee, und, tja, dann hatte ich diesen Hit mit dem Münchner-Freiheit-Cover. Ein Überraschungshit, und das war's. Danach habe ich nur noch einen Song produziert. ›Du bist mein Wunder. Punkt‹.«

»›Du bist mein Wunder. Punkt‹?« Ich musste grinsen.

»Ja, so hieß das Lied.«

Wir setzten uns zurück an den Tisch. »Kenne ich gar nicht.«

»Eben!« Noah stellte mir die Crème brulée vor die Nase. »Das lief nämlich quasi unter Ausschluss der Öffentlichkeit. Der nächste Absturz. Ich war siebenundzwanzig und hatte das Beste schon hinter mir. So kam es mir jedenfalls damals vor. Ich wurde … Ach, ich will dich jetzt nicht mit meinem ganzen Kram langweilen, Tilda.« Er lächelte. »Ich weiß gar nicht, warum ich dir das alles erzähle. Doch, eigentlich weiß ich es schon.«

Ich blickte ihn halb fragend, halb amüsiert an.

»Weil du einfach eine Seelenöffnerin bist. Weil du zuhörst und mir das Gefühl gibst, dass Scheitern nichts ist, wofür man sich schämen muss, sondern dass es einen sogar stark macht.«

Ich schluckte und spürte, dass ich rot wurde – wegen des Kompliments aus seinem Munde und auch, weil ich jetzt diejenige war, die sich schämte, denn mir kam in den Sinn, wie ich mich über sein Rap-Experiment lustig gemacht hatte. Dabei war es sein Versuch gewesen, wieder aufzustehen. Ich hatte bisher nie darüber nachgedacht, was mit all den Stars und Sternchen passierte, die erst gehypt und dann wieder fallen gelassen wurden wie heiße Kartoffeln. Das waren ja auch Menschen, die mit all dem irgendwie fertigwerden mussten.

»Du überschätzt mich, Noah. Ich bin nicht so toll, wie du denkst«, sagte ich und biss mir auf die Lippen.

»Doch, bist du!«

Ich wurde noch röter. »Erzähl weiter«, sagte ich schnell.

»Na gut, aber ich mache es kurz. Ich bekam eine Depression und habe lange gebraucht, um wieder auf die Beine zu kommen.«

»Das ... kann ich mir vorstellen. Tut mir ... echt leid, dass es dir so schlecht ging.«

»Es war eine schwere Zeit. Aber jetzt ... jetzt habe ich wieder den Mut und den Drive, etwas Neues anzugehen. Ich habe das Theater, und das gibt mir Auftrieb.«

Ich nickte. »Ich glaube, es ist der Schlüssel für ein erfülltes Leben. Etwas zu haben, das man gerne tut. Für das man brennt.«

»Das Theater ist für mich jetzt so etwas.« Noah nippte an seinem Wein. »Ich möchte etwas Tolles daraus machen. Es soll nicht einfach nur ein Theater sein, sondern ein besonderer Ort, der Menschen etwas gibt. Der hilft, das Leben von vielen ein Stückchen bunter zu machen, und lebendiger. Ein Ort, wie du ihn mit Flea Market geschaffen hast.«

»Das ist ein guter Plan, Noah. Und er hört sich schon ganz anders an als zu Anfang.«

»Wie meinst du das?«

»Na ja, du hast gesagt, dass das Theater ein Zuhause für dein neues Ich werden soll.«

»Soll es ja auch. Nur wenn ich dort beruflich ein Zuhause finde und mich inspiriert fühle, kann ich das mit anderen teilen. Nur wer etwas hat, kann auch etwas geben, verstehst du? Und deshalb schließt das eine das andere nicht aus. Oder mit anderen Worten: Man muss auch an sich selbst denken, um anderen etwas geben zu können. Apropos ...« Noah reichte mir einen kleinen silbernen Löffel und lächelte. »Was meinst du? Wenden wir uns den kleinen Freuden des Lebens zu?«

Ich nickte, und dann knackten wir die Kruste der Crème brulée mit der Spitze eines Kaffeelöffels und verspeisten das köstliche Dessert, ohne ein einziges Wort zu sagen. Worte, die brauchte es nämlich nicht, wenn man zusammen kleine Freuden genoss. Die Blicke, die wir uns zuwarfen, sagten alles.

Nachdem wir das letzte Fitzelchen aus den Schälchen gekratzt hatten, erhob Noah sich von seinem Stuhl und verkündete: »Kinozeit.« Und dann führte er mich in sein Schlafzimmer, was ich zuerst ein wenig befremdlich fand, doch dann sah ich die einklappbare Dachlukenleiter, die er schon heruntergezogen hatte. »Hier hinauf!« Er deutete nach oben. Wir erklommen die zehn Sprossen und befanden uns plötzlich in einem hübsch hergerichteten Mansardenzimmer mit einem winzigen runden Dachfenster, einem roten Sofa und einer Leinwand. »Tadaa! Willkommen in meinem Lieblingsort.« Er machte eine ausladende Handbewegung, so als stünden wir in einem hundert Quadratmeter großen Raum oder auf einer riesigen Wiese.

»Nimm doch Platz.« Er deutete auf das kleine Sofa, das gemütlich aussah mit den bunten Kissen darauf.

Ich warf noch einen kurzen Blick durch das Dachlukenfenster, denn das zählte für mich auch zu den kleinen Freuden des Lebens: aus dem Fenster schauen. Besonders aus Fenstern, die einen Blick auf Baumkronen boten oder auf ein Dächermeer, und darüber der Himmel. In diesem Fall war er allerdings wolkenverhangen, und ein kräftiger Schauer ging gerade nieder. Das Trommeln der Regentropfen auf der Fensterscheibe hatte etwas Heimeliges – jedenfalls, wenn man ein Dach über dem Kopf hatte.

»Schön, nicht wahr?«

Ich nickte stumm und musste an Mia denken. Irgendwo da draußen war sie. Ich hätte so viel dafür gegeben, zu wissen, wo – und dass sie jetzt nicht nass wurde. Ich seufzte tief.

»Alles in Ordnung?«, fragte Noah.

»Ja, klar. Alles okay«, sagte ich schnell, riss mich von der Aussicht los und fläzte mich auf das Sofa. »Oh, wen haben wir denn da?« Ich nahm den Flöte spielenden Hermann hoch, den ich neben dem Couchtischchen entdeckt hatte.

»Er fühlt sich hier schon wie zu Hause.« Noah hielt die Fernbedienung Richtung Videobeamer, der an einem der freigelegten Dachbalken befestigt war.

»Das freut mich für ihn«, sagte ich und stellte den Gartenzwerg zurück an seinen Platz.

»Es kann losgehen«, verkündete Noah. Im selben Moment erschien das Logo von Netflix auf der Leinwand, und er ließ sich neben mich auf das Sofa plumpsen. Ein Rauschen erklang, und dann war auf der Leinwand die kleine Amélie zu sehen, in der Retrospektive. Kurze Szenen ihrer Kindheit, in denen sie Dinge tut, die man als Kind so tut, wenn einem langweilig ist. Sich die Nase an einer Scheibe plattdrücken, Kirschen hinter die Ohren hängen, getrockneten Uhu-Kleber vom Finger pulen. Das Ganze wunderschön gefilmt, wie mit einer Super-8-Kamera, und hübsch hintereinander geschnitten. Begleitet wurden die Bilder von ruhiger Klaviermusik. ›La Dispute‹ – der Titelmelodie. Schon wenige Sekunden nach Filmstart war Noahs kleines Heimkino nicht nur ausgefüllt mit seinem Duft, sondern auch mit einer ruhigen, sehnsuchtsvollen und etwas sentimentalen Atmosphäre, und als sein leicht gebräunter Arm mit den blonden Härchen kurz meinen berührte, machte sich Gänsehaut auf meinem gesamten Körper breit, und ein wohliger Schauer lief mir über den Rücken. Ich verspürte unwillkürlich Lust, noch öfter kleine Freuden mit ihm zu teilen. Noch einmal gemeinsam mit ihm die Kruste einer Crème brulée zu knacken, unsere Hände ganz tief in einem Getreidesack zu vergraben und Steinchen flitschen zu lassen auf dem Canal Saint-Martin, oder, wenn das nicht ging, dann eben auf dem Rhein oder sonst irgendwo, wo es Wasser gab und Steinchen.

## 25. KAPITEL

Eigentlich ließen wir es montags gern etwas ruhiger angehen, doch heute war alles anders. Wir legten schon am frühen Morgen los und arbeiteten alle zusammen im Akkord. Auch Helga. Sie schimpfte, kommandierte und ackerte für zwei. Ihren Auftritt bei Obi schien sie verdaut zu haben. Wenn nicht, ließ sie es sich jedenfalls nicht anmerken.

Wir wollten möglichst viele Möbel und Geräte für den großen Flohmarkt aufhübschen, reparieren, beziehen, lackieren und herrichten. Der Hausstand von Frau Bertram erwies sich als wahrer Segen. Schränkchen, Ohrensessel, opulente Sofas und Stehlampen mit Fransenschirmen, Beistelltischchen, eine umfangreiche Plattensammlung mit vornehmlich Jazzmusik – es war jede Menge toller Vintage-Ware vorhanden. Der geplante Outdoor-Flohmarkt konnte eigentlich nur ein Erfolg werden, und ich hoffte sehr, dass unsere Nachbarn aus dem Neubaugebiet das Schöne an Altem und Gebrauchtem schätzten und auf diese Weise auch uns schätzen lernten. Wir arbeiteten fast ohne Pause, und am Abend hatten wir viel geschafft.

Es war schon nach neunzehn Uhr, als ich Helga und Cem nach Hause schickte, und obwohl ich ziemlich erledigt war, zog ich nun, da alle weg waren, den Karton mit dem zerbrochenen Meissner Porzellan hervor. Heute Mittag hatte der Paketbote endlich das heißersehnte Kintsugi-Reparaturkit gebracht. Ich beschloss, es noch heute auszuprobieren. Wenn es klappte und gut aussah, konnten wir das Geschirr vielleicht ebenfalls auf dem Flohmarkt anbieten.

Ein Blick aus dem Fenster über den Hof verriet mir, dass Kaja noch im Laden war. Wahrscheinlich arbeitete sie an einem Upcycling-Stück. Ich griff zu meinem Handy und rief sie an.

»Lust auf Puzzlen?«, fragte ich.

»Sag nicht, das Kintsugi-Kit ist endlich da?«

»Du hast es erfasst!«

Kaja war schneller in der Werkstatt, als ich die Einzelteile des Geschirrs auf meiner Werkbank auslegen konnte. Wir schnappten uns jede einen Hocker und begannen, zusammenzufügen, was zusammengehörte. Ich versuchte mich an einer Tasse, Kaja an einem Teller. Es machte richtig Spaß, und das Ergebnis war toll. Die gezackten goldenen Streifen auf dem Blümchenporzellan sahen super aus.

Kaja betrachtete ihr Werk. »Viel schöner als vorher, findest du nicht?«

»Na ja. Also, auf jeden Fall ... origineller.«

»Schau mal, wer da kommt!« Sie deutete mit dem Kopf Richtung Fenster.

Mein Herz setzte einen Schlag aus, und ich spürte, dass eine leichte Röte mein Gesicht überzog.

Kaja sah mich prüfend an und grinste.

»Ist was?«

»Nö, wieso?« Jetzt grinste sie noch mehr. Sie nahm zwei Scherben vom Tisch und hielt sie aneinander. »Ich würde sagen, ihr passt zusammen«, murmelte sie.

In diesem Augenblick betrat Noah die Werkstatt. »Hey, ihr beiden«, begrüßte er uns und betrachtete verwirrt den Scherbenhaufen auf der Werkbank. »Was ist das?«

»Mein Leben«, sagte ich mit Grabesstimme.

Kaja zeigte mir einen Vogel. »Jetzt übertreib mal nicht! Außerdem kleben wir es ja auch gerade wieder zusammen.«

»Ihr klebt diesen Haufen Scherben zusammen? Warum?« Verständnislos blickte Noah von Kaja zu mir und wieder zurück.

»Kintsugi«, antwortete ich lakonisch.

»Zerbrochenes Geschirr reparieren«, erklärte Kaja.

»Ah.«

»Mit Goldlack.« Stolz hielt ich ihm meine fertige Teetasse entgegen.

»Du bist ja eine Zauberin«, sagte er beeindruckt.

»Manche sagen auch einfach Upcyclerin«, brummte Kaja.

»Wie auch immer. Mir gefällt's. Ich mache jetzt übrigens Feierabend. Hätten die Damen Lust, noch ein bisschen rauszugehen?«

»Lust schon, aber ich bin gleich verabredet.« Kaja warf einen Blick auf die Ikea-Uhr an der Wand. »Lohnt sich nicht mehr, vorher noch nach Hause zu gehen. Aber Tilda hat bestimmt Lust.« Schon wieder grinste sie.

Ich spürte, dass meine Hände feucht wurden. »Okay, ich komm mit.«

»Dann mal los, Zauberin.«

Schnell räumten wir ein wenig auf. Dann nahm ich meine Jeansjacke aus dem Spind, und Noah half mir hinein.

»Ich schließ ab«, versprach Kaja. »Und jetzt tschüss, ihr beiden. Viel Spaß!«

»Danke«, sagte ich, und als würden wir uns schon ewig kennen, schob Noah mich hinaus in das abendsonnige Licht.

Es war noch sommerlich warm draußen. Die Jacke hätte ich nicht gebraucht. Ich ließ sie trotzdem an.

»Wie lange seid ihr eigentlich schon befreundet?«, wollte Noah wissen, während wir über den Hof schlenderten.

»Kaja und ich? Oh, seit der Schulzeit. Seit sie als Zwölfjährige mit ihren Eltern aus Slowenien nach Deutschland gezogen ist. Sie kam in meine Klasse und wurde meine Sitznachbarin. Von da an waren wir unzertrennlich.«

»Merkt man. Ihr scheint euch sehr nahezustehen.«

Wir gingen die Bonner Straße entlang. Es waren viele Leute unterwegs. Alle wollten den Sommerabend genießen, ein Bier oder einen Wein trinken oder einfach einen Abendspaziergang machen. Und Noah wollte das offenbar auch. Irgendwann deutete er Richtung Volksgarten und sagte: »Parkwetter. Lust auf einen kleinen Abstecher?«

Ich nickte und dachte, warum nicht?

Wir steuerten die große Wiese an. Es war voll, wie immer bei gutem Wetter. Überall saßen Menschen, grillten, redeten, tranken Bier. Mein Blick wanderte zu den großen Rohren am Rand des Parks. Von weitem sah ich, dass eine Gruppe Jugendlicher davorsaß. »Lass uns mal dort drüben hingehen.« Ich deutete zu den Bahnschienen.

»Na gut«, sagte Noah überrascht.

Wir schlenderten über die Wiese und stapften durch das kleine Eichenwäldchen die Anhöhe hinauf. Meine Schritte wurden immer schneller.

»Haben wir ein Ziel?«, fragte Noah irgendwann irritiert, doch ich antwortete nicht, sondern hielt auf die Gruppe Jugendlicher zu und scannte sie mit einem schnellen Blick. »Verdammt«, murmelte ich enttäuscht. Mia war nicht dabei.

»Alles in Ordnung, Tilda?«

»Ich erklär's dir später«, sagte ich und lief von Rohr zu Rohr, um in jedes einen Blick zu werfen. Doch auch hier: keine Mia.

»Hast du … etwas verloren?«

»Ja«, erwiderte ich knapp.

»Etwas ... Wertvolles?«

Ich nickte. »Wollen wir wieder da rüber?« Ich deutete auf die Wiese.

»Gute Idee. Ist etwas hübscher dort, als ...« Noah sah sich um. »... auf dieser halben Baustelle.«

Wir gingen zurück und setzten uns unter einer großen Trauerweide ins Gras. Ich schlang die Arme um meine Knie, und dann begann ich zu erzählen. Von Mia. Dass sie seit eineinhalb Wochen verschwunden war, und wie sehr ich mich sorgte und sie vermisste.

»Oje«, sagte Noah mitfühlend. »Das tut mir leid. Aber ... mach dir nicht so viele Sorgen. Sie ist sicher bei Freunden und schmollt. Bestimmt taucht sie bald wieder auf.«

»Hoffentlich. Sie ... sie macht immer so dumme Sachen, wenn ich nicht auf sie aufpasse.«

»Was meinst du mit ›dumme Sachen‹?«

»Na ja, zu viel trinken. Sich mit komischen Typen einlassen. Unvernünftig sein, in jeder Beziehung.«

»Sie stößt sich die Hörner ab. Das ist normal in dem Alter.«

»Ja, vielleicht. Aber wenn etwas passiert, bin ich schuld.«

»Wieso? Mia ist doch erwachsen, oder?«

»Ja. Schon.«

»Na also. Sie ist erwachsen, und du bist nicht ihr Babysitter. Sie führt ihr eigenes Leben und ist für sich selbst verantwortlich.«

Ich zuckte mit den Schultern. »Eigentlich ja«, gab ich zu. »Aber bei uns ist das ein bisschen anders, weißt du.«

»Wieso?«

»Weil ... als wir Kinder waren, da ...« Ich winkte ab. »Egal. Es ist ... schwer zu erklären.«

Einen Augenblick lang sagte keiner etwas. Dann entfuhr

mir ein Seufzer. »Wo zum Teufel steckt sie nur?« Ich ließ mich auf den Rücken fallen und verschränkte die Arme hinter dem Kopf. Noah tat es mir gleich. Wir redeten noch eine ganze Weile. Es wurde langsam dunkel. Wir blickten in das Blätterdach des Baumes.

»Was macht eigentlich dein Theaterstück?«, fragte ich ihn irgendwann.

Er seufzte. »Ehrlich gesagt – ich komme nicht richtig weiter. Ich hatte schon einige Einfälle, hab sie aber alle wieder verworfen. Mir fehlt die Inspiration und eine zündende Idee.«

»Manchmal ist einfach der Wurm drin. Das gilt für Möbel, gemeinnützige Einrichtungen und anscheinend auch für noch nicht geschriebene Theaterstücke.«

»Da sagst du was«, seufzte Noah. »Morgen fahre ich für ein paar Tage nach Holland an die See. Zusammen mit Armando. Wir wollen zusammen brainstormen und intensiv überlegen. Ich hoffe, uns kommt eine zündende Idee.«

»Ich drück dir die Daumen.«

Er nickte. Dann sprang er plötzlich auf.

»Was hast du vor?«

»Mich den kleinen Freuden des Lebens widmen. Komm mit!« Er streckte mir seine rechte Hand entgegen.

Ich ergriff sie und ließ mich von ihm hochziehen.

Er behielt meine Hand in seiner. Sie war warm und zog mich entschlossen vorwärts.

»Wo führst du mich hin?«, fragte ich verwirrt.

»Wart's ab.«

Plötzlich ahnte ich, was er vorhatte. Wir gingen zum Weiher, auf dem ein paar angeleinte Tretboote still vor sich hinschaukelten. Einige hatten die Form von Schwänen. Wir gingen um das Gewässer herum und erreichten eine Stelle, wo Bäume standen und Dickicht war. Und sonst niemand. Noah ließ meine Hand los und suchte mit Hilfe der Handytaschenlampe den Boden ab. Irgendwann wurde er fündig. Er bückte sich und hob etwas auf. »Hier«, sagte er und drückte mir ein flaches Steinchen in die Hand.

Ich lachte. »Wie oft schaffst du?«

»Dreimal. Locker. Und du?«

Ich wog den flachen Stein in meiner Hand. Er war gut. Bestens geeignet für das Vorhaben. »Viermal!«

»Angeberin.«

»Abwarten!« Ich trat dicht ans Ufer und beugte mich vor. Dann holte ich mit dem rechten Arm aus und warf den Stein, so fest ich konnte, flach über das Wasser. Er flog ein Stück, setzte auf der spiegelglatten Oberfläche auf, und dann sprang er wie ein Flummi quer über den Weiher. »Eins«, zählte ich leise. »Zwei. Drei. Vier ... FÜNF!«, jubelte ich. »Nenn mich noch mal Angeberin!«

»Wow.« Noah war sichtlich beeindruckt. »Okay, ich nehme es zurück und nenne dich von nun an wieder ... Zauberin.«

»Das klingt schon besser.« Zufrieden verschränkte ich die Arme vor der Brust. »Und jetzt du.«

Noah rieb mit der Handfläche über seinen Stein, als würde er dadurch glatter werden, und absolvierte einige Trockenübungen.

»Jetzt mach schon!«, rief ich lachend.

»Vorbereitung ist die halbe Miete«, erklärte er mit ernster Miene.

Ich verdrehte die Augen.

Dann endlich warf er seinen Stein, und wir zählten gemeinsam. »Eins. Zwei. Drei ...«

»Möööööp«, sagte ich, denn nun sank Noahs Stein sang- und klanglos auf den Grund des Weihers, und außer ein paar Wasserkreisen war nichts mehr zu sehen.

»He, was war das denn? Nach der ausgiebigen Vorbereitung nur drei armselige Hüpfer?«

Noah drehte sich zu mir um und grinste. »Deine Schuld!«

»Wie bitte? Was hab ich mit deinem Stein zu tun?«

»Du machst mich nervös, Zauberin«, sagte er leise, kam näher und sah mir in die Augen.

»Oh …« Ich spürte, dass mein Herz plötzlich auch ein paar Hüpfer machte, und schaute zu Boden, weil ich nichts zu erwidern wusste.

Ich deutete auf einen kleinen Steg, der neben uns ins Wasser ragte. »Päuschen?«

Er nickte.

Ich zog meine Chucks aus, setzte mich auf das Holz und ließ die Beine baumeln. Wenn ich sie ganz weit nach unten streckte, berührte mein großer Zeh das kalte Wasser und hinterließ auch ein paar Kreise.

Noah, der mich bis dahin schweigend beobachtet hatte, entledigte sich nun auch seiner Schuhe und setzte sich dicht neben mich. Er musste seine Beine nicht recken, um die Füße in den Weiher zu tauchen. Er spritzte ein bisschen Wasser an meine Waden.

»He«, sagte ich leise und spritzte zurück.

Eine Weile sagten wir nichts, sondern waren damit beschäftigt, auf unsere Füße zu schauen und auf das Wasser.

»Dein kleiner Zeh ist ja auch größer als der daneben«, stellte ich irgendwann fest.

Noah hob seine Füße hoch und betrachtete sie. »Zeig mal deine.«

Ich zog einen Fuß aus dem Wasser.

»Du hast recht«, sagte er. »Wir sind sowas wie … Zehenverwandte.«

Hinter uns raschelte es. Vielleicht ein Vogel oder eine Maus, die sich von uns gestört fühlte. Ich schaute mich ängstlich um, doch da war es schon vorbei.

Noah griff vorsichtig an meinen Kopf. »Du hast da was«, sagte er und zog etwas aus meinem Haar. Seine Hand berührte mein Ohr, und Wohlbehagen breitete sich in meinem Körper aus wie eine Laolawelle, von Kopf bis Fuß. Durchdrang jede meiner Zellen und ließ mich wohlig erschauern.

Noah hielt mir ein verwelktes Blättchen entgegen. »Das hat sich in deine Haare verirrt.«

»Danke fürs Rausfischen«, murmelte ich, tauchte meine Zehen noch einmal ins Wasser und produzierte kleine Wellen. Es plätscherte leise. Irgendwann ließen Noah und ich uns erneut auf den Rücken fallen, und ich schloss die Augen.

Als ich sie wieder öffnete, war ich ganz benommen und wusste im ersten Augenblick nicht, wo ich war. Vorsichtig drehte ich den Kopf nach rechts. Neben mir lag Noah. Langsam kam die Erinnerung zurück.

»Bin ich eingeschlafen?«, murmelte ich verwirrt.

Noah grinste. »Ja, bist du.«

Ich setzte mich auf und merkte, dass ich fröstelte. Es war kühl geworden.

»Soll ich dich wärmen?«

Ich zögerte. Sollte er? Er streckte den Arm aus, und ich rückte näher an ihn heran. Und dann war es plötzlich ganz selbstverständlich, dass er seinen Arm um mich legte und ich meinen müden Kopf an seine Schulter. Es war schon seltsam. Wir waren so verschieden. Er arbeitete mit dem Kopf. Ich mit den Händen. Er liebte die große Bühne. Ich blieb lieber im Hintergrund. Seine Kindheit: wie aus dem Bilderbuch. Meine: nicht. Wir waren aus unterschiedlichem Holz geschnitzt. Keine gemeinsame Bruchstelle. Und trotzdem passte es. Jedenfalls fühlte es sich gerade so an.

»Wie lange habe ich geschlafen?«, fragte ich müde.

»Eine halbe Stunde.«

»So lange?«

»Ich hab gut auf dich aufgepasst.«

Ich nickte gerührt. Wann hatte das letzte Mal jemand auf mich aufgepasst? Normalerweise war ich diejenige, die aufpasste. Ein schönes Gefühl, dass es heute anders war.

Es war schon nach Mitternacht, als ich nach Hause kam. Noah hatte mich bis zur Haustür begleitet und mich zum Abschied nachdenklich angesehen.

»Was guckst du so?«, hatte ich mit klopfendem Herzen gefragt.

»Ach, nur so«, hatte er leise erwidert und mir zum Abschied einen Kuss auf die Stirn gegeben.

Herzklopfen hatte ich jetzt, oben angekommen, immer noch. Jonte und Kaja waren entweder noch nicht zu Hause oder schliefen schon, was mir gerade recht war. Ich wollte jetzt allein sein und noch einmal nachspüren, wie es gewesen war, von Noah gewärmt und beschützt zu werden. Ich schlüpfte in mein Zimmer, zog Jeansjacke und Chucks aus und mein Schlaf-T-Shirt an. Dann legte ich mich rücklings aufs Bett und schloss seufzend die Augen. Irgendwann erhob ich mich, nahm meine schwarze Kladde und einen Stift zur Hand und setzte mich damit im Schneidersitz auf den Boden.

*Kennst du das Sprichwort mit den Gegensätzen? Ich glaube, es ist etwas dran. Ich bin nämlich gerade dabei, mich zu verlieben. Er heißt Noah, ist Schauspieler, und ich habe nichts mit ihm gemeinsam. Außer einem zu großen kleinen Zeh.*

## 26. KAPITEL

»Nein! Nein, nein, nein!«, rief ich und sprintete zu Cem hinüber, der gerade im Begriff war, den Karton mit dem in mühsamer Kleinarbeit mittels Kintsugi-Technik reparierten Teeservice nach draußen zu schleppen. »Den nehme ich!«

»Pffff«, machte Cem beleidigt und reichte mir die Kiste.

Kaja und ich hatten die letzten Teetassen gestern Nacht noch ›vergoldet‹, und auch sonst war alles rechtzeitig fertiggeworden. Heute war der große Flohmarkt-Samstag, und unser Sortiment konnte sich wahrlich sehen lassen. Es war gerade mal sieben Uhr, aber die ganze Flea-Market-Truppe war schon zum Aufbau erschienen und wuselte herum wie eine Ameisenkolonie. Auch Jonte war mit von der Partie, und sogar Holger hatte angeboten, uns zu helfen. Die beiden bauten im Hof Tapeziertische auf. Kaja hatte sich einige rollbare Kleiderständer besorgt und hängte viel schöne Second-Hand-Kleidung auf. Das Abendkleid aus Blaumännern war das Highlight ihrer Kollektion. Es war ärmellos, figurbetont geschnitten und am Ausschnitt mit Glitzersteinchen versehen.

»Da pass ich nich rein«, hatte Helga gemeint, nachdem sie das Kleid eingehend betrachtet hatte. »Aber dunkelblau is sowieso nich mein Fall. Gedeckte Farben hab ich lange genug getragen. Kaja, kannste mir sowatt nich mal in orange machen? Aber so, datt mir datt dann auch passt!«

Kaja steckte sich eine Zigarette an und nickte. »Klar.« Sie

nahm einen tiefen Zug. »Ich glaub, ich hab noch irgendwo Overalls von jemandem, der bei der Müllabfuhr gearbeitet hat.«

»Datt wäre natürlich super. Die Dinger haben 'ne tolle Farbe! Datt müsste dann vorne so geschnitten sein, datt ich ...«

Helga kam nicht mehr dazu, den gewünschten Schnitt ihres künftigen Müllabfuhrkleids zu erläutern, denn in diesem Moment ertönte ein lauter Knall, dicht gefolgt von einem noch lauteren: »Fuck!« Cem hatte gerade seine Torwand ausprobiert und dabei offenbar so fest geschossen, dass sie mit Getöse umgefallen war.

»Mann, Mann, Mann! Datt Dingen müsst ihr unten richtig fixieren«, rief Helga und stapfte kopfschüttelnd zum Unglücksort.

»Hinterher ist man immer schlauer«, maulte Cem.

Ich musste lachen, doch gleichzeitig wurde mir schwer ums Herz. Nicht auszudenken, wenn wir Flea Market möglicherweise schon in wenigen Wochen würden schließen müssen. Ich hatte seit seinem letzten Besuch nichts mehr von Ziegler gehört, doch das hieß nichts. Er tauchte ja immer völlig unerwartet mit seinen Hiobsbotschaften auf. Das Flohmarkt-Fest heute musste einfach ein Erfolg werden. Wir hatten in der ganzen Südstadt Plakate aufgehängt und im Park Quartier extra noch mal Flyer in die teuer aussehenden Edelstahl-Briefkästen geworfen.

Noah war auch schon da, wie ich jetzt überrascht feststellte. Vor lauter Hektik hatte ich gar nicht mitgekriegt, dass er gekommen war. Gerade trug er Frau Bertrams alte Fransenschirm-Stehlampe aus der Verkaufshalle. Seit unserem Steineflitschabend hatte ich ihn nicht mehr gesehen. Er war tatsächlich ein paar Tage mit Armando an die See gefahren, in Klausur sozusagen, um über sein Theaterstück zu sinnieren.

Ich ging zu ihm hinüber. »Hey.«

Er schaute um den Fransenschirm herum, und seine Miene erhellte sich. Vorsichtig stellte er die Lampe ab. »Hey, Tilda«, sagte er mit einem verlegenen Grinsen.

»Danke, dass du gekommen bist.«

»Hatte ich doch versprochen.«

Ich fuhr mit der Hand durch die dichten Fransen, was sich so gut anfühlte, dass es glatt mit auf die Liste der kleinen Freuden des Lebens hätte aufgenommen werden können. »Und, ist dir ein Licht aufgegangen?«

Er blickte mich fragend an.

»Das Theaterstück.«

»Ah, ja. Ich meine, nein. Eigentlich nicht wirklich. Es gab viele Ideen, aber irgendwie ist dann doch alles wieder im Sande verlaufen, weil nicht realisierbar, langweilig oder irrelevant.«

»Verstehe.«

»Du musst datt hier unten verschrauben, du Depp!«, sagte Helga gerade zu Cem. Er kämpfte immer noch mit seiner Torwand.

»Selber Depp!«, schimpfte Cem. »Kümmer du dich um die Elektrik. Damit kennst du dich aus. Ich kümmer mich um Fußball. Damit kennst du dich nämlich nicht aus.«

»Bitte! Wenn du meinst!« Helga zuckte mit den Schultern und rauschte beleidigt davon.

Wir lachten. »Bühnenreif, die beiden«, sagte Noah.

Wir bauten weiter auf und dekorierten unseren sowieso schon dekorativen Hof mit bunten Wimpelketten, die Kaja gestern noch aus Stoffresten genäht hatte. Der Aufwand hatte sich gelohnt. Es sah toll aus.

Gegen zehn kamen die ersten Leute, um zu stöbern und zu kaufen, und von da an riss der Publikumsstrom nicht mehr ab. Die halbe Südstadt schaute bei uns vorbei. Stammkunden wie Frau Bertram, die beinahe einen ihrer alten Stühle zurückgekauft hätte, oder Herr Fabio, der drei mundgeblasene Vasen aus böhmischem Glas erwarb. Nachbarn und Freunde waren darunter, aber auch unzählige Menschen, die uns vorher gar nicht gekannt hatten. Gegen zwölf versteigerten wir einige unserer schönsten und wertvollsten Objekte im Rahmen einer kleinen Auktion, die Noah auf einer einfachen, von mir selbst gezimmerten Bühne moderierte. Den Erlös würden wir an Gulliver, eine Einrichtung für Obdachlose, spenden. Auch unser Kintsugi-Geschirr kam unter den Hammer, und zwar für sage und schreibe dreihundertneunundvierzig Euro fünfzig.

»Watt?«, rief Helga, als die Summe von Noah durchgesagt wurde. »Dreihundert irgendwatt für datt zerdepperte Zeuch?« Sie schüttelte ungläubig den Kopf. »Datt is doch Quatsch, Leute!«

Doch die neue Besitzerin war anderer Meinung und glücklich über das neue Service mit den Bruchstellen aus Gold. »Es sieht wunderschön aus, außerdem hat sowas nicht jeder«, erklärte sie später und bat mich, die schwere Kiste an meinem Stand deponieren zu dürfen. Ich verstaute das Geschirr hinter mir, während die Frau begann, in einem Stapel mit Kissenbezügen zu stöbern.

»Ich hörte, Sie sind hier die Chefin«, sagte sie und stellte sich dann vor. »Ich bin Antje Behrendt.« Sie deutete auf zwei Frauen, die sich uns in diesem Moment näherten. »Und das sind meine Freundinnen. Sie wohnen beide im Park Quartier. Und ich übrigens bald auch.«

»Ah, verstehe«, sagte ich so höflich, wie es mir mit einem plötzlich eingefrorenen Lächeln möglich war.

»Ich komme demnächst öfter«, versprach sie. »Wir bauen

neu, und ich brauche noch jede Menge Möbel. Mein Mann steht zwar nicht so auf Retro, aber in Sachen Interieur hab ich das Sagen.« Sie lachte.

»Dann musst du dich aber beeilen.« Eine ihrer Freundinnen verzog bedauernd den Mund. Sie war blond und trug Jeans, eine helle Leinenbluse und große goldene Creolen.

»Ich weiß. Sie werden nicht mehr lange hier sein. Weil wir ja hier ... Sie ziehen um, hörte ich.«

Mein Lächeln war inzwischen erstorben.

»Komm, lass uns mal weiter«, sagte die mit den Creolen. »Ich hab Durst.« Sie wandte sich um und blinzelte. »Sagen Sie, dieser Typ da hinter der Theke, der eben auch die Auktion gemacht hat, ist das nicht einer aus LUAK? Dieser Marcel?«

Ich nickte stumm.

»Wow. Toller Mann. Dass der bei so was mitmacht! Kennen Sie ihn näher?«

»Ja«, sagte ich kühl. »Wir sind ... sehr gut befreundet.«

»Oh, wirklich?« Die Creolen-Frau sah beeindruckt aus.

»Na, dann, Mädels ...« Antje Behrendt deutete mit dem Kinn Richtung Getränkestand. »Worauf warten wir? Ich wollte mir schon immer mal vom hotten Barkeeper Marcel Dahlström einen Drink servieren lassen.« Mit diesen Worten hakte sie sich links und rechts bei ihren Freundinnen unter und zog mit ihnen von dannen.

»Sind die aus ›Sex and the City‹?«, fragte Kaja, die kurz darauf an meinen Stand kam.

»Eher ›Desperate Housewives‹. Sie wohnen nebenan im Park Quartier. Jedenfalls zwei von ihnen«, erwiderte ich und beobachtete, wie sie Sekt tranken und dabei mit Noah flirteten. »Die dritte zieht demnächst hierher.«

»Verstehe«, sagte Kaja. »So ist das.« Sie musterte das Trio aufmerksam. »Sind anscheinend Noah-Fans. Echt erstaunlich, wer alles LUAK geguckt hat. Und wie viele Verehrerinnen er immer noch hat.«

Ich nickte.

»Heilige Scheiße!«, rief Kaja plötzlich, und ich sog geräuschvoll die Luft ein. Um ein Haar hätte Antje Behrendt einen Fußball-Querschläger an den Kopf bekommen. Es war gerade noch mal gutgegangen. Cem schaute lachend in meine Richtung und wischte sich imaginären Schweiß von der Stirn. An seiner Torwand war am meisten los. Unzählige Kinder standen in einer Reihe und warteten darauf, dass sie drankamen. Und Cem schien in dieser Aufgabe völlig aufzugehen. Die Kinder vergötterten ihn geradezu. Kein Wunder. Unermüdlich und mit dem ihm eigenen Charme übte er mit ihnen das Zielen, Dribbeln und Schießen.

Unermüdlich war auch Jonte, der einen großen Schwenkgrill besorgt und ihn in der hinteren Ecke des Hofs aufgebaut hatte. Inzwischen glühte die Kohle mit seinen Wangen um die Wette, und ein köstlicher Duft nach Grillwürstchen breitete sich in unserem Hof aus. Noah stand mit seinem Getränkestand in unmittelbarer Nähe. Auch er hatte alle Hände voll zu tun. Nicht nur mit den Ladys aus dem Park Quartier.

»Läuft ganz gut, oder?«, fragte ich ihn, nachdem die Damen weitergezogen waren und ich beschlossen hatte, mir nun selbst von dem süßen Barkeeper ein Kölsch servieren zu lassen.

»›Ganz gut‹ ist gut. Es läuft wie geschmiert!« Er schaute auf sein Handy. »Ooops. Obwohl ...«

»Was?«

»Ich muss langsam mal auf die Bühne.«

Oh no, stöhnte ich innerlich, doch das war wohl der Preis dafür, dass Noah sich hier so engagiert einbrachte. Er wollte rappen, und er würde rappen.

Ich übernahm also den Getränkestand, während er die

kleine Bühne erklomm. Er griff nach dem Mikro und machte so etwas wie einen Soundcheck mit sich selbst. Helga verließ daraufhin unverzüglich ihren Waschmaschinenstand und sicherte sich einen Platz ganz vorne an der Bühne. Nach und nach kamen immer mehr Interessierte, und es bildete sich eine beachtliche Menschentraube, was Noah mit unverhohlener Freude zur Kenntnis nahm. Wenig später erklang Musik vom Band. Dafür hatte Cem gesorgt. Noah hielt das Mikro ganz dicht vor seinen Mund, lächelte das Publikum an und verpasste seinen Einsatz nur knapp. Die meisten bemerkten es nicht.

> »Ohne dich schlaf' ich heut Nacht nicht ein
> Ohne dich fahr' ich heut' Nacht nicht heim
> Ohne dich komm ich heut' nicht zur Ruh
> Das, was ich will, bist du, du, du«

rappte er, und begleitete die Performance mit perfekten Hüftschwüngen. Elvis hätte neben ihm alt ausgesehen, selbst als er noch jung war. »Das, was ich will ...«, sprachsang er, streckte den rechten Arm samt Zeigefinger aus und drehte sich rhythmisch wippend im Uhrzeigersinn um die eigene Achse. »Das, was ich will ... Das, was ich will ... Das, was ich will ...« Jetzt hatte er sich um etwa hundertsechzig Grad gedreht und deutete genau auf mich. »Bist duuuuuuuu!« Er kreiste mit seinem Zeigefinger ein wenig in der Luft und zwinkerte mir zu, und ich fragte mich, warum er mich gerade an Howard Carpendale erinnerte. Vielleicht war es die weiße, im Schritt etwas eng sitzende Jeans. Oder die Art, wie er das Mikro an den Mund hielt und es dann mit zwei Fingern um die eigene Achse drehte. Oder es war das strahlende Lächeln, das er mir schenkte, während er immer noch mit dem nackten Finger auf mich zeigte.

»Das, was ich will, bist duuuuuuu ...« Ich lächelte auch, allerdings etwas peinlich berührt, und hoffte, dass er gleich mal auf jemand anders zeigen würde, denn inzwischen hatte ich sämtliche Blicke auf mich gezogen. Nach einer gefühlten Ewigkeit wandte er sich schließlich wieder seinem Publikum vor der Bühne zu. Ich atmete erleichtert auf und beobachtete, dass er nun die Park-Quartier-Ladys in den Fokus nahm. Die waren viel dankbarer als ich und johlten, winkten und wippten begeistert im Takt mit.

Holger war offensichtlich kein Rap-Fan. Er kam zu mir an den Getränkestand und orderte ein Kölsch. Jonte beschloss nun ebenfalls, eine Pause am Grill einzulegen, und schlenderte, beide Hände in den Hosentaschen vergraben, zu uns herüber. »Ich nehm auch eins«, sagte er, und ich zapfte uns drei leckere, eiskalte Kölsch. Wir stießen an.

»Auf Flea Market«, sagte ich.

»Auf dass es noch ewig bestehen möge«, ergänzte Jonte.

Dann tranken wir. Das Bier schmeckte köstlich. Ich stellte mein Glas ab und stieß dabei versehentlich eines der gespülten Gläser um. Es fiel klirrend zu Boden. Ein paar Leute sahen zu uns herüber, und jemand rief: »Scherben bringen Glück!«

»Na ja«, murmelte ich.

Jonte rannte in die Werkstatt, holte Handfeger und Kehrblech und begann geschäftig, die Scherben aufzufegen. Dann hielt er plötzlich inne. »Krass!« Er starrte wie hypnotisiert auf den Kehricht.

»Was?«

Er griff in das Aufgefegte und hielt einen walnussgroßen Fussel in die Höhe.

»Was ist das?«, fragte ich.

»Gewölle.«

»Und was ist Gewölle?«

»Das ist das, was Vögel nicht verdaut haben. Und dann auswürgen. Man kann auch Speiballen sagen.«

»Ah«, sagte ich, und kurz fühlte es sich in mir so an, als müsste ich selbst einen Speiballen loswerden.

»Bäh!« Mit angewiderter Miene stellte Holger sein halb ausgetrunkenes Kölsch ab.

Jonte nahm seinen Fund zwischen Daumen und Zeigefinger und betrachtete ihn eingehend. Dann zupfte er ihn ein wenig auseinander und sah uns triumphierend an. »Wusste ich es doch!«

»Dass hier Vogelkotze rumliegt?«, erkundigte ich mich.

»Nein. Aber dieser kleine Klumpen hier ist das Gewölle von …«

»Bitte, kannst du das Wort nicht mehr sagen?«, flehte ich.

»… der Speiball einer Waldohreule.« Er richtete seinen Blick nach oben in die Kastanie. »Wisst ihr, was ich glaube?«

Ich wusste es, aber ich konnte es noch nicht aussprechen, weil ich mich immer noch ekelte, obwohl ich mich jetzt auch sehr freute.

»Ich denke, dass das hier von Saskia ist. Was bedeutet, dass sie hier war. Was wiederum bedeutet, dass sie …« Er stockte.

»… lebt!«, rief ich begeistert.

Holger blickte irritiert von einem zum anderen.

»Saskia ist Jontes kranke Eule, die letztens weggeflogen ist«, erklärte ich in seine Richtung.

Jonte starrte immer noch auf den ausgewürgten Flusen. »Saskia lebt«, murmelte er fassungslos.

»He, ist was passiert?« Kaja hatte uns von ihrem Stand aus beobachtet und kam nun zu uns herüber. »Igitt. Was ist das denn?«

»Ausgewürgtes«, klärte ich sie auf.

»Du hast eine Fluse ausgewürgt?« Sie starrte Jonte mit einer Mischung aus Mitleid und Entsetzen an.

»Es ist Eulenkotze und stammt mutmaßlich von Saskia«, sagte ich schnell und spülte den trotz meiner großen Freude erneut einsetzenden Würgereiz mit einem kräftigen Schluck Kölsch hinunter. »Was bedeutet, dass sie ...«

»... nicht tot ist«, vollendete Kaja meinen Satz. »Äh, Jonte, könntest du das bitte aus meinem Sichtfeld nehmen? Danke dir!«

Er holte eine Serviette von einem Stapel an seinem Würstchenstand, wickelte den Fussel vorsichtig darin ein und verstaute ihn in seiner Hosentasche. Ich versuchte, nicht darüber nachzudenken, dass er gerade Eulenkotze eingesteckt hatte.

»Freak«, zischte Kaja in seine Richtung, und in meine: »Ein Kölsch, bitte!«

Ich zapfte ihr schnell eins.

»Unglaublich. Wie schön, dass Saskia vielleicht hier bei uns Unterschlupf gefunden hat«, sagte ich und schaute noch einmal hoch in die Baumkrone.

»Ihr habt sie nicht zufällig abends mal fiepen gehört?«, wollte Jonte wissen.

»Hab nicht drauf geachtet«, gab ich zu.

»Na ja, dem Gewölle nach zu urteilen ...«

Kaja hob die Hand. »Bitte ...«

»Okay, okay, ich sag nichts mehr ...«

»Glaubst du, sie hat sich dort oben häuslich eingerichtet und bleibt für immer hier?«, fragte ich.

Jonte zuckte die Schultern und deutete mit dem Kinn Richtung Bühne. »Bei dem Lärm ist sie bestimmt spätestens jetzt über alle Berge. Aber dass es sie vielleicht noch gibt, ist einfach ... toll. Ich wusste, dass sie noch lebt.«

Noah hatte seinen Auftritt inzwischen beendet und verteilte

hier und da Autogramme. Amüsiert beobachtete ich die Leute, die Schlange standen, um von ihm eine Unterschrift zu ergattern. Sogar Helga hatte sich noch einmal eingereiht.

Der Nachmittag verlief genauso erfolgreich wie der Vormittag. Gegen vier waren wir fast leergekauft. Gefühlt war die halbe Stadt bei uns gewesen, und sogar der Kölner Stadtanzeiger hatte einen Reporter geschickt. Er hatte viele Fotos geschossen und mir noch mehr Fragen gestellt, über Flea Market im Allgemeinen und unsere Aktion im Besonderen. Ich hatte offen geantwortet und ihm erklärt, dass es manchmal Berührungsängste seitens der Nachbarn gab und auch, dass uns wegen des Neubaugebiets gekündigt worden war und es sogar eine Unterschriftenaktion gegen uns gegeben hatte. Er wusste schon, dass die Knopffabrik abgerissen werden sollte, und machte auf mich den Eindruck, dass er das nicht guthieß. »Hoffentlich hilft es uns irgendwie«, sagte ich zu Kaja und schickte gleichzeitig ein Stoßgebet gen Himmel.

Wir hatten fast abgebaut, als Helgas Handy klingelte. Ich sah, dass sie ranging und mir plötzlich einen nervösen Blick zuwarf. Dann legte sie auf und kam eilig zu mir herübergestapft.

»Alles klar?«, fragte ich alarmiert.

»Komm mit«, sagte sie und deutete mit dem Kinn Richtung Werkstatt. »Et gibt watt Neues!«

»Folgendes«, sagte Helga und holte eine Banane aus ihrem Jutebeutel. »Der Jupp hat watt gehört.«

»Von Mia?«, fragte ich atemlos.

Sie nickte.

»Nämlich?«

»Datt der Hans gesacht hat, datt die Kathi so 'n junges Ding mit lange Pumucklhaare gesehen hat.«

Mein Herz stockte. »Wo denn?«

Helga schälte die Banane. »Bei Fritten Feldmann. Datt is 'ne Pommesbude.«

»Fritten Feldmann«, echote ich. »Kenn ich. Die ist in Bilderstöckchen.«

»Richtich. Bilderstöckchen. Datt hatter gesacht, der Jupp. Frag mich nich, watt die Kathi da zu suchen hatte, aber datt is ja jetzt erst mal auch egal.«

»Eben.« Ich schluckte vor Aufregung.

»Kann auch jemand anders gewesen sein, aber ...«

»Nein. Nein. Das war sie!«, stieß ich hervor. Ich war mir sicher. »War sie denn ... allein?«

»Watt weiß ich? Hat der Jupp jedenfalls nich gesacht, datt da noch wer anders bei war.« Sie biss genüsslich von ihrer Banane ab.

Ich nickte. Bilderstöckchen. Dass ich da nicht selbst draufgekommen war. Plötzlich ergab alles einen Sinn. »Danke, Helga«, sagte ich. »Das hilft mir sehr.«

»Nich dafür«, murmelte sie.

Ich lief hinaus, bat Cem, den anderen zu sagen, dass ich schnell wegmusste, und sprang in den Ducati. Ich wollte keine Sekunde mehr verlieren.

# 27. KAPITEL

Mit quietschenden Reifen fuhr ich auf den Lidl-Parkplatz und stellte den Transporter dort ab. Von hier aus waren es nur wenige Minuten Fußmarsch. Ich kannte mich gut aus in Bilderstöckchen. Mia und ich waren dort zur Schule gegangen. Ich rannte mehr, als dass ich ging. Die Aussicht, meine kleine Schwester gleich wiederzusehen, verlieh mir Flügel. Ich betrat den hübschen Blücherpark mit seinen hohen Bäumen und von Rosenbeeten gesäumten Kieswegen und marschierte einige Minuten Richtung Süden. Dann sah ich es, das alte, von Efeu überrankte Gärtnerhäuschen. Es war seit Ewigkeiten unbewohnt. Als Mia noch ein Kind war und ich schon in der Pubertät, waren wir manchmal am Nachmittag hierhergekommen und heimlich durch ein zerbrochenes Fenster gestiegen. Ich erinnerte mich, dass das Haus damals voll möbliert gewesen war. Ein altes Sofa, Sessel und ein bunter Teppich lagen im Wohnzimmer, und auf dem Couchtischchen standen sogar noch ein Teller und ein altes Wasserglas, als wäre der Besitzer nur kurz einkaufen gegangen und würde jeden Moment heimkehren. Doch er war nicht heimgekehrt, warum auch immer, denn schon damals war alles mit einer dicken Staubschicht bedeckt gewesen und von unzähligen Spinnweben überzogen. Mia und mich hatte das kein bisschen gestört. Manchmal hatten wir Stunden in dem Haus verbracht. Wir hatten Mutter, Vater, Kind gespielt – auch wenn ich eigentlich schon zu groß dafür war. Wir taten dann so, als wären wir eine normale Familie, wie wir sie von unseren Freunden kannten. Wir kochten imaginäre Mittagessen, brachten unsere mitgebrachten Puppen ins Bett und saßen nebeneinander auf dem Sofa und unterhielten uns, so wie wir glaubten, dass Eltern es taten, wenn die Kinder schliefen.

Ich schlüpfte durch ein verrostetes Törchen in den völlig überwucherten Garten und stapfte durch das Grün zu dem zerbrochenen Fenster, von dem ich mich noch erinnerte, dass es sich an der rechten Hauswand befand. Die Natur hatte sich das Häuschen inzwischen vollständig zurückerobert. Es war vor lauter Efeu und wildem Wein kaum noch zu sehen. Das Fenster war auch zugewachsen, doch jemand hatte etwas Efeu weggerupft. »Wusste ich es doch«, murmelte ich, kletterte auf das Fensterbrett, rupfte noch mehr Efeu weg und sprang mit einem Satz ins Innere. Ich stand mitten im alten Wohnzimmer und schaute mich ehrfürchtig um. Das Mobiliar, der Teppich, die völlig verdreckte Deckenlampe – es war alles noch so wie früher. »Uahhh!«, stieß ich plötzlich hervor, denn etwas huschte durch den Raum. Eine Maus. Sie war sicher nicht das einzige Lebewesen, das sich in dieser Ruine häuslich eingerichtet hatte. Der Gedanke, dass Mia hier womöglich schlief, ließ mich erschaudern. Ich ging nach nebenan in die kleine Küche. Auf dem Boden sah ich Fußabdrücke im Staub. Es waren Mias. Ich war mir sicher.

»Mia?«, rief ich leise. Niemand antwortete. »Mia, bist du hier?« Wieder sah ich eine Maus durch den Raum huschen. Von Mia jedoch war nichts zu sehen oder zu hören. Ich beschloss, oben in den Schlafräumen nachzusehen, auch wenn mir auf einmal unheimlich zumute war. Ich ging in die Diele und stieg die alte, knarzende Treppe hinauf. »Mia?«, rief ich noch einmal leise. Ich bekam wieder keine Antwort. Oben gab es ein sehr altes Badezimmer und zwei Schlafkammern. Ich schaute überall nach. Der Efeu wuchs schon in die Räume hinein. Die alten Metallbetten standen noch immer an ihrem Platz, mit zerfressenen Matratzen und Bettdecken darauf. Alles sah unberührt aus – jedenfalls nicht so, als würde Mia hier hausen. Vermutlich hatten die Mäuse und das andere Getier sie davon abgehalten.

Ich lief wieder hinunter und rief noch einmal ihren Namen. Ich war mir so sicher gewesen, dass sie sich hier versteckte. Dass sie im Wohnzimmer auf der staubigen Couch saß, wie damals als Neunjährige, als sie von zu Hause weggelaufen war. Ich hatte sie hier gefunden, mitten in der Nacht. Sie musste schreckliche Angst gehabt haben, so ganz allein in diesem verlassenen Haus. Trotzdem hatte sie nicht mitkommen wollen. Sie wollte unter keinen Umständen nach Hause. Zurück zu unserem Vater. »Ich will ihn nie wieder sehen«, hatte sie damals gesagt und düster vor sich hingestarrt. Ich hatte mit Engelszungen auf sie einreden müssen, bis sie mir endlich erzählt hatte, was vorgefallen war. Unser Vater war, wie so oft, betrunken nach Hause gekommen. Ich war bei einer Freundin gewesen, und Mia hatte ihm nicht, wie ich es sonst oft tat, das Essen aufgewärmt. Da war er böse geworden und hatte sie ›Nichtsnutz‹ genannt.

»Selber Nichtsnutz«, hatte Mia erwidert, denn sie war schon damals nicht auf den Mund gefallen. »Mach doch selbst dein Essen!«

Da war unser Vater noch wütender geworden. »Ach, geh doch hin, wo der Pfeffer wächst!«, hatte er gebrüllt. »Es wäre sowieso besser, wenn es dich und deine Schwester gar nicht gäbe.«

»Wieso?«, hatte Mia gefragt.

»Weil ihr zu viel seid. Weil ihr anstrengend seid. Weil eure Mutter ohne euch hiergeblieben wäre.«

Und Mia hatte es ihm geglaubt. Hatte ihm geglaubt, dass wir schuld waren am Weggang unserer Mutter.

»Mia, du kannst mich doch nicht allein lassen«, hatte ich sie angefleht, während sie, den kleinen Rucksack zwischen den Knien, trotzig vor sich hingestarrt hatte. »Er hat es nicht so gemeint. Er hat zu viel Bier getrunken.«

Irgendwann hatte ich sie endlich so weit, dass sie mit mir nach Hause kam. Ich ging zu meinem Vater und schrie ihn an. »Sag so etwas nie wieder!«, brüllte ich. »NIE WIEDER!!« Danach hatte ich fast drei Wochen kaum ein Wort mit ihm gewechselt, und Mia hatte ihm wahrscheinlich bis heute nicht verziehen.

Ich verließ das Haus wieder durch das zerbrochene Fenster und ging zurück in den Park. »Mia, wo bist du?«, murmelte ich vor mich hin. Natürlich konnte sie überall sein, doch irgendwie hatte ich das Gefühl, dass sie in der Nähe war. Ich hielt mich links und lief durch ein kleines Waldstück. »Mia?«, rief ich. Inzwischen war es fast dunkel. Langsam wurde mir unheimlich zumute. Und dann hörte ich es plötzlich. *Fiep. Fiep.* Das Geräusch kannte ich. Es klang genauso, wie Saskia geklungen hatte, als sie noch bei uns gewesen war. Ich schaute hoch, konnte aber keine Eule entdecken. *Fiep. Fiep.* Ich versuchte, die Laute zu orten und ihnen zu folgen. Blickte abwechselnd nach oben und nach vorn. Und dann sah ich sie plötzlich. Meine kleine Schwester. Sie stand keine fünf Meter von mir entfernt und hatte den Kopf in den Nacken gelegt. Ich blieb stehen, schloss kurz die Augen und spürte, wie mir ein ganzer Felsbrocken vom Herzen fiel. »Mia!«, sagte ich leise und ging zu ihr hinüber.

Sie zuckte zusammen und drehte sich zu mir um. »Tilda! Was ... was machst du denn hier?«, fragte sie verblüfft. Sie wirkte nicht sonderlich begeistert, mich zu sehen.

»Dich suchen«, erklärte ich.

»Hier?« Sie kaute Kaugummi.

»Ich hab einen Tipp bekommen. Den Rest habe ich mir selbst zusammengereimt.«

»Okaaay ... Respekt, Miss Marple.«

»Na ja. Eigentlich hatte ich dich im Gärtnerhäuschen vermutet.«

Sie nickte und kaute. »Da war ich auch. Aber ... die Mäuse.« Sie runzelte die Stirn. »Waren die früher auch schon da?«

»Ja. Aber sie haben uns nicht gestört. Gott, ich bin so froh«, stieß ich hervor, und dann umarmte ich sie so fest, dass sie fast keine Luft mehr bekam. »Ich hatte solche Angst um dich«, sagte ich in ihre roten Haare und ließ sie wieder los.

»Musst du nicht. Weißt du doch.«

Musste ich wohl, dachte ich, sagte es aber nicht. »Was machst du überhaupt hier?«, fragte ich stattdessen, obwohl ich die Antwort im Grunde längst kannte.

Sie zuckte mit den Schultern. »Saskia suchen. Jonte hat doch gesagt, dass das hier ihr Heimatpark ist und ihre Verwandten hier wohnen.«

»Und du glaubst wirklich, dass sie aus der Südstadt hierher gefunden hat?« Ich musste an den Gewöllklumpen denken, den Jonte vorhin in der Knopffabrik vom Boden aufgelesen hatte.

»Ich glaube es nicht nur. Ich weiß es. Schau mal ...« Sie deutete nach oben in das Geäst einer alten Kiefer. *Fiep, fiep* machte es in diesem Augenblick wieder. Mein Blick folgte ihrem Finger, und dann sah ich sie plötzlich. Eine kleine Waldohreule. Sie hockte direkt über unseren Köpfen.

»Wow«, stieß ich leise hervor.

Die Eule schaute zu uns herab und wackelte mit dem Kopf – genauso wie Saskia es immer getan hatte.

»Was macht dich so sicher, dass sie es ist?«, fragte ich. »Es könnte eines ihrer Geschwister sein. Oder irgendeine andere Waldohreule.«

Mia schüttelte den Kopf. »Nein«, sagte sie. »Das ist ganz sicher Saskia. Eine andere Eule würde nie so nahe an uns herankommen. Und außerdem: Ich erkenne ihr Gesichtchen. Schau mal, der weiße Kranz um Augen und Schnabel. Genauso sah Saskia aus.«

»Mhmmmm«, brummte ich und fragte mich, ob Waldohreulen nicht alle das gleiche Gesicht hatten.

»*Fiep, fiep*«, ahmte Mia ihren Ruf nach, und die kleine Eule wackelte wieder mit dem Kopf und sah aus, als würde sie sich köstlich über meine Schwester amüsieren. Ich musste lachen.

»Sie sieht doch glücklich aus, oder?« Mia sah mich unsicher an.

Ich nickte. »Ja, sieht sie.«

»Ich bin echt froh, dass ich sie gefunden habe«, flüsterte sie. »Wegen Jonte. Weiß auch nicht, was ich mir dabei gedacht habe, sie einfach freizulassen.«

»Ich glaube, an dem Abend hast du gar nichts mehr gedacht.« Ich knuffte ihr in die Seite und beschloss, sie in dem Glauben zu lassen, dass es sich um Saskia handelte. Auch wenn ich meine Zweifel hatte – schon wegen des Gewölles. Es schien für Mias Seelenfrieden wichtig zu sein, sie leibhaftig vor sich zu haben.

»Wann hast du sie denn gefunden?«, fragte ich.

»Gestern Abend. Aber ich hab's nicht geschafft, ein Foto zu machen. Ich wollte Jonte eins schicken – sozusagen als Beweis. Dass es Saskia gutgeht. Tja, deshalb bin ich heute wieder hergekommen und hab noch mal mein Glück versucht.« Sie zog ihr Telefon aus der Tasche und hielt es mir unter die Nase. »Hat geklappt.« Tatsächlich war die kleine Eule in Großformat auf dem Display zu sehen.

»Sehr gelungen«, sagte ich anerkennend.

Mia packte ihr Handy wieder ein.

Mich fröstelte auf einmal. »Wo ... wo warst du eigentlich die ganze Zeit?«, fragte ich.

»Och, hier und da. Zuerst bei einem Freund. Aber da musste ich irgendwann weg, weil er ...« Sie stockte. Dann winkte sie ab. »Egal.« Sie schwieg einen Augenblick. »Komm mit«, sagte sie dann, zückte wieder ihr Handy, schaltete die Taschenlampenfunktion ein und lief voran.

Ich warf noch einen Blick auf Saskia, oder wer immer es war, die da oben auf dem Ast saß und zu uns herunterstarrte. Dann machte auch ich mein Handylicht an und folgte Mia durch das Unterholz. Sie stapfte quer durch den Park, über Wege und eine Wiese, und ich konnte kaum Schritt halten.

Irgendwann blieb sie vor einer hohen Ginsterhecke stehen. »Hier müssen wir durch«, sagte sie und schlüpfte durch die einzige Lücke in dem Gehölz.

Ich stöhnte und schlängelte mich ebenfalls hindurch. »Wohin führst du mich?«, fragte ich und sah mich um. Wir standen jetzt in einer Schrebergartensiedlung.

»Siehste gleich«, sagte Mia und bog in einen Fußpfad, der rechts und links gesäumt war von um diese Zeit verlassenen Schrebergärten. Schließlich machte sie Halt, kletterte über ein Gartentörchen und gab mir Zeichen, es ihr gleichzutun. Ich zögerte einen Augenblick. Dann folgte ich ihr.

»Wessen Garten ist das?«, fragte ich, nachdem Mia die Tür eines Häuschens geöffnet hatte, das auf dem hinteren Teil des Grundstücks stand.

Sie ging hinein, schaltete das Licht ein und wirkte, als wäre sie hier zu Hause. »Kennst du noch Rosie?«

»Deine Schulfreundin von früher?«

»Genau. Ihren Eltern gehört das hier, aber sie kommen kaum noch her. Sie reisen viel. Hat Rosie mir mal erzählt. Also dachte ich ...«

»Du kannst hier einbrechen?«

»Na ja, einbrechen ... ich ... schau nach dem Rechten.«

Ich blickte mich um. »Ja, das sehe ich.« Es gab eine winzige Küchenzeile, die Mia, dem schmutzigen Geschirr in der Spüle nach zu urteilen, bereits in Betrieb genommen hatte. Genau wie das kleine Sofa in der Ecke. Ein Kissen und ihr Schlafsack zeugten davon, dass sie darauf geschlafen hatte.

»Mach's dir bequem.« Sie räumte schnell das Bettzeug beiseite und deutete auf das Sofa.

Ich setzte mich.

Mia hob den Deckel von einem Topf, der auf der einzigen Kochplatte stand. »Hast du Hunger? Es sind noch Nudeln da.«

Ich schüttelte den Kopf. »Nein, danke.«

Mia nahm einen Teller und Besteck aus dem Hängeschränkchen über der Spüle, lud sich einen klebrigen Haufen kalter Nudeln auf und holte zwei Flaschen Kölsch aus dem Kühlschrank. Eine reichte sie mir und ließ sich dann samt Nachtessen und Getränk neben mir auf das alte Sofa plumpsen. »Echt gemütlich, oder?« Sie grinste.

»Mia, weiß Rosie, dass du hier wohnst?«

»Nö. Außerdem wohn ich hier nicht.«

»Sondern?«

»Ich ... mach Urlaub. Kurzurlaub«, fügte sie schnell hinzu.

Ich seufzte. »Du kannst doch nicht einfach bei wildfremden Menschen einbrechen und ... Urlaub machen.«

Mia reichte mir ein Feuerzeug. Ich öffnete die Kölschflaschen damit.

»Ich räum ja wieder auf, wenn ich ausziehe. Die merken das gar nicht.« Mia begann, sich die kalten Nudeln einzuverleiben.

»Die Nachbarn rechts und links sind auch nicht da, um sich zu wundern. Also ...« Sie kaute. »... alles gut.«

»Warum bist du nicht zurückgekommen, Mia? Oder hast wenigstens ein Lebenszeichen gegeben? Ich ... mein Gott, ich hab mir solche Sorgen gemacht!«

Mia kaute. »Weil ... weil ich gemerkt hab, dass ich auf eigenen Füßen stehen muss«, erklärte sie schließlich. »Die WG, du ... das ist ... ich komme mir vor wie euer kleines Geschwisterchen, und ...«

»Du bist mein kleines Geschwisterchen«, fiel ich ihr ins Wort.

»Ja, aber kein Baby mehr. Und das hast du anscheinend irgendwie nicht mitbekommen.«

»Na ja, vielleicht liegt das daran, wie du dich benimmst.«

»Boah. Jetzt fängst du schon wieder an. Das nervt so hart!«

Ich biss mir auf die Lippen. »Es tut mir leid, dass ich bei diesem Frühstück so ausgerastet bin, Mia. Ich ... war halt total sauer. Aber deshalb muss man doch nicht gleich verschwinden.«

»Ich musste einfach weg«, sagte sie. »Ich will frei sein. Mein eigenes Leben führen.

»Heißt das, du kommst nicht zurück?«

Sie stopfte sich noch eine Gabel Nudeln in den Mund. Dann schüttelte sie langsam den Kopf.

»Aber ... aber du kannst doch nicht hierbleiben. Das ... das ist ... Hausbesetzung!«

Sie rollte mit den Augen. »Chill mal! Hausbesetzung! Das hier ist 'ne Gartenlaube. Und ab morgen hab ich eh 'ne neue Bleibe.«

»Wo denn?«

Sie zuckte mit den Schultern. »Ein WG-Zimmer in der Severinstraße. Bin ich über einen Bekannten rangekommen.«

»Okay«, sagte ich betreten. »Das heißt, du ... du kommst *wirklich* nicht zurück?«

Sie schüttelte den Kopf. »Nur, um meine Sachen zu holen. Wird bestimmt witzig. Ist 'ne Dreier-WG mit zwei Typen, die echt nett sein sollen.«

»Okay. Aber ...« Plötzlich hatte ich einen Kloß im Hals. »Was ... was soll ich denn ohne dich machen? Ich ...«

»Das schaffst du schon, große Schwester«, sagte Mia und trank einen Schluck Kölsch.

Mir kamen die Tränen. »Komm wenigstens heute Nacht mit nach Hause. Hier kannst du doch nicht bleiben. Und ... ich will jetzt nicht gleich schon wieder ohne dich sein.«

Mia stand ohne ein Wort auf, ging nach draußen und kam wenig später mit einer klappbaren Liege unter dem Arm zurück. »Dann bleib du doch hier«, sagte sie und deutete auf das Gartenmöbel.

»Aber ...«, sagte ich unsicher.

»Ich will heute nämlich auch nicht ohne dich sein«, meinte sie und klappte die Liege auf.

Ich schwieg.

»Du kriegst auch das Sofa.«

»Na gut«, sagte ich und lächelte. »Dann mach ich heute mit dir zusammen Kurzurlaub.«


»Glaubst du, sie ist unseretwegen gegangen?«, fragte Mia irgendwann in die Dunkelheit hinein. Wir lagen nebeneinander auf unseren Schlafstätten. Mia hatte noch eine alte Decke ausfindig gemacht, die ein wenig nach Hund roch, aber wenigstens warm war. Ich konnte trotzdem nicht einschlafen, und Mia auch nicht, wie es aussah.

»Ach, Mia, nein. Sie ist gegangen, weil ... wegen ihres neuen Lovers. Wegen ihrer Karriere. Was weiß ich? Jedenfalls nicht unseretwegen. Ganz bestimmt nicht«, sagte ich. Dabei fühlte ich mich, obwohl es völlig irrational war, im tiefsten Innern auch immer noch irgendwie schuldig.

»Was würdest du tun, wenn sie plötzlich vor dir stehen würde? Einfach so. Zufällig. Könnte doch sein.«

Typisch Mia, so eine hypothetische Frage zu stellen. Es konnte nämlich nicht sein. Zumindest war es sehr unwahrscheinlich. »Sie wird nicht …«, begann ich.

»Nur angenommen«, beharrte sie.

Ich dachte einen Augenblick nach. Was würde ich tun? Schwer zu sagen. »Ich glaube, ich würde … einfach weglaufen. Ja, ich … ich würde das tun, was du auch tun würdest: einfach schnell weglaufen.«

»Ich würde nicht weglaufen«, erklärte Mia leise.

»Nein?«

»Ich glaube, ich würde … sie umarmen.«

»Nein!«

»Doch. Doch, ich würd sie umarmen, weil … ich kann mich gar nicht mehr daran erinnern, wie es ist, von meiner Mutter umarmt zu werden. Ich hab's vergessen.«

»Du warst erst zwei, als sie gegangen ist.«

»Eben. Eigentlich kann ich mich gar nicht an sie erinnern.« Plötzlich spürte ich, wie ihre Hand meine suchte. Ich nahm sie und drückte sie fest.

»Erzählst du mir die Geschichte, wie wir alle zusammen auf Borkum waren?«, fragte sie leise.

»Ja.« Ich schluckte. Die Geschichte, wie wir alle zusammen auf Borkum waren, hatte ich Mia oft vorm Einschlafen erzählt, als sie noch klein war. Sie handelte vom ersten und einzigen Familienurlaub, den wir alle zusammen verbracht hatten: mein Vater, meine Mutter, Mia und ich. Diesen Urlaub hatte es nie gegeben, doch das wusste Mia nicht. Ich hatte ihr bis heute nicht erzählt, dass die Borkum-Geschichte von Anfang bis Ende erfunden war. Ich hatte sie mir ausgedacht, um sie von schönen Zeiten träumen zu lassen. Und von unserer Mutter. Auch heute würde ich ihr nicht verraten, was es mit Borkum auf sich hatte. Es würde für immer mein Geheimnis bleiben.

»Zuerst sind wir mit dem Zug gefahren. Ein richtiger Bummelzug war das. Fünf Stunden haben wir gebraucht bis nach Ostfriesland ...«, begann ich.

»Oh ja. Ich glaube, ich erinnere mich«, sagte Mia, und ich hörte, dass sie dabei lächelte. »Ein klein wenig erinnere ich mich«, sagte sie, und ich drückte ihre Hand ganz fest.

# 28. KAPITEL

Am Montag kam ich zu spät in die Werkstatt. Die beinahe schlaflose Nacht in Mias ›Urlaubsdomizil‹ steckte mir immer noch ein wenig in den Knochen, auch wenn die Erleichterung darüber, dass ich sie gefunden hatte, überwog. Als ich gestern Morgen nach Hause gekommen war, wusste Jonte es schon, denn meine Schwester hatte ihm per WhatsApp das Foto von der Eule im Blücherpark geschickt. Auch er hatte sie in dem Glauben gelassen, dass es sich um Saskia handelte, obwohl er da so seine Zweifel hatte. Am Nachmittag war Mia vorbeigekommen und hatte einige ihrer Sachen geholt. Nun war sie also endgültig weg – aber nicht mehr verschwunden. Ich wusste, wo sie war, und darüber war ich unendlich froh.

Ich hängte meine Sachen in den Spind und informierte dann alle, die es noch nicht gehört hatten, darüber, dass meine Schwester wieder aufgetaucht war. Schließlich machte ich mich gutgelaunt an die Arbeit. Doch meine Hochstimmung hielt nicht lange an. Genauer gesagt, nur so lange, bis ich jemanden »Klopf, klopf« sagen hörte.

Als ich den Kopf vorsichtig nach rechts drehte, hatte ich ein Paar braune Lederschuhe im Blickfeld, die mir sehr bekannt vorkamen. Mein Puls begann zu rasen und mein Kopf zu schwitzen. Ganz ruhig, Tilda, redete ich mir gut zu und atmete dreimal tief in den Bauch. Dann krabbelte ich unter dem Bett hervor, das ich gerade reparierte, sprang auf die Füße und versuchte, ein möglichst selbstbewusstes Lächeln aufzusetzen.

»Herr Ziegler, guten Morgen!«, sagte ich sehr freundlich und hoffte, so das Schicksal auf meine Seite ziehen zu können. Vielleicht war das aber auch gar nicht nötig, denn heute stand ein schöner Artikel über unser Nachbarschaftsfest und über Flea Market im Kölner Stadtanzeiger – einschließlich eines Fotos von Helga hinter ihren Waschmaschinen, worauf sie ausgesprochen stolz war. Vielleicht hatte dieser Zeitungsbericht ja zu einem Sinneswandel bei Herrn Ziegler und den Bewohnern des Park Quartiers geführt, und wer weiß, vielleicht war ja auch genau das der Grund für seinen Besuch.

»Guten Morgen, Frau Bachmann.« Ziegler wirkte hektisch. Vermutlich hatte er noch jede Menge Anschlusstermine. »Gut, dass ich sie antreffe«, sagte er, ohne mir die Hand zu geben. »Folgendes: Ich würde Sie bitten, dass Sie hier binnen vier Wochen freiräumen.«

Ich spürte förmlich, wie mir das Blut aus dem Gesicht wich. »Äh ... aber Sie haben doch gesagt ... Wie meinen Sie das, freiräumen?«

»Ja, wie wohl?« Ziegler sah ungehalten aus. »Ausräumen, ausziehen, was denn sonst? Wir reißen schon früher ab.«

»Noch früher? Aber ... haben Sie denn überhaupt eine Genehmigung dafür? Können Sie denn einfach ... Haben Sie den Artikel im Stadtanzeiger gelesen?«, platzte es aus mir heraus.

»Ja, hab ich!« Er wirkte inzwischen fast aggressiv. »Und jetzt kommen schon die Ersten, die sagen ...« Er winkte ab.

»Was sagen die Ersten?« Das wollte ich genau wissen. Ich merkte, dass Wut in mir aufstieg. Gleichzeitig kam mir ein unschöner Gedanke, nämlich der, dass unser Flohmarkt und der daraus resultierende Zeitungsartikel womöglich kontraproduktiv gewesen waren, weil Ziegler nun Gegenwind witterte, dem er, bevor er zu einem Sturm ausartete, zuvorkommen wollte. Ich hingegen witterte auf einmal Morgenluft. Ich dachte an Mia, die sich nie einschüchtern ließ und sich immer irgendwie durchkämpfte, und beschloss, diesem mit allen Wassern gewaschenen Bauunternehmer den Kampf anzusagen, auch wenn es David gegen Goliath war. Egal, ob es zu etwas führte oder nicht – es stand viel zu viel auf dem Spiel, um mich einfach in mein Schicksal zu fügen. Hinzu kam, dass ich glaubte, gerade Zieglers Achillesferse ausgemacht zu haben: seine Reputation. Ein gewisses Ansehen zu haben war in Köln nicht ganz unwichtig. Wenn die Presse zu berichten anfing und einem plötzlich ein Ruf als skrupelloser Geschäftsmann vorauseilte, der über Leichen ging, über schöne alte Industriegelände und über Arbeitsplätze von sozial Benachteiligten, dann konnte es schnell passieren, dass man vom Kölsch trinkenden VIP-Kumpel zur Persona non grata wurde, beim Stadtrat und im Karnevalsverein, und schließlich zum Bauernopfer, wenn denn eines benötigt wurde. Das wusste vermutlich auch Ziegler, was seine offensichtliche Hektik und Nervosität erklärte. Ich beschloss also, mich zu wehren, denn zu verlieren hatte ich sowieso nichts mehr.

»Ach, hören Sie mir auf«, blaffte Ziegler. »Plötzlich redet jeder von der schönen alten Knopffabrik und dem tollen gemeinnützigen Gedöns, das Sie hier betreiben. Sogar meine Lebensgefährtin ist mir schon mit dem Quatsch gekommen. Hat so ein kaputtes Teegeschirr mit nach Hause gebracht und irgendwas von King Sushi gefaselt, und dass alte Sachen schöner wären als neue. Du meine Güte. Wissen Sie, was ich ihr gesagt hab?«

Ich zuckte mit den Achseln. Wie sollte ich das wissen? Außerdem war ich gerade vollauf damit beschäftigt, die Information zu verdauen, dass Antje Behrendt von den ›Desperate Housewives‹ Zieglers Partnerin war.

»Dann sag ich es Ihnen«, fuhr er fort. »›Is ja schön und gut mit den alten Plörren‹, hab ich gesagt. ›Aber alles hat seine Zeit, und es geht doch nichts über einen schönen Neubau mit beleuchtetem Pool im Garten. Da kann so eine olle Fabrik nicht mithalten, King Sushi hin oder her.‹«

»Kintsugi«, warf ich ein.

»Wie auch immer. In so 'ner ollen Schreinerei kannste halt nicht schwimmen, ne? Tja, und wissen Sie was? Das hat sie überzeugt. Da ist frau sich dann doch selbst die Nächste. Mir soll's recht sein. Reicht mir schon, dass ich jetzt jeden Morgen meinen Tee aus 'ner kaputten Tasse trinken muss. Lange Rede, kurzer Sinn: Sie müssen raus hier, und zwar schnell!«

»Herr Ziegler«, sagte ich und nahm die Schultern zurück. »Wie stellen Sie sich das eigentlich vor? Wie gesagt: Wir haben eine Kündigungsfrist. Und die Zeit werden wir auch brauchen, um etwas Neues zu finden. Das verstehen Sie sicher. Und wenn nicht, dann nimmt mein Anwalt gerne Kontakt zu Ihnen auf«, sagte ich, obwohl ich gar keinen Anwalt hatte.

»Ich fürchte, Sie verstehen den Ernst der Lage nicht. Es besteht Einsturzgefahr.« Er holte ein Schreiben aus seiner Innentasche. »Hier. Von Herrn Pöll. Der Architekt. Sie haben ihn ja kürzlich kennengelernt. Er ist zufällig auch Statiker und Sachverständiger. Glauben Sie mir, es ist nur zu Ihrem Besten, liebe Frau Bachmann. Wir beschützen Sie. Das ist meine Aufgabe als Vermieter, und der komme ich nach. Man hat ja auch eine Verantwortung. Stellen Sie sich vor, Ihren Mitarbeitern fällt ein Balken auf den Kopf. Oder ein Stein. Die haben doch auch so schon genug mitgemacht, finden Sie nicht?« Er setzte eine mitleidige Miene auf.

»Nun«, hörte ich mich sagen, während ich eine Faust in der Tasche machte. »Ich habe da so meine Zweifel und würde, bevor wir hier alle Zelte abbrechen, zur Sicherheit ein zweites

Gutachten einholen wollen. Ich kümmere mich gern darum. Denn wenn man mal ehrlich ist ...« Ich blickte an die Decke. »Hier sieht's gar nicht nach Einsturz aus. Finden Sie nicht? Aber natürlich kann man sich täuschen. Das lässt sich sicher schnell klären. Ich mache einen Besichtigungstermin mit einem weiteren Gutachter. Und wissen Sie was? Ich werde gleich den netten Herrn vom Stadtanzeiger dazu einladen. Der war sehr interessiert daran, wie es mit der Knopffabrik weitergeht. Er ist ein Freund der Kintsugi-Philosophie und findet historische Gebäude schöner als neue mit Pool.«

Ziegler lachte laut auf. »Was soll das werden? Ein Zwergenaufstand?«

Das Herz klopfte mir bis zum Hals, doch ich sah ihn unverwandt an. »Abwarten«, sagte ich und versuchte, es bedrohlich klingen zu lassen.

Wieder lachte Ziegler. Dann verdüsterte sich seine Miene plötzlich, und er zeigte in Helga-Manier mit dem Finger auf mich. »Sie hören von mir!«

Dass mit dem ›bedrohlich wirken‹ hatte er besser drauf als ich, das musste man ihm lassen. Ich biss mir auf die Unterlippe. In meinem Magen flatterte es, als hätte sich ein Kolibri mit ADHS-Syndrom dort eingenistet, doch ich setzte ein Pokerface auf und sagte: »*Sie* hören von *mir*!«

Ziegler grinste kurz und wurde dann schlagartig ernst. »Gut. Wenn das so ist ... wenn Sie unbedingt wollen, dann ... dann sprechen wir eben noch mal. Nur über den Zeitpunkt Ihres Auszugs, wohlgemerkt! Drum rum kommen Sie nicht, falls Sie das denken.« Er schnaufte hektisch, drehte sich um und marschierte grußlos hinaus.

»Das mit den vier Wochen ist also vom Tisch?«, rief ich ihm verdattert hinterher. »Und der September auch?«

Im Gehen machte er eine wegwerfende Handbewegung,

und ich beschloss, das als ›Ja‹ zu deuten. Ich trat ans Fenster und sah, dass er unter der Kastanie stehen geblieben war und den Kopf in den Nacken gelegt hatte. Vielleicht überlegte er, wann er den riesigen Baum fällen könnte und mit wem er ein Kölsch trinken müsste, um dafür eine Genehmigung zu bekommen. In diesem Moment fiel etwas von oben herab und landete genau auf der Schulterpartie seines dunkelblauen Jacketts.

»Kacke!«, hörte ich ihn ausrufen.

Vielleicht sogar Eulenkacke, dachte ich und konnte mir ein Lächeln nicht verkneifen.

Ziegler zog sein Jackett aus und schimpfte dabei vor sich hin.

»Soll ja Pech bringen!«, rief Kaja aus dem geöffneten Fenster des True Treasures und winkte grinsend zu mir herüber.

Zieglers Gesichtsfarbe hatte inzwischen die des roten Backsteins angenommen. Wutentbrannt stapfte er, das Jackett vor sich hertragend, davon und stieß fast noch mit Noah zusammen, der gerade über den Hof schlenderte.

»Klassischer Fall von zur falschen Zeit am falschen Ort«, meinte der lachend, als er die Werkstatt betrat.

»Kenne ich, das Gefühl«, sagte Cem, der hinter ihm hereinkam. »War bei mir auch so.«

»Ja?« Noah sah ihn interessiert an.

»Klaro. Ich wär' sonst Fußballer geworden. Also, ein richtig berühmter, meine ich.«

»Wäre, wäre, Fahrradkette! Biste aber nicht«, kommentierte Helga spitz.

»Eben!« Cem verzog das Gesicht.

»Was wollte Ziegler denn von dir?«, wandte Noah sich an mich.

»Mir Druck machen. Und Angst. Aber dann hat sich das Blatt plötzlich irgendwie gewendet. Glaube ich.«

Drei Augenpaare starrten mich fragend an, und Helga blaffte: »Wie datt denn?«

Ich öffnete das Fenster, rief Kaja rüber, und dann erzählte ich, was vorgefallen war, und endete, obwohl alle Anwesenden es ja mit eigenen Augen gesehen hatten, mit der Vogelkacke auf Zieglers Jackett. Es war einfach zu schön.

»Na, drücken wir uns die Daumen, dass Ziegler erst mal Ruhe gibt«, sagte Kaja.

Ich nickte. »Wenigstens bis Ende des Jahres. Dann müssen wir auf jeden Fall raus. Es sei denn ...«

»Es sei denn, was?«, wollte Cem wissen.

»Es sei denn, es passiert ein Wunder«, antwortete Noah für mich. »Was ich uns sehr wünsche.«

Er hat ›uns‹ gesagt, dachte ich und musste lächeln.

»Und warum warst du irgendwann zur falschen Zeit am falschen Ort?«, erkundigte Noah sich nun bei Cem.

»Lange Geschichte ...«

»Wir haben ja Zeit«, stöhnte ich mit Blick auf die Uhr und verdrehte die Augen. Es war bereits nach elf, und bisher hatte hier heute noch keiner richtig gearbeitet. Mich eingeschlossen. »Bitte die Kurzversion, Cem«, mahnte ich.

»Geht klar, Chefin«, versprach er, ging ans Fenster und sah hinaus, so als müsste er sich sammeln. Dann drehte er sich wieder zu uns um, setzte sich auf einen Hocker und holte tief Luft. »Tja, wie fang ich an? Wie gesagt: Die Bundesliga wartete schon auf mich. Ich hatte gerade meinen ersten Profi-Vertrag unterschrieben.«

»Du hattest einen Profi-Vertrag?« Noah sah beeindruckt aus.

»Klaro, Alter. Mit siebzehn.«

»Krass!«

»Tja, aber jetzt kommt's. Es stand noch ein allerletztes Amateurmatch für mich an. In der U21. Ich war in Bestform und spielte auf meiner Lieblingsposition.«

»Sturm?«, fragte Noah.

»Links außen. Am Ende der zweiten Halbzeit lag Leverkusen zwei null zurück. Eines der beiden Tore hatte ich geschossen. Logisch!«

»Angeber!«, brummte Helga.

»Leverkusen konnte nicht mehr gewinnen. Ich wollte trotzdem noch mal treffen. Ehrensache. Mein letztes Tor für die U21. Und die Karten standen gut. Mein Mannschaftskollege Ulli flankte, ich bekam den Ball auf den linken Fuß. Ich musste eigentlich nur noch schießen. Doch dann kam von irgendwoher Leverkusens Verteidiger Moritz Klar. Und der Penner hatte nichts Besseres zu tun, als mir von hinten in die Beine zu grätschen.«

»Arschgeige!«, entfuhr es Noah.

Cem nickte und starrte vor sich auf den Boden. »Kannste laut sagen.«

»Und ... was ist dann passiert?«

Cem zuckte mit den Achseln. »Bin geflogen, im hohen Bogen, und ziemlich unsanft gelandet. Moritz Klar sah rot, logisch. Und ich nur noch Sterne. Dass man mich mit einer Trage vom Platz trug und ins Krankenhaus fuhr, habe ich wie in Trance erlebt.«

»Klingt nach einer schweren Verletzung«, sagte Noah ernst.

»Kreuzbandriss. Außenbandriss. Meniskusschaden.«

»Datt war dann datt Ende von der großen Fußballerkarriere«, sprach Helga aus, was Noah sich wohl schon gedacht hatte.

Cem nickte. »Das war damals sofort jedem klar. Nur mir nicht. Ich dachte, es wird schon wieder, wenn ich nur fleißig Physio mache und noch härter trainiere als sowieso schon.«

»Wurde es aber nicht«, spoilerte Helga.

Cem schüttelte den Kopf. »Nee. Meine Karriere war zu Ende, bevor sie richtig begonnen hatte. Und mein Lebenstraum war ...«

»Kapott.« Helga kickte nachdenklich ein Holzstückchen weg. »Watt ich immer sage: Datt Leben is eins der schwersten.«

»Aber wie es aussieht, bist du wieder auf die Beine gekommen. Sonst wärst du ja nicht hier.« Noah lehnte sich an den Türrahmen.

»Ja, hat zwar lange gedauert, aber irgendwann konnte ich wieder laufen. Nur, Fußballspielen auf Profi-Niveau – das war nicht mehr. Hab dann angefangen, mir mit Alk und Koks die Birne zu benebeln ... Hab mich nur noch zugedröhnt. Von morgens bis abends.«

»Datt bringt doch nix«, sagte Helga.

»Is mir irgendwann auch aufgefallen.«

»Und wie hast du dann wieder die Kurve gekriegt?«, wollte Noah wissen.

»Hab 'ne Therapie gemacht, und dann noch eine. War echt hart. Nach der dritten hab ich's endlich gepackt.«

»Respekt!« Noah nickte ernst. »Dass du dich da rausgezogen hast – das schafft nicht jeder.«

Cem zuckte lässig mit den Schultern, doch ich sah ihm an, dass ihn Noahs Worte stolz machten. »Ich wollte arbeiten und bin über eine Freundin von meiner Schwester hier gelandet«, fuhr er fort. »Und das war meine Rettung, obwohl ich es handwerklich nicht besonders draufhabe, aber ...«

»Quatsch«, sagte ich schnell. »Klar hast du es drauf.«

»Hä? Hatter nich!« Helga schüttelte verständnislos den Kopf.

»Helga hat recht. Hab ich nicht. Aber das ist mir hier klar geworden, und auch deshalb ist es so super, dass ich bei euch gelandet bin. Hab mich letztens mit Frau Bertram länger unterhalten. Wenn ich darf, würde ich trotzdem gern noch ein bisschen bleiben und an der Abendschule mein Abi nachmachen. Und dann studiere ich auf Grundschullehramt.«

»Das klingt nach einem guten Plan«, sagte Noah.

Ich nickte. Cem hatte es ja schon angedeutet, aber dass er jetzt fest entschlossen war, hatte ich nicht gewusst. »Wirklich. Ein ganz hervorragender Plan«, sagte ich. »Und natürlich kannst du hier weiterarbeiten, so lange du willst.« Ich schluckte. »Jedenfalls, so lange es uns gibt.«

»Mensch, Cem, du hast ja echt schon was hinter dir. Und trotzdem sorgst du immer für gute Laune«, staunte Noah.

Cem grinste. »Normal. Ein Cem Ceylan lässt sich nicht unterkriegen.«

»Tun wir alle nich!« Helga ging zu ihrem Spind und kramte ihre Butterbrotdose hervor.

Stimmt, dachte ich, das tun wir alle nicht. Und in diesem Augenblick hatte ich plötzlich eine Eingebung. Ein flüchtiger Gedanke nur, aber einer, der, wenn man ihn weiterspann, vielleicht unsere Rettung sein konnte. Ich würde noch ein wenig darauf herumdenken und dann mit Noah sprechen.

»Ähm, Noah, hast du heute Abend eigentlich schon was vor?«, fragte ich.

Cem zog grinsend die Augenbrauen hoch. »Geht da etwa was zwischen euch?«

»Hab ich dir doch gesacht«, meinte Helga und verschloss ihren Spind wieder.

»Nein. Noch nicht. Ich hatte auf ein Date mit einer Zauberin gehofft.« Noah grinste.

Ich wurde rot.

»Ach!« Helga sah jetzt von Noah zu mir und wieder zurück.

»Da geht echt was, Helga«, feixte Cem. Er schlüpfte in seine Arbeitsjacke und ging zur Tür. »Versau's nicht, Alter!«, raunte er Noah zu und boxte ihm in die Seite. »Eine Bessere findest du auf der ganzen Welt nicht.«

# 29. KAPITEL

Noah breitete die Picknickdecke unter der Trauerweide aus, und ich stellte den Proviantkorb darauf ab.

»Du meine Güte! Was ist denn da alles drin?«

»Nudelsalat, Frikadellchen, gekochte Eier ...« Ich legte zwei bunte Teller und Besteck auf die Decke und reichte Noah eine der Kölschflaschen, die ich vorsorglich eingepackt hatte.

»Du hast echt an alles gedacht.«

Ich zog eine zweite Flasche hervor. »Nicht ganz.«

»Was fehlt?«

»Der Flaschenöffner.« Ich sah mich um. In einiger Entfernung saß eine Gruppe Jugendlicher, von denen eine langes scharlachrotes Haar hatte. »Ich glaub, da hinten ist meine Schwester«, erklärte ich. »Sie hat bestimmt einen Flaschenöffner – oder wenigstens ein Feuerzeug. Komm mit, ich stell dich ihr vor.«

Wir gingen hinüber, und ich begrüßte Mia und ihre Freunde. »Na, Kurzurlaub beendet?«, fragte ich und grinste.

Sie nickte. »Jep. Bin gut erholt zurück in der Südstadt.« Sie blickte neugierig zu Noah auf. »Und wer bist du?«

»Krass, das ist Marcel Dahlström«, sagte eines der Mädchen und starrte ihn unverwandt an.

»Im wirklichen Leben Noah«, sagte er und lächelte freundlich in die Runde.

»Bist du der Typ mit dem Theater?«, wollte Mia wissen.

»Genau der.«

»Ich dachte, du kannst den nicht ausstehen.« Sie sah mich stirnrunzelnd an.

Ich wurde rot. »Habt ihr einen Flaschenöffner?«, fragte ich ausweichend.

Mia reichte mir ein Feuerzeug.

»Ich bring's später zurück«, sagte ich, verabschiedete mich hastig und ging mit Noah zurück zu unserer Decke.

»Du kannst mich also nicht ausstehen?«, fragte er, als wir uns gesetzt hatten.

»Na ja, am Anfang ...«, stammelte ich. »Aber ...«

»Aber?«

»Hat sich inzwischen geändert.« Ich nahm einen Löffel und füllte Nudelsalat auf die Teller.

»Das ... das freut mich«, sagte Noah. »Ich finde dich nämlich ziemlich nett. Mehr als nett.«

Wieder wurde ich rot, und mein Herz klopfte bis zum Hals, denn ich fand Noah ja auch mehr als nett. Doch irgendwie wusste ich nicht, was ich erwidern sollte, obwohl es eigentlich ganz einfach gewesen wäre. »Guten Appetit«, sagte ich stattdessen und schob mir eine Gabel Nudelsalat in den Mund. »Ist mir wirklich gut gelungen.«

Noah probierte nun auch. »Stimmt«, sagte er und kaute genüsslich.

Wir aßen gemütlich unser Picknick und tranken noch ein zweites Kölsch, und als es zu dämmern begann und die meisten Parkbesucher bereits gegangen waren, packte ich die Reste in den Korb, und dann legten Noah und ich uns nebeneinander auf die Decke und schauten eine Weile schweigend in das gewölbte Blätterdach.

»Ich habe vielleicht eine Idee«, sagte ich schließlich. »Sie ist noch nicht ausgereift, aber es könnte die Lösung für dein Problem sein. Und gleichzeitig für meins.«

»Was? Wie? Welches Problem?«

»Dein Problem, dass du ein Theaterstück brauchst. Und mein Problem, dass die Knopffabrik abgerissen werden soll.«

Noah drehte den Kopf und sah mich von der Seite an. »Jetzt bin ich gespannt.«

Ich setzte mich auf und begann zu erzählen. Mit Händen und Füßen erklärte ich, was ich mir überlegt hatte, und je länger ich darüber sprach, desto mehr Konturen nahm die Idee an. Und wenn ich vorhin noch gedacht hatte, es sei vielleicht nur ein Hirngespinst, war plötzlich alles ganz real. Auf einmal wusste ich: Das ist es. Das wird klappen. Es ist …

»Genial!«, murmelte Noah.

»Und deine Marcel-Dahlström-Vergangenheit kann auch nicht schaden, wenn es um die öffentliche Aufmerksamkeit geht.«

»Ach, auf einmal!« Er lachte.

Inzwischen war der Mond aufgegangen, und sein weißes Licht lugte durch die Zweige. »Eine Vollmondnacht«, sagte ich beiläufig. »Hoffentlich kann ich überhaupt schlafen.«

Ich schaute hinüber zu dem Platz, wo Mia gesessen hatte. Sie hatte sich eben ihr Feuerzeug zurückgeholt, und dann war die ganze Gruppe aufgebrochen. Gestern hatte sie das erste Mal in ihrer neuen WG übernachtet. Aber sie wohnte um die Ecke und hatte versprochen, mich ganz oft besuchen zu kommen.

»Früher habe ich meiner Schwester immer eine Geschichte erzählt, wenn sie nicht einschlafen konnte. Danach sind auch mir meistens die Augen zugefallen.«

»Immer dieselbe?«

»Ja.«

»Eine wahre Geschichte?«

Ich schwieg einen Augenblick. »Ich hab sie so oft erzählt, dass sie inzwischen fast wahr ist«, sagte ich und legte mich wieder neben ihn. »Und du? Was tust du, wenn du nicht einschlafen kannst?«

»Ich sage mir ein Gedicht auf.«

»Immer dasselbe?«

»Nein. Unterschiedliche.«

Ich nickte und verschränkte die Arme hinter dem Kopf. Eine Weile hingen wir unseren Gedanken nach.

»Willst du eins hören?«, fragte Noah irgendwann.

»Was?«

»Ein Einschlafgedicht. Ist von Rilke.«

»Ja«, murmelte ich und schloss die Augen. Rilke mochte ich.

»Zum Einschlafen zu sagen«, begann Noah leise mit seiner schönen tiefen Stimme. »Ich möchte jemanden einsingen, bei jemandem sitzen und sein. Ich möchte dich wiegen und kleinsingen und begleiten schlafaus und schlafein. Ich möchte der Einzige sein im Haus, der wüsste: die Nacht war kalt. Und möchte horchen herein und hinaus, in dich, in die Welt, in den Wald. Die Uhren rufen sich schlagend an, und man sieht der Zeit auf den Grund. Und unten geht noch ein fremder Mann und stört einen fremden Hund. Dahinter wird Stille. Ich habe groß die Augen auf dich gelegt; und sie halten dich sanft und lassen dich los, wenn ein Ding sich im Dunkel bewegt.« Er rückte etwas näher an mich heran. Sein warmer Arm berührte meinen. Ich bekam Gänsehaut, und meine kleinen Armhärchen stellten sich auf.

»Bist du eingeschlafen?«

»Fast«, log ich, denn ich war viel zu aufgeregt, um einzuschlafen. »Es ist schön«, sagte ich.

»Was?«, fragte Noah leise.

»Alles«, hauchte ich.

Er wandte mir sein Gesicht zu und blickte mit seinen unglaublich blauen Augen in meine.

Mein Herz klopfte. Ich nahm seinen Duft wahr und traute mich kaum zu atmen. »Ich finde dich auch mehr als nett«, flüsterte ich.

Sanft fuhr er mit dem Finger über meinen Arm. »Du hast ja Gänsehaut«, murmelte er.

»Ja.«

Er beugte sich über mich. Sein Gesicht war jetzt ganz dicht über meinem. »Ich möchte jemanden einsingen. Bei jemandem sitzen und sein«, murmelte er und strich mir sanft eine Haarsträhne hinter das Ohr. Ich schloss die Augen. Sah den Mond nicht mehr scheinen. Hörte die Äste nicht mehr knacken. Denn plötzlich waren da nur noch wir beide, und seine Lippen auf meinen, warm und weich.

## 30. KAPITEL

Es klopfte leise an meiner Zimmertür. Ich schlug die Kladde zu und legte den Stift beiseite.

»Herein«, rief ich und dachte, es wird Kaja sein oder Jonte. Ich erhob mich und stellte das Buch in das oberste Regalfach neben die anderen.

Die Tür öffnete sich einen Spalt, und Noah lugte herein. »Hey!« Er lächelte verlegen.

»Oh, hi! Du! Komm rein.«

Er trat in mein Zimmer.

Nun war auch ich verlegen und etwas verdattert. »Was … äh … machst du denn hier?«

»Ich hab angerufen, aber da ist nur die Mailbox drangegangen.«

»Mein Handy ist leer.« Ich spielte mit dem Gedanken, ihn zur Begrüßung zu umarmen, war mir aber nicht sicher, ob es angemessen wäre. Ich fragte mich, wie das gestern im Volksgarten einzuordnen war. Das mit dem Küssen und Umarmen. War es aus einer Laune heraus geschehen? Vielleicht, weil Kölsch, Rilke und der Vollmond im Spiel gewesen waren? Für mich, so viel konnte ich sagen, war es mehr, denn ich hatte seitdem an nichts anderes mehr gedacht als an Noah und unseren Picknick-Kuss-Abend.

Noch in der Nacht hatte ich ›Es ist tatsächlich passiert‹ und ›Ich bin glücklich‹ in meine Kladde geschrieben und dann heute den ganzen Tag pausenlos auf mein Handy gestarrt, in der Hoffnung, es möge eine Nachricht von Noah eintreffen. Aber es war eben nichts gekommen, und nun war der Akku aufgebraucht, weil ich vor lauter Draufgucken vergessen hatte, es aufzuladen.

»Du hast eine Menge von den Dingern.« Noah trat neben mich und ließ seinen Blick über die mit schwarzen Kladden gefüllten Regalbretter wandern. »Sind das Tagebücher?«

»Ja. Nein. Also, sowas Ähnliches wie Tagebücher.«

Er sah mich fragend an.

»Also, es sind eigentlich auch irgendwie Briefe. Tagebuchbriefe.«

»Aha. Wow. Es sind wirklich verdammt viele … Tagebuchbriefe.«

»Stimmt. Das liegt daran, dass ich sie schon sehr lange schreibe. Und dann aufbewahre.«

Ich setzte mich auf die Kante meines antiken Metallbetts, das ich zum Glück ordentlich gemacht hatte. Noah zögerte. Dann kam er zu mir und ließ sich neben mir nieder. Ich starrte auf meinen hellen Retro-Berberteppich mit dem Diamantmuster und überlegte, ob ich ihm davon erzählen sollte. Vielleicht hielt er mich ja für eine Psychopathin, wenn er erfuhr, was es mit den Kladden auf sich hatte. Und, na ja, ich hätte es ihm nicht verdenken können, denn irgendwie war es ja auch psycho.

Noah lächelte mir zu. Er bohrte nicht. War feinfühlig genug, mein seltsames Hobby nicht weiter zu hinterfragen. »Schönes Zimmer hast du«, sagte er stattdessen.

»Danke.«.

»Sehr individuell eingerichtet.«

»Ich arbeite bei Flea Market.«

»Natürlich.«

»Ich … ich schreib sie schon, seit ich zehn bin«, platzte ich heraus.

»Wow, das ist eine … sehr lange Zeit.«

»Ja. Sechzehn Jahre. Ich habe am dreizehnten März 2003 damit angefangen. Es war ein Montag. Der Tag, an dem meine Mutter uns verlassen hat.«

Noah sagte nichts. Nickte nur und legte seine Hand kurz auf meinen Rücken. Sie war angenehm warm, und es fühlte sich gut an, sie zu spüren.

»Zum Abschied hat sie mir ein Buch geschenkt, mit leeren Seiten und schwarzem Einband. Dann hat sie Mia und mir einen Kuss auf die Wange gedrückt, ihre beiden braunkarierten Koffer genommen und gesagt, sie müsse jetzt mal leben und genießen, weshalb sie nun eine kleine Weile nicht bei uns sein könne. Und dann verschwand sie und war eine Weile nicht bei uns. Aber keine kleine, sondern eine ziemlich große, denn sie ist ja noch immer nicht zurück.«

»Das … tut mir leid«, murmelte Noah. »Wie alt wart ihr da?«

»Mia war zwei und ich zehn. Ich habe noch am selben Abend etwas in das schwarze Buch geschrieben. Die ganze Zeit habe ich es gehütet wie einen Schatz, es war schließlich das Einzige, was mir von meiner Mama geblieben war. Deshalb habe ich auch Briefe hineingeschrieben. Briefe an sie, in denen stand, was ich erlebt hatte. Was in der Schule so los war und was am Nachmittag. Ich dachte, jetzt, wo sie nicht da ist, kriegt sie es ja nicht mit. Aber wenn sie wiederkommt, dann kann sie alles nachlesen, was mir passiert ist während der kleinen Weile. Tja, und von da an habe ich ihr fast jeden Tag geschrieben. Wenn ein Buch voll war, habe ich von meinem Taschengeld ein neues gekauft. Damit sie, während sie ihr Leben genoss, unseres nicht verpasste.«

Noah nickte.

»Und ich tue es immer noch.«

»Was?«

»Tagebuchbriefe schreiben. Ich weiß, es ist verrückt. Ich bin sechsundzwanzig, und natürlich ist mir inzwischen klar, dass sie sie niemals lesen wird. Aber ...«

»Vielleicht doch«, sagte Noah und nahm meine Hand. »Hast du sie denn nie mehr wiedergesehen?«

»Doch, sie war ein paar Mal hier, aber irgendwie immer auf dem Sprung. Nur kurz zu Besuch. Und das war im Grunde noch schlimmer, als wenn sie gar nicht gekommen wäre.«

»Und wer hat sich um euch gekümmert, als ihr klein wart?«

»Mein Vater. Wenn er denn da war. Wir waren oft auf uns allein gestellt.«

»Das ist ... krass.«

»Ja. Das war es. Mia und ich haben uns immer eingebildet, wir wären schuld.«

»Schuld woran?«

»Daran, dass unsere Mutter weggegangen ist. Wir dachten, dass wir irgendwie ... nicht gut genug waren, damit sie bleibt.«

»Mein Gott! Ich meine ... du warst zehn!«

»Ich weiß. Kinder denken manchmal komische Sachen. Sie ist damals mit einem anderen Schauspieler durchgebrannt. Der war ihr wichtiger als wir. Inzwischen weiß ich natürlich, dass es nicht an mir lag. Sondern an ihr.«

Wir schwiegen eine Weile.

»Du bist ihr immer noch böse, oder?« Noah zupfte mir einen Fussel vom Ärmel.

Ich zuckte mit den Schultern. »Ja und nein. Ich wünschte einfach, sie ... sie wäre bei uns geblieben. Aber sie war wohl einfach nicht glücklich. Und eine Schauspielerin, die eine große

Karriere machen wollte.« Unwillkürlich dachte ich daran, dass Noah auch Schauspieler war.

»Ich bleibe hier. Keine Angst«, sagte er, als hätte er meine Gedanken gelesen.

»Du hast ja hier nun auch ein Theater.«

Er nickte. »Und ich hab dich. Hoffe ich. Ist es … sind wir …«

Er wandte sich mir zu und nahm meine Hände. »Es ist doch so, oder? Hab ich dich? Sind wir jetzt …«

Ich löste meine Hände aus seinen und schlang die Arme um ihn. »Ja, sind wir«, sagte ich und küsste ihn.

Wir fielen rücklings aufs Bett und küssten uns weiter, sehr ausgiebig und leidenschaftlich, und gerade, als Noah im Begriff war, mir das T-Shirt auszuziehen, klopfte es. Und dann stand plötzlich, völlig verdattert, Kaja in der Tür.

»Könnt ihr nicht abschließen, ihr Idioten?«, blaffte sie.

»Vergessen«, murmelte ich und zog die Bettdecke über uns. »Gibt's was Dringendes?«

»Mia hat angerufen und gesagt, dass du nicht erreichbar bist.«

»Ich ruf sie zurück.«

»Gut. Weitermachen«, sagte Kaja und verließ mein Zimmer.

Ich huschte zur Tür und drehte den Schlüssel um. Und dann machten wir weiter, so wie Kaja es uns befohlen hatte.

Später entführte mich Noah noch auf die Dachterrasse des Savoy-Hotels, wo wir Cocktails tranken, redeten und dem Pianospieler lauschten. Irgendwann, als schon fast alle Gäste gegangen waren und der Pianist Feierabend gemacht hatte, legte ich mich in einen Deckchair und schaute mir die Sterne an, und Noah setzte sich ans Klavier und spielte ›Comptine d'un autre été‹, nur für mich.

Es war nach Mitternacht, als er mich nach Hause brachte.

Ich schlich in mein Zimmer, ganz leise, um die anderen nicht zu wecken, und nahm noch einmal Buch und Stift zur Hand.

*Gelacht, getanzt, geliebt. Ich könnte platzen. So also fühlt sich glücklich sein an.*

heimlich mein erstes Bier getrunken habe, mit zwölf auf dem Spielplatz im Tiergehege, das war auch ziemlich perfekt. Und der Moment, als ich auf Hawaii war und beim Surfen die erste Welle geritten habe, ohne baden zu gehen. Aber das hier ...« Er gab mir einen Kuss auf die Stirn. »Wir zwei ... das ist perfekter als perfekt.«

Ich musste lachen. »Stimmt! Ich hab nur gerade an Flea Market gedacht, weißt du. Ich mache mir Sorgen.«

»Wir schaffen das schon, Tilda. Und wenn es nicht klappt, dann ergibt sich was anderes. Etwas Besseres vielleicht sogar. Wie sagt man so schön? ›Wer weiß, wozu es gut ist?‹ Als ich damals arbeitslos geworden bin, nach LUAK, da dachte ich auch, das Leben wäre zu Ende. Und jetzt? Schau mich an! Ich sitze mit einer Zauberin in einem Schwanentretboot. Geht es noch besser?!«

Ich schüttelte den Kopf. »Du hast recht«, murmelte ich. »Es wird schon werden.«

Er strich sanft mit dem Finger über meine Wange, und ich schloss erneut die Augen.

»Ich liebe dich«, sagte er leise, und da öffnete ich sie wieder und blickte ihn an. Halb erschrocken, halb überrascht. Ich liebe dich. Die berühmten drei Worte. Ich fühlte in mich hinein und spürte, wie sich eine wohlige Wärme um mein Herz ausbreitete. Da richtete ich mich auf, setzte mich neben ihn und schlang meine Arme um seinen Hals. Ich drückte ihn so fest, dass er fast keine Luft mehr bekam.

»He!«, rief er lachend.

»Ich dich auch«, sagte ich schniefend.

»Weinst du?«

»Ein bisschen«, nuschelte ich in seinen T-Shirt-Ärmel.

»Aber ...«

»Das tu ich manchmal, wenn etwas sehr Schönes passiert.«

»Dann sollten wir in Zukunft dafür sorgen, dass wir immer genügend Taschentücher vorrätig haben«, sagte er und drückte mich an sich.

Wir schipperten noch eine Weile mit dem Schwan umher und gingen später zu mir.

»Kommst du?«, fragte Noah. Er hatte es sich schon in meinem Bett gemütlich gemacht, während ich noch im Bad war.

Ich nahm mein schwarzes Buch aus dem Regal, setzte mich im Schneidersitz auf den Boden und sagte: »Gleich.«

»Was schreibst du?«

»Geht dich nichts an«, erwiderte ich lächelnd.

*Unser Glück ist perfekt! Und morgen gehen wir Taschentücher kaufen. ICH LIEBE IHN!!!*

Ich klappte das Buch zu und stellte es zurück ins Regal. Dann zog ich mich aus, schlüpfte zu Noah ins Bett und ließ mich von ihm umarmen. Und dann taten wir das, was man tat, wenn man sich liebte. Sich lieben.

## 32. KAPITEL

Es war Samstag, und wir wollten den Abend bei Noah zu Hause verbringen. »Ich koche«, hatte er gesagt und keine Widerrede geduldet. Mir sollte es recht sein.

Als ich zu ihm in die Wohnung kam, duftete es schon köstlich, und er wirbelte in der Küche umher. Er pochierte, touchierte, briet und karamellisierte.

»Was wird das denn Leckeres?«, fragte ich neugierig und schaute in die Töpfe. »Sieht ziemlich aufwendig aus.«

»Ist es auch. Arabisch. Ottolenghi. Kennst du den?«

»Seit Jonte bei uns wohnt, ja. Seine Spezialität sind Auberginen mit Lammfüllung.«

»Pfff. Anfänger. Bei mir gibt es Hähnchen mit karamellisierten Zwiebeln und Kardamomreis. Eine Brunnenkressesuppe als Vorspeise, und Joghurtcreme mit pochierten Pfirsichen als Nachtisch. Ein Drei-Gänge-Menü. Schließlich haben wir etwas zu feiern.«

Ich nickte. »Einen Monat Noah und Tilda.« Ich lächelte in mich hinein. Allen widrigen Umständen zum Trotz war es ein schöner Monat gewesen. Schon seltsam, welche Überraschungen das Leben manchmal für einen bereithielt. Wenn mir vor einigen Wochen jemand erzählt hätte, dass ich mich in Noah Berger verlieben würde – ich hätte laut gelacht und ihm einen Vogel gezeigt. Und jetzt? Jetzt waren wir glücklich, verdammt verliebt, und ein Ende war nicht abzusehen. »Mit meinem ersten Freund habe ich nach einem Monat schon wieder Schluss gemacht«, sagte ich schmunzelnd.

Gespielt erschrocken blickte Noah mich an. »Warum?«

Ich zuckte mit den Schultern. »Er war mir langweilig geworden.«

»Oookay ...«

»Es war in der Grundschule«, erklärte ich. »Bruno hieß er, und er wollte mich ständig küssen. Auf den Mund!« Angewidert verzog ich das Gesicht.

»Puh. Das ist eklig.« Noah zog mich an sich und küsste mich.

»Wenn man Grundschülerin ist, jedenfalls«, sagte ich lachend. »Ich decke schon mal den Tisch.«

»Und deine längste Beziehung?«

»Ein Dreivierteljahr. Mit Björn. Hab ich doch erzählt.«

»Ah, der. Katastrophen-Björn. Wirklich lange war das aber auch nicht.«

»Keine Sorge. Ich bin leidensfähiger geworden mit dem Alter.« Ich grinste.

»Beruhigend.«

Ich begann, den Tisch zu decken. Inzwischen kannte ich mich gut aus in Noahs Küche. Ich stellte Teller und Gläser auf den Tisch und schenkte uns Wein ein. Als die Brunnenkressesuppe fertig war, setzten wir uns. Ich hatte einen Bärenhunger.

»Danke für das tolle Essen, Noah!« Ich prostete ihm zu, wir tranken, und er verteilte die Suppe. In dem Moment klingelte mein Handy. Ich hatte es neben mich auf den Tisch gelegt und warf einen Blick auf das Display. »Jonte«, murmelte ich.

»Ruf später zurück.« Noah schob sich seinen randvollen Löffel in den Mund.

Ich nickte, drückte den Anruf weg und begann ebenfalls zu essen. Doch dann klingelte es schon wieder. »Noch mal Jonte.

Scheint was Wichtiges zu sein.« Ich nahm das Handy und ging ran.

Jonte hielt sich nicht lange mit einer Begrüßung auf, sondern erklärte mir mit ruhiger Stimme, was passiert war.

»Ach, du Scheiße«, sagte ich und sprang auf. »Ich komme!«

»Nein, Quatsch. Musst du nicht«, meinte er. »Ich wollte es dir nur schnell sagen. Alles gut.«

»Ich bin in fünf Minuten da«, erwiderte ich und legte auf.

»Was ist los?« Noah sah mich erschrocken an.

»Mia! Anscheinend gab es Ärger in ihrer neuen WG. Jetzt ist sie bei uns. Völlig aufgelöst. Heult Rotz und Wasser, sagt Jonte. Warum, weiß er nicht. Aber irgendwas muss passiert sein.«

»Oje.«

Ich nickte. »Ich muss rüber und nach ihr sehen.«

»Jetzt sofort? Jonte ist doch da.«

»Na ja, schon. Aber ich glaube, sie braucht jetzt *mich*. Sie ist meine kleine Schwester. Tut mir echt leid wegen des Essens, aber du verstehst das, Noah, oder?«

Er schaute zum Herd hinüber. »Ehrlich gesagt ... nicht richtig.«

»Nein?«, fragte ich überrascht.

Er seufzte. »Ich stehe seit heute Nachmittag in der Küche. Für dich, Tilda. Und ich habe mich auf unseren gemeinsamen Abend gefreut.«

»Ich weiß«, sagte ich kleinlaut. »Ich mich doch auch. Aber ich kann Mia jetzt nicht im Stich lassen. Ihr scheint es richtig dreckig zu gehen.«

»Wahrscheinlich hat sie in ihrer WG irgendeinen Unsinn angestellt. Die Kaffeemaschine geschrottet. Oder den Wellensittich um die Ecke gebracht. Deshalb müssen wir uns doch jetzt nicht den Abend verderben lassen.«

»Hmmmm. Jonte sagt, sie ist völlig außer sich. Es muss wirklich etwas Schlimmes vorgefallen sein.«

»Na ja, aber sie ist manchmal auch eine Drama-Queen. Hast du selber gesagt …«

»Ist sie. Trotzdem, sie braucht mich jetzt. Sonst wäre sie nicht zu uns gekommen.«

»Hat sie dich angerufen?«

Ich warf sicherheitshalber einen Blick auf mein Handy. Dann schüttelte ich den Kopf.

»Na also. Wenn sie dich wirklich so dringend bräuchte, hätte sie es doch getan. Vielleicht will sie deine Hilfe gar nicht. Manchmal habe ich das Gefühl, dass du …« Er stockte.

»Ja?«

»Na ja, dass du jedes Problem zu deinem machst.«

Ich spürte Ärger in mir aufsteigen. »Das ist ziemlich egoistisch gedacht, Noah.«

»Vielleicht«, erwiderte er nachdenklich. »Vielleicht ist es aber auch egoistisch, wenn du Mia ständig betüddelst.«

»Wie jetzt?«

»Na ja … hast du schon mal darüber nachgedacht, dass du auch deshalb so viel für Mia tust, um dich selbst gut zu fühlen?«

Ich schnappte nach Luft. »What?«

»Nicht nur«, wiegelte er ab. »Aber auch. Mia will auf eigenen Füßen stehen. Das hat sie dir doch schon oft genug gesagt.«

»Sie *kann* nicht auf eigenen Füßen stehen. Siehst du doch.«

»Dann muss sie es lernen. Das Leben ist eine gute Schule. Dann fällt sie halt mal hin. Und steht wieder auf. Ganz allein. Glaub mir, sie kann das.«

»Und wenn ihr was passiert?«

»Du kannst sie nicht vor allem beschützen. Wenn ihr etwas passiert, ist es nicht deine Schuld.«

»Du verstehst das nicht. Bei uns ist das etwas anderes.«

»Du meinst es gut, Tilda. Das weiß ich. Nur manchmal eben zu gut.«

»Okay«, murmelte ich. »Okay, so denkst du also über mich.«

»Es ist nicht böse gemeint. Es ist nur ... Ich fänd's schön, wenn du bleibst. Du kannst später nach ihr sehen. Es ist Samstagabend, ich hab gekocht, und Mia kann auch alleine heulen.«

Ich schüttelte den Kopf und stand auf.

Noah musterte mich schweigend.

»Es ist nur ein Essen!« Ich wandte mich zum Gehen.

Er nickte. »Sicher.«

»Ich komme dann nachher zurück, okay?«

Er sah mich an und sagte leise: »Ich glaube, ich möchte heute Nacht lieber allein sein.«

»Bist du sauer?«

»Nein. Nein, Quatsch. Es ist nur ... ich brauch einfach gerade ein bisschen Zeit für mich. Okay?«

»Okay«, murmelte ich.

Ich war traurig, als ich ging. Unser erster Streit. Ausgerechnet an unserem Monatstag. Diese Verabredung hatten wir uns wohl beide anders vorgestellt. Aber jetzt zu bleiben und mir einen schönen Abend mit Noah zu machen, während Mia eine Sinnkrise hatte und womöglich Redebedarf – das ging einfach nicht. Das musste er doch verstehen. Ich rannte die Treppen hinunter, alle vier Stockwerke, und je näher ich dem Erdgeschoss kam, desto mehr ärgerte ich mich plötzlich über ihn. Dass man Dinge tat, die einem nicht selbst nützten, sondern ausschließlich anderen, schien für ihn nicht im Bereich des Möglichen zu liegen. Und dass es Menschen gab, die, selbst wenn sie längst erwachsen waren, auf Hilfe angewiesen waren, wohl auch nicht. Er machte es sich wirklich verdammt leicht!

# 33. KAPITEL

Als ich nach Hause kam, saß Mia mit völlig verheultem Gesicht auf unserem Sofa, starrte vor sich hin und knetete ein Taschentuch in der Hand.

»Hey, Mia«, sagte ich leise und setzte mich neben sie.

»Was machst du denn hier?«, fragte sie und schniefte.

»Ich verdünnisier mich mal«, erklärte Jonte schnell und verschwand in seinem Zimmer.

»Ich dachte, du bist heute Abend bei Noah?«

»Jonte hat mich angerufen und mir erzählt, dass es dir nicht gut geht. Ich dachte, ich hör mal nach, was meiner kleinen Schwester passiert ist, dass sie so außer sich ist.«

Mia rollte mit den Augen. »Typisch. Das ist echt drüber!«

»Was?«

»Dass du hier jetzt aufschlägst. So schlimm ist es auch wieder nicht.«

Ich nickte. »Okay. Hat sich bei Jonte eben anders angehört.«

Mia schwieg einen Moment. »Kann ich hierbleiben?«, fragte sie dann leise.

»Natürlich.« Ich legte meinen Arm um ihre Schultern. »Dein Zimmer ist noch frei und sieht genauso aus, wie du es verlassen hast.«

Sie nickte. »Gut.«

»Was … was war denn los?«, fragte ich vorsichtig.

»Ach, dieser blöde Arsch von Nils.«

»Nils?«

»Der Hauptmieter von meiner neuen WG. Ich dachte, der wäre voll in Ordnung. War er ja auch. Bis vorhin.«

»Weil?«

»Na ja, Lukas ist zu seinen Eltern gefahren, und da dachte er sich wohl, dass er ...«

»Was?« Mir schwante Böses.

»Wir haben zusammen gekocht. Und Wein getrunken. Zwei Gläser nur, keine Angst. Und dann kam er plötzlich zu mir rumgerutscht und hat angefangen, mein Knie zu betatschen. ›Pfoten weg!‹, hab ich gesagt und bin aufgesprungen. Er dann auch und hat mich am Arm festgehalten und gemeint: ›Wir sind allein. Machen wir es uns doch ein bisschen gemütlich, Süße.‹ Bäh. Widerlich!« Sie spuckte es förmlich aus.

»Uaaahh.« Ich verzog das Gesicht. »Das ist wirklich ... widerlich.«

»›Sag mal, spinnst du?‹, hab ich geschrien. Und er so: ›Was denkst du, warum ich dich ausgewählt hab als Nachmieterin? Dachte, du zeigst dich mal ein bisschen erkenntlich‹.«

»Nicht dein Ernst«, sagte ich tonlos.

»Leider doch. Ich hab mich losgerissen, und dann ... dann bin ich raus. Einfach abgehauen.« Sie starrte vor sich auf den Teppich, und ich sah, dass sich ihre Augen schon wieder mit Tränen füllten. »Ich kann da auch nicht wieder hin«, schluchzte sie und schlug die Hände vors Gesicht. Ich drückte sie kurz an mich.

»Auf keinen Fall kannst du da wieder hin, Mia. Mein Gott, Typen gibt es. Das ist einfach ... zum Heulen.«

»Sag ich doch. Warum passieren immer mir solche Sachen?«, presste sie zwischen zwei Schluchzern hervor. »Ich ... ach, scheiße! Jetzt sitz ich wieder hier bei dir. Irgendwie krieg ich nie was auf die Reihe. Und baue immer nur Scheiße.«

»Du hast keine Scheiße gebaut, Mia.« Jedenfalls nicht in diesem Fall, fügte ich in Gedanken hinzu. »Du hast genau das Richtige getan.«

Sie schniefte. »Findest du? Ich hätte ihm eigentlich noch richtig in die Eier treten sollen, bevor ich weggerannt bin.«

Ich drückte sie noch einmal. »Stimmt. Soll ich das für dich erledigen?«, fragte ich grinsend.

Mia schüttelte den Kopf und wischte sich mit dem Handrücken die Tränen aus dem Gesicht. »Ich frag lieber Kaja. Die hat da die besseren Skills.«

Ich nickte. »Wenn du willst, dass der Typ das nicht überlebt, dann ist sie definitiv die bessere Wahl«, gab ich zu. Dann ging ich in die Küche, kochte Tee aus heiligem Basilikum und schmierte uns ein paar Käsebrote.

»Was sagt denn dein schicker Schauspieler dazu, dass du ihn meinetwegen sitzengelassen hast?«, fragte Mia irgendwann, nachdem wir uns gemütlich aufs Sofa gekuschelt und den Fernseher eingeschaltet hatten.

Ich zuckte mit den Schultern. »Da muss er durch«, erklärte ich schnell und beschloss, Mia unseren Streit zu verschweigen. Sie sollte sich nicht auch noch meinetwegen schlecht fühlen. Ich nahm mir vor, Noah später anzurufen, und hoffte, dass er sich bis dahin wieder beruhigt hatte und nicht mehr sauer war.

Mia schaltete Netflix ein, wir sahen uns vier Folgen *How I met your mother* an und stolperten anschließend direkt ins Bett. Kurz vorm Einschlafen wählte ich Noahs Nummer. Es ging nur die Mailbox ran. »Schlaf gut«, murmelte ich aufs Band, dann fielen mir die Augen zu.

Am nächsten Morgen wurde ich von ›Comptine d'un autre été‹ geweckt. Es war der Klingelton, der ertönte, wenn Noah anrief. Was er offenbar gerade versuchte. Müde schlug ich die Augen auf und tastete nach meinem Handy. Ich fand es auf dem Boden neben dem Bett. Halb beklommen, halb erfreut ging ich dran.

»Morgen«, murmelte ich in den Hörer. »Gut geschlafen?«

»Na ja«, sagte er. »Du hast mir gefehlt.«

Ich lächelte erleichtert. »Du mir auch!«

»Wie geht's Mia?«, erkundigte er sich.

»Schon besser.«

»Was war denn los?«

»Das ist … eine lange Geschichte. Und eine ziemlich krasse.« Ich erzählte ihm, was vorgefallen war.

»Unfassbar!«, sagte Noah. »Gut, dass du zu ihr gegangen bist.«

»Ja«, bestätigte ich, froh, dass er das nun ebenfalls so sah. »Auch wenn es sehr schade um das Ottolenghi-Essen ist. Aber etwas Gutes hat es doch.«

»Nämlich?«

»Mia zieht wieder zu uns, und … ich bin echt froh darüber.«

»Verstehe ich«, meinte Noah. »Das freut mich für dich. Sag mal, bist du trotzdem heute Abend abkömmlich?«

Ich überlegte einen Augenblick. »Ja. Wieso?«

»Wollen wir zusammen die Reste essen?«, fragte er. »Bei der Gelegenheit könnten wir gleich noch ein paar Dinge in Sachen Rettungsaktion besprechen. Ich hab den Abend gestern genutzt und endlich die Pressemitteilung für unseren Event geschrieben. Wäre super, wenn du da mal drüberlesen könntest.«

»Klar. Cool! Ich komme später vorbei«, versprach ich und legte auf.

# 34. KAPITEL

Genau eine Woche später saßen Kaja, Jonte und ich beim sonntäglichen WG-Frühstück zusammen und brachten währenddessen die To-do-Liste für unseren Rettungsplan auf den neuesten Stand. Die Zeit drängte. Unser großer Tag rückte immer näher. Ich musste zugeben, dass ich unterschätzt hatte, wie viel Arbeit es war, das Ganze auf die Beine zu stellen, und hoffte inständig, dass es sich am Ende auszahlte und ein Erfolg wurde. Jonte hatten wir mittlerweile auch eingespannt. Zum Glück war er technikaffin und half uns gerne.

»Wo ist eigentlich Mia?«, fragte Kaja, nachdem wir soweit alles besprochen hatten und jeder wusste, was er in der kommenden Woche zu tun hatte.

»Schläft noch«, erklärte ich. »Sie hat bis in die frühen Morgenstunden im ›Johann Schäfer‹ gekellnert.«

In diesem Moment hörte ich, wie ihre Zimmertür geöffnet wurde. Wenige Sekunden später tapste sie mit Schlafshirt und müden Augen in die Küche und ließ sich auf einen Stuhl fallen.

»Gibt's Kaffee?«, fragte sie und stützte den Kopf in die Hände.

Ich schenkte ihr ein. »Ist wohl spät geworden, was?«

»Allerdings. Aber war gut. Und lukrativ. Hab massig Trinkgeld gekriegt. Und ein paar echt gute neue Ideen.«

Kaja, Jonte und ich warfen uns vielsagende Blicke zu.

»Übrigens hab ich deinen Schauspieler getroffen«, sagte sie dann und grinste.

»Noah?«

»Ja, stell dir vor. Der war mit seinem Kumpel da. Armando.«

»Ach, ist ja lustig.« Er hatte mir erzählt, dass er mal wieder mit seinem Freund um die Häuser ziehen wollte. Seit wir zusammen waren, hatte er Armando ein wenig vernachlässigt.

»Ist echt süß, dein Noah«, fuhr Mia fort und angelte sich ein Brötchen aus dem Brotkorb. »Wir haben ein bisschen geredet, bevor meine Schicht anfing. Und weißt du was?«

»Was?«, fragte ich gespannt.

»Ich zieh nach Hamburg.«

Mir blieb fast mein Marmeladenbrötchenbissen im Hals stecken. Ich starrte sie an. »Äh, wie bitte?«

»Ja, du hast richtig gehört, Schwesterherz. Noah meinte auch, ich muss mal raus hier. Weg von dir und Köln. Wir haben beschlossen, dass ich Architektur studiere. Das wollte ich irgendwie schon immer und …«

»Ach ja? Wusste ich gar nicht.«

»Jetzt weißt du es. Jedenfalls hat Noah einen Freund in Hamburg, der ein Architekturbüro hat, und da kann ich ein Praktikum machen. Also, höchstwahrscheinlich. Um mal zu gucken, ob das was für mich ist. Architektin sein, meine ich. Tja, und genau das werde ich jetzt tun.«

»Architektin sein?«, fragte Kaja.

»Nein, ein Praktikum in Hamburg machen, du Scherzkeks. Kann sein, dass ich schon morgen hinfahre. Ach, ich freu mich, Leute. Hamburg ist so eine geile Stadt.«

»Äh … morgen?«, fragte ich verstört und sah zu Kaja hinüber.

»Bisschen überstürzt, wenn du mich fragst«, murmelte sie.

»Ja, ja. War klar, dass sowas wieder kommt. Ich bin einfach

spontaner als ihr. Aber versucht gar nicht erst, es mir auszureden. Mein Entschluss steht fest. Ich gehe nach Hamburg.«

»Und wo willst du da wohnen?«, fragte Jonte.

»Der Freund von Noah hört sich mal um. Er ist wohl voll gut vernetzt. Und zur Not gehe ich erst mal in eine Jugendherberge.«

Ich kaute stumm auf meinem Brötchen herum. Was für eine Schnapsidee. »Und das ist wirklich auf Noahs Mist gewachsen?«, fragte ich ungläubig.

Mia schmierte eine dicke Schicht Nutella auf ihr Brötchen und biss dann genüsslich hinein. »Klar. Der ist echt cool, Schwesterherz. Ich find ihn richtig nett.« Sie zwinkerte mir zu. »Und verdammt hot. Hätte ich dir gar nicht zugetraut.«

»Ich bringe ihn um«, zischte ich.

»Ach, komm. Das hat er nicht verdient.«

Ich betrat das Theater und nahm Kurs auf Noahs Büro. Ich wusste, dass er dort war. Er hatte direkt nach dem Frühstück herkommen wollen, um zu schreiben. Gerade war er gut im Flow, wie er mir gestern stolz berichtet hatte, doch den Flow, den würde er nun unterbrechen müssen. In mir brodelte es. Was fiel ihm eigentlich ein, sich in Mias und meine Angelegenheiten einzumischen? ›Noah meinte auch, ich muss mal raus hier. Weg von dir und Köln‹ rief ich mir Mias Worte ins Gedächtnis, während ich den Gang entlangstapfte. Warum sagte er so etwas? Er wusste doch, wie froh ich war, dass meine Schwester zurückgekommen war.

Die Tür zu seinem Büro war angelehnt. Ich klopfte nur einmal laut dagegen und trat ein, ohne sein ›Herein‹ abzuwarten. Noah saß an einem provisorischen Schreibtisch, der aus einer alten Tür und zwei Holzböcken bestand.

»Tilda«, sagte er erfreut, als er mich sah. »Das ist ja eine

Überraschung.« Er sprang auf, kam auf mich zu und versuchte, mir einen Kuss zu geben. Schnell drehte ich den Kopf weg. »Alles okay?«, fragte er irritiert.

»Ganz und gar nicht!«

Überrascht zog er die Augenbrauen hoch. »Was ist los?«

»Was los ist? Kannst du dir das nicht denken?«

Er sah mich fragend an. »Ähm ... nein?!«

»Dann helfe ich dir mal auf die Sprünge. Mia. Sie hat es uns erzählt. Gerade, beim Frühstück.«

»Ähm ... was erzählt?« Sichtlich verwirrt kratzte er sich am Hinterkopf.

»Sag mal, wie viel hast du gestern eigentlich getrunken?«, schnaubte ich. Seine Unschuldsmiene machte mich noch wütender, als ich es ohnehin schon war.

»Tilda, was meinst du?«

»Also gut«, stöhnte ich entnervt. »Dass du der Meinung bist, Mia müsste dringend weg von mir. Und dass du ihr Hamburg eingeredet hast – ohne mal vorher mit mir zu reden!«

»Aber ...« Er schüttelte den Kopf. »Ich ... ich hab das so nicht gesagt. Mia meinte, sie will auf eigenen Füßen stehen, und ich hab gesagt, dass das vielleicht keine ganz schlechte Idee ist. Ist es ja auch nicht unbedingt, oder?«

»Doch, es ist die denkbar schlechteste Idee aller Zeiten, Noah. Du kennst sie doch gar nicht.«

»Ich wollte nur helfen, und ...«

»Helfen? Wem helfen? Dir selbst? Bist du eifersüchtig auf Mia, weil wir ein so enges Verhältnis haben?«

»Nein. Quatsch. Es war einfach nur so dahingesagt, und ...«

»Ach, wirklich? Und der Praktikumsplatz, den du ihr noch am selben Abend besorgt hast? Das klingt für mich nicht gerade nach ›dahingesagt‹, sondern nach Nägeln mit Köpfen. Und das alles schön hinter meinem Rücken. Ich fasse es echt nicht!«

»Tilda, ich …«

»Du weißt genau, dass man auf Mia aufpassen muss.« Ich schrie jetzt fast und spürte, dass Tränen in meine Augen traten. »Und da hast du nichts Besseres zu tun, als dafür zu sorgen, dass sie direkt wieder geht? Auch noch in eine fremde Stadt, vierhundert Kilometer von hier?«

»Tilda, wie gesagt: Es war nur gut gemeint.«

»Wenn du es gut gemeint hättest, dann hättest du besser mal nachgedacht, bevor du ihr so einen Floh ins Ohr setzt. Weißt du, was in Hamburg passiert, wenn sie da alleine ist?«

Er zuckte mit den Schultern. »Was soll groß passieren? Im besten Fall macht sie ein Praktikum und im schlechtesten hat sie eine schöne Zeit.«

»Klar. Eine schöne Zeit. Sie wird sich wieder an irgendwelche schrägen Vögel klammern und Mist bauen. Oder es passiert sowas wie in ihrer neuen WG letzte Woche.«

»Tilda, jetzt beruhige dich. Du helikopterst um sie herum, als wäre sie ein Kleinkind. Vertrau deiner Schwester doch mal. Sie hat gestern einen sehr aufgeräumten Eindruck auf mich gemacht. Sie braucht nur eine Aufgabe.«

»Du musst es ja wissen!«, schnaubte ich. »Warum? Warum hast du das getan?«

»Ich hab doch gar nichts gemacht. Und das mit dem Praktikum war ja auch nur so eine Idee. Ich weiß nicht mal, ob mein Freund überhaupt Praktikanten nimmt.«

»Dann hättest du dich besser klarer ausgedrückt. Mia packt nämlich bereits ihre Koffer und nimmt den Flixtrain morgen um neun!«

»Echt jetzt?«

»Echt jetzt. Du hast es geschafft. Mia verlässt die Stadt.«

Noah biss sich auf die Unterlippe und schüttelte den Kopf. »Sie ist wirklich unglaublich.«

»Newsflash!« Wütend funkelte ich ihn an. »Danke. Danke für nichts!« Mit diesen Worten machte ich auf dem Absatz kehrt und stürmte hinaus.

»Tilda, warte doch!«, rief Noah mir hinterher, aber ich wollte nicht warten. Ich wollte nur raus und ihn nicht mehr sehen. Im Gehen kramte ich in meiner Hosentasche nach einem Taschentuch, fand eins und schnäuzte mich. Was für eine dämliche Aktion von ihm! Hastig wischte ich die Träne weg, die gerade über meine Wange lief, und rannte jetzt förmlich den Gang hinunter.

»Tilda!«, hörte ich Noah noch einmal rufen. Doch ich hatte genug gehört. Und genug von ihm.

Draußen angekommen blieb ich stehen und fragte mich, wo ich jetzt hingehen sollte. Ich entschied mich für die Werkstatt. Irgendwie hatte ich das Bedürfnis, etwas zu reparieren. Mit schnellen Schritten ging ich hinüber zur Knopffabrik, schloss die Schreinerei auf und trat ein. Ich stellte mich in die Mitte des Raumes, schloss die Augen und sog den Duft nach Holz und frischem Sägemehl ein. Schon wieder liefen mir Tränen über die Wangen. Schnell wischte ich auch sie weg. Schniefend rückte ich mir einen der alten Sessel von Frau Bertram zurecht, holte den neuen Drucklufttacker von Obi aus dem Regal und wühlte in der Schublade nach einem passenden Stoff.

Nachdem ich alles beisammenhatte, begann ich, zu messen, zu schneiden und zu tackern, als ginge es um mein Leben, und als sich dieser unwürdige, schreckliche Sonntag seinem Ende zuneigte, hatte Frau Bertrams Sessel einen neuen dunkelvioletten Samtbezug und ich eine neue Erkenntnis: Kajas Kintsugi funktionierte nur bedingt. Risse und Verletzungen konnten so manches schöner und wertvoller machen, aber nicht das zwischen Noah und mir. Vielleicht, weil unsere Beziehung dafür noch zu jung und nicht stabil genug war, oder weil wir vielleicht doch nicht zusammenpassten.

»Hey, geht's dir gut?«, fragte Jonte, als ich in die Küche kam, um einen Schluck Wasser zu trinken.

»Nein«, sagte ich nur. »Ist Mia da?«

Jonte schüttelte den Kopf. »Wollte sich noch von Freunden verabschieden. Sie fährt ja morgen.«

»Sie zieht's also wirklich durch, ja?«

»Sieht schwer danach aus.«

Ich verschwand in meinem Zimmer, zog die schwarze Kladde aus dem Regal und schlug eine neue Seite auf.

*Zwei zu große kleine Zehen reichen nicht. Heute hat sich herausgestellt, dass Noah und ich zwei Scherben sind, die nicht zueinander passen. Auch mit ganz viel Goldlack nicht.*

## 35. KAPITEL

»Da bist du ja.« Noah lehnte am Geländer, das den Rhein von der Promenade trennte. Er trug eine Sonnenbrille, Jeans und ein graues T-Shirt. Er sah umwerfend aus. Doch was nützte das schon?

Drei Tage waren seit unserem Streit vergangen. Er hatte mich angerufen. Oft. Irgendwann hatte ich mich schließlich durchgerungen, dranzugehen. »Können wir reden?«, hatte er gefragt. »Sicher«, hatte ich geantwortet, denn Redebedarf, den hatte ich inzwischen auch.

Wir hatten uns am Rhein verabredet, um ein Stück spazieren zu gehen, über die Hohenzollernbrücke, und uns dann auf die Stufen des neuen Rheinboulevards zu setzen, mit Blick auf den Dom und die Altstadt. Noah hatte das vorgeschlagen. Offenbar hatte er einiges zu sagen.

»Wollen wir?«, fragte er jetzt und lächelte mich unsicher an. Es war dieses Lächeln, das ich so an ihm mochte. Mein Herz klopfte auf einmal wie wild und fühlte sich gleichzeitig sehr schwer an. Ich nickte. Wir steuerten die Brücke an, stiegen schweigend die Stufen hinauf und machten uns auf den Weg zur rechten Rheinseite. Am Gittergeländer waren unzählige Liebesschlösser angebracht, und ich hatte schon ein paar Mal gedacht, dass Noah und ich hier vielleicht auch eines Tages eins aufhängen, uns küssen und dabei den Schlüssel in den Rhein werfen würden. So machte man das hier in Köln, wenn man ein Liebespaar war. Doch die Frage lautete, ob wir überhaupt noch eins waren.

Noah blieb plötzlich stehen und scannte mit den Augen die Schlösser zu seiner Rechten. »Hier müsste es eigentlich sein«, murmelte er.

»Was?«

»Da, ich wusste es.« Er strich über ein goldenes, schon etwas rostiges Schloss, in das die Buchstaben C und N graviert waren.

»Von dir und deiner Ex?«, fragte ich und dachte, wie taktlos es von ihm war, mir das jetzt zu zeigen.

Noah schüttelte lachend den Kopf. »Es ist von meinen Eltern. Christiane und Norbert. Sie haben es aufgehängt, als sie ihren dreißigsten Hochzeitstag hatten. Süß, oder?«

»Sehr«, sagte ich leise. Ich wusste, dass Noahs Vater inzwischen verstorben war. Ganz plötzlich an einem Herzinfarkt, vor zwei Jahren.

»Meine Mutter kommt manchmal hierher, sieht sich das Schloss an und denkt an ihn.«

»Das muss sehr traurig für sie sein. Aber auch schön, dass sie diese Erinnerung an ihn hat.«

Noah nickte, und ich sah ihm an, dass es auch traurig für ihn war. Der plötzliche Tod seines Vaters hatte ihn arg mitgenommen. Das hatte er mir erzählt. Aber es gab so vieles, das ich noch nicht von ihm wusste – und das ich vielleicht jetzt auch nie erfahren würde.

Wir gingen schweigend weiter. Jeder hing seinen Gedanken nach. Meine waren noch immer bei Christiane und Norbert. Wie romantisch es war, nach dreißig Jahren Ehe ein Liebesschloss an der Hohenzollernbrücke aufzuhängen. Noah war behütet aufgewachsen, in einem liebevollen Elternhaus. Er hatte viele schöne Erinnerungen an seine Kindheit, und seine

Mutter und sein Vater hatten ihn bei allem unterstützt, was er getan hatte. Das hat ihn stark und selbstbewusst gemacht, dachte ich. Wenn ich meine Kindheit mit einem Wort hätte zusammenfassen müssen, dann wäre es wohl ›warten‹ gewesen. Warten, dass Mama wiederkommt. Warten, dass dann alles besser wird. Warten, bis ich ihr erzählen kann, was ich auf dem Herzen habe. Warten, dass sie mich beschützt, mich verteidigt, für Mia und mich in die Bresche springt. So wie die Mütter meiner Freundinnen. Wie Kajas Mutter. Wie alle Mütter … Mia und ich waren zwei Mädchen, die von ihrer eigenen Mutter verlassen worden waren. Ungeliebte Kinder, die nur einander hatten. Das war unser Schicksal, und damit mussten wir fertigwerden. Immer noch. Jede auf ihre eigene Weise.

Inzwischen waren Noah und ich auf der anderen Rheinseite angelangt. »Worüber wolltest du eigentlich mit mir reden?«, fragte ich beklommen, obwohl ich es mir denken konnte. Seit einigen Minuten hatte keiner von uns beiden etwas gesagt, doch auf einmal war mir das Schweigen unbehaglich.

Wir hielten uns rechts und erreichten den Rheinboulevard.

»Ich wollte über uns reden, Tilda. Komm, setzen wir uns.« Er deutete auf die breiten, hellen Stufen, die sich über fünfhundert Meter am Wasser entlang erstreckten. Hier und da saßen Leute, genossen den Feierabend mit Blick auf den Rhein. Wir setzten uns nach ganz oben. Auf der anderen Seite des Flusses reckten Dom, Fernsehturm und die romanische Kirche Groß St. Martin ihre Türme in den Himmel. Links daneben befanden sich der Fischmarkt und seine kleinen bunten Häuschen mit Stufengiebeln und Geranien vor den Fenstern. Von hier aus sah die Kölner Altstadt aus wie eine Spielzeugstadt.

»Ich weiß, du bist sauer auf mich, Tilda«, begann Noah. »Was ich verstehe. Es … war nicht meine Absicht, Mia von dir zu trennen. Wirklich nicht. Ich weiß nicht, was sie dir erzählt hat, aber es war ... na ja ... Smalltalk. Und dann kam eins zum anderen. Es war absolut keine böse Absicht dahinter, Tilda. Das musst du mir glauben.«

»Aber es war gedankenlos.«

»Meinetwegen. Aber ich hätte nie gedacht, dass sie direkt ihre Koffer packt. Vielleicht ... vielleicht ist das auch ein Zeichen.«

»Ein Zeichen wofür?«

»Na ja, dass sie wirklich auf eigenen Füßen stehen möchte.«

Ich seufzte.

»Okay. Ich hab verstanden. Ich mische mich nicht mehr ein. Es ist euer Ding. Mir ist nur wichtig, dir zu sagen, dass ich dich nicht hintergangen habe, sondern einfach nur ... na ja, meine Hilfe anbieten wollte.«

Er nahm meine Hand. Reflexartig entzog ich sie ihm. Ein kurzer Seitenblick reichte, um zu sehen, dass ihn das verletzte.

»Noah, ich ... klar. Aber es ist trotzdem irgendwie krass. Dass du gar nicht nachgedacht hast, wie es mir damit geht. Wo du doch die ganze Geschichte kennst, mit Mias Verschwinden, und wie sie ist. Und jetzt ist sie seit zwei Tagen weg und hat sich bisher keinmal gemeldet. Ich hab sogar in dem Architekturbüro von deinem Freund angerufen. Mia hatte mir vor ihrer Abreise noch gesagt, wie es heißt. Aber, Überraschung: Da ist sie bisher nicht aufgeschlagen. Ich bin schon krank vor Sorge, weil ich die ganze Zeit denke, es ist wieder was passiert.«

Noah blickte auf das fließende Wasser. »Wie gesagt, ich ... ich dachte, dass es vielleicht gut ist für sie. Dass sie ihre eigenen Entscheidungen treffen muss. Und auch auf die Gefahr hin, dass du mir gleich an die Gurgel gehst: Du musst sie irgendwann loslassen, Tilda. Sie muss ihre Erfahrungen machen. Und sie meldet sich schon noch bei meinem Freund.«

Ich lachte auf. »Du kennst sie nicht ...«

»Wart's ab.« Wieder nahm er meine Hand, und diesmal ließ ich es geschehen. »He«, sagte er und sah mich ernst an. »Ich möchte das gern in Ordnung bringen. Das mit uns. Es ist mir nämlich ziemlich ernst mit dir.«

Ich starrte auf meine fliederfarbenen Chucks.

»Bist du mir noch böse?«

»Ach, keine Ahnung. Nein. Aber ich habe das Gefühl, dass ... wir gar nicht richtig zusammenpassen.«

»Was?«, sagte er leise. Ich sah ihn an. Er war blass geworden. »Warum nicht? Wegen dieser einen Sache?«

»Nein. Das ist es nicht. Wir sind einfach ... grundverschieden.« Ich fühlte mich schrecklich.

»Und ich dachte, du ... liebst mich.«

»Noah, ich ... ich weiß gerade gar nichts mehr.«

Er schüttelte langsam den Kopf. »In gewisser Weise bist du deiner Schwester gar nicht so unähnlich.«

»Wie meinst du das?«, fragte ich verunsichert.

»Na ja, wenn's eng wird, läufst du davon. Kann es sein, dass das was mit eurer Kindheit zu tun hat? Mit eurer Mutter?«

»Was hat sie denn damit zu tun?«

»Ich habe manchmal das Gefühl, dass du ihretwegen glaubst, nicht genug zu sein. Dass du deshalb jedem hilfst, nur dir selbst nicht. Weil ... na ja, weil du denkst, du hast gar nicht verdient, dass es dir gut geht. Dass dich jemand liebt und sich um dich kümmert. Bevor du das zulässt, nimmst du lieber Reißaus.«

Unwillig schüttelte ich den Kopf. »Bist du jetzt unter die Hobbypsychologen gegangen?«

Er zuckte mit den Schultern. »Muss ich gar nicht. Es liegt eigentlich auf der Hand. Hast du dir mal überlegt, warum du noch nie eine richtig lange Beziehung hattest?«

»Weil mir der Richtige bisher noch nicht über den Weg gelaufen ist!?«

»Es findet sich immer ein Grund, anzunehmen, dass jemand nicht der Richtige ist. Niemand ist perfekt. Und ich schon gar nicht«, fügte er leise hinzu.

Ich dachte an Noahs Eltern und das Schloss. »Deine Eltern, waren die eigentlich ... immer glücklich?«

Noah überlegte. »Jedenfalls haben sie sich offensichtlich nicht gleich nach dem ersten Streit getrennt.«

Ich nickte nachdenklich.

Noah legte einen Arm um meine Schultern und drückte mich an sich. »He«, sagte er leise und wandte mir das Gesicht zu. Dann fasste er mir mit seiner warmen Hand sanft unters Kinn und küsste mich auf den Mund. Es fühlte sich gut an, und deshalb küsste ich ihn auch.

Doch dann kam mir wieder in den Sinn, was er gerade über mich gesagt hatte. ›Du denkst, du hast gar nicht verdient, dass es dir gut geht. Dass dich jemand liebt und sich um dich kümmert. Bevor du das zulässt, nimmst du lieber Reißaus.‹ Schon wieder stieg Wut in mir hoch. Was bildete er sich eigentlich ein? Ich machte mich von ihm los und sprang auf. Tränen traten mir in die Augen.

»Du ... verstehst mich nicht!«, presste ich hervor. Dann drehte ich mich um und lief, so schnell ich konnte. Lief einfach davon. Kopflos wie ein kleines Kind. Kopflos wie Mia. Irgendwann hielt ich inne und drehte mich um. Ich war völlig außer Atem. Ich hielt Ausschau nach Noah. Wollte sehen, ob er mir vielleicht gefolgt war. Ein kleiner Teil von mir hoffte es irgendwie. Doch das hatte er offensichtlich nicht getan. Er war weit und breit nicht zu sehen. Wobei ... ich hielt mir schützend eine Hand über die Augen. Wenn mich nicht alles täuschte und er der Typ da hinten in dem grauen T-Shirt war, dann war er aufgestanden und entfernte sich nun in die entgegengesetzte Richtung. Ich versuchte, ruhig zu atmen, doch der Kloß in meinem

Hals wurde trotzdem größer. Es war alles so verkorkst. *Ich* war verkorkst. Ich schlug beide Hände vors Gesicht, ging in die Hocke und begann zu schluchzen. Laut und hemmungslos. Alles um mich herum war mir in diesem Moment egal.

Ich weiß nicht, wie lange ich auf dem Boden gehockt und geweint hatte. »Brauchst du Hilfe?«, hörte ich irgendwann eine weibliche Stimme fragen. Ich nahm die Hände vom Gesicht und blickte auf. Die fremde Frau sah mich besorgt an. Ich schüttelte schnell den Kopf und kam hoch.

Sie reichte mir stumm ein Papiertaschentuch.

Ich nahm es, krächzte »Danke« und tupfte mir damit das Gesicht trocken. Dann schnäuzte ich mich und trat wie in Trance den Weg nach Hause an. Ich war wütend und fühlte mich hilflos und allein. Aber vor allem war ich traurig darüber, dass es mit Noah und mir nicht funktionierte.

Wie betäubt marschierte ich über die Hohenzollernbrücke zurück auf die linke Rheinseite. Ich konnte keinen klaren Gedanken fassen. Als ich gerade ungefähr dort war, wo das Schloss von Noahs Eltern hing, klingelte mein Handy. Ich warf einen Blick aufs Display, sah, dass es ein anonymer Anrufer war, und beschloss, nicht ranzugehen. Doch dann klingelte es erneut, und ich dachte, vielleicht ist es Noah mit unterdrückter Nummer. Oder Mia, die meine Hilfe braucht. Also ging ich doch ran.

»Tilda Bachmann?«, schnaufte ich in den Hörer.

»Ziegler. Tach, Frau Bachmann«, hörte ich die schneidige Stimme meines Vermieters am anderen Ende der Leitung. Ich hätte meinem ersten Impuls folgen sollen. Mir wurde flau im Magen. »Kurze Sache, Frau Bachmann. Ich wollte Sie nur darüber informieren, dass morgen in aller Herrgottsfrühe …« Den Rest verstand ich nicht mehr, denn auf den Bahngleisen neben mir fuhr mit großem Getöse ein IC vorbei und verschluckte das, was morgen in aller Herrgottsfrühe passieren würde.

»Was?«, schrie ich in den Hörer. »Was wollen Sie eigentlich dauernd von mir?« Ich spürte, dass sich meine Augen schon wieder mit Tränen füllten. »Was wollt ihr überhaupt alle von mir? Ich kann nicht mehr. Und ich will auch nicht mehr. Lasst mich einfach alle in Ruhe!«

»Äh ... geht es Ihnen gut, Frau Blach... nee, Bachmann?«

Der Zug war inzwischen weggerattert, aber jetzt war ich genauso in Fahrt wie der blöde IC.

»Ja, mir geht's bestens! Alles paletti! Wieso fragen Sie?«, schrie ich und sah, dass sich ein Passant irritiert nach mir umdrehte. Es war mir egal.

»Ähm, ja. Dann ist ja gut«, hörte ich Ziegler stammeln. »Wie gesagt, ich wollte Ihnen nur mitteilen, dass morgen früh ein Vermessungsteam in die Knopffabrik kommt. Wegen der Bauplätze. Nur, dass Sie da Bescheid wissen.«

»Ah!«, sagte ich nun viel leiser, denn in diesem Moment traf mich eine bittere Erkenntnis. Wenn es zwischen Noah und mir aus war, dann würde das natürlich unweigerlich auch das Aus für unsere gemeinsame Rettungsaktion bedeuten – und für Flea Market. Abrupt blieb ich stehen, denn plötzlich war mir schwindlig. Ich hielt mich am Geländer fest und starrte in den Rhein. Ein Windstoß erfasste meinen Körper, und ich schwankte ein wenig. In weiter Ferne sah ich, wie ein Kajakfahrer gegen den Strom fuhr. Er kämpfte und ruderte wie wild, doch er kam kein Stück vorwärts. Im Gegenteil. Er fiel immer weiter zurück. Dann gab er auf und änderte die Richtung. Aufgeben war für mich nie eine Option gewesen. Ich war nicht der Typ, der die Flinte leichtfertig ins Korn warf. Doch anscheinend hatte sich alles gegen mich verschworen. Ich war mit meiner Kraft am Ende, fühlte mich leer und ausgelaugt. »Over«, murmelte ich resigniert. Man musste wissen, wann man verloren hatte.

# 36. KAPITEL

Die nächsten Tage waren düster. Ich hatte keine Lust, morgens aufzustehen, tat es aber trotzdem. Das Leben ging weiter. Irgendwie. Ich verbrachte viel Zeit in der Werkstatt. Lackierte, reparierte, restaurierte, obwohl ich kaum noch einen Sinn darin sah. Aber es lenkte mich ab, und die Kunden brachten mich auf andere Gedanken. Zumindest zeitweise.

Als ich den dritten Tag hintereinander kaum gesprochen und noch weniger gegessen hatte, sagte Kaja eines Abends: »Krisengipfel! In fünf Minuten auf der Dachterrasse!« Sie entnahm Balu eine Flasche Weißwein und stapfte damit die Stiege hinauf. So entschlossen, dass ich sofort begriff: Widerstand war zwecklos. Ich folgte ihr also gehorsam und setzte mich neben sie auf das Outdoorsofa. Mein erstes Glas Wein leerte ich in einem Zug, und Kaja schenkte mir sofort nach.

»So, nun erklär mal«, sagte sie dann. »Warum zum Teufel hast du mit dem süßen Noah Berger alias Marcel Dahlström Schluss gemacht? Ich kapier's immer noch nicht.«

Da erzählte ich ihr noch einmal die ganze Mia-Geschichte aus meiner Sicht, obwohl Kaja sie bereits kannte – zumindest in groben Zügen.

»Ach, Tilda«, sagte sie und steckte sich eine Zigarette an. »Dass er Mia Hamburg schmackhaft gemacht hat, ohne zu überlegen, was das für dich bedeutet, war vielleicht gedankenlos, aber doch keine böse Absicht. Es war gut gemeint!«

»Vielleicht. Vielleicht auch nicht. Aber das ist ja noch nicht alles. Darf ich?« Ich deutete auf das Gauloises-Päckchen auf dem Tisch.

»Du rauchst nicht.«

»In guten Zeiten.«

»Okay, bedien dich.«

Ich steckte mir eine Zigarette an und zog daran. Augenblicklich wurde mir schummerig. Das Rauchen hatte ich im Prinzip längst aufgegeben, ich tat es nur noch nach übermäßigem Alkoholgenuss oder wenn etwas richtig im Argen lag. So wie jetzt.

»Was meinst du mit ›noch nicht alles‹?« Kaja trank einen Schluck Wein, drückte ihre Zigarette im Aschenbecher aus und zündete sich gleich eine neue an.

»Er hält mich für … beziehungsunfähig.«

»Aha?!«

»Ja, das hab ich auch gesagt. Er denkt, dass ich mich für nicht gut genug halte und deshalb erstens ein Helfersyndrom habe und mir zweitens nicht erlaube, mit jemandem glücklich zu sein.«

»Verstehe.« Kaja zog nachdenklich an ihrer Gauloise und blies Rauchkringel in die Luft.

War das alles, was ihr dazu einfiel? »Kaja?«

»Mhmmmm.« Sie blickte den Kringeln nach. Dann sah sie mich an. »Süße, hast du schon mal in Betracht gezogen, dass er damit ein bisschen recht haben könnte?«

»Ähm … nein?!«

»Was war bisher deine längste Beziehung?«

»Weißt du doch. Die mit Björn.«

»Und die ging wie lange?«

Ich zuckte mit den Schultern. »Neun Monate.«

»Eben.«

»Das heißt noch lange nicht, dass ich beziehungsunfähig bin. Schau dich an. Du bist seit Ewigkeiten solo.«

»Das ist was anderes. Mit mir hält es halt keiner aus, und außerdem bin ich gern Single. Aber du ... du bist das nicht. Und du bist nett, klug, süß, reizend, witzig, hilfsbereit und schön. Da fragt man sich natürlich schon, wo eigentlich das Problem ist ...«

»Kann ich dir sagen. Mister Right ist mir einfach noch nicht über den Weg gelaufen.«

»Darf ich ehrlich sein?«

Ich zog an der Zigarette, die mir nicht schmeckte. »Hab ich eine Wahl?«

»Nope.«

»Dann ... hau raus.«

»Noah *hat* recht«, sagte Kaja mir ins Gesicht.

Ich drückte meine halb aufgerauchte Gauloise aus und exte meinen Wein. »Seid ihr jetzt alle verrückt geworden?«, erwiderte ich schließlich sauer.

»Nein, Süße. Du bist verrückt geworden. Weil du dir das Leben unnötig schwer machst. Und Mister Right längst da ist. Du willst es nur nicht sehen.«

»Bist du jetzt auch noch gegen mich?« Ich schluckte. Mir kamen schon wieder die Tränen. Einen Streit mit meiner besten Freundin konnte ich jetzt wirklich nicht auch noch gebrauchen.

»Eben nicht«, sagte Kaja und bot mir noch eine Zigarette an. Ich nahm sie.

»Ich will doch nur, dass du glücklich bist. Und mit Noah warst du es. Ich habe dich noch nie vorher so entspannt, gut gelaunt und ausgeglichen erlebt. Und jetzt sag mir bitte nicht, ihr seid zu verschieden.«

»Sind wir aber!«, erklärte ich bockig.

»Ja, vielleicht. Aber ihr habt euch trotzdem gutgetan. Ihr

habt euch gegenseitig glücklich gemacht. Und das ist doch im Grunde das, was zählt. Jetzt gleich die erste Gewitterwolke zum Anlass zu nehmen, um das Weite zu suchen, das ist einfach nicht fair gegenüber Noah und außerdem ... saudämlich. Und nur weil er Schauspieler ist wie deine Mutter, heißt das noch lange nicht, dass er dir wehtun wird.«

»Das habe ich auch nie gedacht.«

»Ich sag's ja nur.«

Ich starrte eine Weile vor mich hin und versuchte, auch Kringel in die Luft zu blasen. Wie immer schaffte ich es nicht.

»Die Zunge rollen«, sagte Kaja.

Ich drückte die Gauloise aus. Kaja schenkte mir Wein nach.

»Und das mit dem Gartenzwerg war auch echt süß von ihm.«

»Stimmt«, gab ich zu.

»Sag mal, dieser *Amélie*-Film, hat der eigentlich ein Happy End?«

Ich nickte. »Amélie begegnet Nino, und als sie das Fotoalbum findet, das er verloren hat, hat sie das Gefühl, er ist ein Seelenverwandter. Sie verliebt sich in ihn.«

»Und dann?«

»Versucht sie, ihm Nachrichten zukommen zu lassen, um sich mit ihm zu treffen, doch das scheitert jedes Mal an ihrer Unsicherheit. Ihr Freund, der Maler Raymond Dufavel, der wegen seiner Glasknochenkrankheit ein sehr schweres Leben hat, überzeugt sie, ihr Herz zu öffnen und an ihr eigenes Glück zu glauben. Dann traut sie sich endlich, Nino gegenüberzutreten. Sie überreicht ihm das Fotoalbum, und so finden die beiden schließlich zusammen.« Ich runzelte die Stirn. »Sag mal, hast du nicht gesagt, du kennst den Film?«

»Ja«, sagte Kaja und trank noch einen Schluck Wein.

»Aber du hast das Ende vergessen?«

»Nein. Ich wollte es nur noch einmal von dir hören.«

# 37. KAPITEL

Am nächsten Morgen hatte ich einen dicken Kopf und immer noch schlechte Laune. Als ich in die Werkstatt kam, waren Cem und Helga schon da und werkelten gemeinsam an einer alten Stehlampe herum.

»Da bist du ja endlich«, brummte Helga in meine Richtung. Dann wandte sie sich wieder der Lampe zu. »Den kleinen Schlitz!« Sie streckte Cem ihre geöffnete Hand entgegen. Wortlos reichte er ihr das gewünschte Werkzeug. »Da hat einer angerufen. Der hieß Broderich oder so watt in der Art. Haushaltsauflösung. Kommenden Montag inner Cranachstraße in Nippes«, informierte Helga mich, während sie zu schrauben begann.

»Und was hast du gesagt?«

»Watt soll ich schon groß gesacht haben? Geht klar, hab ich gesacht.«

»Ich kann da, und Josef kann wieder aushelfen, er hat schon zugesagt«, schaltete Cem sich nun ein. »Stimmt's, Helga?«

»Jau, stimmt. Der freut sich schon. Hat sich letztes Mal richtig geärgert, datt er nich kommen konnte.«

Ich hängte meine Jacke in den Spind und seufzte. »Hast du dir die Nummer notiert, Helga?«

»Ja, sicher. Warum? Passt datt nich am Montag?«

»Wir machen keine Haushaltsauflösungen mehr«, verkündete ich und ließ mich auf einen alten Hocker sinken.

»Hä?« Helga setzte den Schraubenzieher ab und starrte mich verständnislos an. »Watt machen wir denn dann? Datt is doch unser Hauptgeschäft, Haushaltsauflösungen. Oder hab ich da watt falsch verstanden?«

»Nee, hast du nicht«, sagte ich. »Aber ... das mit Flea Market ... ihr wisst doch, dass wir hier rausmüssen. Und ich will mir jetzt einfach keine Ware mehr aufhalsen. Das lohnt sich nicht mehr.«

»Also, jetz mach ma halblang, Tilda!« Empört richtete Helga sich auf. »Wir ham doch einen Plan. Watt is denn damit? Mit unserem Rettungsplan, mein ich? Wozu arbeiten wir da denn jetz seit Wochen dran, wenn datt dann doch am Ende nix nützt?«

»Na ja, es ... es hat sich was geändert.«

»Geändert? Watt denn?«

»Ja, was? Würde mich jetzt auch mal brennend interessieren«, sagte Cem.

»Noah und ich ... haben uns getrennt.«

»Hab schon gehört«, knurrte Helga. »Wie bekloppt kann man sein!«

Ich überhörte ihre Bemerkung großzügig. »Na ja, und dieser Plan, den wir da verfolgen, der geht ja nun mal nicht ohne Noah. Und da der jetzt raus ist ... gibt's eben auch keine Rettungsaktion.«

»Also, jetzt schlägt's aber dreizehn! Nur weil ihr datt nich auf die Kette kriegt, datt ihr euch mal zusammenrauft wie erwachsene Leute, sollen wir hier unseren Job verlieren?« Helga richtete ihren Finger auf mich wie eine geladene Pistole. »Nee, Fräulein, datt kannste getrost vergessen. Nich mit mir! NICH MIT MIR!«

»Tut mir leid, Helga, aber ...«

Sie hörte schon gar nicht mehr zu, ließ Stehlampe Stehlampe sein und marschierte wutentbrannt und ohne ein weiteres Wort zur Tür hinaus.

Cem blickte ihr nachdenklich hinterher. »Schätze, die ist sauer.«

»Schätze, ich auch«, sagte ich betreten. »Ich kann sie verstehen. Aber manche Dinge kann man eben nicht ändern. Das Leben ist kein Wunschkonzert. Wissen wir ja alle.«

Cem nickte düster. »Na ja, ich wollte sowieso was anderes machen. Trotzdem scheiße. Ich brauch einen Job nebenher. Und einen besseren als den hier finde ich nicht. Schon wegen der Leute. Und wegen dir«, fügte er hinzu. »Der Laden hier muss einfach weiterlaufen, Chefin! Geht nicht anders.«

»Tja, wenn das so einfach wäre«, seufzte ich.

Eine Weile setzten Cem und ich schweigend unsere Arbeit fort. Er schraubte unmotiviert an der Lampe herum, und ich sortierte planlos das Werkzeug im Regal von oben nach unten und wieder zurück.

Dann kam Helga zurück. »So, Leute, ich hab jemand mitgebracht«, verkündete sie.

»Noah«, sagte ich verdattert, als er hinter Helga durch die Tür trat.

»Und jetzt mal Butter bei die Fische!« Helga deutete wieder mit dem Finger auf mich. »Die will aufgeben. Lohnt sich nich mehr, noch Ware zu holen. Ja, da guckste dumm aus der Wäsche, Noah, aber datt hattse gerade wirklich gesacht.«

»Is so«, bestätigte Cem düster.

»Weil wir keine andere Wahl haben«, verteidigte ich mich. Dann knickte ich ein. »Wenn es euch glücklich macht, übernehmen wir die Haushaltsauflösung am Montag eben noch. Aber irgendwann müssen wir den Tatsachen ins Auge sehen. Ich hab's mir ja nicht ausgesucht.« Mein Blick wanderte zu Noah. »Und was hast du jetzt überhaupt damit zu tun?«

»Ich ...«, begann Noah.

»Er will dir watt sagen«, erklärte Helga und setzte ein feierliches Gesicht auf.

»Ja, genau, Tilda. Ich ... mein Vorschlag ist, dass wir an unserem Plan festhalten. Auch, wenn wir jetzt nicht mehr ...«

»Poppen«, half Cem ihm auf die Sprünge.

»Danke, Cem«, sagte Noah ungerührt. »Das ist in meinen Augen kein Grund, unsere Idee, beziehungsweise deine, über den Haufen zu werfen. Flea Market muss bleiben, und ... und du, Tilda. Wir wollen weitermachen. Cem, Helga und ... ich. Also, wenn du es ebenfalls willst, dann spricht doch nichts dagegen. Ist ja auch in meinem Interesse«, fügte er hinzu.

»Eben«, sagte Helga. »Is für uns alle gut, und deshalb läuft datt jetzt nach Plan wie gehabt. Und ihr beide ...« Sie verengte ihre Augen und zeigte abwechselnd auf Noah und mich. »Ihr reißt euch jetzt zusammen und tut, watt getan werden muss!«

Cem grinste und zwinkerte Noah und mir zu.

»Noch Fragen?«, wollte Helga wissen.

»Wann treffen wir uns das nächste Mal?« Cem schien es kaum erwarten zu können.

»Heute Abend. Achtzehn Uhr«, erklärte Helga.

»He, ich hab noch gar nicht ja gesagt«, protestierte ich schwach.

»Achtzehn Uhr. Geht klar.« Cem zeigte einen Daumen hoch.

Ich stöhnte und schüttelte den Kopf. »Ach, macht doch, was ihr wollt. Und falls das hier noch jemanden interessiert: Ich bin einverstanden.« Ich seufzte. »Ihr habt ja recht. Wir sollten nicht aufgeben wegen ein paar ...« Ich schaute etwas verlegen zu Noah hinüber. »... privater Differenzen.«

»Sach ich doch!«, bellte Helga. »Wär übrigens gut, wenn Kaja auch kommt. Es gibt viel zu tun, und die Zeit wird langsam knapp!«

# 38. KAPITEL

Kaja und ich standen hinter dem geschlossenen Theatervorhang und lugten abwechselnd durch die kleine Lücke in der Mitte. Der Saal war beinahe bis auf den letzten Platz besetzt. Mir fiel ein Stein vom Herzen, denn der Vorverkauf hatte nur schleppend begonnen. Vielleicht, weil es so kurzfristig war. Es hatte sich wohl erst noch herumsprechen müssen, dass hier nach über fünfzehn Jahren Leerstand ein Theaterstück Premiere haben würde. Schließlich hatten die Karten doch noch reißenden Absatz gefunden, und das Restkontingent hatten die Kurzentschlossenen an der Abendkasse erworben.

Obwohl ich gleich nicht auf der Bühne stehen, sondern neben Kaja in der ersten Reihe sitzen und im Geiste mitsprechen würde, war ich mindestens genauso aufgeregt wie Cem und Helga. Die beiden waren Schauspieler in dem Theaterstück *Kintsugi*, und zwar, abgesehen von drei Komparsen, die einzigen. Während der zahlreichen Proben hatten sie sich als Naturtalente erwiesen. *Kintsugi* war ein Episodenstück, das Helgas und Cems Lebensgeschichten erzählte, und irgendwie auch meine, denn die Fäden liefen am Ende, ganz wie im echten Leben, bei einem gemeinnützigen Flohmarkt zusammen. Cem und Helga hatten Noah beim Schreiben des Stücks geholfen. Noah selbst hatte Regie geführt, was für ihn berufliches Neuland war. Doch er hatte festgestellt, dass es etwas war, worin er voll und ganz aufging.

Kaja hatte sämtliche Kostüme beigesteuert und ich die Requisiten und alles für das Bühnenbild. Die letzten Wochen waren anstrengend gewesen, aber es hatte auch wahnsinnig viel Spaß gemacht. Wir waren zu einer großartigen Theatercrew zusammengewachsen.

Ich ließ den Blick über die Köpfe der Zuschauer gleiten. Einige Gesichter kannte ich. Frau Bertram war gekommen, in Begleitung eines älteren Herrn. Vielleicht jemand aus dem Elisenstift, mit dem sie sich angefreundet hatte. Jonte war natürlich auch da. Er saß hinten im Saal und war für die Beleuchtung zuständig. Vier Plätze hatten wir für Pressevertreter reserviert, und auch die waren alle besetzt, was ich mit großer Genugtuung zur Kenntnis nahm. Gerade kam eine ältere Dame mit blondgefärbten Haaren und großer Sonnenbrille herein und setzte sich auf einen der letzten freien Sessel im hinteren Rang.

»Kennst du die?«, flüsterte Kaja.

Ich schüttelte den Kopf. »Glaub nicht. Aber schau mal, der Herr neben ihr.«

»Wer ist das?«

»Herr Penczek. Der ehemalige Besitzer des Theaters.«

»Stimmt. Jetzt erkenne ich ihn.«

Mia war auch gekommen. Ich hatte schon gar nicht mehr mit ihr gerechnet, doch gestern hatte sie plötzlich vor der Tür gestanden und mich begrüßt, als wäre nichts gewesen. Ich hatte mich wahnsinnig gefreut. Allerdings nur bis zu dem Moment, als sie mir erzählte, dass sie in Hamburg bleiben würde, obwohl sie ihr Praktikum zwar angetreten, aber nach einer Woche wieder geschmissen hatte. Sie hatte in der Hansestadt ein kleines Zimmer gefunden. Was genau sie in Zukunft dort tun würde, stand noch in den Sternen. Ich machte mir Sorgen, wie immer, und hoffte, dass sie bald etwas fand, das ihr Spaß machte und sie ausfüllte. Und ein klein wenig hoffte ich, wenn ich ehrlich war, immer noch, dass sie vielleicht doch nach Köln zurückkehrte. Wie ich Mia kannte, war alles möglich.

Noah trat hinter Kaja und mich. Er wirkte ruhig und souverän. Nur das leichte Zittern seiner rechten Hand, in der er ein Manuskript hielt, verriet, dass auch er Lampenfieber hatte.

»Abmarsch auf eure Plätze«, raunte er und warf einen Blick auf die Uhr. »Es geht gleich los.«

Die letzten Wochen hatten uns beiden einiges abverlangt, aber es war uns schließlich gelungen, eine Art Waffenstillstand zu schließen. Wir waren sehr erwachsen miteinander umgegangen. Immerhin ging es um sein Theater und meinen Flea Market, und da galt es, die Emotionen hintanzustellen – was mir oft nicht leichtgefallen war. Wenn wir uns sahen, musste ich mich zusammennehmen, um ihn nicht die ganze Zeit zu piesacken. Und wenn wir uns nicht sahen, musste ich an ihn denken. An unseren gemeinsamen Monat, unsere Zweisamkeit, die vielen schönen Momente. Die Erinnerung an unseren Streit hingegen verblasste mehr und mehr. Immer häufiger kam mir der Gedanke, dass es vielleicht ein Fehler gewesen war, ihn zu verlassen, und ich stellte mir vor, wie schön es wäre, ihn wieder an meiner Seite zu haben. Und so hatte ich mehr als einmal darüber nachgedacht, doch noch mal einen Vorstoß zu wagen. Ihn um ein Treffen zu bitten, um mit ihm über meine verworrenen Gefühle zu sprechen. Doch dann hatte ich ihn ein paar Mal mit der schönen Blonden gesehen, die er mir bei seinem Sektempfang vorgestellt hatte. Ich wusste nicht mal mehr ihren Namen, aber Helga hatte mir irgendwann ungefragt auf die Sprünge geholfen. »Heute war diese Maja da. Wenn du mich fragst: Der Noah hat watt am Laufen mit der.«

»Vermutlich«, hatte ich gemurmelt. Es wäre nicht verwunderlich gewesen und sein gutes Recht, sich in Liebesdingen neu zu orientieren. Trotzdem: Jedes Mal, wenn ich ihren schwarzen Mini vor dem Theater parken sah, zog sich kurz mein Herz zusammen. Aber auch das würde irgendwann vorbeigehen.

Apropos: Maja hatte ich hier heute bisher noch gar nicht gesehen. Wahrscheinlich war sie irgendwo backstage. Oder in Noahs Büro.

»Toi, toi, toi«, sagte ich nun leise und spuckte Noah dreimal über die linke Schulter, denn so machte man das in Theaterkreisen.

»Muss ich etwa auch spucken?«, maulte Kaja.

»Auf jeden Fall«, sagte ich streng. Mit dem Aberglauben war beim Theater nicht zu spaßen. Ich hatte das Spuckritual oft genug bei unserer Mutter zelebriert – vor jeder Aufführung, bei der ich hatte dabei sein dürfen. Und soweit ich mich erinnerte, hatte es ihr jedes Mal Glück gebracht. Sie war stets brillant gewesen. Nun hoffte ich, dass dieser Effekt auch bei Noah und unseren Schauspielern eintrat und der Theatergott ihnen gnädig war.

Kaja und ich gingen hinüber zu Helga, Cem und den Komparsen, beglückten auch sie mit unserem Gespucke und begaben uns dann auf unsere Plätze. Im Publikum wurde noch getuschelt, und ich spürte, wie meine Hände feucht wurden. »Hoffentlich wird es ein Erfolg«, sagte ich nun schon zum dritten Mal hintereinander zu Kaja. »In jeder Hinsicht.«

»Klar wird es das«, wiederholte Kaja das Mantra. »Das Stück ist genial, die Schauspieler sind authentisch, und der Regisseur ist brillant. Was also soll schiefgehen?«

»Da hast du auch wieder recht«, murmelte ich, rieb die Hände an meiner Jeans trocken und machte noch schnell ein paar Fotos. Dann ertönte der Gong. Im Publikum wurde es langsam ruhig. Ich wibbelte mit dem rechten Knie, was ich erst merkte, als Kaja mit ihrer Hand draufschlug.

»Sorry«, flüsterte ich.

Und dann endlich öffnete sich der rote Vorhang im alten Südstadttheater, und ein leises Raunen ging durch den Saal.

# 39. KAPITEL

»Hier sitze ich nun und hab kein Dach über 'm Kopp!«, rief Helga gerade theatralisch ins Publikum und breitete die Arme aus. Sie hatte sich in den letzten Wochen einige klassische Theaterszenen bei YouTube angesehen, um sich inspirieren zu lassen. Das hatte seine Wirkung nicht verfehlt, wie sich schon bei den zahlreichen Proben gezeigt hatte. Allerdings hatte sie ewig gebraucht, um ihren Text zu lernen. Glücklicherweise war sie eine hervorragende Improvisateurin. Auf der Bühne lief sie zur Höchstform auf.

Helga saß unter der von mir aus Holz nachgebauten Kölner Zoobrücke auf einer alten Matratze. Cem, der in diesem Akt ihren obdachlosen Freund Josef spielte, saß neben ihr und kramte in einem alten Rucksack. Helga trug mehrere Pullover übereinander und hielt einen angeschlagenen Emaillebecher in den Händen. Dank Noahs Hang zum Perfektionismus, des tollen Kostüms und auch des gelungenen Bühnenbilds war es uns geglückt, eine beklemmende, fast unheimliche Atmosphäre auf die Bühne zu zaubern, was offenbar bewirkte, dass Helga sich mit Haut und Haaren zurückversetzt fühlte in eine dunkle Zeit, die sie zum Glück hinter sich gelassen hatte.

Cem zog einen alten Campingkocher aus dem Rucksack. »Wieso eigentlich nicht?«, fragte er.

»Was?«

»Wieso hast du kein Dach über 'm Kopp?«

Helga schwieg einen Augenblick, und ich dachte schon, sie hätte ihren Text vergessen. Doch dann begann sie leise zu erzählen. Zu erzählen, wie sie hierher geraten war. Unter eine Brücke, dort, wo niemand landen wollte. »Lange Geschichte«, begann sie, während Cem Mineralwasser in einen kleinen Kochtopf schüttete. »Hatte schon als Kind 'nen schlechten Start. Ist wohl angeboren, datt mir datt nich so zugeflogen is in der Schule«, erklärte sie und starrte in ihren leeren Becher. »Vor allem datt mit dem Lesen und Schreiben. Buchstaben sehen für mich irgendwie alle gleich aus.«

Cem nickte, entzündete den Campingkocher und stellte vorsichtig den Topf darauf.

»Und weil ich datt jüngste von sechs Kindern bin, hat sich keiner richtig gekümmert. In der Schule haben sie sich immer lustig gemacht, weil ich am Anfang nicht mal datt ABC konnte. A, B, C – Helga mach mal Mäh!« Sie schüttelte den Kopf. »Und meine Mutter – die hatte nix Besseres zu tun, als mir Hausarrest zu geben, wenn ich wieder datt Diktat versemmelt hab. Watt ziemlich oft vorgekommen is.«

»Muss schlimm gewesen sein«, murmelte Cem alias Josef betroffen. Er kramte wieder in seinem Rucksack und zauberte eine alte Dose mit löslichem Kaffee daraus hervor.

Helga machte eine wegwerfende Handbewegung. »Man gewöhnt sich. Et gab auch Lichtblicke, so isses nich. Nachmittags bin ich oft zu Vattern in sein Elektrogeschäft in Essen-Altenessen. Da bin ich aufgewachsen, weißte? Mitten im Ruhrpott. Tja, und Vatter, der hat nicht über mich gelacht, sondern mir gezeigt, wie man Sachen repariert. Und manchmal hab ich sogar mit seiner elektrischen Eisenbahn gespielt. Die stand in seinem Büro, da durfte sonst niemand ran.« Ein Lächeln huschte über ihr Gesicht. Sie strich mit dem Finger über die Katsche am Rand ihres Bechers.

Cem nahm ihn ihr aus der Hand und gab zwei Löffel Kaffeepulver hinein.

»Aber dann isser gestorben«, sagte Helga leise. »Krebs. Ging ganz schnell. Da war ich fünfzehn.«

»Scheiße«, murmelte Cem und warf einen Blick in den Kochtopf.

»Datt kannste laut sagen.«

»Und dann?«

»Und dann nahm datt Unglück seinen Lauf. Ich bin nach der neunten von der Schule runter. Die haben mich da eh immer nur verarscht«, erklärte Helga. »Lesen und schreiben konnte ich immer noch nich' richtig. Ehrlich gesacht: Ich kann datt bis heute nich«, fügte sie leise hinzu.

»Das ist schlecht.« Cem sah noch einmal in den Topf, aus dem es nun dampfte. Vorsichtig schüttete er das kochende Wasser in Helgas Tasse. Mit einem kleinen Löffel rührte er um und reichte sie ihr. »Hier, Kaffee. Aber pass auf. Is noch knallheiß.«

»Danke, Josef. Datt is lieb.«

»Und was hast du dann gemacht?«, fragte Cem.

Helga pustete in das heiße Gebräu. »Bin nach Köln gezogen. Wollte weg von meiner Familie – die ohne Vattern sowieso keine mehr war. Hab erst mal gejobbt. In 'ner Kneipe. Später in 'ner Autowerkstatt. Die war in 'nem Hinterhof in Kalk. Und dann sogar bei der Müllabfuhr. Datt war gut. Da konnte ich mir irgendwann 'ne eigene Wohnung leisten.«

»Und dann?«

Sie schwieg einen Augenblick. »Dann hab ich mich verliebt.«

»Mhmmmm«, machte Cem.

Helga nahm vorsichtig einen Schluck Kaffee und reichte den dampfenden Becher an Cem weiter. »Ich wollte immer eine Familie und Kinder. Nicht gerade sechs. Aber zwei oder drei, datt wär schön gewesen. Tja, und dann hab ich den Jörg kennengelernt, und ich dachte, datt könnte er mal werden. Der Vatter meiner Kinder. Der war schon toll damals, der Jörg. Wirklich. Aber nur am Anfang. Er ist zu mir in meine kleine Wohnung gezogen, und dann war plötzlich alles anders.«

Cem trank nun auch einen Schluck aus der Tasse. »Wie, anders?«

»Auf einmal war der immer total aggro – und besoffen. Und dann hatter Streit angefangen. Richtig schlimmen Streit.« Sie zuckte mit den Schultern. »Ich lass mir ja auch nich alles bieten.«

»Klaro.« Cem nickte und gab die Tasse an Helga zurück.

»Als er mir datt erste Mal eine gesemmelt hat, dachte ich noch, datt war ein Ausrutscher.«

Ein Raunen ging durch das Publikum, das bis dahin gebannt zugehört hatte.

»War es aber nicht. Is dann nämlich noch mal passiert. Und dann noch mal …

»Scheißkerl«, murmelte Cem.

»Einmal, da war's richtig schlimm. Ich dachte, der macht mich gleich alle. Und dann bin ich einfach raus, in Pantoffeln und ohne Jacke, obwohl schon November war. Ich bin gerannt wie 'ne Verrückte. Um mein Leben bin ich gerannt. Einfach los, irgendwohin, bis ich nicht mehr konnte. Es war dunkel, weil, war ja mitten in der Nacht. Und da war ein Park mit Bänken. Auf eine habe ich mich zum Schlafen draufgelegt. Hab natürlich kein Auge zugetan, is ja klar. War viel zu kalt.« Sie nippte wieder an der Tasse.

»Is immer zu kalt im November«, murmelte Cem, griff hinter sich und legte Helga eine alte Decke über die Schultern.

»Eben. Den nächsten Tag bin ich rumgeirrt und dann mit dem Bus in die Stadt gefahren. Ich wollte nicht mehr zurück, obwohl datt ja eigentlich meine Wohnung is. In der Bahnhofstoilette hab ich eine Frau kennengelernt, die hat mir die Notunterkunft gezeigt und mich mitgenommen in die Suppenküche. Datt war erst mal alles besser, als bei diesem Bekloppten zu wohnen. Da penne ich lieber auf der Straße. Oder eben in der Unterkunft. Erst mal ein, zwei Wochen raus, dachte ich, dann hat der sich vielleicht wieder beruhigt, der Tuppes.«

Cem legte seine Hände aneinander und hauchte hinein, als wollte er sie wärmen.

»Tja. Und jetz bin ich immer noch hier. Dabei is datt schon 'ne ganze Weile her, datt ich abgehauen bin. Hab einfach 'ne Riesenangst, zu Jörg zurückzugehen. Deshalb lass ich datt einfach.« Sie seufzte. »Nu sitzen wir beide hier unter der Zoobrücke und gucken dumm aus der Wäsche.«

»Da sagste was«, murmelte Cem.

»Ganz unten angekommen«, sinnierte Helga. »Hab inzwischen meinen Job verloren. Und noch so einiges andere.« Sie öffnete den Mund und deutete auf einen fehlenden Schneidezahn.

Cem schaute in ihren Mund und starrte dann wieder in den Becher. »Wie is datt passiert?«

»Bin im Schlaf überfallen worden. Von einer Horde Jugendlicher. Hab versucht, mich zu wehren. Watt mir nich gelungen is. Hab noch Glück im Unglück gehabt.«

Cem schüttelte den Kopf. »Verdammt.« Er hielt Helga die Tasse entgegen, doch sie hob die Hand. »Hab genug.« Kurz schwieg sie wieder und starrte vor sich hin. »Ich versuch immer, datt man mir datt nicht ansieht. Datt ich Platte mache, meine ich. Als obdachlose Frau biste nämlich Freiwild.«

»Scheiße is das«, sagte Cem.

Helga schüttelte sich. »Die Anneliese aus der Kleiderkammer sucht mir manchmal watt Schönes raus. Richtig gute

Sachen hat die da. Ich bin ja modebewusst. Schon immer gewesen. Und datt versuch ich, auch beizubehalten. Klingt jetzt wahrscheinlich komisch, aber ich will ein bisschen watt von mir behalten. Ein bisschen Helga bleiben. Nachts zieh ich mir immer alles übereinander an, egal, wie heiß et is. Von wegen Freiwild und so.«

»Seh ich«, brummte Cem und zupfte an einem ihrer Pullover. »Und macht auch Sinn.«

»Bin froh, dass ich dich kennengelernt hab, Josef.«

Cem trank den letzten Rest Kaffee und rülpste. »Kannst du auch sein. Ich pass auf, dass dir keiner was tut.«

»Datt is gut«, sagte Helga und legte sich hin. »Ich mach mal die Augen zu.«

»Mach das, Helga«, sagte Cem. »Schlaf gut.«

Helga lachte laut auf.

So endete die Szene, und das Publikum schwieg betreten.

Kaja und ich wechselten einen Blick. »Mann, waren die gut«, flüsterte sie.

»Das kannst du laut sagen«, erwiderte ich leise und begann zu applaudieren. Langsam fielen auch die anderen Zuschauer ein, und am Ende gab es tosenden Szenenapplaus. Ich hatte einen Kloß im Hals und musste fast weinen, und auch Kaja standen Tränen in den Augen. Offensichtlich erreichten wir die Leute mit unserem Stück über das Reparieren von Scherbenhaufen und das Veredeln von Narben.

Auch der folgende zweite Akt, in dem Cems Scheitern als Bundesligaprofi und seine schwere Zeit danach Thema waren, ging allen im Saal spürbar unter die Haut.

Am Ende hatte Helga die Ehre, den Schlussmonolog zu sprechen. »In allem Unvollkommenen ist Schönheit«, sagte sie voller Inbrunst, und dann stockte sie plötzlich, und ich sah, dass sie nervös wurde. Da ist er also doch, der Hänger, dachte ich. Aber Helga ließ sich nicht aus dem Konzept bringen, sondern machte weiter – nur nicht nach Drehbuch.

»Wenn du deinen Scherbenhaufen wieder zusammenflicken willst«, erklärte sie, »dann brauchste nicht nur Goldlack, sondern auch eine helfende Hand. Außer, du bist ein Meister im Puzzeln. Und diese helfende Hand, datt is bei uns die Tilda mit ihrem Flea Market, wo wir Arbeit gefunden haben. Und ein Zuhause.«

»Oje«, flüsterte ich. Das ließ sich wohl nicht mehr als ›planmäßig‹ verkaufen.

»Gleich packt sie den Holzhammer aus, wetten?«, flüsterte Kaja.

»Aber jetzt soll die Knopffabrik abgerissen werden«, fuhr Helga fort. »Datt Gelände wird gebraucht für 'ne Handvoll Häuser. Und unser Flea Market, datt ist dann Geschichte. Und unsere Jobs auch. Findst ja nix anderes hier in Kölle. Jedenfalls nich für uns. Tja, watt soll ich sagen: Datt Leben is und bleibt eins der schwersten. Kannste nur hoffen, datt dir der Goldlack nich ausgeht!«

Mit diesen Worten endete Helga, und wieder brandete Applaus auf, der in Standing Ovations mündete. Cem, die Komparsen und Noah kamen jetzt auch auf die Bühne, und alle verbeugten sich viele Male. Ich machte Fotos, während Noah die Darsteller namentlich nannte, und jeder noch einmal einzeln seinen Diener machte.

Heute Nachmittag hatte ich Blumensträuße besorgt und vergaß jetzt vor lauter Aufregung fast, sie zu überreichen. Erst als Kaja mich anstupste, um mich daran zu erinnern, erhob ich mich, ging auf die Bühne und verteilte sie, während das Publikum immer noch klatschte. Dabei fiel mein Blick auf die ältere blonde Dame, die so spät gekommen war. Auch sie war offensichtlich begeistert und spendete frenetischen Applaus. Ihre

Sonnenbrille hatte sie inzwischen abgenommen, das konnte ich erkennen. Und dann dimmte Jonte die Lampen im Zuschauerraum ein wenig hoch, und mir blieb fast das Herz stehen. Mit offenem Mund starrte ich die Frau an und ließ beinahe den letzten Blumenstrauß fallen. Er war für Noah gedacht.

»Alles klar?«, fragte der und sah mich besorgt an.

Ich drückte ihm die Blumen in die Hand und sagte tonlos: »Ich glaube, da hinten sitzt meine Mutter.«

Als sich der Saal weitgehend geleert hatte, gingen Kaja und ich ins Foyer, holten uns ein Glas Sekt an der Bar und ließen uns damit auf dem karamellfarbenen Sofa nieder. Einige Zuschauer waren noch da. Sie standen in Grüppchen zusammen und redeten – vielleicht über das Stück, das hoffentlich nachhallte. Aufgeregt erzählte ich nun auch Kaja, wer die Frau mit der großen Sonnenbrille war.

Ihr fiel vor Schreck fast das Sektglas aus der Hand. »Bist du sicher?«

»Absolut sicher«, erwiderte ich und hielt Ausschau nach Mia. Natürlich sollte auch sie schnellstmöglich erfahren, wen ich gerade in der letzten Reihe gesichtet hatte. Ich konnte sie aber nirgends entdecken. Vielleicht war sie noch in der Garderobe und hielt ein Pläuschchen mit Noah, Helga und Cem, oder sie hatte es eilig gehabt und war schon gegangen. Ich wählte ihre Nummer, doch sie ging nicht ran.

Plötzlich stupste Kaja mich an. »Schau mal«, sagte sie und deutete mit dem Kinn nach rechts. Ich schluckte. Da war sie. Nicht Mia, sondern meine Mutter. Ihr Haar war dünner geworden. Sie trug es schulterlang. Der weite, geblümte Kaftan versteckte ihre Kurven. Sie sah kräftiger aus, als ich sie in Erinnerung hatte. Langsam und etwas unsicher schritt sie die Stufen ins Foyer hinab. Vielleicht hatte sie sich noch ein wenig umgesehen. Oder sie war sogar auf die leere Bühne geklettert, um in Erinnerungen zu schwelgen. Vermutlich hatte sie die Fotos im Gang betrachtet. Wer wollte es ihr verdenken? Dieses Theater war früher so etwas wie ihr zweites Zuhause gewesen.

Ich sah, dass sie stehen geblieben war und den Blick schweifen ließ. Dann entdeckte sie mich. Ihr Gesicht wurde starr und meines vermutlich auch. Unwillkürlich musste ich an Mia denken. An unser Gespräch in der Gartenlaube. »Was würdest du tun, wenn sie plötzlich vor dir stehen würde?«, hatte sie gefragt. »Weglaufen«, hatte ich geantwortet, und genau das zog ich jetzt in Betracht. Ich verspürte den dringenden Impuls, aufzuspringen und einfach wegzurennen.

»Gib ihr eine Chance, Tilda«, sagte Kaja neben mir. Sie kannte mich verdammt gut.

Ich riss mich zusammen und blieb sitzen. Aber umarmen werde ich sie ganz bestimmt nicht, dachte ich und fragte mich, wo zum Teufel Mia steckte und ob sie es wirklich tun würde, wenn sie jetzt hier wäre. Ich nickte meiner Mutter zu. Fast unmerklich, mit starrer Miene. Sie verzog den Mund zu einem Lächeln und kam in unsere Richtung.

Wenige Augenblicke später stand sie vor mir. »Guten Abend, Tilda«, sagte sie steif.

»Mama.« Ich erhob mich langsam. »Was ... was machst du hier?«, fragte ich kühl.

»Ich ... na ja, ich habe es in der Zeitung gelesen. Premiere im Südstadttheater. Und dann habe ich von Penczek gehört, dass du daran beteiligt bist. Das wollte ich mir nicht entgehen lassen.«

»In der Zeitung?«

Sie lächelte unsicher. »Du musst wissen: Ich lebe wieder in Köln. Seit einiger Zeit.«

»Du lebst wieder ... in Köln?«, platzte ich laut heraus.

Sie nickte und sah mich unsicher an.

»Warum?«, fragte ich fassungslos.

Sie schwieg einen Augenblick. »Es ... ist eine lange Geschichte. Ich würde es dir gern erklären.« Sie blickte sich um. »In Ruhe. Unter vier Augen. Darf ich dich zu Hause besuchen?«

Ich sah aus dem Fenster. Konnte nicht antworten. Meine Mutter hier. Nach all den Jahren. Haut mir zwischen Tür und Angel um die Ohren, dass sie zurückgekommen ist.

»Ich ...«, begann sie. »Es ... ist mir wichtig.«

Ich starrte sie an. Konsterniert. Wütend. Traurig. Alles auf einmal. In meinem Kopf fuhren Gedanken und Erinnerungen Karussell. Ich trank einen Schluck Sekt, weil mein Mund plötzlich so trocken war. So viele Jahre hatte ich auf sie gewartet. Fast mein ganzes Leben hatte ich damit zugebracht und nie die Hoffnung aufgegeben, dass sie eines Tages zurückkommen würde. Vergeblich. Und jetzt stand sie plötzlich vor mir und fragte mich, als wäre es das Selbstverständlichste von der Welt, ob sie bei mir vorbeikommen könne. Ein bisschen was klarstellen, weil: Ist ja nicht alles ganz so top gelaufen zwischen uns die letzten Jahre. ERNSTHAFT?, wollte ich ihr ins Gesicht schreien, doch ich riss mich zusammen. Meine Tränen konnte ich trotzdem nicht zurückhalten. Ich wandte mich ab. Wortlos, und wünschte, dass Mia jetzt hier wäre. Und dann tat ich es doch. Ich nickte Kaja zu, würdigte meine Mutter keines Blickes mehr und rannte hinaus, als wäre der Teufel hinter mir her.

Draußen sah ich meine Schwester dann endlich. Sie wollte gerade die Bonner Straße überqueren.

»Mia!«, rief ich so laut, wie es mir mit meiner tränenerstickten Stimme möglich war. »Mia, warte!«

Sie drehte sich um, kam zurück.

»Mia«, keuchte ich.

»Tilda«, sagte sie erschrocken. »Was ist passiert?«

Ich deutete hinter mich. »Sie ist da, Mia. Unsere Mutter. Im Foyer!«

Mia wurde blass. »Quatsch«, murmelte sie.

»Kein Quatsch«, erwiderte ich. »Sie ist da drin und will mich besuchen. Sie wohnt schon länger wieder hier.«

»Nein!«

»Doch!« Ich schluckte.

»Und was ... hast du gesagt?«

»Nichts. Ich bin ... einfach weggerannt.« Ich sah sie an und fragte leise: »Willst du reingehen? Sie umarmen?«

Mia schüttelte den Kopf. »Nein, das geht mir zu schnell. Dazu bin ich noch nicht bereit.«

Ich nickte, und dann umarmten wir uns. Klammerten uns ganz fest aneinander.

»Wir brauchen sie nicht, Tilda«, sagte Mia. »Weil wir uns haben.«

# 40. KAPITEL

Mia blieb über das Wochenende. Wir sprachen viel über die gelungene Theaterpremiere, aber noch viel mehr über die Rückkehr unserer Mutter. Es bewegte uns beide zutiefst, dass sie wieder in Köln war. Mia konnte sich am ehesten vorstellen, ihr eines Tages gegenüberzutreten, um zu erfahren, was sie uns zu sagen hatte. In mir hingegen sträubte sich alles dagegen. Erst jetzt, wo sie plötzlich wieder aufgetaucht war, wurde mir bewusst, wie tief sie mich mit ihrem Handeln wirklich verletzt hatte, und ich fragte mich, ob ich es ihr je würde verzeihen können.

Montagmittag versammelten wir uns alle unter unserer Kastanie. Für den Abend hatte Noah noch eine kurze Theaterprobe angesetzt. Die nächsten zehn Wochen würden Cem und Helga jeden Samstag mit *Kintsugi* auf der Bühne stehen, was für die beiden sicher anstrengend werden würde – zumal sie ja auch noch einen Fulltime-Job bei Flea Market hatten. Doch die beiden hatten die Bühne in den letzten Wochen lieben gelernt und Noah und mir immer wieder versichert, dass die Doppelbelastung ihnen nichts ausmache. Der Erfolg der Premiere schien sie zusätzlich zu beflügeln, und sie konnten es kaum erwarten, wieder zu spielen.

Doch jetzt machten wir erst einmal Mittagspause. Obwohl heute nicht Freitag war, aßen wir Döner. Außer Helga.

Sie aß nicht, sondern blätterte aufgeregt in der Zeitung, bis sie schließlich fündig wurde. »Da isses! Datt bin ja ich!«, rief sie und deutete auf das große Foto, das beinahe eine halbe Zeitungsseite füllte.

Nun ließen wir alle Döner Döner sein und beugten uns neugierig über den Artikel. ›Das Leben ist und bleibt eins der schwersten … Gelungene Premiere im Südstadttheater‹ stand in großen Lettern auf Seite zehn. Und darunter: ›Regisseur Noah Berger und seine Laiendarsteller überzeugen mit zeitgemäßem Theaterstück *Kintsugi* und treffen empfindlichen Nerv‹.

»Wow!«, hauchte Kaja.

»Hier, mach du mal!« Helga reichte die Zeitung an mich weiter.

Ich knickte sie in der Mitte, damit sie etwas handlicher wurde, holte tief Luft und las dann laut vor: »›Nach über fünfzehn Jahren öffnete am Samstag erstmalig das Südstadttheater wieder seine Tore und brachte vor ausverkauftem Haus ein Stück auf die Bühne, das es in sich hat.‹«

Noah grinste zufrieden.

»›*Kintsugi* ist ein Episodenstück über die Schönheit des Unperfekten‹«, fuhr ich fort. »›Und über Menschen, die viel verloren und doch gewonnen haben.‹«

»So isset!«, sagte Helga.

Je länger ich las, desto entspannter wurden unsere Mienen. Es war eine durchweg positive Kritik.

»Achtung! Jetzt kommt's«, sagte ich und hob die Hand. »›Das Spiel der Helga Lorbetzki war so abwechslungsreich wie das Leben selbst und so echt, dass man zuweilen nicht umhinkam, sich zu fragen: Spielt sie noch, oder lebt sie schon?‹«

»Oh«, sagte Helga leise, und wenn mich nicht alles täuschte, wurde sie sogar ein bisschen rot.

»Steht da denn nichts über mich?«, fragte Cem enttäuscht.

»Doch, klar: ›Nicht minder beeindruckend war die Performance von Cem Ceylan, der eine bemerkenswerte Bühnenpräsenz besitzt. Scheinbar mühelos gelang es ihm, das Publikum für sich einzunehmen und es mit auf eine Reise in seine eigene Vergangenheit zu nehmen. Eine beachtliche Leistung zweier großer Laiendarsteller, von der sich so mancher Profi etwas abgucken könnte.‹« Es stand noch mehr da, über Cem und Helga, und auch über Noah und seinen Werdegang. Ganz am Schluss schlug der Redakteur dann den erhofften Bogen: »›Auch vor dem Hintergrund von Wohnungsnot und explodierenden Immobilienpreisen ein relevantes und berührendes Stück mit großer Brisanz und Aktualität. Immobilienmogul Günther Ziegler plant, die alte Knopffabrik gegenüber dem Theater abreißen zu lassen, um dort drei Neubauvillen mit Pool zu errichten. In eine möchte er selbst einziehen. Problem: Die Knopffabrik beherbergt den gemeinnützigen ›Flea Market‹, der sozial Benachteiligten Arbeit, Halt und Heimat gibt. Ein Projekt, das die Leiterin Tilda Bachmann seit Jahren erfolgreich betreibt und das nun mangels alternativer Immobilie eingestellt werden muss. In einigen Wochen rollen die Bagger an – mit freundlicher Genehmigung des Bauamts der Stadt Köln.‹«

Ich legte die Zeitung weg und blickte in die Runde. Die Euphorie war aus den Gesichtern gewichen, obwohl der Tenor des Artikels genau so war, wie wir ihn uns erhofft hatten. Trotzdem wurde uns in diesem Moment noch einmal schmerzlich bewusst, dass das hier eines unserer letzten Döner-Essen sein könnte. Zumindest dann, wenn die verantwortlichen Entscheidungsträger nicht im letzten Moment noch umschwenkten. Uns blieb jetzt nur zu hoffen, dass wir mit unserem Theaterstück genügend Aufmerksamkeit auf die Problematik gelenkt hatten und nun irgendetwas passierte, das uns rettete.

# 41. KAPITEL

Drei Tage später kam wieder mal hoher Besuch. Durch das Werkstattfenster sah ich Ziegler den Hof überqueren, dicht gefolgt von einem Herrn mit schütterem Haar und auffallend roter Nase. Wenig später traf eine große Frau mit schwarzem Bubikopf ein, die ich auf Mitte dreißig schätzte. Sofort erwachte der Kolibri in meinem Bauch und begann zu flattern wie verrückt. Ich fragte mich, was das zu bedeuten hatte. Vielleicht waren Zieglers Begleiter Interessenten für die neuen Grundstücke. Oder Top-Anwälte. Oder Gerichtsvollzieher. Alles unschöne Varianten, die vermutlich unseren baldigen Auszug nach sich ziehen würden.

Die drei Herrschaften betraten die Werkstatt, und ich wischte meine feuchten Handflächen an meiner Arbeitshose ab.

»Morgen, Frau Bachmann«, sagte Ziegler. »Entschuldigen Sie, dass wir Sie überfallen, aber ich habe Sie gestern telefonisch nicht mehr erreicht.«

Ich schluckte.

Zieglers Blick fiel auf seine Begleiter. »Offenbar ist es dringend. Wurde mir jedenfalls so gesagt.« Er lachte gequält.

Der ältere Herr lachte auch, während die Frau keine Miene verzog. Sie reichte mir stattdessen die Hand. »Koschinski. Umwelt- und Verbraucherschutzamt Köln«, sagte sie.

»Bachmann, äh … von Flea Market.« Ich lächelte unsicher

und fragte mich, warum sie wohl hier war. Ob es Probleme mit der Bodenbeschaffenheit gab?

Dann schaute ich zu dem Herrn hinüber, der sich nun endlich auch bemüßigt fühlte, sich mir vorzustellen.

»Vossberg, Rudolph«, schnarrte er, verzichtete aber darauf, mir die Hand zu geben. Der Vorname ist Programm, dachte ich mit Blick auf seine Nase.

»Vossberg ist Chef der Denkmalbehörde«, ergänzte Ziegler.

»Ah. Guten Tag«, sagte ich, nun völlig verwirrt.

Offenbar ging es Ziegler ganz ähnlich. »Was du jetzt hier willst, hab ich zwar noch nicht ganz verstanden, Rudolph, aber du wirst es uns sicher gleich verraten.« Ziegler lachte schallend und schlug Vossberg so fest auf die Schulter, dass der beinahe in die Knie ging.

Sie kennen sich also, dachte ich. Vermutlich von den Blauen Funken oder irgendeinem anderen Karnevalsverein. Was nicht gut war.

»Ich würde mir gerne mal einen Überblick verschaffen«, erklärte Vossberg, nachdem er sich von Zieglers Schulterschlag einigermaßen erholt hatte.

»Ja«, sagte Frau Koschinski kühl. »Überblick verschaffen klingt gut.« Sie warf einen Blick auf ihre Armbanduhr. »Ich habe nämlich noch einen Anschlusstermin.«

»Aber sicher doch. Wenn die Herrschaften mir folgen wollen …«, beeilte Ziegler sich zu sagen und führte seine Begleiter dann durch die heiligen Hallen.

Nach etwa einer halben Stunde traten alle drei wieder auf den Hof. Sie stellten sich unter die Kastanie und schauten nach oben. Ich beschloss, mich zu ihnen zu gesellen, in der Hoffnung, vielleicht so irgendwie in Erfahrung bringen zu können, was es mit dem Besuch der städtischen Beamten auf sich hatte.

»Aber wir hatten doch alles geklärt«, sagte Ziegler gerade ungehalten zu Rudolph Vossberg.

Vossberg lächelte nervös. »Na ja, was heißt geklärt? Wir hatten mal kurz drüber gesprochen. Das ja. Aber geklärt hatten wir gar nichts, Günther.«

Ziegler fiel alles aus dem Gesicht. »Also, Rudolph, jetzt tu nicht so, als wüsstest du nicht, was wir besprochen hatten. Wir hatten doch gesagt ...«

Vossberg warf Frau Koschinski einen unauffälligen Seitenblick zu. Sie lauschte dem Dialog der beiden Herren mit großem Interesse, woraufhin Vossberg Ziegler mit einem drohenden Blick zum Schweigen brachte.

»Was soll mit dem Baum hier passieren?«, fragte sie nun und blickte wieder interessiert in das Geäst hinauf.

»Ja, gut, der muss natürlich weg«, sagte Ziegler und hatte offenbar Mühe, sich seinen Ärger nicht anmerken zu lassen. »Der steht ja hier mitten auf dem größten Bauplatz. Wenn wir den nicht nutzen können, dann lohnt sich der ganze Kladderadatsch nicht mehr. Ist doch klar.«

Frau Koschinski musterte ihn ungerührt. »Sie sind vertraut mit der Kölner Baumschutzsatzung, Herr Ziegler?«

»Hören Sie, junge Frau, ich bin seit über dreißig Jahren im Baugeschäft tätig. Was denken Sie denn?«

»Ich frage nur, weil das hier ein sehr alter und gesunder Kastanienbaum ist und somit schützenswert.« Sie trat dicht an den dicken Stamm heran. Ich folgte ihr und räumte schnell einen Klappstuhl beiseite, der ihr im Weg stand.

»Geht schon«, sagte sie freundlich.

Sie fuhr mit der Hand über die dicke Rinde. Dann sah sie wieder in die Krone. »Der ist über hundert Jahre alt. Mindestens. Den können Sie nicht einfach fällen. Da müssten Sie bitte einen entsprechenden Antrag stellen.«

»Das ist doch alles längst geklärt«, blaffte Ziegler. »Hat mich einiges gekostet, das kann ich Ihnen sagen! Also, an Erklärungen et cetera«, fügte er schnell hinzu, als er Frau Koschinskis irritierten Blick registrierte. Plötzlich wirkte er beinahe wie ein trotziges Kind, dem man seine Bauklötze weggenommen hat.

»Mit wem hatten Sie das geklärt?«

»Mit Bodo. Bodo von Halfhausen. Ihr Chef. Fragen Sie ihn gerne. Der weiß Bescheid.«

»Tja, das geht leider nicht mehr.«

»Äh ... wie? Ist er tot oder was?« Ziegler lachte dröhnend.

Frau Koschinski verzog keine Miene. »Das zum Glück nicht. Aber Herr von Halfhausen arbeitet nicht mehr bei uns.«

»Äh ... was?« Ziegler schüttelte verwirrt den Kopf.

»Er ist versetzt worden. Nach Hürth, so viel ich weiß.«

»Und ... äh ... HÜRTH? Warum ... das denn?«

Sie zuckte mit den Schultern. »Da bin ich überfragt.«

»Und wer leitet die Behörde jetzt?« Ziegler lächelte hoffnungsvoll.

»Meine Wenigkeit«, sagte Frau Koschinski. »Seit gestern.«

»Ach, du Scheiße«, entfuhr es Ziegler, und sein Lächeln erstarb augenblicklich. »Und ... äh ... verstehe. Dann sollten wir noch mal in Ruhe sprechen, Frau Koschinski.«

»Stellen Sie einfach einen Antrag auf Fällung. Das reicht schon.«

»Antrag. Sicher.« Ziegler wirkte zunehmend angespannt. »Ich möchte Sie nur darauf aufmerksam machen, dass ich hier Wohnraum schaffe. In einer Situation, wo es kaum Wohnungen gibt. Das hab ich dem Bodo auch damals gesagt. Was ist denn wichtiger? So ein oller Baum oder dass die Leute ein Dach über dem Kopf haben?«

»Na ja, drei Einfamilienhäuser. Das ist viel Wohnraum für

wenig Leute. Aber, wie gesagt: Stellen Sie gerne den Antrag. Wie der beschieden wird, das wird sich dann zeigen. Die Bezirksvertretung wird in den Entscheidungsprozess mit einbezogen, aber das wissen Sie ja sicher.«

»Na gut. Das … wird sich schnell klären«, sagte Ziegler nervös. In diesem Moment fiel etwas vom Baum, und wie der Zufall es wollte, landete es wieder genau auf der Schulterpartie seines Jacketts. »Verdammt!«, zischte er. »Das kann doch nicht wahr sein!«

»Vogelkacke«, murmelte Vossberg, der schon lange nichts mehr gesagt hatte.

Frau Koschinski legte den Kopf in den Nacken. »Oh, was haben wir denn da?«, sagte sie, und ein Lächeln huschte über ihr Gesicht. »Wenn mich nicht alles täuscht, sitzt da …« Sie runzelte die Stirn und starrte intensiv in die Baumkrone. » … eine kleine Waldohreule! Gott, wie süß.« Sie zeigte mit dem Finger hinauf. »Schauen Sie, da! Sie sitzt auf dem dicken Ast ganz oben und beobachtet uns.«

»Saskia!«, flüsterte ich.

Frau Koschinski blickte mich fragend an. »Sie kennen die Eule?«

»Ja, ich denke schon. Mein Mitbewohner hat sie vor einiger Zeit gesund gepflegt.«

»Wie schön! Für Saskia. Und für Sie, dass sie jetzt hier ist.«

Ich nickte.

Frau Koschinski sah zu Ziegler hinüber. »Für Sie allerdings weniger schön.«

»Äh … ja, allerdings«, schimpfte er. Er hatte inzwischen sein Jackett ausgezogen und starrte wütend auf den Vogelkackefleck.

»Nicht nur wegen Ihres Jacketts«, erklärte Frau Koschinski. »Wenn sich dort oben eine Waldohreule häuslich niedergelassen hat, wird es vermutlich ganz schwierig mit der Fällung des Baumes. Das sind schützenswerte Tiere.«

»Wie bitte?«

Ich registrierte, dass sich ein paar hektische Flecken an Zieglers Hals ausgebreitet hatten. Einer davon sah aus wie Sylt.

»Also, wenn Sie meine Einschätzung hören wollen«, sagte Frau Koschinski. »Saskias Verdauungsvorgang hat Ihre Chancen gerade noch einmal deutlich sinken lassen. Dieser Baum wird vermutlich bleiben, wo er ist.«

»Tja ... ich will auch ehrlich sein«, mischte sich da plötzlich Vossberg ein. »Die Knopffabrik ist im Prinzip ein schützenswertes Gebäude. Ich fürchte, dass wir es unter Denkmalschutz stellen müssen. Es sind diesbezüglich einige Anfragen von Bürgern eingegangen, und bei näherer Betrachtung ... Tut mir leid.«

»Das darf doch wohl nicht wahr sein!«, schimpfte Ziegler vor sich hin. Jetzt war auf einmal sämtliche Farbe aus seinem Gesicht gewichen. »Wir ... wir sprechen uns noch, Rudolph«, sagte er. Dann wandte er sich an Frau Koschinski: »Und mit Ihnen bin ich auch noch nicht fertig!«

Sie zog die Augenbrauen zusammen. »Wollen Sie mir drohen, Herr Ziegler?«

Er machte eine wegwerfende Handbewegung. »Ach, hören Sie doch auf.« Er hängte sein Jackett über die Schulter und wandte sich zum Gehen. »Meine Empfehlung«, murmelte er, und dann rauschte er davon.

»Tschüss, Günther!«, rief Vossberg ihm hinterher, doch Ziegler ging einfach weiter und würdigte ihn keines Blickes mehr.

»Hat einer von euch ein Taschentuch?«, fragte ich, an Helga und Cem gerichtet. Ich saß schniefend auf der Werkbank und kramte vergeblich in meiner Hosentasche.

»Hier«, sagte Cem. Er hielt mir ein öliges Tuch entgegen, das er auf dem Boden gefunden hatte.

»Dein Ernst?«, stöhnte ich mit erstickter Stimme.

Er zuckte mit den Schultern. »Besser als nix.«

»Seh ich anders«, erwiderte ich und wischte mir mit dem Ärmel übers Gesicht.

Helga hatte sich inzwischen vor mir aufgebaut und die Arme vor der Brust verschränkt. »Watt is?«, erkundigte sie sich mit düsterer Miene. »Müssen wir raus?«

»Nein«, schluchzte ich.

»Nein?«, riefen Cem und Helga wie aus einem Mund.

»Und watt wollten die Blödmänner eben hier?«

Ich sprang von der Werkbank und lächelte, während ich gleichzeitig weiter schluchzte. »Die Knopffabrik unter Denkmalschutz stellen«, presste ich hervor. »Und den Baum unter Naturschutz. Weil er alt ist und gesund, und weil Saskia da drin sitzt.«

»Hä?« Cem sah mich mit großen Augen an. »Jetzt versteh ich nur noch Bahnhof.«

»Datt war klar«, sagte Helga. »Aber ich auch«, gab sie zu.

»Holt mal Kaja und Noah rüber«, bat ich. »Dann erkläre ich es euch.«

Wir versammelten uns unter der Kastanie. Auch Jonte und sogar Mia, die ihren Aufenthalt in Köln um ein paar Tage verlängert hatte, waren schnell vorbeigekommen. Ich hatte ihnen eine WhatsApp geschrieben, denn dass Saskia Teil unserer Rettung war, würde die beiden brennend interessieren.

Als alle da waren, erzählte ich, dass Denkmalbehörde und

Umweltbehörde durch den Zeitungsartikel auf uns aufmerksam geworden waren. Das hatte mir Frau Koschinski noch erzählt, nachdem Ziegler abgedampft war. Dann berichtete ich haarklein vom Besuch der beiden Beamten und von Saskias genialem Schachzug, genau im richtigen Moment zu kacken.

»Großartig«, murmelte Jonte beseelt, blickte nach oben und zeigte einen erhobenen Daumen in Richtung Baumkrone.

»Also war es ja eigentlich richtig gut, dass ich Saskia freigelassen habe«, schloss Mia.

»Na ja, im Grunde schon«, musste ich zugeben. »Jedenfalls stehen die Chancen jetzt sehr gut, dass wir bleiben können.«

»Geilomat!«, stieß Cem hervor, und dann sprang er auf, legte sich einen Fußball vor die Füße und donnerte ihn mit voller Wucht gegen die Backsteinmauer.

Helga starrte vor sich auf das Kopfsteinpflaster und murmelte: »Datt hätt ich jetz nich gedacht. Nie im Leben hätt ich datt gedacht.« Und dann sprang sie plötzlich auch auf und tat etwas, was sie erst ein einziges Mal gemacht hatte, und zwar an dem Tag, als sie hier ihren Arbeitsvertrag unterschrieben hatte. Sie fiel mir um den Hals, drückte mich an sich und sagte: »Scheiße, is datt schön!«

Nun hielt es auch Kaja nicht mehr auf ihrem Gartenstuhl. »Wuhaaaaaaaaaaaa«, schrie sie. »Wie cool ist das denn?«

Noah schaute mich an. Biss sich auf die Unterlippe. »Komm mal her, Zauberin«, sagte er leise. Und dann stand auch er auf und umarmte mich. Er drückte mich noch fester an sich, als Helga es eben getan hatte, und flüsterte: »Herzlichen Glückwunsch!« Da musste ich schon wieder schniefen, und als Noah mich losließ, war sein T-Shirt nass und auch ein bisschen schwarz, von meiner verlaufenen Wimperntusche.

»Sorry«, sagte ich halb weinend, halb lachend. »Ich hab dein Shirt versaut.«

Noah sah an sich hinab, strich über die feuchte, schmutzige Stelle und meinte: »Es ist schöner denn je.«

»Und warum heulst du jetzt?«, fragte Cem.

»Das macht sie immer, wenn sie sich freut«, erklärte Noah lächelnd.

Ich schluckte, und der Kolibri fing wieder an, in meinem Bauch herumzuflattern, aber dieses Mal nicht aus Angst, sondern weil ich Noah am liebsten noch einmal in den Arm genommen hätte, nur jetzt viel länger.

# 42. KAPITEL

Trotz der guten Nachricht schlief ich in der darauffolgenden Nacht schlecht. Ich wälzte mich hin und her, während mein Gedankenkarussell auf Hochtouren lief. Heute hatte ich nichts in meine Kladde geschrieben. Das erste Mal seit über zwanzig Jahren.

»Warum schreibst du eigentlich noch?«, hatte Mia mich mittags gefragt. »Du könntest ihr alles selbst erzählen, wenn du wolltest.«

»Du hast recht«, hatte ich geantwortet. »Das könnte ich. Aber ... ich will nicht, Mia. Immer noch nicht. Sie kann nicht einfach still und heimlich nach Köln kommen und erwarten, dass sie ... unsere Mutter sein darf.«

»Das stimmt. Aber eigentlich ... ist es doch das, worauf du immer gewartet hast. Dass sie kommt und du ihr die Tagebuchbriefe zeigen kannst.«

»Ich weiß«, hatte ich erwidert. »Und vielleicht tu ich es auch eines Tages. Aber nicht jetzt. Ich ... kann es einfach nicht. Sie ist im Prinzip eine fremde Frau.«

Mia hatte genickt und dann die Bombe platzen lassen. »Ich war heute bei ihr!«

»Du warst ... WAS?« Sie hatte angedeutet, dass sie sie vielleicht aufsuchen würde. Aber dass sie das wirklich durchzog – damit hatte ich nicht gerechnet.

»Ich ... habe über diesen Penczek herausgefunden, wo sie

wohnt. Weil ... ich wollte sie sehen, weißt du? Wissen, wie sie aussieht. Wie sie so ist. Was sie so tut den ganzen Tag, und warum sie zurückgekommen ist.«

»Und?«, hatte ich gefragt. »Wie ist sie so?«

»Sie ist nett. Klar. Und ich glaube, auch einsam. Sie wurde von ihrem Tuppes verlassen und hat keine Rollenangebote mehr gekriegt in Amerika. Zu alt wahrscheinlich. Der Lack ist ab.«

»Also ist sie nicht unseretwegen zurückgekommen?«

Mia hatte mit den Schultern gezuckt. »Doch. Auch irgendwie. Ich weiß es nicht.«

»Und ... hast du sie umarmt?«

Mia hatte genickt. »Ja. Hab ich. Zum Abschied.«

»Wie hat es sich angefühlt?«

»Komisch. Fremd. Hatte ich mir irgendwie anders vorgestellt.«

»Wie anders?«

»Wärmer. Mütterlicher. So, wie ... wenn ich dich umarme. Aber so war's nicht. Du hast recht. Im Prinzip ist sie eine fremde Frau. Vielleicht lernen wir sie eines Tages besser kennen. Aber mir geht's wie dir. Ich weiß nicht, ob ich überhaupt Bock drauf hab«, hatte sie gesagt.

Ich warf einen Blick auf mein Handy. Es war nach zwei Uhr nachts. Dass ich heute aufgehört hatte, meiner Mutter zu schreiben, fühlte sich merkwürdig an, aber auch irgendwie befreiend. Und vielleicht war es ja sogar ein winzig kleiner Schritt, den ich auf sie zu gemacht hatte.

Das Karussell in meinem Kopf drehte sich weiter. Noah kam mir in den Sinn – wie so oft beim Einschlafen. Ich dachte an unsere Umarmung heute und an seine Bemerkung über das tränennasse T-Shirt. Vielleicht war es an der Zeit, auch auf ihn einen Schritt zuzugehen. Und der Maler Raymond Dufavel mit der Glasknochenkrankheit aus *Die fabelhafte Welt der Amé-*

*lie* fiel mir ein. ›Sie dürfen sich ins Leben stürzen‹, hatte er zu Amélie gesagt. ›Die Chance dürfen Sie nicht ungenutzt vorbeiziehen lassen. Sonst wird Ihr Herz mit der Zeit, nach und nach, so trocken und verletzlich wie mein Skelett. Also, verdammt noch mal: Los jetzt!‹

Gegen drei Uhr morgens fasste ich einen Entschluss. Dann schlief ich endlich ein.

Am nächsten Morgen war ich trotz des Schlafdefizits früh wach. Ich frühstückte allein, aber in zuversichtlicher Stimmung. Dann fuhr ich zuerst in den Drogeriemarkt, um die Fotos abzuholen, die ich während der Premiere des Theaterstücks geschossen hatte. Es waren zwei Umschläge voll. Anschließend ging ich in die Knopffabrik, heute ausnahmsweise aber nicht zuerst in die Werkstatt. Stattdessen marschierte ich direkt in mein Glasbüro, denn hier bewahrte ich Uhu-Tuben, eine Schere und Stifte auf, und das alles benötigte ich für mein Vorhaben. Ich begann zu basteln, und als ich endlich fertig war, knurrte mein Magen, denn es war schon Mittagszeit.

»Da biste ja endlich!«, rief Helga, als ich in die Werkstatt kam.

»Schätze mal, is viel Schreibkram, weil wir jetzt bleiben können«, sagte Cem.

Ich ließ ihn in dem Glauben.

Am frühen Abend packte ich alles, was ich brauchte, in einen Rucksack und machte mich auf den Weg. Ich hoffte, Noah zu Hause anzutreffen. Die Glocken der Kirche Maria Hilf schlugen sieben, als ich auf den Klingelknopf mit der Aufschrift ›Berger‹ drückte. Ich wartete ungeduldig darauf, dass der Türsummer ertönte, doch es tat sich nichts. Seufzend drückte ich noch einmal.

»Hey, Tilda, willst du etwa zu mir?«, fragte da jemand. Erschrocken drehte ich mich um. »Noah! Äh, ja ... eigentlich ...«
Mein Blick fiel auf den riesigen Pizzakarton in seinen Händen. Offenbar hatte er sich gerade beim Italiener nebenan sein Abendessen organisiert. »Aber ich will nicht stören. Ich kann später noch mal wiederkommen. Oder morgen.«
»Du störst nicht. Hast du Hunger? Ich teile gerne.«
»Kommt drauf an, was drauf ist«, sagte ich und grinste.
»Sardellen.«
»Passt!«
Noah balancierte den Pizzakarton in der rechten Hand, während er mit der linken seinen Haustürschlüssel in der Hosentasche suchte. Dann hielt er plötzlich inne. »Was hältst du von Picknick im Park?«
Ich schaute zum Himmel. Nur ein paar Wölkchen, und für Ende September war es noch ungewöhnlich warm. »Gute Idee«, erwiderte ich also, und wir machten uns auf in Richtung Volksgarten. »Setzen wir uns ans Wasser?«, fragte ich unterwegs.
»Auf jeden Fall«, sagte Noah. »Zumal mir noch eine Revanche zusteht.«
Wir liefen in den Park, gingen um den Weiher herum und setzten uns wieder auf den Steg, wie beim letzten Mal. Auch heute ließen wir unsere Füße über dem Wasser baumeln und tauchten ab und zu unsere Zehen hinein.
»Guten Appetit«, sagte Noah, nachdem er den Pizzakarton geöffnet hatte, und dann aßen wir schweigend die Sardellenpizza, die zwar schon ein bisschen kalt war, aber trotzdem gut schmeckte. Nachdem wir alles verputzt hatten, ließen wir Steine flitschen, und dieses Mal gewann Noah. Ich glaube, jetzt war ich es, die einfach zu nervös war, um eine ebenbürtige Gegnerin zu sein.

»Was ist los mit dir?«, fragte Noah, nachdem einer meiner Steine nach nur zweimaligem Auftitschen im Wasser versunken war.

»Formtief«, erklärte ich schulterzuckend.

»Warum hast du eigentlich bei mir geklingelt?«, wollte er als Nächstes wissen. Wir setzten uns wieder.

Aus der Ferne hörte ich leises Donnergrollen.

»Ich … ach …«, stammelte ich und spürte, dass ich rot wurde. ›Sie dürfen sich ins Leben stürzen‹, hatte ich plötzlich wieder Raymond Dufavel im Ohr. »Verdammt noch mal: Los jetzt!«, murmelte ich.

»Wie bitte?« Noah musterte mich amüsiert.

»Ach, nichts. Ich wollte dir nur … etwas bringen. Und auch was sagen.« Ich griff nach dem Rucksack, den ich neben mir abgestellt hatte.

In diesem Moment donnerte es wieder, nur viel lauter als zuvor. Der Himmel sah auf einmal düster aus. Noah schien das nicht zu beunruhigen. Dann trafen uns die ersten dicken Tropfen. Und plötzlich zuckten Blitze über den Himmel, und das Donnergrollen wurde immer lauter.

Nun warf auch Noah einen besorgten Blick nach oben. »Ich glaube, wir sollten uns in Sicherheit bringen«, meinte er.

Ich nickte, stand auf und hängte mir den Rucksack über die Schulter. »Nach Hause schaffen wir es nicht mehr.«

Der Regen wurde stärker. »Da könntest du recht haben.«

»Ich weiß, wohin«, sagte ich. »Die Rohre.«

Eine Windböe erfasste meine Haare. Ich klemmte mir den leeren Pizzakarton unter den Arm, dann schnappten wir uns unsere Schuhe und sprinteten durch den Platzregen.

Wir rannten die Anhöhe hinauf, durchquerten das kleine Wäldchen und hielten auf die großen Rohre zu. Völlig außer Atem kamen wir oben an. Außer uns war niemand dort. Unwillkürlich musste ich an Mia denken. Sie war schließlich der Auslöser für den schlimmen Streit zwischen Noah und mir gewesen. Morgen würde sie zurück nach Hamburg fahren. Auch das hatte sie mir gestern noch eröffnet. Ohne Plan und Ziel. Ich würde sie ziehen lassen. Es war ihr Leben. Ich würde wissen, wo sie steckte, und auch wenn das weit weg war: Sie war mir trotzdem nah.

Klitschnass suchten Noah und ich Unterschlupf im ersten Rohr und freuten uns, endlich im Trocknen zu sein.

»Alles klar, du nasser Mopp?« Lachend deutete er auf meine tropfenden Haare.

»Ja«, sagte ich und fuhr mir mit dem Arm über das verregnete Gesicht.

Wir setzten uns nebeneinander und lehnten uns an die gewölbte Wand aus Beton. Um uns herum bildeten sich kleine Wasserlachen.

Ich warf einen Blick in den Rucksack.

»Alles trocken geblieben?«, fragte Noah.

Ich nickte. »Vor allem das hier.« Mit diesen Worten zog ich das Fotoalbum heraus, das ich heute Vormittag in meinem Büro mit Bildern bestückt hatte. Die Schwarzweißfotos hatte ich mit einer analogen Kamera gemacht, die ich kürzlich bei einer Haushaltsauflösung entdeckt hatte. Ich überreichte Noah das Album. »Das sind Bilder von der Premiere«, erklärte ich. »Eine Erinnerung an dein erstes Theaterstück. Damit du diesen denkwürdigen Tag nicht vergisst.«

»Danke«, sagte Noah, trocknete sich die Hände an seinen Hosenbeinen ab und begann, das Album durchzublättern. »Was für tolle Fotos!«

»Vielleicht ist das eine oder andere etwas für die Wand im Gang.«

»Auf jeden Fall«, sagte er. Dann lächelte er plötzlich. »Du

bringst mir ein Fotoalbum. Weißt du, woran ich da denken muss? An Amélie ... und Nino.«

»Das ist ... Absicht.« Ich spürte, dass ich wieder rot wurde. »Ich wollte dir nämlich noch etwas sagen.«

»Was denn?«

»Dass ich ...« Ich strich mir eine nasse Haarsträhne hinters Ohr und starrte vor mich auf den Boden. »Ich glaube, dass ich eine falsche Entscheidung getroffen habe.«

Noah blickte mich schweigend an.

»Aber vielleicht kann ich noch zurück. Das hoffe ich jedenfalls. Dass es noch nicht zu spät ist.«

»Wovon sprichst du, Tilda?«

»Von dir. Natürlich von dir, Noah. Ich habe dich vermisst in den letzten Wochen und sehr oft an dich gedacht. Meistens vorm Einschlafen, aber auch sonst. Und dann ist mir etwas klargeworden, nämlich, dass du es bist, mit dem ich viele kleine Freuden erleben möchte. Und kleine Katastrophen. Und wenn es sein muss, auch große. Ich möchte wieder neben dir aufwachen, mit dir Filme gucken in deinem Kinozimmer und Ottolenghi kochen. Und es dann auch essen«, fügte ich zerknirscht hinzu. »Und vielleicht irgendwann raus aufs Land ziehen, mit Hermann, du weißt schon, und vier Kinder haben und Gemüse einkochen.«

Noah betrachtete nachdenklich die kleine Wasserlache, die sich zwischen seinen Füßen gebildet hatte. Ich versuchte zu erraten, was er dachte, doch seine Miene war unergründlich.

»Oder ist es zu spät?«, fragte ich vorsichtig. »Bist du mit Maja ...?«

Er schüttelte den Kopf. »Nein. Maja ist nur eine gute Freundin. Sie war für mich da, als ... na ja, als es mir nicht so gut ging.«

Ich nickte. »Aber?«

Draußen grollte der Donner jetzt im Sekundentakt, und zuckende Blitze erhellten immer wieder das Innere unseres Unterschlupfs.

»Aber ...« Er schluckte. »Ich habe auch viel an dich gedacht, Tilda. Eigentlich ständig. Und versucht, dich aus meinem Kopf zu kriegen. Was natürlich schwierig ist, wenn man sich dauernd sieht. Ich war sehr traurig, weißt du? Ach, traurig ist gar kein Ausdruck. Ich habe gelitten. Sehr. Und tue es immer noch. Und jetzt, wo du mir sagst, du hast die falsche Entscheidung getroffen, und dass du zu mir zurückkommen willst, da ... da würde ich dich am liebsten in die Arme nehmen und nie wieder loslassen. Aber dann denke ich, dass ... ach, Tilda, ich hab einfach Angst, dass du in ein paar Wochen wieder wegläufst.«

»Das verstehe ich«, sagte ich leise und ließ meinen linken nackten Fuß ganz dicht neben seinen rechten wandern. Unsere großen kleinen Zehen berührten einander. »Es war ein Fehler. Jeder macht mal Fehler. Kleine und große. Meiner, dich zu verlassen, war groß. Das ist mir in den letzten Wochen klargeworden. Weil ich nämlich jetzt weiß, dass wir zusammengehören, Noah. Ich weiß es ganz sicher. Ich will bei dir bleiben, weil ... weil ich dich liebe.«

Er schwieg eine Weile. Dann stellte er seinen Fuß auf meinen, sah mich an und strich mir mit dem Zeigefinger sanft einen Regentropfen von der Wange. »Ich liebe dich auch, Tilda«, flüsterte er, beugte sich vor und küsste Wasser von meinem Kinn. Er roch nach Noah, Pizza und Regen. Ich legte meinen Kopf an seine nasse Schulter.

»Und du läufst nicht mehr weg?«

»Ich lauf nicht mehr weg«, sagte ich schniefend.

»Dann sollten wir wohl neue Taschentücher besorgen.«

»Ja«, schluchzte ich. »Ganz unbedingt.«

»Hast du Lust, noch mit zu mir zu kommen?«, fragte Noah, als es endlich aufgehört hatte zu regnen und wir barfuß durch den Park nach Hause schlenderten. Er nahm meine Hand. »Wir könnten zusammen einen Film schauen, oben in meinem Heimkino.«

Ich sah ihn an und lächelte. Die Nacht war noch jung, und gerade wollte ich sowieso nichts lieber, als sie mit Noah zu verbringen. »Ja«, sagte ich also. »Klingt gut.«

Vor seinem Haus entsorgten wir den klitschnassen Pizzakarton und stiefelten nach oben in seine Wohnung. In der Küche schenkte Noah uns zwei Gläser Wein ein. Ich nahm sie, und wir gingen ins Schlafzimmer, wo er Anstalten machte, die Dachbodentreppe hinunterzufahren.

Mein Blick fiel auf sein zerwühltes Bett. »Oder wollen wir den Film weglassen?«, hörte ich mich fragen.

Noah wandte sich mir zu.

Ich stellte die Weingläser auf der Kommode ab.

Er kam zu mir, schlang die Arme um mich und küsste mich. »Guter Vorschlag«, murmelte er in mein regenfeuchtes Haar. »Ist sowieso höchste Zeit, dass wir aus den nassen Klamotten rauskommen.«

Ich nickte. »Wer braucht schon einen Film, wenn er selbst gerade mitten in einem Happy End steckt?«

# 43. KAPITEL

Zwei Monate später saßen wir unter unserer Kastanie und genossen die winterliche Mittagssonne. Es war Freitag. Wir warteten sehnsüchtig auf das blecherne Geräusch von Cems Fahrrad, denn wir hatten alle einen Bärenhunger und freuten uns wie die Schneekönige auf unseren Döner von Deniz. In dieser Hinsicht war also alles beim Alten geblieben, doch das war, neben der Tatsache, dass wir nun wirklich bleiben konnten, auch so ziemlich das Einzige.

Cem kam nämlich neuerdings nur noch mittwochs und freitags. Den Rest der Woche war er vollauf damit beschäftigt, Theater zu spielen, sein Abitur nachzumachen und nebenbei ein Praktikum in der Nachmittagsbetreuung der Grundschule Mainzer Straße zu absolvieren. Innerhalb kürzester Zeit war er zum Star der Meisenklasse avanciert und hatte bereits eine Fußball-AG und eine ›Arbeiten mit Holz‹-AG ins Leben gerufen. »Du wirst mal der Lehrer, den ich gerne gehabt hätte«, hatte Helga kürzlich gemeint. »Abwarten«, hatte Cem da mit für ihn untypischer Bescheidenheit geantwortet, doch ich konnte Helga nur zustimmen. Cem brannte für seine Schüler und den Lehrerjob, und das war die allerbeste Voraussetzung dafür, dass er einmal sehr gut sein würde in dem, was er in Zukunft zu tun vorhatte.

Helga hatte ihre Stunden auch ein wenig reduziert, denn sie besuchte jetzt einmal in der Woche einen Lesekurs und spielte oft Theater. Nicht nur samstags in *Kintsugi*, sondern auch an zwei Nachmittagen unter der Woche. Noah hatte eine freie Theatergruppe gegründet, mit Laiendarstellern wie Helga, die das Leben schon von der weniger schönen Seite kennengelernt hatten. Mit ihnen erarbeitete er zurzeit ein neues Stück, das in einigen Monaten im Südstadttheater aufgeführt werden sollte. Bei den Proben erhielt er unverhofft Unterstützung: Meine Mutter kam manchmal vorbei und stand ihm mit Rat und Tat zur Seite.

Auch ich sah sie nun ab und zu. Sie besuchte mich gelegentlich bei Flea Market, und einmal war sie sogar bei mir zu Hause gewesen. In den letzten Jahren in den USA hatte sie viel Zeit zum Nachdenken gehabt und manches bereut. Besonders, dass sie Mia und mich damals im Stich gelassen hatte. Es sei ein Fehler gewesen, hatte sie uns erklärt, und zwar der größte ihres Lebens. Sie war zurück nach Köln gekommen, um ihn wiedergutzumachen – aber es gab nun mal Fehler, die konnte man nicht so einfach wiedergutmachen. Wir näherten uns langsam ein wenig an, doch die Tagebuchbriefe hatte ich ihr immer noch nicht gezeigt, und manchmal fragte ich mich, ob ich es je tun würde.

»Wo bleibt der Tuppes mit dem Essen denn?«, grummelte Helga jetzt ungeduldig.

»Frag ich mich auch«, maulte Jonte, der heute zu unserer Freitagsmittagsrunde gestoßen war, um noch etwas Zeit mit uns zu verbringen. Seine Koffer waren gepackt. Morgen würde er für ein halbes Jahr nach Abu Dhabi gehen, denn er hatte tatsächlich einen der begehrten Praktikumsplätze in der berühmten Falkenklinik ergattert.

»Ich glaub, ich spinne«, platzte Kaja heraus und weckte uns aus unserer Lethargie. Sie hatte sich die Wartezeit damit vertrieben, den Kölner Stadtanzeiger durchzublättern, und war offenbar auf etwas Interessantes gestoßen.

»Watt?«, fragte Helga.

»Ja, genau, watt?«, wollte nun auch ich wissen.

Kaja reichte mir wortlos die Zeitung.

»Das gibt's doch nicht!«, rief ich aus. Von Seite zwölf grinste mir Ziegler entgegen. Über dem Artikel stand in großen Lettern: ›Baulöwe Ziegler verhindert Abriss der Knopffabrik‹.

»Nicht zu fassen. Lies mal vor«, forderte Noah mich auf.

»Okay, haltet euch fest«, sagte ich und räusperte mich. »›Als ich erfahren habe, welch wichtige Arbeit der in der Knopffabrik ansässige gemeinnützige ›Flea Market‹ leistet, war ich sofort sehr angetan. Ihnen das Gebäude zu nehmen habe ich einfach nicht übers Herz gebracht. Zum Glück war der Verkauf der Grundstücke zu dem Zeitpunkt noch nicht unter Dach und Fach, so dass ich rechtzeitig die Notbremse ziehen konnte. Natürlich waren sowohl die potentiellen Kaufanwärter nicht begeistert, dass es nun doch nichts wird mit der Erweiterung des Park Quartiers, aber man muss Prioritäten setzen, und die liegen bei mir ganz klar dort, wo es darum geht, einen sozialen Beitrag für die Gesellschaft zu leisten.‹«

»Datt ich nich lache«, murmelte Helga.

Noah schüttelte den Kopf. »Ziegler, der barmherzige Samariter. Das ist wirklich der Witz des Tages!«

»Ich kotz gleich«, brummte Kaja. »Was für ein Wichs…«

»Wenigstens sitzen wir hier immer noch und essen Döner«, unterbrach Noah sie. »Alles andere kann uns egal sein.«

»Wenn denn der Döner endlich käme.« Kaja legte eine Hand auf ihren knurrenden Magen.

»Noah hat recht«, sagte Helga. »Hauptsache, Flea Market is gerettet. Und datt haben wir euch zu verdanken!« Sie deutete mit dem Finger auf Noah und mich.

Ich winkte ab. »Nein, das haben wir alle zusammen geschafft. Und darauf können wir echt stolz sein.«

Am Abend kochten Kaja, Noah und ich gemeinsam in unserer WG-Küche, während Jonte die letzten Sachen für Abu Dhabi packte. Vorhin hatte er sich noch kurz unter unsere Kastanie gestellt, um sich von Saskia zu verabschieden. Er hoffte, dass sie in absehbarer Zeit auf andere Waldohreulen stieß, denn, so hatte er uns erklärt: »Da sind Eulen uns Menschen sehr ähnlich: Sie haben gerne Gefährten ihrer eigenen Art um sich.«

»So gesehen bist du in der Falkenklinik dann ja goldrichtig«, erwiderte Kaja. »Gefährten deiner Art sollte es da genügend geben. Bestimmt wimmelt es nur so von Vogelnerds.«

Gegen acht war das Essen endlich fertig, und Noah rief zu Tisch. Die Platte bog sich förmlich unter unzähligen Ottolenghi-Köstlichkeiten. Aber das Essen war dem Anlass angemessen: Wir feierten Abschied von Jonte.

»Ich werde dich vermissen«, sagte ich, als wir alle unsere Plätze eingenommen hatten, und hob feierlich mein Glas.

Jonte hob seines ebenfalls. »Ich werde euch auch vermissen. Falken hin, Vogelnerds her, *ihr* seid in den letzten Monaten meine Gefährten geworden.« Er warf Kaja einen Blick zu. »Ja, auch du, Kaja, ob es dir nun passt oder nicht.«

Sie grinste. »Du wirst mir auch fehlen, du Freak.«

»Ich schreib euch und schicke Fotos von Abu Dhabi und von den Vögeln dort.«

»Muss das sein?«, fragte Kaja grinsend.

»Ja, da kommst du nicht drumrum. Und in sechs Monaten komme ich wieder.«

»Untersteh dich, hier ein krankes Falkenbaby anzuschleppen. Und nein, sie sind nicht süß! Auf dich, Jonte!« Mit diesen Worten hob auch Kaja ihr Glas.

»Auf dich, Jonte!«, echoten Noah und ich und stießen mit ihm an.

Später, als Ottolenghi gegessen und der Wein getrunken war, gingen Noah und ich in mein Zimmer.

»Hey, Zauberin«, sagte er leise und umarmte mich. »Weißt du eigentlich, welcher Tag heute ist?«

Ich nickte. »Vier Monate. Auf den Tag genau. Und kein Ende abzusehen.«

# DANKE

Diesen Roman würde es ohne die Hilfe vieler Menschen nicht geben. Deshalb möchte ich mich bei allen bedanken, die an der Entstehung beteiligt waren.

Ich danke all jenen beim Lübbe Verlag, die geholfen haben, dieses Buch auf den Weg zu bringen. Insbesondere meiner Lektorin Stefanie Zeller. Danke einmal mehr für die gute Zusammenarbeit, für deine wertvollen Ideen, Anregungen und dafür, dass du auf Anhieb an diese Geschichte geglaubt hast. Herzlichen Dank auch an Claudia Müller, für das Vertrauen und die große Unterstützung.

Meiner Lektorin Claudia Schlottmann danke ich sehr für den inspirierenden Gedankenaustausch, viele wunderbare Einfälle und den Blick für alles, was zu viel und zu wenig war.

Ich danke meiner lieben Kollegin Valerie Korte für beflügelnde Gespräche und kurzweilige Kaffeepausen. Mit dir schreibt es sich am schönsten.

Ein großes Dankeschön meiner wunderbaren Familie. Lockdowns, Homeschooling und -office haben es nicht gerade leicht gemacht, dieses Buch fertigzustellen. Es hat trotzdem geklappt, und das habe ich zu einem großen Teil euch zu verdanken. Ihr seid die Besten.

Ich danke meinen Eltern. Von Herzen. Für alles.

Danke Köln, für deine Menschen, Schauplätze und die Geschichten, die du jeden Tag erzählst. Und für den Schreibraum in der Südstadt, in dem ich einen großen Teil dieses Romans geschrieben habe.

Und last but not least geht ein herzliches Dankeschön an euch, liebe Leserinnen und Leser, dafür, dass ihr meine Bücher kauft und lest und mir oft so tolles Feedback gebt. Ich wünsche euch jede Menge Goldlack im Leben, auf das ihr kitten könnt, was es zu kitten gibt. Es lebe das Unperfekte. Es lässt uns glänzen.

# Die Community für alle, die Bücher lieben

- In der Lesejury kannst du Bücher lesen und rezensieren, die noch nicht erschienen sind
- Gemeinsam mit anderen buchbegeisterten Menschen in Leserunden diskutieren
- Autoren persönlich kennenlernen
- An exklusiven Gewinnspielen und Aktionen teilnehmen
- Bonuspunkte sammeln und diese gegen tolle Prämien eintauschen

**Jetzt kostenlos registrieren: www.lesejury.de**

**Folge uns auf Instagram & Facebook:**
www.instagram.com/lesejury
www.facebook.com/lesejury